史蒂芬金選

Stephen King

黑塔
VI 蘇珊娜之歌
The Dark Tower
Song of Susannah

在玫瑰的歌聲中

【黑塔系列導讀】

【中國時報副總編輯兼主筆】張慧英

恐怖大師史蒂芬·金的名號，在全世界都喊得響叮噹，他的作品不只多，而且本本登上排行金榜，許多還改拍成電影，得了不少獎，堪稱是最成功、閱讀範圍最廣、也最具影響力的現代暢銷作家。在這麼多作品中，最特殊、也最為核心的一部，就是《黑塔》（The Dark Tower）七部曲了。

金大師非常擅長說故事，他想像力豐沛，敘事細膩，情節扣人心弦，作品主題從外星人、吸血鬼、殭屍、鬼店到幽靈，每本都能讓你冒著冷汗欲罷不能。當然，還有不少非靈異、但深刻描繪人性的小說（例如改拍成電影『熱淚傷痕』的《Dolores Claiborne》）。然而，《黑塔》七部曲的風格卻完全獨樹一格，和其他的作品很不相同，雖然也有妖魔鬼怪，但它真正迷人之處，在於有一種史詩般的壯闊、迷離與蒼涼；美麗，但也憂傷。

《黑塔》這套系列，金大師足足寫了七大冊。而且，照著他的老習慣，幾乎每一本都厚得可以砸死人，被譽為史上最長的小說之一。不只總篇幅長，書寫時間也長到不可置信。史蒂芬·金在七〇年代開始發想，要寫一本像《魔戒》一樣的史詩型長篇小說，接著構想出故事輪廓。《魔女嘉莉》（Carrie）讓他一夕成名，加上『鬼店』（The Shining）轟動全球，奠定了他恐怖大師的地位，也讓似乎不具票房吸引力的這套超級長篇小說得以陸續出版。

金大師追趕黑塔的進度時快時慢，有時隔好幾年才孵出一本，中間經常不務正業跑去玩別的事寫別的書，還經歷了一次九死一生的大車禍，直到二〇〇三年才終於完成最後一集《業之門》。從最初到最終，總共花了三十三年光陰。三十三年！這是古今中外罕見的一項紀錄，金大師其實是在用他的人生書寫《黑塔》。

而讀者如果從第一集出版後就緊緊跟隨，一集一集等待，以無比的耐心（或無限的焦躁），隨著槍客羅蘭和他的共業夥伴們出生入死，經歷艱難險阻走過千山萬水，到終於親睹那座夢寐以求的黑塔、看到羅蘭的畢生追尋終於揭露謎底的時刻，竟也是悠悠過了二十載光陰。《黑塔》的無數追隨者，同樣地，也在金大師的召喚下，用自己的人生追尋那遠方的未知高塔。

無論三十三年，還是二十年，這漫長的年歲，正是『黑塔』系列的一項重要核心元素，是它意義與內涵的一部分。不過，這段話的意思，我不會先告訴你的，即使你只需要短短二年，就能在中文版取得通往黑塔的捷徑，而不是如我花了二十年苦候，但我也不想讓你更快得到答案。相信我，這是為了你好。

當然，如此漫長的等待，對讀者是很難熬的。如果故事不好看，直接丟掉也就是了，偏偏金大師寫得太好，讓人從此嗑上了癮，非等到下本新書不能稍解。問題是他拖拖拉拉，害得全球讀者望穿秋水，生怕沒撐到結局就先嗝屁了。

也因為如此，在他放下《黑塔》去寫別的書的那幾年，收到了來自世界各地萬千讀者催促抱怨的信，包括癌末病患和死刑犯的懇求。還有人寄來一張照片，是一隻被蒙上眼睛綁起來的泰迪熊玩偶，信上威脅說：『馬上出版《黑塔》續集，否則就殺了它！』（倒滿有幽默感的）。可是那時上天還沒把故事完全下載到他的腦袋裡，所以他自己也不知道會怎麼發展。

對《黑塔》迷來說，最大的驚嚇莫過於金大師在一九九九年的車禍了。那次他被撞得性命垂危，消息傳來，想到再也看不到《黑塔》的結局，讀者莫不感覺世界末日將臨。我簡直想飛到美國他的病榻前，學八點檔連續劇般呼天搶地：『大師！你不能死啊！起碼寫完了《黑塔》再死啊！』幸好，大難不死，經上天這一提醒，他火速趕完了最後三集，終於完成人生一大功課。

《黑塔》的發想，最早源自於長篇敘事詩〈公子羅蘭來尋黑塔〉，再加上《魔戒》與『黃昏三鏢客』的影響。黑塔佇立在遙遠的世界中心，被一大片玫瑰花田所包圍，六道光束就像巨大的樑柱，以黑塔為中心交會，支撐起萬千時空裡的萬千世界，這就是一切存在的存在基礎。但瘋狂的血腥之王佔據了黑塔，意圖毀滅一切，光束六道已經垮了四道，害得世界分崩離析，一步步走向衰亡滅絕。

故事的主角羅蘭．德斯欽生存的中世界，是在我們時空之外的另一個世界，但又似乎位於離我們很遠很遠的未來。他是貴族，通過了測試成為『槍客』——接受過嚴格戰鬥訓練的武士，類似日本傳統武士或歐洲中世紀的騎士，地位特殊而尊崇，負有捍衛正義剷奸除惡的使命。支撐世界的光束受創，加上魔法師作祟，中世界傾頹瓦解，他也失去了家園與愛人，在所有人都死了之後，他成了碩果僅存的最後一個槍客。為了阻止黑塔崩解，為了拯救世界，羅蘭毅然往遙遠的黑塔前進，在『業』（ka，命運）的安排下，他找到了同伴。

這群共業夥伴包括毒癮患者的艾迪、雙腿截肢的蘇珊娜、與羅蘭情同父子的少年傑克。在羅蘭的訓練下，他們成了身手優異的槍客，以相同的信念與決心，一路朝黑塔前進。途中經歷了許多難關，包括愛猜謎語的火車、陰狠的巫師、恐怖的吸血鬼、兇殘的半獸人、無所不在的血腥之王等等，他們遭到魔法迷惑戲弄、面對可怕的獠牙利爪、被深淵峻嶺所阻擋、在驚險搏鬥中出生入死，所幸也始終有正義力量的護持。

雖然邪惡力量猖狂肆虐，但正義未死，光明的力量始終默默保護著他們。一朵位於紐約某廢棄空地的神奇玫瑰，悠然唱著最純淨美麗的歌聲，帶給他們撫慰和希望，那是善與美的光，何其脆弱，卻又何其堅強。

這群夥伴除了在異時空中行俠仗義，不時還會經由『任意門』到我們的世界裡辦點事——包括拜訪作者金大師本尊，並且揭露出他們身世的最大謎底。這是《黑塔》系列裡的一大高潮，不過，當然，我只會說到這裡為止。

《黑塔》七部曲分別是《最後的槍客》（The Gunslinger）、《三張預言牌》（The Drawing of the Three）、《荒原的試煉》（The Waste Lands）、《巫師與水晶球》（Wizard and Glass）、《卡拉之狼》（Wolves of the Calla）、《蘇珊娜之歌》（Song of Susannah）及《業之門》（The Dark Tower）。征途雖長，但從不枯燥，讀者無法預測接下來羅蘭一行人會遇上什麼麻煩，更不知道他們到底能不能抵達黑塔，或者黑塔到底會給他們什麼解答，只能屏氣凝神緊緊跟隨。

在金大師的作品裡，《黑塔》像是一個主軸，輻射衍生出許多作品來，並且相互呼應。它的基本架構和《末日逼近》（The Stand）很接近，講的差不多是同一個故事，只是擷取的時空片段不同。這也是金大師的習慣，筆下的人物情節經常彼此勾連，有時還會跑到別本書裡串門子，彷彿一個大故事裡的不同小故事。

比起其他作品裡的恐怖驚悚，《黑塔》談得更多的是追尋，對人生、對理想、也對使命。無論其間經過了多少生死危機，不管情勢多麼險惡，勝算多麼低，看來似乎死路一條，這群共業夥伴也不曾停下追尋的腳步，沒有誰提議放棄或自行落跑，即使明知很可能為此付出生命。

於是乎，金大師帶著羅蘭，羅蘭帶著他的夥伴，他們再帶著所有的讀者，共窮悠長歲月，追尋那不可預知的黑暗之塔。除了作者，我們都沒有答案，但依舊步步向前，永不放棄。人生的滋味，盡在其中。我們最後總會領悟，過程，就是人生。

《黑塔》談追尋、談人生，也談忠誠與勇氣。羅蘭是這群夥伴的領袖，嚴肅正直，身手矯健，但也疏離而疲憊。黑塔是他的天命，他願意為追尋黑塔付出一切代價，在某種程度上，這讓他變得冷酷無情，儘管他也並不欺瞞。他和夥伴建立起生死與共的情誼，他們接納羅蘭的使命為自己的共同天命，彼此信任，也彼此依賴，必要時更隨時準備為彼此犧牲。無論外在的試煉如何嚴苛，他們始終坦誠相對，全心付出，以最真摯的忠誠友情，緊緊團結起這群小小的生命共同體。

同時，《黑塔》還談勇氣；不是片刻之勇，而是能夠長期在險惡壓力下堅持向理想前進的勇氣。在漫長的人生追尋裡，沒有執著，沒有勇氣，是到不了終點的。黑暗之塔佇立於迢迢天涯路的彼端，是福是禍，不知。而在追尋黑塔的道路上，每一步的堅持不悔，都需要以無比的勇氣才能跨出；面對每天日出後無法預測但必定艱難的挑戰，也需要強大的勇氣才能戰鬥到日落，然後再迎接另一個日出。

而日出日落，每一天，都是我們人生之戰的軌跡，也是黑塔真正的追尋。無論多麼艱辛，只要心裡仍有一朵玫瑰在輕輕歌唱，我們就還有繼續前進的勇氣。

吸血鬼王子深陷黑塔

【《魔域大冒險》作者**向達倫**特別為中文版專文強力推薦】

我在一九八九年二月讀完《黑塔》的第一集，當時我十六歲。十八年後，也就是在我三十四歲的時候，我讀完了《黑塔》的最後一集。我從來沒有對任何一套系列作品投入這麼長的時間！最令人驚奇的是，在這些年歲裡，即使碰上了最長的出版間隔，這個故事仍然鮮明的印在我的腦海中，我總能輕而易舉的就回到羅蘭和他『共業夥伴』的故事裡。這個故事很長、很複雜、層次很多，穿梭了過去與未來，穿越了不同的世界，而且還有一大群角色參與，但是我從來不覺得迷失或是搞不清楚劇情。這個故事從一開始就深深吸引我，讓我到目前為止的大半生都深陷其中，無法自拔。

《黑塔》系列結合了最精采、也是我最喜歡的文類：恐怖小說、科幻小說、奇幻小說、西部小說。書裡的情節讓我忍不住想到塞吉歐．李昂尼導演的電影（《荒野大鏢客》、《黃昏三鏢客》等）、想到托爾金、想到電影《豪勇七蛟龍》、想到理查．亞當斯的小說《殺敵克》，甚至還想到了《哈利波特》！書裡偶爾會出現虛實交錯的情節，我們會發現我們居然在故事裡遇到了現實生活中的史蒂芬．金。書裡有槍戰、有激烈的打鬥、有善惡對立，還有怪獸、英雄與壞人。有些角色獲得了無上的名聲與榮譽，有些角色則是背叛了朋友與自己。書裡還有魔法和科技，有時候這些魔法和科技能幫這些遠征的角色一把，有時候又成了他們的絆腳石。

不過，這套書裡最精采的，就是這趟遠征的過程。這是一趟波瀾壯闊、描寫精細、令人屏息的旅程，帶領讀者穿越許多遼闊又陌生的國度。黑塔和它無數的謎團永遠在召喚著你。你可以感覺到它就佇立在旅程的盡頭，高聳入雲、充滿邪氣，既迷人而又駭人。除非你跟著書中人物走到旅程的盡頭，否則你永遠也不曉得抵達終點的會是哪一個角色，但是如果你堅持到底，做一個忠實的讀者，你一定能得到回報：你將能仰望黑塔，探索其中無窮的秘密……不論是好是壞……

向達倫

Darren Shan

【自序】

那一年我十九歲……

1

我十九歲（在各位要開始看的這本書裡，十九可是個重要的數字）的時候，哈比人正當紅。

在伍茲托克音樂節（Great Woodstock Music Festival）❶上，大概有半打的梅里和皮聘跋涉過雅斯各（Max Yasgur）牧場的爛泥，此外還有成打的佛羅多，多得數不清的嬉皮甘道夫。在那段日子裡，托爾金的《魔戒》極為風行，雖然我沒去伍茲托克（真遺憾），但我想我至少算是個嬉皮半身人（halfling），自然一看到《魔戒》就愛上它。就像大部分我那個年代的長篇奇幻故事一樣（例如史蒂芬．唐那森〔Stephen Donaldson〕的《湯瑪士．寇文能傳奇》〔Chronicles of Thomas Covenant〕、泰瑞．布魯克斯〔Terry Brooks〕的《沙那拉之劍》〔Sword of Shannara〕），《黑塔》系列也是托爾金啟發下的產物。

不過，雖然我在一九六六年跟一九六七年看了《魔戒》，但我並沒有執筆寫作。我非常景仰托爾金驚人的想像力，還有他完成史詩鉅作的雄心壯志，但是我想要寫一個屬於我的故事。要是我當時就開始寫作，我一定會寫出『托爾金式』的故事。要真是如此，那就會像故總統滑頭迪克❷常說的：大錯特錯。多虧了托爾金先生，二十世紀已經不缺精靈和巫師了。

一九六七年，我還不曉得『屬於我的故事』會是個什麼樣的故事，但那並不重要，因為我覺得總有一天靈感會從天而降。我年方十九，心高氣傲，傲到覺得我可以再等等，等我的繆思女神和經典大作（我確定那絕對會是經典大作）問世。我想，人在十九歲的時候是有權利驕傲，因為時間還沒有開始鬼鬼祟祟的偷走你的東西。一首流行的鄉村歌曲唱道：『時間會奪去你的頭髮，讓你沒力氣投籃。』但事實上，時間奪去的遠不只這些。一九六六年跟一九六七年，我還不知道這件事，就算我知道，我也不會在乎。我勉強可以想像自己活到四十歲會是什麼德行，但是五十歲？不可能。六十歲？門都沒有。我怎麼可能會變成六十歲的老頭子！十九歲就是這樣。十九歲的時候你會說：喂，大家注意，我抽的是火藥，喝的是炸藥，腦袋清楚就別擋路——史蒂芬來也！

十九歲是個自私的年齡，而且也沒有什麼煩惱。我有很多朋友，那是我關心的；我有遠大的抱負，那也是我關心的。我有台打字機跟著我從一間爛公寓搬到另一間爛公寓，口袋裡永遠放著一包煙，臉上永遠掛著微笑。中年危機很遙遠，老年的屈辱更遠在天邊。就像鮑伯．塞格（Bob Seger）❸那首歌的主角（現在成了卡車的廣告歌），我覺得自己充滿潛力，前途光明。我的口袋空空，但是腦袋裡充滿了想說的話，心裡充滿了想講的故事。這些話現在聽起來有些陳腔濫調，但那時可覺得棒透了，簡直是酷斃了。我最大的夢想，就是用我的故事直通讀者的心房，從此改變他們的一生。我覺得我辦得到，我覺得我天生就是這塊料。

這些話聽起來有多自負？非常自負，還是只有一點點？不管怎樣，我不會後悔。當時我

❶譯註：一九六九年，美國西北部的雅斯各牧場舉辦搖滾音樂會，湧入五十萬名搖滾樂迷，成為搖滾樂史上劃時代的大事。
❷譯註：Tricky Dick Nixon。尼克森總統在大選時對手為他取的小名。
❸譯註：美國鄉村搖滾歌手。

十九歲，一根白鬍子也沒有。我有三件牛仔褲，一雙靴子，我覺得全世界都是我的囊中物，而接下來二十年也沒有發生什麼事情證明我錯了。然後大概在三十九歲的時候，我的麻煩來了：酗酒、嗑藥、一次車禍讓我行動不便（還有一大堆）。我已經在別的地方詳述過，這裡就不再贅述。此外，你不也是一樣的嗎？世界最後都會派個糾察隊員叫你減速慢行，告訴你誰才是老大。你一定已經遇到你的糾察隊員（要是你還沒遇見，遲早都會遇見）；我已經遇到我的糾察隊員了，而且我確定他一定會再回來。他知道我住哪兒。他是個壞心的男孩，壞心的軍官，誓死要與悠閒、性交、驕傲、抱負、震破耳膜的音樂，還有所有屬於十九歲的事情為敵。

但我還是覺得那是個不錯的年齡，也許是最好的年齡。你可以聽一整夜的搖滾樂，但是等到音樂消逝，啤酒見底，你還能思考，還能做遠大的夢想。壞心的糾察隊員最後一定會讓你漏氣，所以如果你不一開始就把牛皮吹大點，等他大功告成，你大概就漏氣漏到只剩兩隻褲腳了。『又抓到一個！』他吼著，然後手裡抓著糾察簿往前大步走去。所以，一點點自負（甚至是非常自負）不是件太壞的事，不過你媽一定不是這麼說。我媽就不是這麼說。她說：史蒂芬，驕者必亡……後來我發現（在我的年齡剛好是十九乘以二的時候），不管怎樣最後你一定會死，或是被撞進水溝裡。十九歲的時候，要是你進酒吧，會有人開你罰單，叫你滾出去，但是如果你坐下來畫畫、寫詩，或是說故事，絕對不會有人來煩你。如果你非常年輕，千萬別理長輩或是自以為高你一等的人說什麼。當然，你從來沒去過巴黎，也沒有在西班牙的潘普隆那（Pamplona）跟牛賽跑，你只是個無名小卒，腋毛三年前才長出來——但是那又怎樣？如果一開始褲子不做得大一些，長大了怎麼穿得下？告訴你，不要管別人怎麼說，坐下來抽你的煙吧！

2

我覺得小說家有兩種（包括一九七〇年以前的我，那個乳臭未乾的小說家）。第一種小說家是比較『文學』的，或者說是比較『嚴肅』的，這種小說家在選擇主題時會問：寫這種故事對我有什麼意義？另一種小說家的天命（你也可以把它叫做『業』〔Ka〕）則是通俗小說，這種小說家比較會問另一個問題：寫這種故事對別人會有什麼意義？『嚴肅』的小說家在尋找自我的解答，而『通俗』小說家則在尋找觀眾。兩種作家都一樣自私。我認識不少作家，保證絕無半句虛言。

總之，我相信我在十九歲的時候，就把佛羅多還有他想盡辦法甩掉至尊戒的故事歸為第二種小說。這些冒險故事的主角是一支略帶大不列顛血統的遠征隊，背景則有幾分挪威神話的味道。我喜歡這個追尋的主題，事實上是愛死了這個主意，但是我對托爾金拿粗壯的鄉村鄙夫當主角不以為然（這並不表示我不喜歡他們，因為我真的很喜歡他們），也對矮林叢生的北歐背景沒什麼興趣。如果我朝那個方向走，我一定會把事情搞砸。

所以我等。一九七〇年，我二十二歲，長出了第一根白鬍子（我想這應該跟一天抽兩包半潑墨牌〔Pall Mall〕香煙脫不了關係），但即使是到了二十二歲，你還是可以等。二十二歲，時間還是站在你這邊，不過那個壞心的糾察隊員已經開始跟鄰居打聽消息了。

然後，在一間幾乎空無一人的電影院裡（如果你想知道，那是緬因州班格市的寶珠戲院），我看了一部由塞吉歐·李昂尼（Sergio Leone）執導的電影。那部電影叫『黃昏三鏢客』（The Good, the Bad, and the Ugly），電影還沒放到一半，我就發現我要寫的小說是什麼了：我希望能延續托爾金那種追尋與魔幻的感覺，但背景要設在李昂尼古怪、壯闊的西部荒野。如果你只在電視上看過這部奇特的西部電影，你不會懂我在說什麼——恕我冒昧，但事實如此。在大銀幕上，透過最對味的Panavision鏡片投射，『黃昏三鏢客』成了可比美『賓漢』（Ben-Hur）的史詩。克林伊斯威特看起來大概有十八呎高，臉頰上鋼絲般的鬍碴看起來八成有紅木小樹那麼粗。李凡克里夫（Lee Van Cleef）臉上那兩道法令紋深如峽谷，搞不好每道法令紋下都有一個薄域（見《黑塔第四部：巫師與水晶球》〔Wizard and Glass〕）。荒漠場景似乎大到可以碰到海王星的軌道，每枝槍的槍管看起來都有荷蘭隧道（Holland Tunnel）❹那麼大。

然而，除了背景之外，我更希望能捕捉那種史詩般巨大的尺寸。李昂尼對美國地理一竅不通（根據其中一個角色所言，芝加哥位在亞利桑那州鳳凰城附近），讓這部電影更具有一種壯麗的錯置感。我滿懷熱情——我想這種熱情大概只有年輕人才有——不只想寫一本很長的書，而是史上最長的通俗小說。我沒能寫出最長的，但也很接近了：《黑塔》一到七集講的是同一個故事，前四部的平裝版加起來超過兩千頁，後三部的手稿則有兩千五百頁。我的意思不是長度愈長，品質就愈好，我的意思是我想寫一篇史詩，而就某方面來說，我成功了。如果你問我為什麼想寫史詩？我也說不上來，也許是因為我在美國長大，什麼都要拿第一：要蓋最高的大樓，挖最深的溝，寫最長的小說。你問我動機何在呀？我想那應該也是因為我在美國長大，我的動機就像咱們美國人最愛說的，因為一開始看起來是個好主意。

3

另一個關於十九歲的事情是：我想很多人都有一種『十九歲情結』，拒絕長大（我是指心理跟情感方面，當然生理方面也有可能）。一年一年過去，有一天你發現自己看著鏡子，嚇了一大跳。你心想：我的臉上怎麼會有皺紋？那個愚蠢的大肚子怎麼來的？天呀，我不是才十九歲嗎！這也是個陳腔濫調，但想起來仍然讓人十分驚奇。

時間讓你長出白鬍子，時間奪去你的精力，而你這個傻瓜卻還以為時間站在你這邊。你的理智知道事實是怎麼一回事，但你的情感卻拒絕相信。如果你夠幸運，那個檢舉你開快車、玩過頭的糾察隊員也會給你一劑醒腦的嗅鹽。這就是二十世紀末發生在我身上的事情：一輛普利矛斯（Plymouth）廂型車把我撞進家鄉路邊的水溝裡。

意外發生三年後，我在密西根第爾本市的博得書店（Borders）為《緣起別克八》（From a Buick 8）舉辦簽書會。輪到一個年輕人的時候，他說他真的、真的很高興我還活著。（常有人這樣對我說，不過我老覺得他們真正的意思是：『你怎麼還沒死？』）

『我聽到你被撞的時候，剛好跟我的好朋友在一起，』他說：『老兄，那時我們一邊搖頭一邊說：「黑塔完了，它歪了，它要倒了，啊，該死，現在他永遠也寫不完了。」』

我也曾經有過同樣的想法——我常常不安的想到，我在百萬名讀者的共同想像中建立了黑塔，也許只要有人還願意看它，我就有責任保護它。或許只有五年，然而就我所知，也許會有五百年。奇幻故事不管寫得好，寫得壞（就連現在也許都有人在看《吸血鬼瓦涅爵士》〔Varney the Vampire〕或是《僧人》〔the Monk〕），似乎都能長命百歲。羅蘭保護黑塔的方法，是讓支撐黑塔的光束不受威脅，而在車禍之後，我發現我保護黑塔的方法，是把槍客的故事寫完。

《黑塔》一到四部花了很長的時間，在這段時間裡，我收到了上百封想讓我良心不安

❹譯註：連接紐約與紐澤西的河底隧道。

的信件。一九九八年（也就是我還以為自己只有十九歲的時候），我收到一封八十二歲老奶奶的臨終遺願。老奶奶告訴我，她大概只剩一年好活（癌細胞擴散全身，最多只能活十四個月），她不指望我為了她一個人把故事趕出來，但是她想知道能不能拜託（拜託！）我告訴她結局是什麼。真正讓我心痛（但還沒痛到能讓我開始寫作）的那句話，是她保證『不會告訴任何人』。一年以後（大概在那個送我進醫院的車禍之後），我的一個助理，瑪莎．迪菲莉波（Marsha DiFilippo）收到一封來自德州還是佛州死刑犯的信，他的心願跟老奶奶差不多，也就是：結局到底是什麼？（他保證帶著這個秘密進墳墓，真讓我寒毛直豎。）

如果可以，我一定會讓這兩位朋友得償所願，跟他們簡述一下羅蘭接下來的冒險故事，但是，哎，我辦不到。我完全不知道槍客跟他的朋友最後到底怎麼了。如果我要知道，我就必須寫作。我曾經擬了一份故事大綱，但不知丟到哪兒去了。（不過大概也沒什麼用。）我只有幾張便條紙（現在我桌上就有一張，上頭寫著：『裘西、奇西與哲西，××××裝滿籃』）。終於，在二〇〇一年七月，我又開始動筆了。那時我知道我已經不是十九歲，也知道我對人生的病痛老死並沒有免疫力。我知道我會變成六十歲，甚至七十歲，而且我希望能在糾察隊員最後一次上門前把故事寫完。我可不希望我的書成了另一本《坎特伯里故事》（Canterbury Tales）或是《艾德溫．杜魯德之謎》（The Mystery of Edwin Drood）❺。

忠實的讀者（不論你是正打算開始看第一部，還是已經準備進入第五部），現在成果（不管是好是壞）就在各位眼前。不管你喜不喜歡，羅蘭的故事都已經完成了，我希望它能為你帶來一些樂趣。

至於我，我非常盡興。

史蒂芬・金

二〇〇三年一月二十五日

修訂版前言

大部分的作家在談論寫作時都是廢話連篇❻，所以你從來沒看過有什麼書叫做《西方文明百篇序言傑作選》或是《美國人最愛前言選》。當然，這是我個人的主觀意見，不過我曾經寫過至少五十篇序言與前言（更別提寫了一整本談寫作技巧的書），我想我是有權利這麼說的，而且我想，如果我告訴你這篇前言會是少見的例外，真的值得一看，你也可以把我的話當真。

幾年前，我推出了《末日逼近》（the Stand）的增修版，在我的讀者群裡引起一陣軒然大波。我會特別在意那本書，也是情有可原，因為在我的作品裡，《末日逼近》一直都是讀者的最愛。（根據某些最死忠的『末日逼近迷』，如果我完成《末日逼近》後，在一九八〇年死掉，這個世界並不會有什麼太大的損失。）

如果在我的作品裡，有什麼故事能跟《末日逼近》比美，也許就是羅蘭·德斯欽跟他追尋黑塔的故事。而現在——可惡！——我又對它幹了一樣的事情。

❺譯註：《坎特伯里故事》為中世紀喬叟（Chaucer）所作，《艾德溫·杜魯德之謎》為狄更斯（Charles Dickens）所作。兩書都未能在作者生前完成。

❻作者註：關於『廢話因子』，詳見《史蒂芬金論寫作》（On Writing），二〇〇〇年Scribner出版（中譯本由商周出版）。

不過事實上，我並沒有那麼做，我希望你知道這一點，我也希望你知道我做了什麼，理由何在。也許這對你來說並不重要，但是對我來說非常重要，因此（我希望）這篇前言並不符合金氏的『廢話原則』。

首先，請注意《末日逼近》的手稿會遭到大幅刪減，不是因為編輯上的原因，而是因為財務上的原因。（此外還有裝訂上的限制，但在此我不想多談。）❼我在一九八〇年代末期推出的修訂版，其實是修改原先就存在的手稿。我也重新修改了整個作品，大部分是為了順應時事，加入一些跟愛滋病有關的情節，最後修訂版比首次推出的版本多了十萬字左右。

至於《最後的槍客》這本書，原先的版本很短，而新增的頁數也只有三十五頁，也就是大概九千字。如果你曾經看過原本的《最後的槍客》，在這本書裡，你只會發現兩、三個完全不同的場景。當然，《黑塔》純粹主義者（為數還真不少，看看網路就知道）會想把這本書再看一次，而且看這本書的時候，大概都會是既好奇，又生氣。我同情他們，但是我必須說，比起他們，我更關心從來沒見過羅蘭和他共業夥伴（Ka-tet）❽的讀者。

雖然有一票死忠的書迷，但《黑塔》的故事卻沒有《末日逼近》來得有名。我舉行讀書會的時候，有時候會問在場的人有誰看過我的小說。既然他們都不辭辛勞的出席了（有時候還得大費周章，請保姆帶小孩，或是花錢替老爺車加油），大部分的人自然也都會舉手。然後我會請沒看過《黑塔》的人把手放下，這時候至少會有一半的人會把手放下。結論十分清楚：雖然在一九七〇年到二〇〇三年這三十三年中，我花了非常多的時間寫這些書，但是相較之下，並沒有很多人看過。然而，看過的人都非常熱愛這些書，我自己也非常熱愛——所以我捨不得讓羅蘭跟那些未完成的角色一樣，漸漸淡出江湖（想想喬叟那個去坎特伯里朝聖的故事，或是狄更斯未完成小說《艾德溫．杜魯德之謎》裡的角色）。

我想我從前總以為我會有時間寫完《黑塔》（應該是在我的潛意識裡這麼想，因為我不記得我曾經有意識的這麼想過），以為時間到了，上帝就會寄一份會唱歌的電報給我：『啦啦，啦啦啦／回去工作史蒂芬／快去寫完黑塔傳』。從某方面來說，我的想法成真了，只不過提醒我繼續寫作的，不是會唱歌的電報，而是與一台普利矛斯小貨車的近距離接觸。如果那天撞我的車子再大一點，或是撞得再準一點，恐怕最後就是來賓獻花，家屬答禮，而羅蘭的遠征就再也無法完成，至少不會是由我完成。

總之，在二〇〇一年（那時我的身體狀況已經漸漸好轉），我決定時機已到，該完成羅蘭的故事了。我排開一切雜事，全心全意寫作最後三本書。一如往常，我這麼做不是因為讀者的要求，而是為了我自己。

現在我寫這篇前言時，是二〇〇三年的冬天，《黑塔》的最後兩部還在修改階段，但是事實上，我在去年夏天就完成了初稿。在編輯第五部（《卡拉之狼》〔Wolves of the Calla〕）及第六部（《蘇珊娜之歌》〔Song of Susannah〕）時，我有一些空檔，於是我決定回頭把整個故事重新修改一次。為什麼？因為這七部書不是獨立的故事，而是《黑塔》這個長篇小說裡的七個小節，但是故事的開頭卻和跟結尾不太一致。

這些年來，我修改作品的方法並沒有太多改變。我知道有的作家是邊寫邊改，但是我的策略一直都是一頭栽進去，能寫多快就寫多快，讓我的寫作之刃愈磨愈利，然後努力超越小說家最陰險的敵人：懷疑。停下筆回頭看稿會激起太多問題：我的角色可信嗎？我的故事有

❼譯註：此書出版時長達八百多頁，修訂版更長達千頁。
❽作者註：指命運與共者。

趣嗎？我寫得到底好不好？有人會喜歡嗎？我會喜歡嗎？

寫完小說的初稿後，我會把它統統丟到一邊，讓它『醒一醒』。過了一段時間（六個月、一年、兩年都可以），我就能用一種比較冷靜（但是仍然充滿疼愛）的眼神回頭看它，然後開始修改。雖然我把黑塔系列的每一本書分開修改，但是要等到完成第七部《黑塔》之後，我才真正把它們當作一個完整的作品來看。

在我回頭看第一部的時候（也就是各位手上這本書），我發現了三件事。第一，《最後的槍客》是個年輕的作家寫的，所以所有年輕作家的問題，全都能在這本書裡找到。第二，書裡有不少錯誤及跟後文不一致的地方，尤其是在看完後面的幾部後，錯誤更是明顯。[9]第三，《最後的槍客》的語調跟後面幾部書完全不同，老實說，還滿難讀的。我老是聽到自己為了這件事道歉，告訴大家如果他們堅持下去，就會發現這個故事在第二部《三張預言牌》（Drawing of the Three）裡漸漸步上軌道。

在《最後的槍客》裡，我把羅蘭描述成會在陌生的旅館裡，動手把歪掉的畫像擺正。我想我自己也是這種人，而就某種程度而言，修改作品也是這麼一回事：把畫像擺正、吸地板、刷馬桶。在修改作品時，我做了很多家事，而且做了所有作家寫完初稿以後想做的事：把歪的地方擺正。一旦你曉得故事的結局，你就必須對潛在的讀者——還有你自己——負責，回頭把事情整理好。那就是我想在這本書裡做的事，而且我也很小心，希望增修之處不會把最後三本書裡的秘密洩露出來，有些秘密我可是耐心珍藏了三十年。

在我停筆之前，我想談談那個大膽寫了這本書的年輕人。那個年輕人上了太多寫作課，也被那些寫作課裡宣傳的東西洗了腦：寫作是為了別人，不是為了自己；詞藻比故事重要；模糊比清楚簡單好。所以，在羅蘭初次登場的作品裡發現很多矯揉造作的地方（更別提書裡大概有一千個不必要的副詞），我並不驚訝。我儘可能刪掉了這些空洞的廢話，而且一點也不心痛。在書裡其他的地方（也就是我想到什麼讓人入迷的故事，一時忘了寫作課上教的東西），我則可以幾乎完全不改動，只微微修正必要的地方。就像我在另一本書裡提到的，只有上帝才會第一次就把事情做對。

總而言之，我不會完全改掉這個故事的敘事風格，甚至也不會做太大的變動。對我來說，雖然它有很多缺點，但是也有它獨特的魅力。將它改頭換面，等於是完全否定了那個在一九七〇年春末夏初創造槍客的年輕人，而我並不想那麼做。

我想做的（如果可能的話，希望是在《黑塔》系列最後幾本書出版之前），是讓《黑塔》故事的新讀者（還有想重溫記憶的舊讀者）能更容易抓到故事的脈絡，更輕鬆的進入羅蘭的世界。我也希望這本書裡的伏筆能埋得更有技巧。我希望我達成這些目標了。如果你從來沒有來過這個奇異的世界探訪羅蘭跟他的朋友，我希望你能享受你在書裡找到的驚奇。最重要的是，我希望能說一個精采的故事。如果你發現自己讓《黑塔》給迷住了，即使只有一點點，我也覺得我達成任務了。這個任務從一九七〇年前開始，在二〇〇三年粗略完成。但是羅蘭會第一個告訴你，這三十多年的時間並沒有什麼意義，事實上，在你追尋黑塔的時候，時間是一點也不重要的。

二〇〇三年，二月六日

❾作者註：我想我舉一個例子應該就夠了。在初版的《最後的槍客》中，『法爾森』是一個城鎮的名字，但在後面幾冊裡，它居然變成了一個男人的名字：叛徒約翰．法爾森，毀滅羅蘭故鄉基列地的幕後黑手。

獻給塔比莎，
她知道大功告成之時。

『去吧！除了這裡，還有別的世界。』

——約翰・『傑克』・錢伯斯

『我是永恆哀傷的少女，
一生看遍了煩憂無數；
注定在世間漂泊無居，
無摯友為我指引前途……』

——民謠

『凡是上帝做的，都是好的。』

——李夫・安格（Leif Enger），
《平安如水流》（Peace Like a River）

繁衍不息

19

contents

『別跟我說業，羅蘭。如果你再說一次業，我發誓我的頭會爆炸。』

羅蘭閉上嘴。

艾迪回頭看著漢奇克和坎塔布，兩個男人都蓄著一臉鬍子，穿著桂格教派般的黑斗篷。

『你們不確定魔力會不會維持，是吧？那扇門今晚或許可以打開，但明天或許就永遠關上了。到時就算是全曼寧人的磁鐵和鉛錘，也開不了那扇門。』

『沒錯，』漢奇克說，『但是你的女人帶走了那顆具有魔力的球，不管你怎麼想，中世界和邊境地已經完全擺脫它了。』

『我願意出賣我的靈魂，只求拿回它，親手掌握它。』艾迪斬釘截鐵的說。

眾人聞言，紛紛露出震驚之色，就連傑克也是，而羅蘭則有股衝動，想叫艾迪反悔，收回那句話。有許多強大黑暗的力量在阻止他們，而黑十三是其中最強大的代表。水能載舟亦能覆舟，虹彩彎自有它們邪惡的幻術，而黑十三正是其中最邪惡的，或許是所有邪惡幻術的總和。就算他們真的擁有它，羅蘭也會努力不讓它落入艾迪的手中。他現在哀慟欲絕，黑十三可以在轉眼間毀滅他，或是奴役他。

『少做夢了。』羅莎莉塔冷冷的說，嚇了眾人一大跳，『艾迪，先不管什麼魔力的問題，你別忘了上山那條小徑有多陡，也別忘了那六十個人裡有許多人差不多和漢奇克一樣老，還有一、兩個跟蝙蝠一樣瞎，他們全得在黑漆漆的夜色裡爬山！』

『還有那塊大圓石，』傑克說，『記得你必須躡手躡腳，兩隻腳還吊在懸崖邊，才能繞過那顆大圓石嗎？』

艾迪心不甘情不願的點點頭。羅蘭看得出來他在努力接受無力改變的事實，也在奮力保持清醒。

『蘇珊娜・狄恩也是個槍客，』羅蘭說，『也許她可以暫時照顧自己。』

『我想現在作主的不是蘇珊娜・狄恩了，』艾迪回答，『也不是你。畢竟那是米亞的寶寶，直到那個寶寶……也就是小傢伙出生以前，作主的都會是米亞。』

此時，羅蘭突然有個直覺，就像他在過去那段漫長歲月中所有的直覺一樣，這個直覺最後也成真了。『她們離開時，或許作主的是米亞，但她也許不能永遠作主。』

終於，卡拉漢開口了，他從那本讓他震驚無比的書裡抬起頭來，說：『為什麼？』

『因為那不是她的世界，』羅蘭說，『那是蘇珊娜的世界。如果她們找不到辦法合作，她們很可能會一起死。』

2

漢奇克和坎塔布回到紅道曼寧族，先是把白天的成果告訴集合而來的老人（全都是男人），再告訴他們該付的報酬。羅蘭和羅莎莉塔到她的小屋去。小屋在一座山丘上，旁邊曾有一座漂亮的茅廁，但現在那座茅廁已成了一片廢墟，只剩下傳令機器人安迪（兼其他多種功能）的殘骸在裡頭徒勞無益的站著衛兵。羅莎莉塔慢慢替羅蘭褪去了所有的衣裳，等他一絲不掛後，她便爬上床，躺在他身邊，用特製的油膏塗抹他的身體。她用貓油撫平他的疼痛，用另一種更綿滑、微帶香味的油膏塗抹他最敏感的部位。他們做了愛，一起達到高潮（只有傻子才會把這種生理的意外當作命中注定），聆聽卡拉大街傳來的鞭炮聲與卡拉人的喧囂吼叫，從他們的聲音判斷，大部分的卡拉人早已喝得醉醺醺。

『睡吧！』她說，『明天我不會再見到你。我不會再見到你，埃森哈特不會再見到你，歐佛侯瑟也不會再見到你，卡拉裡不會有人再見到你。』

『難道妳能預見未來？』羅蘭問。他聽起來很輕鬆，甚至還頗有興致，但就算在與她繾綣纏綿時，他的心中仍為了蘇珊娜苦惱不已：蘇珊娜是他的共業夥伴，可是現在她竟然不知去向。就算她只是失蹤，還沒有捅出什麼樓子，但他還是無法真正安心休息。

『不，』她說，『但我有時候會有感覺，就像其他的女人一樣，尤其是她們的男人準備離開她們的時候。』

『我是妳的男人嗎？』

她的眼神既羞怯又堅定。『在你停留此地的短暫時光裡，你是我的男人。我喜歡這麼想。你覺得我錯了嗎，羅蘭？』

他立刻搖頭。就算只有短短的時間，能再次成為某個女人的男人仍然讓他覺得很開心。

她看出他是真心的，表情變得柔和許多。她撫摸他削瘦的臉龐說：『我們幸會了，羅蘭，不是嗎？在卡拉幸會了。』

『是的，女士。』

她摸摸他殘缺的右手，再摸摸他的右臂，然後說：『還痛嗎？』

他不願意對她說謊。『痛得要命。』

她點點頭，抓起他的左手，那隻倖免於難、沒被龍蝦怪啃掉的手。『這隻手呢？』

『還好。』他說，但他感到一陣深沉的疼痛潛伏著，伺機而出，是羅莎莉塔所謂的『乾扭病』。

『羅蘭！』她說。

『是的？』

她的雙眸冷靜的看著他，雙手依然握著他的左手，撫摸著，想要找出它的秘密。『盡快解決你的任務。』

『這是妳的建議嗎？』

『是的，吾愛，以免你的任務把你給解決了。』

3

午夜來臨，艾迪坐在牧師寓所的後院。這逝去的一天將成為卡拉人口中的『東大路大戰紀念日』，成為一段歷史（之後將成為一段神話……當然，前提是這個世界撐得夠久，沒有分崩離析，這段歷史還來得及成為神話）。城鎮裡，慶祝的聲音愈來愈大，愈來愈狂熱，直到艾迪開始認真覺得他們會放火燒了整座城。可是他會在乎嗎？一點也不，託您的福！您別客氣。羅蘭、蘇珊娜、傑克、艾迪和三個女人（她們自稱是歐莉莎姐妹）與狼群英勇奮戰時，其他的卡拉人不是夾著尾巴躲在城鎮裡，就是躲在河堤旁的稻田裡。但十年之後——甚至只要五年！——他們就會告訴彼此，在秋季的某日，他們全員出動，與眾槍客並肩作戰。

這並不公平，他內心的某個部分也知道這並不公平，但他這輩子從沒覺得這麼無助，這麼茫然，這麼卑劣。無論如何，他會告訴自己不要想蘇珊娜，不要想她去哪裡，也不要想她的惡魔之子到底出生了沒。她去了紐約，這一點他很確定，但是哪個時代的紐約？那裡的人是不是駕著點著煤氣燈的雙座小馬車？還是讓來自北方中央正電子公司的機器人開著反重力計程車，載著他們飛來飛去？

她還活著嗎？

他真想聳聳肩，把這個問題拋在腦後，但他的腦袋卻是如此殘酷。他不停看到她出現在紐約黑街的貧民窟裡，額頭上刻了個反卍字，脖子上掛著一張牌子，上頭寫著：來自牛津城的朋友向你問好。

在他身後，通往牧師寓所廚房的門打開了。他聽見赤腳踩在地板上的聲響（一如他其他的殺人裝備，他的聽覺備受訓練，已經變得非常敏銳），還有腳爪敲在地板上的聲音。是傑克和仔仔。

傑克在他身邊卡拉漢的搖椅上坐下，他穿著整齊，還戴著碼頭工人的飛抓，飛抓裡放著他離家時從父親那兒偷來的魯格槍。今天那把槍讓血流遍地……不對，機器人沒有血，哪兒來的血流遍地？那麼『油流遍地』呢？艾迪微微一笑，但卻是抹沒有笑意的笑。

『睡不著啊，傑克？』

『ㄟ克。』仔仔答腔，然後在傑克的腳邊趴下，口鼻靠在兩爪之間的地板上。

『對啊，』傑克說，『我一直想著蘇珊娜。』他頓了頓，接著又說：『還有班尼。』

艾迪知道這是很自然的，男孩看見摯友在他的眼前四分五裂，當然會一直想著他，但艾迪還是感到一股突如其來的妒意，好像傑克現在誰也不該關心，只該關心艾迪．狄恩的老婆一樣。

『那個泰佛利家的小孩，』傑克說，『是他的錯。他慌了，開始跑，扭斷了腳踝。如果不是他，班尼就不會死。』接著他輕輕的說了一句話：『法蘭克……他媽的……泰佛利。』

艾迪覺得，要是法蘭克聽見這句話，鐵定會覺得膽顫心寒。

艾迪伸出一隻毫無安慰之意的手，摸摸男孩的頭。他的頭髮太長了，需要洗一洗。該死，根本是該剪一剪了。傑克需要母親好好照顧，但現在沒有母親照顧他。突然，一個小小的奇蹟發生了：安慰別人讓艾迪覺得好一點了。不是好很多，但至少好了一點。

『放手吧！』他說，『逝者已矣。』

『業。』傑克不甘心的說。

『安「硬」，業。』仔仔頭也不抬的說。

『阿門。』傑克說著，笑了起來。那笑聲冷淡得令人不安。傑克從臨時做成的槍套中拿出魯格槍，看著它。『這把槍能穿門而過，因為它本來就來自另一邊，這是羅蘭說的。因為我們不是在跨界，所以其他的槍或許也能穿門而過，但如果那些槍不能穿過門，漢奇克會在洞穴裡接住槍，我們或許還能再回來拿。』

『如果我們到了紐約，』艾迪說，『那裡的槍可多得是，我們會想辦法弄到幾把。』

『但是一定弄不到跟羅蘭那把一樣的。我真的很希望那些槍能穿過那扇門。其他的世界一定找不到和他那把一樣的槍，我是這麼想的。』

艾迪也是這麼想的，但他懶得說出口。城鎮裡傳來一陣劈哩啪啦的鞭炮聲，然後是一片靜默。慶祝的氣氛冷下來了。終於冷下來了。明天在空地上一定會一整天宴會作樂，繼續今天的慶祝活動，但不會醉得那麼厲害，腦袋也會更清醒一些。羅蘭和他的共業夥伴理應是座上嘉賓，但要是造物之主有仁心，那扇門順利打開，他們就不會再留在此地了。他們要去追捕蘇珊娜，尋找蘇珊娜。別理什麼追捕了，只要能找到蘇珊娜就謝天謝地了。

傑克彷彿讀出了他的心思（他也真能讀出他的心思，因為他的靈知之力很強），說道：

『她還活著。』

『你怎麼知道？』

『要是她死了，我們一定會感覺到。』

『傑克，你能用靈知之力感應她嗎？』

『不能，但是——』

他話還沒說完，地上便傳來一陣低沉的隆隆聲。門廊的地面突然開始上下起伏，像是一艘在汪洋大海中隨波逐流的小船。他們可以聽見木板發出吱吱嘎嘎的聲音，廚房裡的瓷器咯咯作響，活像打顫的牙齒。仔仔抬起頭，低吼了幾聲，那張狐狸似的臉露出驚慌又滑稽的表情，兩隻耳朵往後緊緊貼著頭。在卡拉漢的客廳裡，有東西掉了下來，碎了一地。

艾迪突然有一個荒謬但卻強烈的想法：傑克害死了蘇西，只因為他聲稱她還活著。

有那麼一會兒，地震愈搖愈厲害。一張窗戶的窗框給震歪了，玻璃也跟著碎裂。黑暗中傳來一陣猛烈的爆炸聲。艾迪猜想（他也沒猜錯）是那間已經炸毀的茅廁完全崩塌了。他隨即站了起來，傑克就站在他身旁，抓著他的手腕。艾迪掏出了羅蘭的手槍，現在他們兩人並肩站著，好像準備開槍大戰一場一樣。

地底深處傳來最後一陣轟隆聲，然後整個門廊就在他們腳下靜了下來。在沿著光束的某個要塞，眾人驚醒，四下張望，一臉茫然。在某個時代的紐約街頭，幾輛車子的警鈴響了，隔天的報紙會報導前一天發生了小小的地震，窗戶破裂，無人傷亡，咱們腳下這塊大石頭基本上還是穩如泰山，只是一點點小震動，無傷大雅。

傑克看著艾迪，兩隻眼睛張得大大的，心中若有所知。

他們身後的門打開了，卡拉漢走向門廊，穿著輕薄的及膝白內褲，此外他身上唯一的東西就是脖子上的金十字架。

『只是地震而已，不是嗎？』他說，『我在北加州的時候遇過一次，但來卡拉之後就沒碰過了。』

『這可比地震嚴重得多了。』艾迪說著，指向前方的紗門。紗門面向東方，紗門外的地平線上爆出一道道綠色閃電，照亮了漆黑的夜空。牧師寓所的下坡處，羅莎莉塔小屋的門咿咿呀呀的旋了開來，隨即又『砰！』的一聲關上。她和羅蘭一起往山丘上爬；她穿著寬鬆的連身睡衣，羅蘭則只穿著牛仔褲，兩人都赤著腳，踏在露珠上。

艾迪、傑克和卡拉漢下山走向他們。羅蘭專注的望著東方，望著那已漸漸黯淡的閃電。在東方，霹靂地等著他們，血腥之王的王宮等著他們，還有在末世界之終，黑塔也在等著他們。

如果，艾迪心想，如果它還佇立著的話。

『傑克剛才說，如果蘇珊娜死了，我們一定會知道。』艾迪說，『他說一定會有你所謂的「圖徵」。結果他話一說完，就發生了這件事。』他指向大叔的草坪，那裡隆起了一道新的田隴，把草地一分為二，露出草皮底下的泥土地，宛如一張噘起的小嘴。城裡的狗兒齊聲狂吠，但卡拉人卻毫無動靜，至少目前還沒有。艾迪猜想大部分的卡拉人根本睡死了，沒發現地震這件事，一如酩酊大醉的凱旋者在夢鄉中沉睡。『但是應該跟蘇西沒有關係，不是嗎？』

『沒有直接的關係。』

『而且也不是發生在我們的這條光束上，』傑克插嘴，『不然損壞的程度會更嚴重，你覺得呢？』

羅蘭點點頭。

羅莎莉塔看著傑克，表情既迷惑又害怕。『我們的什麼東西，孩子？你在說什麼？這絕對不是地震，我敢肯定！』

『當然不是，』羅蘭說，『是光束震。支撐黑塔的一條光束倒了，垮了，而黑塔又是支撐萬物的基柱。』

就算是在門廊裡四盞油燈的微弱燈光下，艾迪還是可以看見羅莎莉塔•慕諾茲的臉血色盡失。她在自己的身上畫了個十字說：『光束？其中一條光束？不！告訴我這不是真的！』

艾迪發現自己想起了許久以前的某個棒球醜聞，想起了某個小男孩哀聲懇求著：告訴我這不是真的，喬！❶

『恕難從命，』羅蘭告訴她，『因為這是真的。』

『總共有幾條光束？』卡拉漢問。

羅蘭看著傑克，然後輕輕點頭：紐約的傑克，把你所學到的說出來吧！說出來，勿有半句虛言。

『共有六道光束連接十二道門戶，』傑克說，『這十二道門戶是世界的十二個終點。羅蘭、艾迪和蘇珊娜的遠征是從巨熊的門戶才真正開始，他們在從那裡到盧德城的路上救了我。』

『殺敵克，』艾迪說，他看著東方最後一道忽明忽滅的閃電，『那隻熊的名字叫殺敵克。』

『沒錯，殺敵克。』傑克說，『所以我們現在是在巨熊的光束上。所有的光束皆在黑塔

❶這是美國棒球史上有名的『黑襪事件』。一九一九年世界大賽由芝加哥白襪出戰辛辛那提紅人隊，球迷一致看好戰績最佳的白襪隊能獲得冠軍，但在全國注目下，先發一壘手甘地爾（Chick Gandil）和當地的職業賭徒蘇利文（Joseph "Sport" Sullivan）合作，買通七位對白襪老闆不滿的球員，包括明星外野手『無鞋喬』（"Shoeless" Joe Jackson）和兩位先發投手，在比賽中放水讓紅人拿到冠軍。風聲不脛而走，最後，由於一名賭客不滿白襪隊員的表現，將資料交給了當時新上任的職業聯盟最高委員，並通知了記者。隔年球季，聯邦檢察官及大陪審團開始調查，最後判定參與放水的八名球員均處終身球監。事件爆發時，一名小男孩抓住『無鞋喬』哭喊：『告訴我這不是真的，喬。（Say it ain't so, Joe.）』成為一句棒壇名言。

交會。我們的光束，在黑塔的另一邊……？』他望著羅蘭，希望羅蘭能幫幫他，但是羅蘭卻看著艾迪・狄恩。就算是現在，羅蘭也好像還在繼續教導他們艾爾德之道。

艾迪不知是沒看到羅蘭的眼神，或者是故意視而不見，但羅蘭沒這麼容易罷休，他低聲說：『艾迪？』

『我們在巨熊之徑，烏龜之道上。』艾迪心不在焉的說，『我不知道這到底有什麼意義，反正我們只要到得了黑塔就行，不過呢，在黑塔的另一邊是烏龜之徑，巨熊之道。』接著他朗誦了起來：

巨無霸，大烏龜！
圓圓的地球殼上背。
慢吞吞的腦袋，沒脾氣；
沒有一個人他不惦記。

此時，羅莎莉塔接著唸道：

龜背上真理一肩扛，
愛與責任合為一。
他愛土地愛海洋，
還愛我這樣的小把戲。

『跟我小時候聽的搖籃曲不太一樣，也跟我教我朋友的不太相同，』羅蘭說，『但是也差不多了，我拿我的錶保證此言不虛。』

『順便告訴各位，』傑克說，然後聳聳肩說：『大烏龜的名字叫麻諸靈。』

『你不曉得該怎麼找出是哪條光束斷了？』卡拉漢盯著羅蘭的臉說。

羅蘭搖搖頭說：『我只知道傑克說得沒錯──斷的不是我們這條。如果斷的是我們這條光束，布來恩．史特吉斯卡拉的方圓百哩之內都會是一片斷垣殘壁，』雖然羅蘭這麼說，但是誰曉得呢？搞不好是方圓千哩之內，『鳥兒會全身著火，從天上掉下來。』

『你說的不正是天啟末日的場景嗎？』卡拉漢用低沉不安的聲音說道。

羅蘭搖搖頭，但並不是表示反對。『大叔，我不曉得天啟末日是什麼樣的場景，但我說的確實是遍地死亡、滿目瘡痍的慘境。而在某個地方，也許是在連接魚與鼠的光束上，這樣的情景正在發生。』

『你確定這是真的嗎？』羅莎莉塔低聲問道。

羅蘭點點頭。他曾經經歷過這樣的場景。那時基列地衰亡了，他所理解的文明也終結了；那時他被流放遠方，與卡斯博、艾藍、潔米和其他寥寥幾位共業夥伴一同浪跡天涯；那時六條光束中的一條斷了，而且幾乎可以肯定那並不是第一條。

『還剩下幾條光束支撐黑塔？』卡拉漢問。

此時，艾迪似乎頭一次對老婆下落以外的事情起了興趣，好像終於集中了注意力，專心的看著羅蘭。他當然會專心，畢竟，這是最重要的問題。俗話說得好：萬物皆為光束所用，雖然真正的事實是『萬物皆為黑塔所用』，但支撐黑塔的是光束。如果光束斷了……

『兩條，』羅蘭說，『我認為至少有兩條，穿過布來恩．史特吉斯卡拉的這條以及另外一條，但是天曉得它們還能支撐多久！就算沒有破壞者攻擊，我想它們也撐不了多久。我們得加快腳步才行。』

艾迪的身子一僵：『如果你的意思是要我們不理蘇西繼續前進……』

羅蘭不耐煩的搖搖頭，好像在告訴艾迪別傻了。『沒有她，我們不可能順利抵達黑塔。就我所知，沒有米亞的小傢伙，我們是不可能成功的。一切全都在業的掌握中，在我的故鄉有句俗話：「業無心亦無理」。』

『那句話我同意。』艾迪說。

『我們可能還有另外一個問題。』傑克說。

艾迪對他皺起了眉頭。『我們不需要另外一個問題。』

『我知道，但是……要是地震堵住了那個洞穴的入口呢？或者……』傑克猶豫了一會兒，然後勉強說出了他真正害怕的事情，『或是把洞穴整個震垮了呢？』

艾迪伸出手，緊緊揪住傑克的領口。『不准你那樣說！連想都別想！』

他們聽見了城鎮裡的聲音。羅蘭猜想卡拉人會再次聚在空地上，也猜想在未來的一千年中，布來恩・史特吉斯卡拉的人將年年慶祝今天，還有今晚——當然，前提是黑塔還能佇立千年之久。

艾迪放開傑克的領口，然後拍拍他抓過的地方，好像想要撫平襯衫上的縐紋。他努力露出微笑，但那抹微笑卻讓他顯得軟弱又滄桑。

羅蘭轉身面對卡拉漢。『曼寧人明天會出現嗎？你比我更了解這幫人。』

卡拉漢聳聳肩。『漢奇克是個言出必行的人，但在發生了剛剛那件事後，他有沒有辦法讓其他人也言出必行……羅蘭，這我就真的說不準了。』

『他最好有辦法，』艾迪陰沉的說，『最好有辦法。』

基列地的羅蘭說：『誰想玩牌？』

艾迪看著他，一臉不可置信。

『我們要熬夜到天亮，』槍客說，『最好還是想辦法打發打發時間。』

於是他們玩起了名叫『看仔細』的牌戲，羅莎莉塔贏了一把又一把，在一面石板上記下每個人的分數，但臉上卻毫無勝利的笑容——其實傑克根本看不出來她有任何表情，至少一開始看不出來。他很想用靈知之力探探她的心思，但又覺得在不是最必要的情形下運用靈知之力是不對的。要是他運用靈知之力，窺探羅莎莉塔那張撲克臉底下的心思，那就和偷看她換衣服沒兩樣。甚至和偷看她跟羅蘭做愛沒兩樣。

但隨著牌戲進行，隨著東北方的天空終於漸漸泛白，傑克猜想，自己畢竟還是曉得她到底在想些什麼，因為她想的和他想的是同一件事。就某個程度來說，從現在開始到最後一刻，他們每個人的腦袋裡都想著同一件事情，也就是最後那兩條光束。

他們每個人都在默默等待那兩條光束中的一條斷裂，或是兩條一起斷裂。不管是在追蹤蘇珊娜的時候，羅莎莉塔在做晚餐的時候，甚至是史萊特曼在埃森哈特牧場哀悼往生之子的時候，他們每個人都想著同一件事：光束只剩下兩條了，而且破壞者還夜以繼日的攻擊它們，啃食它們，宰殺它們。

離一切結束還有多久？又會如何結束？他們會不會聽見那藍灰色石塊崩落在地的轟隆巨響？天空會不會像一件薄衫似的開了道口子，吐出住在跨界幽冥中的可怕怪物？他們會有時間呼號嗎？會有來生嗎？還是在黑塔傾倒之時，天堂與地獄也隨之灰飛煙滅？

他看著羅蘭，儘可能清楚的送出了一個念頭：*羅蘭，救救我們。*

一個念頭回應他，讓他的心中充滿了冰冷的安慰（啊，但冰冷的安慰總比沒有安慰來得好）：我盡力。

『看仔細。』羅莎莉塔說著，打出了牌。她先前打的是一張『魔杖』好牌，而現在，打在魔杖上的是一張『死亡女神』。

詩節：卡瑪拉，來來來，
有情郎，配良槍。
姑娘帶著良槍逃，
情郎少了好姑娘。

應答：卡瑪拉，第一段！
姑娘帶著良槍逃！
留下情郎黯神傷，
決心要把姑娘找。

2st
STANZA

詩節二

魔力的延續

The Persistence of Magic

1

他們根本是白操心了。漢奇克依約帶著四十個男人，來到先前說定的空地準備出發，臉色一如往常的陰鬱沉重。他向羅蘭保證，如果『黑色水晶球』消失後，那扇未發現的門還打得開，那麼這樣的人數已是綽綽有餘。漢奇克帶來的人比他先前答應的還少，可是他並沒有道歉，只是一個勁的摸著鬍子，有時還是兩手一起摸。

『大叔，你知道他為什麼一直摸鬍子嗎？』傑克問卡拉漢。漢奇克帶來的那夥人正坐著十多輛馬車，往東方前進，殿後的馬車由一對白化驢子拉著。驢子生了對古怪的長耳和火紅的眼睛，馬車則是二輪篷車，用白色的帆布包了起來。就傑克看來，那輛車活像裝了輪子的爆米花罐頭，漢奇克一個人駕著這輛古怪的玩意兒，一邊陰沉的拉著鬍子。

『我想那表示他很不好意思。』卡拉漢說。

『真不曉得他幹嘛不好意思。在經過光束震還有那些事情之後，竟然還有這麼多人願意來，我已經很驚訝了。』

『地震之後，他發現有些同胞比較怕地震，而不是怕他。就漢奇克所知，這就代表他食言了，而且不是普通的食言，是對你的丁主食言。他的顏面盡失。』接著卡拉漢不改語氣，想要順勢套出傑克原本不會回答的答案，『那麼，她還活著嗎？那個妞兒？』

『她還活著，但是她——』傑克開口，然後立刻用手摀住嘴，用指責的眼光瞪著卡拉漢。在他們前方的二輪篷車駕駛座上，漢奇克驚慌的四下張望，好像聽見他們兩人在大聲爭吵。

卡拉漢懷疑，在這個該死的故事裡，是不是每個人都有靈知之力，只有他一個人沒有。

這不是故事，這不是故事，這是我的人生！

但這句話卻教人難以相信，不是嗎？畢竟，他曾經看過自己的名字印在書裡，成了書中的主角，書本的版權頁上印著『純屬虛構』四個大字，以及『一九七五年，雙日公司出版』。又是一本有關吸血鬼的書，誰都曉得吸血鬼是不存在的。只不過吸血鬼的確存在過，而且至少在鄰近這個世界的某些世界裡，吸血鬼還依然存在。

『別那樣對我，』傑克說，『別那樣套我。大叔，如果你和我站在同一陣線，就別再那麼做了，好嗎？』

『對不起，』卡拉漢說，『求您諒解。』

傑克疲倦的微微一笑，摸摸斗篷正面口袋裡的仔仔。

『她——』

男孩搖搖頭。『大叔，我現在不想談她。我們最好連提都不要提到她。我有個感覺——我不知道是不是真的，但這個感覺很強——我覺得有個東西在找她。如果真的有東西在找她，我們最好不要讓它偷聽到我們的對話，而它或許真的能偷聽到我們的對話。』

『有東西……？』

傑克伸出手，摸摸卡拉漢的牛仔領巾。領巾是紅色的。接著他又用一隻手碰碰自己的左眼。卡拉漢一時沒看懂，但隨即會意過來。紅色的眼睛，血腥之王的眼睛。

他坐回馬車座，不再說話。在他們身後，羅蘭和艾迪一語不發的並肩騎著馬，兩人都帶著古囊，也帶著槍。傑克也帶著槍，放在身後的馬車篷裡。如果他們在今天之後還會回到布來恩·史特吉斯卡拉，應該也不會久留。

在卡拉漢問起蘇珊娜時，傑克想說的是『她還活著，但是她很害怕』，但『很害怕』其實還是個輕描淡寫的說法。傑克可以聽見蘇珊娜在尖叫。儘管微弱無比，遙遠無比，他還是可以聽見。他只能希望艾迪沒有聽見。

2

於是他們策馬駛過小城。城裡的人因為筋疲力竭，所以儘管發生了天搖地動的光束震，依然沉沉睡著。天氣很涼，所以出發時，他們可以看到自己呼出的氣息在空中凝成白煙，枯死的玉米稈上也結了一層薄薄的霜。大懷河上飄著一道白霧，猶如這條河流吐出的氣息。羅蘭心想：冬日已近。

一個小時後，他們進入了溪谷地區。萬籟俱寂，只有拉動韁繩的叮噹聲、輪胎轉動的吱嘎聲、馬蹄的噠噠聲、白化驢子拉車時偶爾發出的嘲諷叫聲，還有遠方鏞怪飛行時發出的怪叫聲。或許那些鏞怪正在往南方飛去——要是牠們還能找到南方的話。

他們右邊的土地漸漸隆起，峭壁、懸崖與台地取代了平坦的田野。他們繼續走了十或十五分鐘後，便回到了與狼群纏鬥的戰場。就在二十四小時前，他們帶著卡拉的孩子來到此地，然後與狼群奮戰。在這裡，一道小徑從東大路岔出，朝著大約是西北方的地方蜿蜒而去。東大路的另一邊有條臨時挖成的壕溝，羅蘭、他的共業夥伴以及諸位飛盤女士就是在這條壕溝裡等待狼群。

說到狼群，他們到哪兒去了？眾人離開這個伏兵之地時，狼群的屍體還散落一地。總共加起來有超過六十具屍體，那些人形怪獸曾穿著灰褲子、綠披風、戴著咆哮的狼面具，從西方策馬而來。

羅蘭下馬，走到漢奇克身邊。漢奇克正從二輪馬車上下來，老態龍鍾，動作十分僵硬。羅蘭完全不打算扶他一把，漢奇克也不指望羅蘭扶他，要是羅蘭真的出手扶他，他還會覺得是一種侮辱。

等漢奇克最後一次抖抖黝黑的斗篷後，槍客便準備開口提問，但卻發現他根本不需要問。在前方四、五十哩處，東大路的右邊突然出現一座堆滿玉米的山丘，而前一天那裡還是一片平坦的玉米田。羅蘭發現，那是一座亂葬崗，一座毫無敬意、草草堆成的亂葬崗。他從沒有浪費心神，思考卡拉人昨天下午都在忙些什麼（也就是在舉行宴會，把自己累到呼呼大睡之前），但現在，他們的工作成果就展現在他眼前。羅蘭心想：他們是害怕狼群會死而復生嗎？從某方面來說，他們的確是害怕狼群死而復生。所以他們把動也不動的沉重屍體（包括灰馬與穿著灰衣的狼群）拖到玉米田裡，隨便堆放，然後在上頭蓋滿連根拔起的玉米。今天他們會放火燒掉這堆屍首。要是沙朦朧又吹了起來呢？羅蘭猜想他們還是會放火，一個不小心還會引發大火，將東大路與河堤之間的田野燒個精光。有何不可？今年的生長季節已過，而且老人家常說，火是最好的肥料。此外，不放火燒掉那座小丘，卡拉人是不會真正安心的。就算燒了小丘，也不會有太多人喜歡到這裡來。

『羅蘭，你看！』艾迪說，他的聲音顫抖，在哀傷與憤怒間游移，『啊，該死，快看啊！』

在接近小徑盡頭的地方，也就是傑克、班尼和泰佛利雙胞胎拚死衝過大路逃命的地方，有一輛滿是刮痕、破爛不堪的輪椅，它銀色的外殼在陽光下閃閃發亮，座椅上滿是灰塵與血跡，左輪嚴重扭曲變形。

『汝何以如此憤怒？』漢奇克問，他身邊站著坎塔布和五、六個老人。艾迪有時會把這些老人叫做『斗篷一族』。其中兩個老人看起來比漢奇克還要老上許多，這讓羅蘭想起昨晚羅莎莉塔說過的話：那六十個人裡有許多人差不多和漢奇克一樣老，他們全得在黑漆漆的夜色裡爬山！現在天還沒黑，但他不知道這些人能不能順利走到門洞小徑較陡峭的部分，更別提一路爬到山頂了。

『他們把你女人的輪椅搬回這裡，紀念她，也紀念你，汝何以如此憤怒？』

『因為它不應該是這副破爛的模樣，她也應該坐在上頭才對，』艾迪告訴漢奇克，『你明瞭嗎，漢奇克？』

『憤怒是最無用的情感，』漢奇克吟詠，『有害理智，徒使心傷。』

艾迪將雙唇抿成了鼻子底下的一道白色疤痕，但並沒有回嘴。他走到蘇珊娜那輛滿是傷痕的輪椅旁，哀戚的看著它。自從在托佩卡發現這台輪椅後，它就陪著他們走過了數百哩路，但現在它已經功成身退了。卡拉漢靠近艾迪，但艾迪卻揮揮手，叫大叔回去。

傑克看著班尼在大路上遇害身亡的地方。當然，班尼的屍體已經不在了，而且也有人用一層新土蓋掉他噴出的鮮血，但傑克發現自己還是看得見暗褐色的斑斑血跡，看得見班尼的斷臂掌心朝上，橫陳在地。傑克想起摯友的父親踉蹌走出玉米田，看見愛子躺在地上，有五秒鐘左右的時間完全無法發出聲音。傑克猜想，這五秒鐘的時間足夠讓人告訴史萊特曼塞爺，他們的損失真是微乎其微：只死了一個男孩、一個牧場主人的妻子，除此之外只不過是有個男孩斷了腳踝，真是太划算了。但是沒有人說得出口。然後老史萊特曼放聲尖叫了起來。傑克覺得自己永遠都忘不了那尖叫，就像他也會永遠看見班尼少了條胳臂，躺在滿是血污的黝黑塵土中。

在班尼喪命之地的旁邊，還有一個東西也埋在土裡，傑克只能看到一道金屬微光。他跪下一隻腳，挖出一顆狼群的死亡之球，那叫做『銀探子』的東西。根據上頭刻的字，它還是『哈利波特』型。昨天他曾經把幾顆這樣的玩意握在手裡，感受到它們的震動，聽見它們微弱、邪惡的蜂鳴聲，但現在他手上的這顆卻是動也不動。傑克站起身，把它丟向蓋滿玉米的狼群屍堆。他丟得非常用力，因此弄痛了手臂。明天那隻手臂或許會有些僵硬，但是他不在乎，也不在乎漢奇克對『憤怒』這種情緒的評價甚低。艾迪希望他的老婆回來，傑克希望他的朋友回來。艾迪的美夢還有可能成真，但傑克・錢伯斯的心願卻是永遠也不可能實現，因為人死不能復生。死亡恆久遠，就像鑽石一樣。

他想要趕快動身，想要把東大路這段往事拋在腦後。他再也不想看著蘇珊娜那台無人乘坐、破爛不堪的輪椅，可是曼寧人卻偏偏在發生大戰的地方圍起了圓圈，漢奇克還用高亢的聲音連珠炮似的唸起了禱詞，刺痛了傑克的耳朵：那聲音聽起來活像一頭豬受到驚嚇而發出的尖叫。他對著某個叫做『至高』的東西禱告，祈求平安抵達洞穴，祈求沒有人丟掉性命，也沒有人喪失理智（傑克覺得這段禱詞特別令人不安，因為他從來沒想過『理智』也是可以祈求的東西）。曼寧人的老大也祈求『至高』把活力賜給他們的磁鐵和鉛錘。最後他向至高祈求『業繁』，也就是『魔力的延續』，對這些人來說，這五個字似乎有一種特別的力量。他祈禱完畢時，眾人齊聲說道：『至高薩姆、至高克拉、至高坎它』，然後放下相連的雙手。幾個人跪下來，跟曼寧人真正的老大繼續溝通，而坎塔布則帶著四、五個較年輕的人到篷車旁，他們掀起雪白的篷布，露出幾個大木箱。傑克猜想裡頭裝的是鉛錘和磁鐵，而且比他們掛在脖子上的還要大上許多。為了這趟小小的冒險，他們可是搬出了大傢伙。木箱外頭刻滿了圖案，有星星、月亮和奇怪的幾何圖形，風格比較近似猶太秘教『喀巴拉』，而不是基督教。但是傑克發覺，他根本沒有理由認為曼寧人是基督徒。他們或許穿著斗篷，留著長鬍子，戴著圓頂帽，看起來就像桂格教派或是孟諾教派的信徒，又或許他們說話時就像在唸《聖經》似的，動不動就冒出個汝，但就傑克所知，不管是桂格教派或是孟諾教派，都沒有到其他世界旅行的嗜好。

有人從另一輛馬車裡拉出磨亮的長木棍，穿過花紋木箱底側的金屬套管裡。傑克發現，曼寧人把那些木箱稱為『匣孚』。他們扛著木箱，走過古老城鎮的街道，就像扛著宗教聖物一樣。傑克心想，從某方面來說，它們的確是宗教聖物。

他們走上了小徑，小徑上仍然散落著綁頭髮的緞帶、衣服的碎片，還有一些小玩具。這些東西曾是用來引誘狼群的餌，而狼群也真的上鉤了。

他們來到法蘭克•泰佛利的腳卡住的地方時，傑克腦袋裡聽見那沒用小鬼美麗妹妹的聲音：救救他，求求您，塞爺，我懇求您！而他也真的出手相助，上帝原諒他。然後班尼死了。

傑克轉頭不看，皺起了臉，然後心想：你現在是個槍客，有骨氣點。他強迫自己回頭。

卡拉漢大叔把手放在他的肩上。『孩子，你還好吧？你的臉色好蒼白。』

『我沒事。』傑克說。他突然覺得喉嚨一陣哽咽，但他強忍了下來，又說了一次剛才說過的話：『我沒事。』可是與其說他是在對大叔撒謊，不如說是他在對自己撒謊。

卡拉漢點點頭，把古囊（只是一個隨便整理好的包袱，因為他其實並不相信自己真的會遠行）從左肩移到了右肩。『我們到了那個洞穴以後會發生什麼事？如果我們真到得了的話？』

傑克搖搖頭。他不知道。

3

小徑還算好走。一路上有不少落石，對扛著匣孚的人來說非常辛苦，但從某方面來說，這段路比從前要輕鬆許多。地震震開了原先幾乎擋住山頂去路的大圓石。艾迪張望了一番，發現圓石碎成了兩半，遠遠躺在山腳下。圓石中心有某種顏色較淺、閃閃發亮的東西，艾迪覺得那東西就像全世界最大的水煮蛋。

洞穴也還在，只不過洞口出現了一大堆碎石。艾迪和一些較年輕的曼寧人合力清掉碎石，將一把又一把的碎頁岩丟到一旁（某些碎石裡還有閃閃發亮的石榴石，乍看有如血滴）。看到洞口讓艾迪揪著的心放鬆了不少，但他不喜歡洞穴裡的沉默，上回他來訪時，那洞穴可是健談得厲害。從黝黑的峽谷深處，他聽見令人惱怒的嗚咽風聲，但此外別無聲響。他的哥哥亨利上哪兒去了？亨利應該要碎碎唸著巴拉札的紳士是如何殺了他，而且全是艾迪的錯。他的媽媽上哪兒去了？她應該要在一旁替亨利幫腔才對（而且語調和亨利一樣哀怨）。瑪格莉特．埃森哈特又上哪兒去了？她應該要對祖父漢奇克抱怨她被加上了『忘者』的醜名，然後遭到遺棄。遠在成為門洞之前，這個洞就已經是聲音之洞，但那些聲音喑啞了，而那扇門看起來……艾迪想到的第一個詞是『愚笨』，第二個詞則是『微不足道』。這個洞曾因峽谷底下的聲音而得名，那扇門曾因那顆名叫『黑十三』的玻璃球而變得可怖、神秘、充滿力量，而黑十三就是穿過那扇門，來到卡拉。

但現在它又穿過那扇門，離開了卡拉，而那不過是一扇老舊的門，一扇……

……哪兒都不通的門。

艾迪努力壓抑這個念頭，但卻無能為力。

他轉頭看著漢奇克，眼中突然湧出的淚水讓他覺得自己好窩囊，可是又無力忍住。『這裡沒有魔力了。』他說，絕望讓他的聲音聽起來無比悲慘，『那扇該死的門後面什麼也沒有，只有污濁的空氣和落石。你是笨蛋，我也是笨蛋！』

四周傳來驚愕的抽氣聲，但漢奇克只是看著艾迪，雙眼彷彿閃著光芒。『路易斯、松尼！』他的語氣幾乎可稱得上是快活，『把「博冉霓」匣孚帶上來。』

兩個身形魁梧、蓄著短鬚、頭髮在腦後編成長辮的年輕人合力扛著一個鐵木匣孚，走上前來。匣孚約四呎長，從他們扛著木棍的模樣來看，也相當沉重。他們把匣孚放在漢奇克面前。

『打開它，紐約的艾迪。』

松尼和路易斯看著他，一臉懷疑，而且還有些害怕。艾迪發現，年紀較大的曼寧人全都興味盎然的看著這一幕。他猜想，要掌握曼寧人的正字標記，也就是成為一個徹頭徹尾的怪人，得花上好幾年的光陰；總有一天，路易斯和松尼也會練就一身的怪，但現在他們的功力還不夠高深，頂多稱得上是有些乖僻而已。

漢奇克點點頭，有點不耐煩。艾迪彎下腰，打開木箱。木箱沒有上鎖，很容易打開，裡頭有一塊絲綢。漢奇克像個魔術師一樣，用誇張的動作掀起絲綢，露出一個繫著銀鏈的鉛錘。艾迪覺得它就像是過時的玩具陀螺，比他想像中小了許多。從尖端到較寬的頂部大概是十八吋，材質是某種淡黃色的木材，看起來好像沾著油脂。鉛錘繫著銀鏈，銀鏈繞在匣孚蓋內側的水晶栓上。

『把它拿出來。』漢奇克說。艾迪望向羅蘭時，漢奇克老頭嘴上的鬍鬚分開，亮出一排完美無瑕的白牙，成了一抹驚人的嘲諷微笑。『汝為何望向汝之丁主，乳臭未乾的小子？這裡已經沒有魔力了，這可是汝親口所說！莫非汝根本是隨口胡說？怎麼，汝的歲數有多大了……在下只是隨口說說……應該已經有二十五吧？』

某些曼寧人站得夠近，聽見漢奇克這段嘲諷之語，忍不住竊笑了起來，其中有些人根本還不到二十五歲。

被漢奇克這麼一激，艾迪不禁對這個老混蛋惱火了起來（也氣自己這麼不中用），於是一賭氣，把手伸進了木箱，但漢奇克卻拉住了他的手。

『別碰鉛錘。若汝不想把自己搞得天翻地覆、乾坤顛倒，就別碰鉛錘。拿著鏈子就好，汝可明瞭？』

艾迪原本打算豁出去，直接拿著鉛錘，（他已經在這些人面前出盡了洋相，要丟臉就乾脆丟到底吧！）但在看到傑克嚴肅的灰色眼眸時，改變了心意。這裡的風很大，方才的山路讓艾迪汗流浹背，此時狂風一吹，吹涼了他皮膚上的汗水，他忍不住打了個冷顫。他再次伸出手，握住鎖鏈，小心翼翼的將它解下水晶栓。

『把那傢伙拿出來。』

『會發生什麼事？』

漢奇克點點頭，好像艾迪終於說了中聽的話。『到時候就知道。把那傢伙拿出來。』

艾迪照辦。先前那兩個年輕人扛木箱時顯得非常吃力，但艾迪卻發現鉛錘其實很輕，不由得吃了一驚。舉起它就像舉起一根連著四呎細鎖鏈的羽毛。他把鎖鏈繞在指背上，把手拿到眼前，看起來就像準備要弄傀儡一樣。

艾迪正想再問一次漢奇克他覺得會發生什麼事，但還沒來得及開口，鉛錘就開始前後微微晃動。

『不是我，』艾迪說，『至少我覺得不是我。一定是風。』

『我覺得不可能是風，』卡拉漢說，『不可能這麼巧……』

『噓！』坎塔布說，他的表情非常嚴厲，嚇得卡拉漢不敢出聲。

艾迪站在洞穴前，溪谷地區與一大部分的卡拉風光在他腳下一覽無遺。遠方那片夢幻的藍灰色是他們抵達此地前穿越的森林：那是中世界最後的殘骸，他們永不復返之地。狂風大作，將他額前的頭髮往後吹開，突然間，他聽到一陣嗡嗡聲。

只不過他並沒有真的聽見。嗡嗡聲在他眼前那隻手裡，在那隻纏著鎖鏈的手裡。嗡嗡聲在他的手臂裡，但最主要的，是在他的腦袋裡。

在鎖鏈尾端，鉛錘搖晃得愈來愈明顯，在空中形成一道鐘擺弧。艾迪發現一件奇怪的事：每次鉛錘晃到終點時，就會變重，好像有某種奇特的離心力拉著它一樣。弧度愈來愈大，鉛錘晃得愈來愈快，晃到終點時的拉力也愈來愈強，然後……

『艾迪！』傑克大叫，那吼聲不知是憂慮還是歡喜，『你看見了嗎？』

他當然看見了。現在，鉛錘每次晃到終點時，就會變得很模糊。將他手臂往下拉的力量——也就是鉛錘的重量——也以驚人的速度變得愈來愈重。他必須用左手撐著右手才能抓住鉛錘，他的臀部也不由自主的隨著鉛錘一起晃動。艾迪突然想起自己身在何處：他正在離地約七百呎的懸崖上。如果不阻止，這個寶貝很快就會把他拉下懸崖。要是他沒辦法把鎖鏈從手上鬆開呢？

鉛錘往右晃，在空中劃出一道無形的微笑，晃得愈高，重量就愈重。突然間，他從木箱裡不費吹灰之力拿出的小玩意兒似乎重達六十磅、八十磅，甚至高達百磅。它在終點暫停，在運動與重力間暫時平衡時，他發現自己可以透過它，看見東大路，不只看得很清楚，甚至還有放大的效果。然後『博冉霓』鉛錘又晃了回去，墜落，變輕，但接著它又開始往上升，這次是往左晃……

『好了好了，我懂了！』艾迪大吼，『把它拿走，漢奇克，至少讓它停下來！』

漢奇克說了一個字，那個字充滿喉音，聽來就像從淤泥灘裡挖出來的東西一樣模糊難辨。鉛錘並不是慢慢停下來，而是突然靜止，再次垂在艾迪的膝蓋旁，尖端指著艾迪的腳。有那麼一會兒，他手臂和腦袋裡的嗡嗡聲依然繼續響著，然後那聲音也跟著停了下來。嗡嗡聲一停，原本重得令人不安的鉛錘也變輕了。那該死的東西又再次輕如鴻毛。

『你有什麼話要對我說嗎，紐約的艾迪？』漢奇克問。

『有。我想求您諒解。』

漢奇克的白牙再次露臉，在他雜亂的鬍鬚中驚鴻一瞥，然後又消失了蹤影。『汝還不算太駑鈍，不是嗎？』

『但願如此。』艾迪說。曼寧人漢奇克從他手中拿走細銀鍊時，他忍不住如釋重負的輕輕嘆了口氣。

4

漢奇克堅持事先預演一次。艾迪可以理解，但是他恨透了這個該死的前戲。他覺得每分每秒都難捱至極，那種痛苦的感覺非常實在，簡直到了觸手可及的地步，就像一塊粗糙的布料滑過掌心一樣，不過他還是保持沉默。他已經惹惱漢奇克一次，而一次已經足夠。

漢奇克帶了六個朋友（其中五個在艾迪眼中看起來比上帝還要老）進入山洞。他把鉛錘交給其中三個，再把貝殼狀的磁鐵交給另外三個。漢奇克自己拿著博冉霓鉛錘，幾乎可以肯定，博冉霓鉛錘是其中力量最強大的一個。

這七個人在洞口圍成了一個圓圈。

『不是圍在那扇門邊嗎？』羅蘭問。

『時候未到。』漢奇克回答。

這群老人手牽手，交握的手中拿著鉛錘或磁鐵。他們一圍好圓圈，艾迪就再次聽見嗡嗡聲，就像音響音量過大發出的那種嗡嗡聲。他看見傑克用雙手摀住耳朵，羅蘭的臉則皺了起來，成了一個短暫的鬼臉。

艾迪看著那扇門，發現它一掃先前灰暗、微不足道的模樣。門上的象形符號再次清楚的顯露出來，那是某種已為人遺忘的文字，意思是未發現的。水晶門把發亮，門把上刻的玫瑰輪廓發出刺眼的白光。

我現在可以打開它嗎？艾迪心想。我能打開它，然後穿門而過嗎？他覺得不可能。還不到時候。但是比起五分鐘前，現在他對這個儀式樂觀許多了。

突然，洞穴深處的聲音活了過來，但那些聲音卻是齊聲狂吼。艾迪可以聽出小史萊特曼尖叫著道根；也聽見他的母親告訴他，他這輩子只會搞丟東西，現在竟然連自己的太太都搞丟了；還聽見某個男人（或許是埃爾默‧錢伯斯）跟傑克說傑克瘋了，他腦袋不清楚，他是個神經病。聲音愈來愈多，愈來愈多，愈來愈多。

漢奇克對同伴猛然點頭，七個人便把手分開。他們的手一分開，洞穴深處的聲音便戛然而止，艾迪也毫不意外的發現那扇門立刻恢復先前平凡無奇的模樣——如果有人在街上瞧見這樣一扇門，絕對不會多看一眼。

『看在上帝的分上，那到底是怎麼回事？』卡拉漢朝峽谷所在的黑暗深處點點頭說，『以前不是這樣的。』

『我認為，也許是因為發生地震或是失去魔法球，所以洞穴瘋了，』漢奇克平靜的說，『總之與我們無關。我們只要管那扇門就行了。』他看著卡拉漢的背包說：『你曾經是個流浪者。』

『沒錯。』

漢奇克的白牙又出來亮相了一會兒。艾迪覺得，從某方面來說，那個老混蛋覺得現在這種情形很有趣。『卡拉漢塞爺，從您的古囊來看，您好像已經很久沒上路了。』

『我很難相信我們真的會離開這裡。』卡拉漢說著，露出了微笑。跟漢奇克相比，這抹微笑顯得無力許多。『而且我老了。』

漢奇克發出了一個粗魯的聲音，聽起來好像是『得了吧』。

『漢奇克，』羅蘭說，『你知道今天早上為什麼會有地震嗎？』

漢奇克老頭的藍眼頓時少了幾分神采，但依然炯炯有神。他點點頭。在洞口外，大約三十多個曼寧男人沿著小徑排隊，耐心等待著。『我想是光束斷了。』

『我也是這麼認為，』羅蘭說，『我們的處境愈來愈危急了。我沒空再閒聊了，若您歡喜，咱們來談談正事，然後就準備上工吧！』

漢奇克回望羅蘭，眼神就像看著艾迪時一樣冷淡，但羅蘭的目光毫不閃爍。漢奇克皺皺眉，隨即又恢復了平靜。

『好吧，』他說，『悉聽尊便，羅蘭。你對我等恩重如山，不管是曼寧人或是忘者都對你有所虧欠，現在我等會盡力回報。魔力還在這裡，而且很強，只要一點火花便能引燃。我們能製造火花，沒錯，就像卡瑪拉一樣簡單。你也許能去你想去的地方，但從另一方面來說，我們也許最後會一起跑到小徑盡頭的空地上，甚至墜入黑暗，你可明瞭？』

羅蘭點點頭。

『你可願繼續？』

羅蘭低著頭，把手放在槍托上，在原地站了一會兒。等他抬起頭，他的臉上也帶著微笑。那抹微笑俊朗、疲憊、絕望而又危險。他把左手在空中旋轉兩次，告訴大家：咱們上路吧！

5

匣孚在小徑上被放了下來，裡頭的東西也拿了出來。這條小徑通往曼寧人所謂的『鏗鳴克拉』，非常狹窄，所以把匣孚放在地上時必須非常小心。留著長指甲的手指（曼寧人一年只能剪一次指甲）敲在磁鐵上，發出刺耳的嗡嗡聲，那聲音切過傑克的腦袋，就像一把利刃，讓他想起了跨界時的鐘聲。他猜想這並不意外，那鐘聲就是鏗鳴之聲。

『「鏗鳴克拉」是什麼意思？』他問坎塔布，『鐘鳴之所？』

『幽魂之所，』他頭也不抬的回答，依然低頭解著鎖鍊，『別吵我，傑克，這工作需要全神貫注。』

傑克不懂解開鎖鍊有什麼好需要全神貫注的，但還是聽話的離開了。羅蘭、艾迪和卡拉漢站在洞穴裡，離洞口不遠，傑克便朝他們走去。此時，漢奇克將同伴中年紀最大的幾個在門後排成半圓形，門的前方則無人防守，至少暫時沒有。那扇門上刻著象形文字，門把還是水晶做成的。

漢奇克老頭走向洞口，與坎塔布稍稍交談，然後示意在小徑上排隊等候的曼寧人走上來。隊伍的第一個人一進洞穴，漢奇克便要他停下來，然後自己走回羅蘭身邊。他蹲了下來，邀請羅蘭蹲在他身邊。

洞口佈滿了粉塵，有些是碎石，有些則是迷途小動物留下的骨灰。漢奇克用手指畫出一個長方形，方形的底部開了個口，後面還有個半圓。

『這是那扇門，』他說，『這個則是我的族人。汝可明瞭？』

羅蘭點點頭。

『你和你的朋友將完成這個圓。』他說著，畫完了整個圓。

『那個男孩的靈知之力很強。』漢奇克說著，突然望向傑克，把傑克嚇得跳了起來。

『是的。』羅蘭說。

『那我們會把他放在門的正前方，但不會離得太近，免得門開得太猛，把他的頭給削掉了。汝可願意，男孩？』

『願意，除非你或是羅蘭不同意。』傑克回答。

『你的腦袋會有一種感覺，一種吸吮的感覺。那種感覺不太舒服。』他頓了頓，『汝希望開門兩次。』

『是的，』羅蘭說，『兩次。』

艾迪知道，門第二次打開時，應該是要去尋找卡文・塔，但艾迪已經對那位書店主人失去了興趣。艾迪猜想，那個男人不能說是毫無勇氣，但是他也很貪婪，很頑固，很自私，換句話說，他是典型的二十世紀紐約人。可是最後一個使用這扇門的人是蘇西，所以他打算在門第一次打開時就立刻衝進去。如果門再次打開時，門後出現的是卡文・塔和友人亞倫・狄普諾藏身的緬因小鎮，他完全沒有意見；如果其他人真的到了那兒，努力保護塔先生，努力取得某塊空地的所有權，努力得到某株粉紅色的野玫瑰，他也完全沒有意見。現在，艾迪優先考慮的是蘇珊娜，其他的一切全都是次要的。

就連那座塔也是。

6

漢奇克說：『門第一次打開時，汝打算派誰過去？』

羅蘭思索著，一隻手心不在焉的摸著卡文・塔堅持送過來的書櫃。書櫃裡裝了一本讓大叔非常沮喪的書。他不想派艾迪過去，艾迪天性本就衝動，現在更因為憂慮摯愛的妻子，幾乎失去了理智。可是，如果羅蘭在這個節骨眼上，還故意命令艾迪去找塔先生和狄普諾，他會聽命嗎？羅蘭覺得他不會聽命。也就是說……

『槍客？』漢奇克催促。

『門第一次打開時，艾迪和我會過去，』羅蘭說，『門會自己關上嗎？』

『門的確會自己關上，』漢奇克說，『你必須動作快，否則你就會被一切為二，一半躺在這個洞穴的地上，另一半則在那個棕ㄚ頭所在的地方。』

『我們一定會盡快的。』羅蘭說。

『那最好。』漢奇克說著，又讓那口白牙出來見客。不久後，羅蘭會再次想起那抹微笑。

（他隱瞞了什麼？一些我們不知道的事情？還是他自以為我們不知道的事情？）

『我希望你們把槍留在這裡，』漢奇克說，『如果你們把槍帶過去，或許會搞丟。』

『我希望把槍留在身邊，』傑克說，『這把槍原本就來自另一邊，所以應該沒問題。如果它真的過不去，我會想辦法再弄一把。』

『我想我的槍也能過去。』羅蘭說。他已經仔細考慮過這個問題，決定還是要放手一試，把大左輪留在身邊。漢奇克聳聳肩，好像在說：隨你們的便。

『仔仔怎麼辦，傑克？』艾迪問。

傑克目瞪口呆。羅蘭發現這個男孩根本還沒想過他的學舌獸朋友該怎麼辦。槍客暗忖（而且不是第一次），說穿了，約翰•『傑克』•錢伯斯根本還是個孩子，但是要忘記這個最根本的事實卻是多麼容易啊！

『我們上次跨界的時候，仔仔……』傑克開口。

『這不是跨界，蜜糖。』艾迪說。他聽見自己嘴裡說出蘇珊娜平時對他的暱稱時，心頭一緊。他終於對自己承認，自己可能再也見不到她，就像等他們離開這個臭氣薰天的洞穴後，傑克很可能再也見不到仔仔一樣。

『但是……』傑克開口，仔仔突然責備的輕吠了一聲。傑克抱牠抱得太用力了。

『我們會替你照顧牠，傑克。』坎塔布輕聲說，『把牠照顧得好好的，此言不假。我們會派人在此地留守，直到汝等回來與朋友重聚，取回行囊為止。』他沒把如果你們還能活著回來這句話說出口，但羅蘭卻從他的眼中看了出來。

『羅蘭，你確定我不能……牠不能……好吧，我懂了。這次不是跨界。好吧，不行。』

傑克把手伸進斗篷前方的口袋，把仔仔抱出來，放在洞穴粉塵遍佈的地上。仔仔抬起頭，伸長脖子，幾乎和傑克臉碰臉。就在此時，羅蘭看見一件令人驚奇的事：不是傑克眼中的淚水，而是仔仔眼裡的淚水。學舌獸居然會哭。也許在夜幕低垂，醉意十足時，你會在酒館裡聽到這種故事：忠心的學舌獸為即將離開的主人哭泣。你不相信這種故事，但不會出言反駁，以免引來一陣吵鬧（甚至是一場槍戰），可是事實擺在眼前，他親眼看見了，此情此景，讓羅蘭也有點兒想要潸然淚下。這只是學舌獸的模仿行為，還是仔仔真的了解發生了什麼事？羅蘭希望只是模仿而已，而且是衷心的這麼希望。

『仔仔，你必須和坎塔布留在這裡一會兒。你不會有事的，他是朋友。』

『塔布！』學舌獸重複。淚水從牠的口鼻流下，滴在粉塵地上，留下一滴滴銅板大的黑點。羅蘭發現學舌獸的眼淚令人特別難受，甚至比小孩的眼淚更難受。『ㄟ克！ㄟ克！』

『不行，我得走了。』傑克說著，用手腕擦擦臉頰，在臉頰到太陽穴之間留下骯髒的痕跡，看起來就像戰士出戰時畫在臉上的顏料。

『不！ㄟ克！』

『我非走不可。你和坎塔布待在一起。我會回來找你的，仔仔──除非我死了，否則我一定回來。』他再次抱抱仔仔，然後站起身。『去找坎塔布，就是他。』他指指坎塔布，『去吧！馬上去，聽我的話。』

『ㄟ克！塔布！』那聲音裡的痛苦無以否認。有那麼一會兒，仔仔依然堅持待在原地，然後這隻學舌獸噙著淚水（羅蘭依然由衷希望牠只是在模仿傑克而已），轉身跑向坎塔布，坐在坎塔布骯髒的短靴之間。

艾迪想要摟摟傑克，但傑克甩開他的手，走開了。艾迪看起來很窘。羅蘭依然擺著一張撲克臉，但心裡卻暗自高興。這孩子還未滿十三歲，但卻絲毫不缺剛強的意志。

時候到了。

『漢奇克？』

『正是。汝可願意先祈禱一番，羅蘭？向你相信的神明祈禱？』

『我不相信任何神，』羅蘭說，『我只相信黑塔，而且也不會向黑塔祈禱。』

幾個漢奇克的朋友看起來十分震驚，但漢奇克只是點點頭，好像一切全在他意料之中。他看著卡拉漢說：『大叔？』

卡拉漢說：『上帝啊，汝之手，汝之旨意。』他在空中畫了個十字，然後對漢奇克點點頭說：『如果我們真的要走，就現在走吧！』

漢奇克走上前，碰了碰『未發現的門扉』的水晶門把，然後看看羅蘭。他的雙眼發亮。『聽我最後一次，基列地的羅蘭。』

『我洗耳恭聽。』

『我是漢奇克，來自史特吉斯紅道的曼寧克拉。我們高瞻遠矚，浪跡天涯。我們乘著業之風，航行於大海之中。汝可願乘業之風而行？汝及汝等？』

『是的，任憑業之風帶領。』

漢奇克把博冉霓鉛錘的鎖鍊滑過手背，羅蘭立刻感到一股力量釋放開來。那股力量還很小，但正在不斷變大，不斷綻放，就像玫瑰一樣。

『你打算上路幾次？』

羅蘭伸出右手殘餘的手指。『兩次。用艾爾德語來說就是成雙。』

『兩次或成雙都好。』漢奇克說，『卡瑪拉，第二回。』接著他放聲喊道：『來吧，曼寧人！來吧，卡瑪拉，助我一臂之力吧！來履行你們的承諾！來把虧欠這些槍客的都還清吧！幫我送他們上路！現在就來！』

7

他們還來不及察覺業改變了他們的計畫，業就已經在他們身上完成了它的旨意，但一開始好像什麼事也沒有發生。

曼寧人漢奇克選出的傳送者（共有六位老人，再加上年輕的坎塔布）在門後圍成半圓，一路圍到門的兩邊。艾迪抓住坎塔布的一隻手，與他十指交纏，兩人的手掌中間隔了一個貝殼狀的磁鐵。艾迪可以感覺到磁鐵在震動，好像有生命一樣。他猜想它的確有生命。卡拉漢抓住他另一隻手，緊緊握住。

在門的另一邊，羅蘭抓住漢奇克的手，把博冉霓鉛錘的鎖鍊纏在指間。現在，圓圈幾乎已經完成，只剩下門的正前方空了一個位子。傑克深深吸了口氣，環顧四周，看見仔仔靠著坎塔布身後十呎左右的牆壁坐著，然後點點頭。

仔仔，好好待著，我會回來。傑克努力把這個念頭傳送過去，然後走進自己的位子。他抓住卡拉漢的右手，遲疑了一下，然後抓住羅蘭的左手。

嗡嗡聲立刻再次出現。博冉霓鉛錘開始移動，這次不是左右晃動，而是繞著小小的圓圈。那扇門亮了起來，變得愈來愈實在——傑克親眼看見這神奇的一幕。代表『未發現的』的象形文字變得愈來愈清楚，刻在門把上的玫瑰開始發亮。

但是那扇門卻依然緊閉著。

（專心，孩子！）

那是漢奇克的聲音。他的聲音在傑克的腦袋裡發出巨響，好像要把傑克的腦袋攪成一團爛泥。他低下頭，看著門把。他看見那朵玫瑰，看得清清楚楚。他想像自己轉動那個刻著玫瑰的門把。不久之前，他曾經迷戀各種門，迷戀那個他知道一定存在於某扇門後的世界……

（中世界）

現在他覺得自己好像回到了過去那段時光。他想像這輩子他知道的各種門，例如臥室的門、浴室的門、廚房的門、衣櫥的門、餐廳的門、寫著請勿進入的門、寫著僅限員工進入的門、冰箱的門。沒錯，甚至還包括冰箱的門。然後他看見那些門同時打開。

打開吧！他對著眼前那扇門傳送念力。他突然有一種奇怪的感覺，好像自己是某個古代故事裡的阿拉伯王子。*芝麻開門！快快開門！*

從洞穴裡的峽谷深處，那些聲音再次吱吱喳喳的說起話來。一陣蕭蕭的風聲傳來，接著是某種重物傾頹的嘎吱聲。洞穴的地面在他們腳下顫抖，好像又發生了光束震，但傑克沒有注意。洞穴中的生命力非常強烈，他可以感覺到那股生命力在拉扯他的皮膚，在他的鼻子和眼睛裡震動，扯著他的頭髮，但那扇門依然緊閉。他更用力握住羅蘭和大叔的手，專心想著消防站的門、警察局的門，拍普中學校長室的門，甚至想著一本他曾經讀過的科幻小說：《夏之門》。洞穴裡的氣味似乎突然間變得非常強烈，那股沉重的霉味、古老的骨灰味、遙遠的氣流。他感覺到一陣美好、強烈的確定感──*現在它就要發生了，我知道它就要發生了*──但那扇門依然緊閉著。現在他還聞到了別的氣味。不是洞穴的氣味，而是他自己汗水的淡淡金屬味，那沿著他臉龐流下的汗水。

『漢奇克，沒用的。我覺得我不……』

『不不，別這麼快放棄──千萬別覺得汝必須靠汝一己之力，孩子。想像有個東西把你和那扇門連在一起……一個像是鉤子的東西……或是刺……』漢奇克一邊說，一邊朝排在隊伍前的曼寧人說話：『海德隆，上前來！松尼，抓住海德隆的肩膀！路易斯，抓住索尼的肩膀！從後頭抓！快點！』

隊伍開始亂糟糟的往前走，仔仔疑惑的吠叫著。

『感覺它，孩子！感覺那個鉤子！它就在你和那扇門之間！感覺它！』

傑克伸出心靈之手，他的想像力突然綻出強大而又恐怖的鮮明景象，就連最清晰的夢境也望塵莫及。他看見第四十八街和第六十街之間的第五大道（『每年一月，我的聖誕獎金就在那十二個街區裡消失。』他的父親總愛這麼絮絮叨唸）。他看見街道兩旁的每扇門突然打開：Fendi！Tiffany！Bergdorf Goodman！Cartier！Doubleday Books！The Sherry Netherland Hotel！他看見一條沒有盡頭、鋪著棕色亞麻油地氈的走廊，知道它是在五角大廈裡。他看見許多門，至少有一千扇，所有的門突然一起打開，製造出一股颶風似的氣流。

但他前方那扇門，那扇唯一重要的門，卻還是緊緊關著。

沒錯，但是……

它在門框裡抖動著，他可以聽見。

『上吧，孩子！』艾迪從緊閉的牙關裡吐出這句話，『如果你打不開那扇門，就用拳頭把那個該死的東西打爛！』

『幫幫我！』傑克大吼，『幫幫我，天殺的！你們這些傢伙快幫我啊！』

洞穴裡的力量好像加倍了，嗡嗡聲似乎震動著傑克頭蓋骨的每一片骨頭。他的牙齒咯咯作響，汗水流進他的眼睛，模糊了他的視線。他看見兩個漢奇克對他身後的某個人點頭：是海德隆。海德隆身後是松尼，松尼身後則是其他的曼寧人。他們排成一排，從洞穴蛇行而出，往小徑延伸三十呎。

『準備好，孩子。』漢奇克說。

海德隆的手滑進傑克的襯衫裡，抓住牛仔褲的腰帶。傑克覺得自己被推了一把，而不是被拉了一把。他腦袋裡的某個東西衝了出來，有那麼一會兒，他看見千扇門同時甩開，產生一股氣流，那股氣流極為強大，幾乎可以吹走太陽。

然後他的進展突然停了下來。有某個東西……某個東西在門的正前方……

鉤子！是鉤子！

他把自己滑向那只鉤子，好像他的心與生命力是一個圓環。就在此時，他感到海德隆和其他人把他往後拉。那股痛楚既突然又巨大，好像要將他扯裂。然後那種耗竭的感覺開始了，好像有人將他的腸子一圈一圈拉出來。一如往常，瘋狂的嗡嗡聲開始在他的耳邊響起，在他的腦袋深處響起。

他努力想大叫：不！停下來！放手！我受不了了！但卻一個字也說不出來。他想要尖叫，也聽見自己的尖叫，但只能在腦袋裡聽見。天啊，他被勾住了。他被那只鉤子勾住，就要被扯成兩半了。

某個生物聽見了他的尖叫。仔仔憤怒的吠叫著，衝了出來。就在牠衝上前時，那扇未發現的門扉彈了開來，在空中劃出一道嘶嘶作響的弧線，離傑克的鼻子只有毫髮之隔。

『看哪！』漢奇克大吼，他的聲音既恐懼又欣喜，『看哪！門開了！至高薩姆鏗鳴！坎它，坎卡瓦鏗鳴！至高坎它！』

其他人也跟著附和，但此時傑克．錢伯斯已經鬆開了右邊羅蘭的手。此時他在飛翔，但不是獨自飛翔。

卡拉漢大叔跟他一起飛翔。

8

艾迪只有短短的時間可以聽到紐約，聞到紐約，了解到底發生了什麼事。從某方面來說，這讓他覺得更難受——他曉得一切都和他的想像完全相反，但卻只能袖手旁觀。

他看見傑克被拉出圓圈，感覺到卡拉漢的手扯離了他的手；他看見他們飛向那扇門，一起在空中繞著圓圈，就像一對搞砸了的特技演員。某個毛茸茸又叫個不停的東西從他的腦袋旁射過。是仔仔，牠在空中翻滾著，耳朵貼著頭部，那雙驚恐的眼睛好像要從腦袋裡蹦出來一樣。

不只如此。艾迪感覺到自己甩開坎塔布的手，衝向那扇門——那是他的門，他的城市，他失蹤的懷孕老婆就在那座城市裡的某個地方。他也感覺到（而且非常強烈）有一隻無形的手將他推回來，還有一個聲音在說話，但那個聲音說的不是人話。艾迪聽到的聲音遠比任何人說的話都可怕。或許它根本沒有說話。它只是一種無以言喻的否定，就艾迪所知，它來自黑塔。

傑克和卡拉漢像手槍射出的兩顆子彈一樣，射進那團充滿奇特喇叭聲與擁擠車流聲的黑暗中。艾迪聽見一個狂喜的聲音連珠炮似的唸著一段饒舌詞，就像街頭的咆哮爵士樂：『說「上帝」，兄弟！沒錯，說「上帝」，第二大道的朋友！說「上帝」，B大道的朋友！說「上帝」，布朗士區的朋友！我說「上帝」，我說「上帝」，我說「上帝」！』那聲音既遙遠又清楚，就像在夢裡聽見的聲音一樣。它來自道地的瘋狂紐約，一如艾迪的記憶，於是他的心房也跟著敞開。他看見仔仔呼嘯著射進了那扇門，就像汽車加速後，掃起街道上的報紙一樣。然後那扇門重重關上，甩得又快又大力，關門造成的強風迎面吹來，他不得不瞇起眼睛。那陣風夾雜著這座腐朽洞穴裡的骨灰，颳著他的皮膚。

他還沒來得及將他的憤怒化為尖叫，那扇門便再次甩開。這一次，充滿婉轉鳥鳴的朦朧陽光讓他目眩神迷。他聞到了松樹的氣味，聽見類似大卡車引擎失靈的聲音。然後他被吸入那團光亮中，根本沒有辦法大喊這真是操他媽的爛斃了……

某個東西從旁邊撞上了艾迪的腦袋。有那麼短短的一會兒，他可以清楚的感覺到自己在許多世界裡穿梭，然後是槍砲，然後是殺戮。

詩節：卡瑪拉，咕咕咕，
　風兒將你吹進門。
　隨風而去別多想，
　無能為力徒心傷。

應答：卡瑪拉，第二趟！
　無能為力把心傷！
　隨風而去別多想，
　無能為力徒心傷！

3st
STANZA

詩節三

楚蒂與米亞

Trudy and Mia

1

在一九九九年六月一日之前，楚蒂・大馬士革是個不信怪力亂神的女人。她會告訴你，大部分的幽浮都是氣象探測氣球（如果不是氣象探測氣球，大概就是某些人信口胡謅，想上電視亮亮相而已），耶穌的裹屍布是十四世紀某個騙子耍的伎倆，而幽靈則是心理疾病或是消化不良所造成的幻覺，就連《小氣財神》裡的馬里❷也是有人裝神弄鬼。她不信怪力亂神，更以此為榮，所以當她一肩背著帆布包，另一肩斜揹著皮包，在第二大道上往公司（一個名叫『古騰堡、佛斯與帕特爾聯合事務所』的會計師事務所，簡稱ＧＦ＆Ｐ）走去時，她腦袋裡根本沒想著任何超自然的東西。ＧＦ＆Ｐ有一個客戶是『兒普樂』玩具公司，欠了ＧＦ＆Ｐ一大筆錢。『兒普樂』瀕臨破產，正處於生死存亡的緊要關頭，但這又關ＧＦ＆Ｐ什麼事？她要討回那筆六萬九千兩百一十一元一角九分的欠款，吃午餐的時候（她的午餐是在丹尼斯鬆餅與煎餅店裡的包廂解決，直到一九九四年，那間店都還叫做『蒲媽媽餐廳』），她一直在思考該怎麼要回那筆錢。在過去的兩年中，她千方百計想把『古騰堡、佛斯與帕特爾聯合事務所』變成『古騰堡、佛斯、帕特爾與大馬士革聯合事務所』，逼『兒普樂』把錢吐出來會助她一臂之力，而且是大大的助她一臂之力。

於是，楚蒂穿過四十六街，走向第二大道與四十六街靠近住宅區的交叉口（那裡曾有一間『藝術熟食店』以及一塊空地），走向那棟位在交叉口上的巨大黑暗玻璃摩天大廈時，她並沒有想著神明、鬼魂或是靈界的訪客，而是想著理查・高曼，某間玩具公司的混蛋總裁，也想著該如何……

但就在此時，楚蒂的人生改變了。說得精確一些，『此時』是指東部夏令時間下午一點十九分。她剛剛走到四十六街靠近住宅區的人行道，事實上，是正要踏上人行道。突然間，一個女人出現在她面前，一個大眼睛的非裔美籍女性。紐約城裡到處都是黑女人，誰都曉得很多黑女人都有雙大眼睛，但是楚蒂從來沒看過哪個黑女人會憑空出現。此外還有一件事，一件更令人難以相信的事：十秒鐘之前，楚蒂・大馬士革可能會笑著說，沒有什麼事會比走在中城區，一個黑女人突然出現在她面前更令人難以置信了，但就是有，絕對有。

現在，她知道聲稱看見飛碟（更別提鎖鍊纏身的鬼魂）的人有什麼感覺了。她知道讓不信鬼神者嗤之以鼻有多麼難受了……在六月那天的下午一點十八分，楚蒂・大馬士革還是一個不信鬼神者，而那個楚蒂・大馬士革已經在四十六街靠近住宅區的人行道上永別了。她會告訴別人：你不懂，真的有這回事！但別人就是無動於衷。他們會說：呃，那個女人也許是從公車候車亭後頭走出來，只是妳沒注意到而已。她也許是從某間小店裡走出來，只是妳沒注意到而已。她可以告訴他們，第二大道和四十六街靠近商業區的交叉口上沒有公車候車亭（靠近住宅區的交叉口上也沒有），但卻一點用也沒有。她可以告訴他們，自從二號哈瑪紹廣場大樓蓋好後，附近根本沒有小店，但還是一點用也沒有。楚蒂很快就會碰上這些事，而且還會差點因此發瘋。她不習慣別人把她的感覺當成一團芥末或是沒煮熟的馬鈴薯，不當一回事。

沒有公車候車亭，沒有小店，只有通往哈瑪紹廣場大樓的樓梯，樓梯上坐著幾個人，拿著牛皮紙袋，吃著遲來的午餐，但那個女鬼也不是從那兒來的。事實就是：楚蒂・大馬士革把穿著運動鞋的左腳放在人行道上時，她前方的人行道上空無一人，可是等她轉換重心，打算

❷馬里（Jacob Marley）是狄更斯小說《小氣財神》（A Christmas Carol）裡的鬼魂。馬里是主角施顧己的好友。施顧己是個成天為財富汲汲營營的商人，就連聖誕節前夕也不肯放假。就在聖誕節前夕，馬里的鬼魂出現，警告他將有三位天使出現，是施顧己獲得救贖的最後機會。

舉起右腳時，不知從哪兒突然冒出了個女人。

有那麼一會兒，楚蒂可以透過那個女人看見第二大道，還有另外一個東西，一個看起來很像山洞洞口的東西，然後那個東西不見了，那個女人變得愈來愈實在。楚蒂估計這個過程也許只花了一、兩秒。事過境遷之後，她會想起那句俗語：一眨眼就失去了蹤影，然後希望自己真的眨了眼，因為除了憑空冒出的女人外，還有別的事情。

黑女士在楚蒂．大馬士革的面前長出了腳。

沒錯，長出了腳。

楚蒂的觀察力一點問題也沒有，之後她會告訴別人（愈來愈少人願意聽她說），那撞鬼的一刻深深印在她的記憶中，就像刺青一樣。那個幽靈的身高大概四呎多一些。楚蒂心想，對一般的女人來說，這樣的身高算是小個子，但以一個少了兩條腿的女人來說，或許並不是那麼矮。

幽靈穿著白襯衫，襯衫上濺滿了紅褐色的斑點，也有可能是乾掉的血跡，下半身則穿著牛仔褲。牛仔褲的大腿部分塞得滿滿的，可見裡頭真的有兩條大腿，但是膝蓋以下的褲子卻拖在人行道上，活像古怪藍蛇蛻下的皮。然後，突然間，那兩條蛇皮膨脹了起來。『膨脹起來』，這種說法聽起來很瘋狂，但卻是楚蒂親眼所見。就在此時，四呎四吋高的沒腳女人站了起來，成了五呎六、七吋高的有腳女人，簡直就像電影裡某種特別的攝影技巧，但這不是電影，而是楚蒂的人生。

幽靈的左肩上斜揹著一個襯著布料內裡的袋子，看起來好像是用蘆葦編成的，裡頭似乎裝著碟子或盤子。她的右手拿著一個褪色的紅色束口袋，裡頭裝著某個四四方方的東西，前後搖晃著。楚蒂沒辦法看清袋子側面寫的每一個字，但是她認為有一部分的字應該是中城巷。

然後那個女人抓住楚蒂的手臂，『妳的袋子裡裝了什麼？』她問，『妳有鞋子嗎？』這句話讓楚蒂忍不住瞧了瞧黑女人的腳，於是她看見了另一件驚奇的事：這位非裔美籍女士的腳是白色的，跟楚蒂的腳一樣白。

楚蒂聽過『啞口無言』這種說法，現在她可親身體會到這種感覺了。她的舌頭黏在上顎，怎麼樣都拔不下來，可是她的眼睛還是一點問題也沒有。那雙眼睛什麼都看見了：那雙白色的腳，還有黑女人臉上的紅褐色斑點（幾乎可以肯定是血跡）。她還聞到了汗味，好像在第三大道上憑空出現是非常辛苦的運動一樣。

『姑娘，如果妳有鞋子，最好交給我。我不想殺妳，但是我得找人幫我照顧我的小傢伙，要是光著腳，我可辦不成事。』

第三大道的這片小空地上空無一人。有零星的幾個人坐在二號哈瑪紹廣場大樓的樓梯上，還有一對情侶直盯著楚蒂和那個黑女人（而且主要是盯著黑女人），但卻毫無擔心的神色，甚至一副事不關己的模樣。他們到底有什麼毛病，難不成是瞎了？

噯，第一，她抓著的人不是他們；第二，她威脅要殺掉的人也不是他們……

黑女人從她的肩膀上奪走裝著辦公鞋（保守的棕色低跟鞋）的博得牌帆布包，探頭往裡頭瞧，然後再抬頭看著楚蒂問：『妳穿幾號鞋？』

楚蒂的舌頭終於離開了上顎，只不過還是於事無補，因為它馬上就黏住下顎，怎麼樣都拔不起來。

『沒關係，蘇珊娜說妳看起來大概穿七號，我想我應該能……』

突然間，幽靈的臉好像發出了微光。她舉起一隻手（那隻手臂鬆垮垮的舉起來，拳頭也握得鬆垮垮的，好像黑女人無法好好控制它一樣），然後重重敲了自己的前額一記，就敲在兩眼之間。突然間，她的臉變了。楚蒂家裡有付費觀賞有線頻道『喜劇中心』（Comedy Central），她曾經在那個頻道看過脫口秀諧星表演快速變臉，現在這個女人就像在表演變臉一樣。

黑女人再次開口時，她的聲音也變了。現在她的聲音聽起來很有教養，而且（楚蒂可以發誓）很害怕。

『救我，』她說，『我的名字是蘇珊娜．狄恩，我……噢，天啊……噢，耶穌基督啊……』

這次是痛苦扭曲了女人的表情。她抱著肚子，低下頭。等她再次抬頭，第一個女人出現了，那個願意為了一雙鞋殺人的女人。她赤裸的雙腳後退一步，依然拿著楚蒂裝著Salvatore Ferragamo牌高級低跟鞋和《紐約時報》的袋子。

『噢，耶穌基督啊，』她說，『噢，痛得要死是吧？親愛的媽咪呀！妳必須阻止它，它還不能出來，不能就這樣在馬路上出來，妳得讓它緩一緩。』

幽靈指著她。『馬上滾，』她說，『如果妳敢報警或告訴哪個治安團，我一定會找到妳，把妳的奶子割下來。』她從蘆葦袋裡拿出一個盤子。楚蒂看見盤子的邊緣是金屬製成的，像屠刀一樣鋒利，突然發現自己必須非常努力才不會尿褲子。

找到妳，把妳的奶子割下來，她眼前的盤子的確有這個能耐。咻咻兩刀，馬上完成乳房切除手術。噢，親愛的上帝啊！

『祝妳有個愉快的一天，女士。』楚蒂聽見自己的嘴巴這麼說，她聽起來好像麻醉還沒退就開口跟牙醫說話，『希望妳喜歡那雙鞋，健健康康的穿著它。』

可是那個幽靈看起來不太健康。就算長了腳，還有雙漂亮的白色腳丫，她看起來還是不太健康。

楚蒂走了開來。她走到第二大道上，努力告訴自己（但卻徒勞無功）她沒有在二號哈瑪紹廣場大樓前看見一個女人憑空出現（在那棟大樓裡工作的人把那棟大樓戲稱為『黑塔』）。她努力告訴自己（同樣徒勞無功）這就是她吃烤牛肉和炸洋芋的下場。她應該堅持點她常點的鬆餅加蛋，因為大家去丹尼斯就是去吃鬆餅，不是去吃烤牛肉和馬鈴薯，不信的話，看看剛才她發生了什麼事就行：她看見了非裔美籍女人的幽靈，還有……

還有她的包包！她的博得牌帆布包！她一定是不小心把它弄丟了！

可是她知道自己根本是在騙自己。她一直覺得那個女人會在她身後追著她，一邊追一邊放聲尖叫，就像來自新幾內亞叢林最深、最暗處的獵人頭野人一樣。她的腰背後有個『麻麻刺』的感覺（常見的說法是『又刺又麻』，可是她比較喜歡『麻麻刺』這個說法，這種說法比較含糊，比較冷，比較籠統），她知道那個瘋女人的盤子會打中她，吸乾她的血，吃掉她一邊的腎臟，然後才肯罷休。她會聽見盤子飛來，不知道為什麼她就是知道。它會發出玩具陀螺似的嗖嗖聲響，然後砍進她的身體，溫熱的鮮血流下她的臀部和小腿肚……

她再也忍不住了。她的膀胱憋不住，噴出了尿液。她那件貴得要命的Norma Kamali牌套裝長褲前方濕了一大片，整個人看起來可憐兮兮。此時，她已經快要抵達第二大道和四十五街的交叉口。楚蒂（她再也不認為自己是個不信怪力亂神的女人）終於能夠停下腳步，回頭張望。她再也沒有那種『麻麻刺』的感覺，只覺得鼠蹊部有些溫熱。

而那個女人，那個幽靈，已經消失了蹤影。

2

楚蒂在辦公室的櫥櫃裡放著壘球練習服，也就是幾件T恤和兩件舊的牛仔褲。她回到『古騰堡、佛斯與帕特爾聯合事務所』時，第一件事就是換衣服，第二件事則是打電話報警，替她做筆錄的條子是保羅・安塔西警官。

『我的名字是楚蒂・大馬士革，』她說，『我剛剛在第二大道上被搶了。』

電話裡，安塔西警官聽起來非常有同情心，楚蒂發現自己開始幻想對方是義大利版的喬治・庫隆尼。這樣的聯想並不算太牽強，因為安塔西警官原本就有個充滿異國風味的名字，喬治・庫隆尼也有一頭黑髮、一對黑眸。安塔西本人看起來一點也不像喬治・庫隆尼，可是話說回來，誰以為自己沒事會碰上奇蹟，遇見電影明星呢？這可是真真實實的世界啊！不過……考慮到東部夏令時間下午一點十九分，她在第二大道和四十六街交叉口發生的那件事……

安塔西警官大概在三點半抵達，她發現自己把發生的事一五一十和盤托出，鉅細靡遺，甚至包括她覺得『麻麻刺』而不是『又刺又麻』，還有她莫名其妙覺得那個女人準備對她射盤子……

『妳是說邊緣很利的盤子？』安塔西一邊問，一邊在筆記本上記錄。她回答『是』之後，他同情的點點頭。她覺得那個點頭的動作很熟悉，但當時她忙著說故事，無暇思考自己到底在哪兒看過，不過，之後她會覺得自己怎麼那麼笨。她看過幾部女人發瘋的電影，裡頭全都出現過這種同情的點頭，從最新院片『女生向前走』裡的薇諾娜・瑞德❸，到古早片『蛇穴』裡的奧麗薇黛哈佛蘭❹，全都碰過同樣的情形。

但那時她實在太投入，太忙著告訴好心的安塔西警官，幽靈的牛仔褲從膝蓋以下就拖在人行道上。等她做完筆錄，她第一次聽見『黑女人可能是從公車候車亭走出來的』這種說法，然後是致命的另一個說法：那附近有數不清的小店，黑女人可能是從其中一間小店走出來的。至於楚蒂自己則是首次登台，演出那套說詞：那個地方沒有公車候車站，靠近商業區的街角沒有，靠近住宅區的街角也沒有，而且自從二號哈瑪紹廣場大樓蓋好後，所有的小店都關門了。此後，那套說詞將成為她最受歡迎的戲碼，或許哪天還能讓她登上『唬爛城市廣播電台』呢！

她第一次被問到在見到那個女人之前，午餐吃了什麼？而她也第一次發現，儘管身在二十世紀，但是她吃的東西和施顧己見到老搭檔（而且是死去已久的老搭檔）前不久吃的東西一模一樣：馬鈴薯和烤牛肉，更別提還有好幾團芥末醬。

她本來想邀安塔西警官跟她一起吃晚餐，這會兒全忘得一乾二淨了。

事實上，她把他轟出了辦公室。

沒多久，米契·古騰堡探頭進來問道：『楚蒂，妳覺得他們能找回妳的包包——』

『滾，』楚蒂頭也不抬的說，『馬上給我滾。』

古騰堡打量著她毫無血色的雙頰和神情堅定的下巴，然後走出辦公室，不再多說。

3

四點四十五分，楚蒂下班，對她來說算是很早下班。她走回第二大道和四十六街的交叉

❸原文名《Girl, Interrupted》（一九九九）。薇諾娜·瑞德飾演有精神分裂的女子，被送往精神病院。

❹原文名《The Snake Pit》（一九四八）。奧麗薇黛哈佛蘭也是飾演發瘋的女子。

口，雖然在她走近哈瑪紹廣場大樓時，那種『麻麻刺』的感覺又開始爬上她的腳，鑽進她的胃，但她依然毫不遲疑。她站在交叉口，不理會紅綠燈標誌。她轉了個小小的圓圈，幾乎像在跳芭蕾舞，不理第二大道上的人，而第二大道上的人也懶得理她。

『就在這裡，』她說，『事情就是在這裡發生的。我很清楚。她問我穿幾號鞋，我還沒來得及回答……我原本就打算回答，要是她問我內衣穿什麼顏色，我八成也會實話實說……我還沒來得及回答，她就說……』

沒關係，蘇珊娜說妳看起來大概穿七號，我想我應該能穿。

呃，不對，她並沒有說完最後一句話，但楚蒂很確定她是這個意思。只是那時候她的臉變了，就像一個喜劇演員準備模仿比爾・柯林頓、麥可・傑克遜，甚至喬治・庫隆尼。接著她開口求救。她開口求救，然後說她的名字是……是什麼？

『蘇珊娜・狄恩，』楚蒂說，『她叫蘇珊娜・狄恩。我沒有告訴安塔西警官。』

噯，沒錯，但是操他的安塔西警官。操他的安塔西警官，操他的公車候車亭還有小店，操他的就對了。

那個女人……管她是蘇珊娜・狄恩、琥珀・戈珀，還是馬丁路德・金恩夫人……那個女人覺得自己懷孕了，覺得自己快要生了。我幾乎可以百分之百肯定。可是楚蒂，妳覺得她看起來像懷孕嗎？

『一點也不像。』她自言自語。

在四十六街靠近住宅區的一側，行人號誌從綠燈變成了紅燈。楚蒂發現自己漸漸平靜下來。不知為何，只要站在這裡，站在二號哈瑪紹大樓的左邊，就能讓人平靜下來。就像把冰涼的手敷在發燒的額頭上，或是一句撫慰人心的話語，告訴你沒有什麼事讓你覺得『麻麻

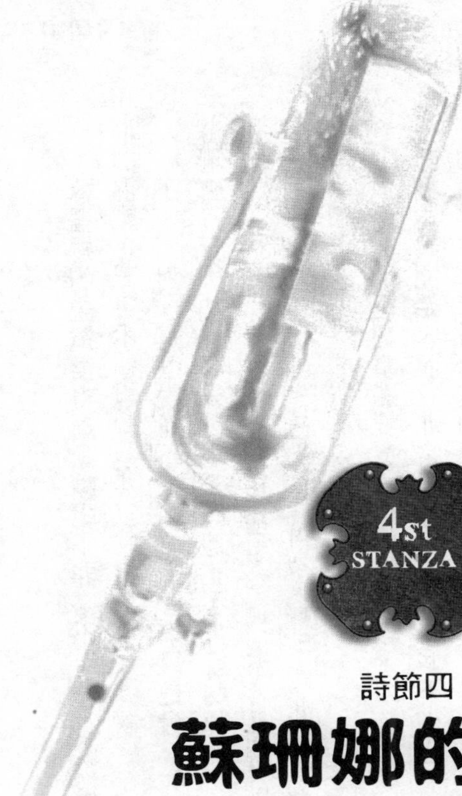

4st STANZA

詩節四

蘇珊娜的道根

Susannah's Dogan

1

蘇珊娜的記憶變得斷斷續續，非常不可靠，就像幾近故障的老爺車變速器。她記得和狼群的混戰，記得米亞耐心的在一旁觀戰……

不，不對，這麼說並不公平，米亞不只是耐心的在一旁觀戰，她還用她驍勇善戰的心為蘇珊娜一行人加油喝采，也暫時停止了分娩的陣痛，讓小傢伙的代理孕母能放心射飛盤，殺死敵人。可是結果狼群居然是機器人，機器人真的可以被『殺死』嗎……

是的，是的，可以這麼說，因為狼群不是普通的機器人，絕對不是，所以我們可以殺死他們。我們英勇的挺身而出，殺死那群混蛋。

但是一切已經事過境遷，如過眼雲煙，因為那場大戰已經結束了。大戰一結束，她就覺得陣痛再次開始，而且非常強烈。要是一個不小心，她就會在這條該死的馬路邊生孩子了。那個孩子會死在路邊，因為它很餓。米亞的小傢伙餓扁了，而且……

妳非得幫我不可！

是米亞。她無法不回應她的呼喊。即使她感覺到米亞將她推開（就像羅蘭也曾經把黛塔．渥克推開），她還是無法不回應那個瘋女人的呼喊。蘇珊娜心想，有一部分是因為她們共享她的身體，而她的身體不由自主的發揮了與生俱來的母性。所以她幫了米亞，做了一件米亞再也無法獨力完成的事：她拖延了分娩的時間。不過要是拖延得太久，可能會傷及小傢伙（真奇怪，『小傢伙』這幾個字竟然已經悄悄滲進了她的腦袋裡，不只是米亞的慣用語，也成了她自己的慣用語）。她想起在唸哥倫比亞大學時，有一次一群姐妹深夜在宿舍裡舉辦派對，五、六個女孩穿著睡衣圍坐著，一邊抽煙，一邊輪流喝著『愛爾蘭野玫瑰』，正因為宿舍裡禁酒，所以這瓶酒喝來格外甜美。派對中，一個女孩說了一個故事，故事是說有個和她們同年的女孩搭車長途旅行，因為太害羞，所以不敢告訴朋友她想要停車小便。故事的最後，女孩因為膀胱爆炸而死。乍聽之下，這種故事會讓人覺得根本是在唬人，卻又忍不住暗地裡深信不疑，而這個小傢伙……這個寶寶……

但不管到底有多危險，她終究還是停止了陣痛，因為有個開關可以停止陣痛。在某個地方有個開關可以停止陣痛。

（在道根裡）

可是道根裡的機器並不是用來做她……她們……

（我們）

要它做的事情。終有一天它會超載，然後……

（爆炸）

所有的機器都著火，付之一炬。警鈴大作，控制儀和電視螢幕失靈。離這樣的結局還有多久？蘇珊娜不知道。

她隱約記得自己趁著其他人忙著慶祝勝利、哀悼亡者時，從一輛馬車裡拿出輪椅。沒了兩條腿，爬上馬車、抬起輪椅的確是不太容易，但也沒有一般人想像的那麼難。當然，她早已習慣日常生活裡的障礙，從上下馬桶，到拿下書架上的書，這些原本對她來說輕而易舉的事（在她紐約的公寓裡，每間房裡都有一張讓她墊腳的小板凳），在她斷了兩條腿之後，都成了障礙重重。總而言之，米亞不停的催促她，甚至可以說是趕著她去做這件事，就像牛仔趕著走失的小牛一樣。所以蘇珊娜爬進馬車，把輪椅放下來，然後動作流暢的坐進輪椅裡。或許還不到輕而易舉的地步，但是自從她失去身高的最後十六吋左右後，她做過不少高難度動作，跟那些高難度動作相比，這個動作根本不算什麼。

輪椅帶她走了一哩，或許比一哩更長一些（在卡拉裡，無父之女米亞沒有腿），然後撞上一塊突起的花崗石，翻倒在地。幸運的是，她摔倒時用雙手撐住自己，所以她多災多難的肚皮逃過了一劫。

她記得自己撐了起來——更正，她記得米亞撐起蘇珊娜．狄恩遭到劫持的身體——然後爬到小徑上。之後，她對卡拉的記憶只有一個：她只記得自己努力阻止米亞把蘇珊娜掛在脖子上的生皮索拿下來。生皮索上掛著一枚戒指，一枚艾迪做給她的美麗小戒指。他發現自己把戒指做得太大時（他想給她一個驚喜，所以沒有量她的指圍），覺得很難過，告訴她會替她再做一枚。

那時她回答：你要再做一枚就去做吧，但是我永遠都會帶著這一枚。

她把戒指掛在脖子上，喜歡戒指落在雙乳之間的感覺，可是現在這個不曉得從哪兒冒出來的女人，這個賤人，居然想把它拿下來。

於是黛塔接手，和米亞纏鬥。黛塔絕對不是羅蘭的對手，但米亞不是基列地的羅蘭。米亞的雙手離開了生皮索，漸漸退居下風，就在此時，蘇珊娜再次感到分娩的陣痛席捲她，她不得不彎下腰，發出呻吟。

它一定得拿下來！米亞大吼。要是不拿下來，他們不但會聞到妳的氣味，也會聞到他的氣味！妳丈夫的氣味！妳不會希望發生那種事的，相信我！

誰？蘇珊娜問，妳說的是誰？

不重要，沒有時間了。但如果他要來找妳——我知道妳覺得他會來找你——就絕對不能讓他們聞到他的氣味！我會把它留在這裡，他會找到它的。之後，如果業願意，妳或許還能再戴上它。

蘇珊娜想要告訴她，她們可以把戒指洗乾淨，把艾迪的氣味洗掉，但是她知道米亞說的不只是鼻子能聞到的氣味。它是一枚象徵愛情的戒指，而愛情是一種洗不掉的氣味。

但是誰能聞得到？

她猜想是狼群。真正的狼群，在紐約的狼群。卡拉漢提過的吸血鬼，還有下等人。難道還有別的東西？更可怕的東西？

幫幫我！米亞呼喊，蘇珊娜再次發現自己無法不呼應她的呼喊。寶寶可能是米亞的，也可能不是；可能是頭野獸，也可能不是。不論如何，她的身體都想要生下它。不管寶寶是什麼，她的眼睛都想看見它，她的耳朵都想聽見它的哭聲，就算它的哭聲是野獸的吠叫聲。

她拿下戒指，親吻它，然後把它放在小徑的盡頭。艾迪一定可以發現，因為他至少會追她追到這裡，她知道他一定會。

然後發生了什麼事？她不知道。她依稀記得自己駕著某個東西，爬上一條陡峭的小徑，幾乎到了小徑的盡頭，那條小徑一定是通往門洞的小徑。

然後是一片漆黑……

（不是漆黑）

不，不是完全的漆黑。那裡有閃爍的燈光。是電視螢幕的微弱閃光，現在螢幕上什麼畫面也沒有，只有一片柔和的灰色光芒。她聽見微弱的馬達聲，還有繼電器的喀嗒聲。這裡是……

（是道根，傑克的道根）

某種控制室。也許是她自己建造出來的世界，也許是她想像中，傑克在懷河西岸發現的圓頂活動鐵皮屋。

接下來，她清楚記得自己回到了紐約。她的雙眼是兩扇窗，透過那兩扇窗，她看見米亞從某個嚇壞了的可憐女人手中搶走鞋子。

蘇珊娜再次接手，向女人求助。她想要繼續往下說，告訴女人她需要去醫院，需要醫生，她就要生寶寶了，而且那個寶寶有點不對勁，但是她還沒來得及說出口，一陣分娩的陣痛就再次淹沒她。這種疼痛如猛獸般野蠻，比她這輩子感受過的疼痛都還要深，甚至比她斷腿時的疼痛更可怕。這種疼痛，這種疼痛……

『噢，耶穌基督啊！』她說，但是米亞不等她繼續說，便再次佔領她的身體，告訴蘇珊娜她必須讓疼痛停下來，還告訴那個女人如果她敢報警，她就會失去比鞋子更珍貴的東西。

米亞，聽我說，蘇珊娜告訴她，我可以再次讓它停下來，我想我可以，但是妳必須幫忙。妳必須坐下來。如果妳不休息一下，老天是不會幫妳延遲分娩的。妳懂嗎？妳聽到了嗎？

米亞聽到了。她在原地呆站了一會兒，看著那個被她搶走鞋子的女人，然後幾乎是怯生生的問道：我該去哪裡？

蘇珊娜感覺到這個綁架她的女人第一次發現自己身在一座浩瀚的大城裡，第一次發現來來往往的洶湧人潮，充斥四周的金屬馬車（好像每三輛馬車就有一輛馬車漆成鮮豔得幾乎刺眼的黃色），還有無數的高塔，那些高塔高得嚇人，要是碰上陰天，塔頂還會沒入雲中，教人想看也看不見。

兩個女人透過一雙眼睛看著一座陌生的城市。蘇珊娜知道那是她的城市，但是從許多方面來說，它也已經不再是她的城市了。她在一九六四年離開紐約，現在已過了多少年？二十年？三十年？不要緊，隨它去吧！現在不是擔心這個的時候。

她們共同的視線落在對街那座小小的公園。分娩的陣痛暫時停止了，等到對街的燈由紅轉綠，楚蒂．大馬士革的黑女人（看起來一點也不像懷孕的黑女人）便穿過馬路，步伐緩慢，但卻堅定平穩。

在馬路對面，有張長椅放在一座噴泉及金屬雕像旁。看見那隻烏龜讓蘇珊娜稍微寬心了一些，好像羅蘭特地為她留下了這個符號，也就是槍客所謂的『圖徽』。

他也會來找我，她告訴米亞。妳應該小心他，女人。妳應該非常小心他。

我會做我該做的，米亞回答。妳想看那女人的報紙，為什麼？

我想知道現在是什麼時候。報紙上會寫。

棕色的手從博得牌帆布包裡拿出捲起來的報紙，打開來，放在一雙藍色的眼睛前。今天早上，那雙眼睛還是棕色的，就和那雙手一樣。蘇珊娜看見日期，是一九九九年六月一日，她大大吃了一驚。不是二十年，也不是三十年，而是足足三十五年。直到現在，她才發現自己一直認為這個世界不可能存活至今。在她過去那段歲月裡認識的人，那些同學、人權鬥士、酒友，還有民謠歌迷，這些人應該都已經即將邁入老年，某些人則是毫無疑問的作古了。

夠了！米亞說著，把報紙丟向垃圾桶，報紙又捲回了先前的模樣。她儘可能把腳底的沙拍掉（因為沾滿了沙，所以蘇珊娜沒有發現那雙腳的顏色變了），然後穿上搶來的鞋子。鞋子有點緊，而且她沒穿襪子，如果她必須走很遠的路，她的雙腳鐵定會磨出水泡，但是……

妳有什麼好在乎的，對吧？蘇珊娜問她，又不是妳的腳。可是話一出口（這的確是一種對話，也就是羅蘭所謂的『談正事』），她就知道這種說法不太對。這雙腳不是米亞的，但也不是蘇珊娜自己的。曾有一雙腳乖乖的在歐黛塔．霍姆斯（有時候是黛塔．渥克）的身體底下邁步向前，可是那雙腳早就不見，早就腐爛了，更有可能的是在某間市立焚化場燒得一乾二淨了。

但是她沒有注意到腳的顏色變了，可是之後她會心想：其實妳早就注意到了，只是妳不肯面對而已，因為妳無法承受。

那雙腳到底是誰的？她還沒來得及繼續探究這個既屬於哲學領域，又屬於生理學領域的問題，分娩的陣痛就又再次襲來。她的胃揪成一團，成了一塊石頭，可是她的大腿卻變得軟弱無力。她頭一次感到一種驚慌又可怕的需要：她需要用力推。

妳必須阻止它！米亞大吼，女人，妳必須阻止它！為了小傢伙好，也為了我們好！

沒錯，可是該怎麼做？

閉上妳的眼睛，蘇珊娜說。

什麼？妳有沒有聽到我的話？妳必須……

我聽到了，蘇珊娜說，閉上眼睛就是了。

公園消失了，世界成了一片漆黑。她是個黑女人，坐在公園長椅上，長椅旁有一座噴泉，還有一座金屬烏龜雕像，烏龜的龜殼又濕又亮。她也許是在沉思一九九九年這個溫暖的晚春午後。

我要離開一會兒，蘇珊娜說。我會再次回來。現在，妳給我坐在原地，乖乖坐著，別亂動。疼痛也許會暫時停止，但如果沒有馬上停止，妳也給我乖乖坐著。動來動去只會讓情況更糟。妳懂了嗎？

米亞也許很害怕，也許很固執，但是她並不笨。她只問了一個問題：

妳要去哪裡？

回道根去，蘇珊娜說。我的道根，腦袋裡的道根。

2

傑克在懷河對岸發現的建築物是某種老舊的通訊監督站，他曾經略略描述過建築物的細節，但是他很可能認不出蘇珊娜想像出來的版本。在蘇珊娜的想像中，這棟建築物擁有的科技是她那個時代的科技，過了短短三十年後，也就是在傑克離開紐約，前往中世界時，那些科技就會完全過時。在蘇珊娜的時代，詹森還是總統，彩色電視機還是稀奇的玩意兒，電腦則是跟整棟大樓一樣大的巨型機器。但是蘇珊娜曾經去過盧德城，在那裡看過一些神奇的東西，所以傑克或許還是會認出這個地方，也就是他曾經躲過班・史萊特曼和傳訊機器人安迪的地方。

當然，他一定會認出地上鋪的骯髒油地氈，認出地氈上的紅黑棋盤圖形，認出裝有滾輪的椅子還有燈光一明一滅、佈滿閃爍旋鈕的控制儀。他也會認出角落那付骷髏，那付骷髏穿著一件陳舊的制服，頭顱在磨破的領子上咧嘴大笑。

她穿過房間，坐在一張椅子上。在她的上方，黑白電視畫面閃著數十個畫面，有些是布來恩・史特吉斯卡拉（城鎮的空地、卡拉漢的教堂、雜貨店、往東離開城鎮的大路），有些則是靜止的畫面，看起來很像照相館拍的照片：一張是羅蘭，一張是抱著仔仔微笑的傑克，還有一張——她幾乎無法直視那個畫面——還有一張是艾迪像個牛仔似的把帽子往後頂，一隻手拿著削木刀。

另一個螢幕顯示著一個女人坐在烏龜旁的長椅上，雙膝併攏，雙手交疊，放在大腿上，雙目緊閉，腳上穿著一雙搶來的鞋子。她現在有三個袋子：一個是從第二大道女人那兒搶來的袋子，一個是裝著歐莉莎銳利盤子的蘆葦袋……還有一個是保齡球袋。保齡球袋是紅色的，但是已經褪色，裡頭還裝了個方方正正的東西。是個盒子。透過電視螢幕看著那個袋子讓蘇珊娜覺得很生氣，好像遭到了背叛，但是她不知道為什麼。

她心想：在另一個世界，那個袋子是粉紅色的。我們穿門而過時它變了顏色，但只變了一點點。

控制台上方，黑白螢幕中的女人皺了皺臉。蘇珊娜隱約感受到米亞的劇痛，但只是模模糊糊的，隱隱約約的。

妳得讓它停下來，而且動作要快。

問題還是沒有解決：該怎麼做？

就像妳在另一個世界做的一樣。就像妳載著東西，拚盡全力衝上那個洞穴的時候一樣。

可是那似乎是很久以前的事了，就像是上輩子的事情一樣。可不是嗎？那的確是她的上輩子，是另外一個世界，如果她希望回去，她就必須幫忙。所以她那時候到底做了什麼事？

妳用了這個東西。這個東西只在妳的腦袋裡。在『心理學入門』課裡，歐佛梅耶教授把它叫做『想像治療法』。閉上眼。

蘇珊娜閉上眼睛。現在兩雙眼睛都閉了起來，包括米亞在紐約控制的那雙眼睛，還有她心裡的那雙眼睛。

想像。

她開始想像，或者說是『努力想像』。

張開眼。

她張開眼睛。現在，她眼前的儀表板上有兩個大旋鈕，還有一根很大的控制桿，在此之前，那裡只有一堆變阻器和閃爍的燈光。旋鈕好像是用膠木做的，在蘇珊娜小時候住的房子裡，媽媽的烤爐上也有一樣的旋鈕。她猜想這沒什麼好意外的；人的想像不管有多天馬行空，終究只是經過偽裝的現有知識而已。

她左邊的旋鈕標著情緒溫度，上頭的刻度從三十二度到兩百一十二度（三十二是藍色的，兩百一十二是鮮紅色的），目前設定在一百六十度。中間的旋鈕標著分娩力，四周的刻度從零到十，目前停在九。控制桿底下的標籤標了三個字：小傢伙，只有兩個狀態：清醒與沉睡，目前是設定在清醒。

蘇珊娜抬起頭，看見一個螢幕上顯示著子宮裡的寶寶。是個男孩，一個俊俏的男孩。他小小的陰莖在懶洋洋蜷縮成一團的臍帶底下飄動著，就像一綹海草。他張著眼，雖然其他的影像都是黑白的，但那對眼睛卻是穿透人心的藍。小傢伙的眼神似乎直直射穿她的身體。

那是羅蘭的眼睛，她這麼想著，突然覺得自己很蠢。*怎麼可能？*

當然不可能，一切只是她的想像，只是想像治療法。但要真是如此，為什麼她要想像羅蘭的藍眼睛？為什麼不是艾迪的淺褐色眼睛？為什麼不是她丈夫的淺褐色眼睛？

沒時間想那麼多了，快做該做的事。

她咬著下唇（在顯示公園長椅的螢幕上，米亞也開始咬她的下唇），伸手摸向寫著情緒溫度的旋鈕。她猶豫了一下，然後將它轉回七十二度，把它當成普通的空調一樣，難道不是嗎？

她立刻覺得冷靜了下來。她整個人放鬆下來，癱在椅子上，放開了下唇。在顯示公園的螢幕上，黑女人也做了一樣的動作。很好，目前為止，一切順利。

她的手原本打算伸向寫著分娩力的旋鈕，可是幾經思量後，她決定先處理小傢伙。她把控制桿從清醒扳到沉睡，小寶寶的眼睛立刻閉上。蘇珊娜頓時覺得如釋重負，那雙藍色的眼睛讓人心裡發毛。

好吧，回到分娩力。蘇珊娜覺得這很重要，用艾迪的話來說，就是『重頭戲上場了』。她抓住充滿復古氣息的旋鈕，稍稍施力，測試一下力道。不出她所料，沉重的旋鈕文風不動。

但是你一定會動，蘇珊娜心想。因為我們需要你動，我們需要你動。

她用力抓住旋鈕，慢慢朝逆時針方向旋轉。一陣劇痛穿腦而過，她不由得皺起了臉，另一陣劇痛掐住了她的喉嚨，好像有根魚刺鯁在那兒，然後突然間，兩種疼痛都消失了。在她右邊，一整排燈亮了起來，大部分是琥珀色的，小部分是鮮紅色。

『警告，』一個聲音說，這個聲音聽起來很像單軌伯廉，令人不寒而慄，『此操作可能超過安全標準。』

少廢話了，萬事通，蘇珊娜心想。分娩力旋鈕已降到六，她將旋鈕轉過五的時候，又有一排琥珀色和紅色的燈亮了起來，還有三個顯示卡拉畫面的螢幕突然跳電，發出嘶嘶聲和爆裂聲。她腳下某處傳來引擎或是渦輪的嗡嗡啟動聲，聽起來那些機器的個兒還挺大的。她可以感覺到它們在她腳上震動，當然，那雙腳是赤裸的，因為鞋子給米亞穿去了。噢，好吧，她心想，反正我本來就沒穿鞋，所以也許這樣我反而比較方便呢！

『警告，』機械聲說道，『妳的行為很危險，紐約的蘇珊娜。我懇求妳聽我一言，愚弄大自然是不好的。』

她想起了一句羅蘭的諺語：你做你該做的，我做我該做的，咱們等著瞧誰先抓到鵝。她不太確定那句話是什麼意思，但聽起來很適合現在的情形，所以她一邊重複唸著這句話，一邊緩慢但卻穩定的轉動分娩力旋鈕，從五轉到四，從四轉到三……

她原想將旋鈕一路轉到一，但她轉到二的時候，穿腦而過的劇痛實在是太厲害，她差點吐了出來，不得不鬆開手。

劇痛持續了一會兒，甚至還變得更嚴重，她覺得自己快要痛死了。米亞會倒在長椅上，她們兩人共同的身體會死掉，倒在烏龜雕像前的水泥地上，明天或是後天，她的屍骸就會直達公共墓地。死亡證明上會寫些什麼？中風？心臟病？還是哪個急性子的醫生會草草了事，隨便寫上那套老掉牙的說法：自然死亡？

但劇痛漸漸退去，而她還活得好好的。她坐在一座控制台前，控制台上有兩個荒謬至極的旋鈕，還有一根控制桿。她一邊深呼吸，一邊用兩隻手擦掉臉頰上的汗水。我的老天，說到想像治療法，她鐵定是世上一等一的高手。

這不只是想像——妳心知肚明的，對吧？

她猜想自己的確心知肚明。某個東西改變了她，也改變了每個人。傑克獲得了靈知之力，也就是某種心電感應的能力；艾迪養成了某種能力，能夠創造出強而有力的護身符，其中一樣成品曾經打開一扇穿梭兩個世界的門，而且這種能力還愈練愈精。那麼她呢？

我……會幻想，不過如此而已。只不過要是我幻想得夠用力，我的幻想就會成真，就像黛塔‧渥克也由假成真一樣。

在這個版本的道根裡，琥珀色的燈亮了起來，某些燈甚至在她的眼前變成了紅色。在她腳下——她在心裡把那雙腳叫做『特別來賓腳』——地板開始搖晃震動，要是震得夠厲害，陳舊的地板上鐵定會出現裂縫，然後那些裂縫會愈來愈大，愈來愈深。各位先生女士，歡迎來到厄夏大宅❺。

蘇珊娜從椅子上站地來，環顧四周。她該回去了，在她回去之前，還有什麼事該做？

她想到了一件事。

3

蘇珊娜閉上眼，想像一支無線電麥克風。等她張開雙眼，麥克風就在眼前，就在兩顆旋鈕和控制桿的右邊。她想像Zenith牌的商標，想像麥克風的底部有個閃電般的Z字型，但是那兒卻印了個『北方中央正電子』。有東西在她的想像治療法裡搗亂，她覺得非常可怕。

在麥克風正後方的控制板上，有個半圓形的三色讀表，讀表下方印著『蘇珊娜—米歐』幾個字。一根指針離開了綠色區，指向黃色區；黃色區後方是紅色區，紅色區裡印著兩個黑色的大字：危險。

蘇珊娜拿起麥克風，不曉得該怎麼使用，於是她再次閉上眼，想像另一根控制桿。這根控制桿長得和標著『清醒』和『沉睡』的控制桿一樣，只是位置剛好在麥克風的旁邊。等她再次張開眼，控制桿出現了，她壓下控制桿。

『艾迪，』她說，她覺得自己有點蠢，可是還是繼續往下說，『艾迪，如果你聽得到，我希望你知道我沒事，至少暫時沒事。我跟米亞在一起，在紐約，時間是一九九九年六月一號，我會努力幫她把孩子生下來。我想我沒有別的選擇。不管怎麼說，我都得自己解決這件事。艾迪，你好好照顧自己。我……』她淚水盈眶，『我愛你，蜜糖，真的很愛你。』眼淚流下她的雙頰。她原想把淚水擦掉，但卻停了下來。難道她沒有權利為她的男人哭泣嗎？就像其他的女人一樣？

她等待回應，她知道如果她真的想，她可以假裝是艾迪，自己回答自己，但是她努力抗拒這個衝動。在這個情況下，假裝艾迪的聲音自言自語是沒有用的。

突然間，她的視線重疊。她看見道根不真實的色彩，牆壁後不是懷河東岸的沙漠荒原，而是車水馬龍的第二大道。

米亞張開她的眼睛了。她覺得身體舒服了（多虧了我，親愛的，多虧了我），準備繼續前進。

蘇珊娜回去了。

4

一九九九年的春天，一個黑女人（這個黑女人仍然覺得自己是個女黑鬼）坐在紐約市的長椅上。黑女人把所有的行李袋（也就是她的古囊）攤在前方，其中一個袋子是褪色的紅，上頭印著『在中城巷，球球是好球』。在另一個世界，這個袋子是粉紅色的，就像玫瑰的顏色。

米亞站起身，蘇珊娜立刻接手，強迫她坐下來。

妳幹嘛這樣？米亞驚訝的問道。

我不知道，我完全不知道，但咱們來談談正事吧！妳何不先告訴我妳要去哪裡？

我需要『電花』，有人會找我。

是『電話』，蘇珊娜說。對了，咱們的衣服上有血跡，蜜糖，是埃森哈特太太的血，遲早

❺愛倫坡的著名小說《厄夏大宅的崩落》（The Fall of the House of Usher）。男主角來到厄夏家的大宅，碰上精神衰弱，話少得出奇的男主人，最後男主人死去的妹妹居然從墓穴中復活，再次與厄夏大宅的男主人一起死亡，男主角逃出大宅，回頭時看見厄夏大宅竟也隨之崩毀。

會有人發現那是什麼東西，到時候妳要上哪兒去？

米亞的回應是沉默，還有一抹輕蔑的微笑。蘇珊娜不由得怒火中燒。五分鐘前——或許是十五分鐘前，人在找樂子的時候很難掌握時間——這個強盜婊子還在尖聲求救，現在她得救了，卻是用一抹內心的輕蔑微笑來回報恩人。更糟的是，這個婊子想的沒錯：她可以在中城區閒晃一整天，都不會有人來問她襯衫上的污漬是乾掉的血跡，還是她不巧打翻的巧克力蛋蜜乳。

好吧，她說，就算沒有人找血跡的麻煩，妳要把妳的行李放在哪裡？接著，她又想起了另一個問題，她早該想到這個問題才對。

米亞，妳怎麼知道電話是什麼東西？別跟我說妳的故鄉有電話。

沒有回答，只有一種警醒的沉默，但是能讓這個婊子笑不出來，已經算是一項了不起的成就。

妳有朋友，對吧？或者至少妳覺得他們是妳的朋友。妳背著我偷偷跟他們說話。那些人會幫妳，或者妳以為他們會幫妳。

妳到底要不要幫我？米亞又回到老問題，而且很生氣，但那股怒氣之下藏了什麼？恐懼？也許還沒有那麼嚴重，但至少稱得上是憂慮。離分娩再次開始，我——我們——還有多少時間？

蘇珊娜猜想可能還有六到十個小時，應該是在午夜之前，可是她不想告訴米亞。

我不知道，沒有很久。

那我們得趕快動身了。我必須找到一台『電花』，不對，是『電話』，而且要在隱密的地方。

蘇珊娜想起在第一大道和四十六街的交叉口有一間飯店，她不想告訴米亞。她再次看看那只袋子，那只曾經是粉紅色的紅袋子，突然間她懂了。並不是什麼都懂了，但卻足以感到驚慌憤怒。

我會把它留在這裡，在提到艾迪刻給她的戒指時，米亞曾經這麼說。我會把它留在這裡，他會找到它的。之後，如果業願意，妳或許還能再戴上它。

米亞沒有保證艾迪一定會來，至少不是個明確的保證，但是她絕對有暗示……一陣鬱悶的怒火湧進蘇珊娜的心裡。不，她沒有保證，她只是誤導了蘇珊娜，而蘇珊娜也就傻傻的讓她牽著鼻子走。

她沒有騙我，她只是讓我自己騙自己。

米亞再次站起來，蘇珊娜也再次接手，逼她坐下，而且非常用力。

幹嘛？蘇珊娜，妳答應我的！小傢伙……

我會幫妳生下小傢伙，蘇珊娜嚴厲的回答。她彎下腰，撿起紅色的袋子。袋子裡有個盒子，盒子裡有什麼？那是個鬼木做成的盒子，上頭還用神秘的文字刻著『未發現的』。即使隔著神奇的木材還有袋子的布料，她還是可以感受到邪惡的脈動。盒子裡裝的是黑十三，米亞帶著它穿門而過，如果打開那扇門的是這顆球，那艾迪要怎麼找到她？

我是逼不得已，米亞緊張的說。那是我的孩子，我的小傢伙，可是沒有人願意幫我，只有妳願意，而且妳還是不得已才肯幫我。記得我說的……如果業願意，我說……

回答米亞的是黛塔‧渥克的聲音，那個聲音粗啞、無禮，而且不容辯駁。『老娘才不管什麼業不業的，』她說，『妳最好給老娘記得這一點。丫頭，妳有問題，有個皺巴巴的猴子要來了，可是妳不知道它是什麼東西。有人說會幫妳，可是妳不知道他們是何方神聖。該死，妳甚至不知道電話是啥，也不曉得上哪兒去找。現在咱們就坐在這兒，妳要告訴我接下來會發生什麼事。丫頭，咱們得好好談一談，如果妳不給我從實招來，咱們就跟這些袋子一起在這兒坐到天黑，妳可以在這張長椅上生妳的寶貝小傢伙，在那座該死的噴泉裡替他洗澡。』

長椅上的女人齜牙咧嘴，露出可怕的微笑，

『妳非常關心那個小傢伙……至於蘇珊娜，她只有一點點關心那個小傢伙……可是老娘通常都不在這個身體裡，所以老娘我……根本……一點都不鳥他！』

一個女人推著推車走過（那輛推車看起來就和蘇珊娜丟掉的輪椅一樣輕巧），她緊張的看了長椅上的女人一眼，然後趕緊推著寶寶往前走，她推得非常快，幾乎是在跑步。

『好啦！』黛塔開心的說，『咱們就在這兒開個派對，妳說好不好？天氣真好，正適合聊天打屁，妳聽到了嗎，好媽咪？』

無父之女、一子之母米亞沒有回答。黛塔絲毫沒有驚慌之色，反而笑得更開心了。

『妳聽到了，妳聽得清清楚楚。那咱們就來聊個天吧！咱們來聊聊正事吧！』

詩節：卡瑪拉，敲敲敲，
　你把門兒怎麼了？
　要不馬上從實招，
　老娘給你顏色瞧！

妳的意思是有電話的地方吧？好讓妳的朋友打電話找妳。

我只知道一點點，紐約的蘇珊娜，但是我覺得妳最好聽聽我知道的這點小事。

蘇珊娜也這麼認為。她也很想離開第二大道，只不過她並不是很希望讓米亞知道。在路人的眼裡，她衣服上沾的東西也許很像打翻的蛋蜜乳，或是乾掉的咖啡，但是蘇珊娜心裡很清楚它是什麼東西：它不只是血，還是一個勇敢女人的血，這個女人為了城鎮裡的孩子，起身英勇奮戰。

此外，她的腳邊還散放著好幾個包包。她在紐約看過很多流浪漢，現在她覺得自己也是個流浪漢，而她不喜歡這種感覺。她的媽媽一定會告訴她，她是好人家的女孩，不該落到這個地步。每次有哪個路人或是公園裡的行人瞥她一眼，她就會很想告訴他們，她不是瘋子，儘管她的外表看起來確實是有點怪：上衣污漬斑斑，臉龐骯髒，頭髮又亂又長，手上沒有提著淑女包，只有腳邊放著三個大包包。沒錯，她是離鄉背井（這世上有誰比她更飄零？不只離開了家鄉，更離開了她的時代），但是她沒有瘋。她需要和米亞談一談，搞清楚狀況，那的確是她迫切的需求，但是她有一個更簡單的心願：她只想好好梳洗一番，換上乾淨的衣服，離開大庭廣眾，就算只有一下子也好。

妳想得太美啦，蜜糖，她告訴自己……也告訴米亞，當然，前提是米亞也在聽。隱私要花錢，在這個紐約裡，一個漢堡搞不好要價一塊錢，而妳連個子兒也沒有，只有十幾個磨利的盤子，還有一顆黑魔術水晶球。所以妳要怎麼做？

她還沒來得及細想，紐約就嗖的一聲倏然消失，她又回到了門洞。第一次造訪門洞時，她幾乎無暇注意環境（那時作主的是米亞，而且她急著穿過那道門，好逃之夭夭），但現在四周的景色她看得清清楚楚。卡拉漢大叔在這裡，艾迪也在。從某方面來說，艾迪的哥哥也在。蘇珊娜可以聽見亨利・狄恩的聲音從洞穴的深處飄出，那聲音令人不安，但本身卻又像隻驚弓之鳥：『我在地獄裡，小弟！我在地獄裡，沒辦法來上一針，全都是你的錯！』

蘇珊娜覺得很迷惘，但亨利盛氣凌人的碎嘴卻讓她不由得怒火中燒，『艾迪如果有什麼毛病，大概全都是你的錯！』她對亨利的聲音大吼，『你那麼早死真是幫了大家一個大忙，亨利！』

可是洞穴裡的人並沒有回頭看她。這是怎麼回事？難道她從紐約跨界回到了門洞，只為了讓一切更有趣？倘若真是如此，為什麼她沒有聽見鐘聲？

安靜，安靜，吾愛，她在腦袋裡聽見艾迪的聲音，聽得非常清楚。靜靜旁觀就好。

妳聽到他的聲音了嗎？她問米亞。妳聽到……

聽到了啦！閉嘴！

『你覺得我們還得在這裡待多久？』艾迪問卡拉漢。

『恐怕得耽擱上一會兒了。』卡拉漢回答。現在，蘇珊娜了解她正在目睹一件已經發生過的事情。在與狼群決一死戰之前，艾迪和卡拉漢曾經爬上門洞，想要找出卡文・塔和朋友狄普諾去了哪裡。卡拉漢穿門而過，而艾迪則讓黑十三給迷住，差點沒了命，幸虧卡拉漢及時回來，拉他一把，否則他早就葬身谷底，粉身碎骨了。

可是現在，艾迪正從塔塞爺麻煩的初版書櫃底下拉出那個袋子——沒錯，她記得沒錯，那個袋子本來是粉紅色的；在卡拉時，那個袋子的確是粉紅色的。他們需要袋子裡的那顆球，理由和米亞一樣：因為它能打開那扇未發現的門。

艾迪拿起袋子，正準備轉身離開時，突然僵在原地。他皺起了眉頭。

『怎麼了？』卡拉漢問。

『裡頭有東西。』艾迪回答。

『對呀，有那個盒子……』

『不是，我是說袋子本身裡頭有東西。我想是縫在夾層裡。感覺好像是顆小石頭。』

突然間他好像直視著蘇珊娜，而蘇珊娜也突然發現自己坐在公園長椅上。她再也聽不見洞穴深處傳來的聲音，只能聽見噴泉淅瀝嘩啦的噴水聲。洞穴漸漸消失，艾迪和卡拉漢也漸漸消失。她聽見艾迪的最後一句話，而艾迪的聲音彷彿來自遠方：『也許有個暗袋。』

然後他便消失得無影無蹤。

2

事實上，她並沒有跨界，她的門洞之旅其實是一種幻象。是艾迪傳給她的嗎？如果是他傳的，是不是表示他已經收到她從道根傳的訊息？蘇珊娜不能回答這些問題。如果她再見到他，她會親自問他，但在問他之前，她要先吻他千遍。

米亞拾起紅袋子，慢慢摸著袋子的兩側。沒錯，她摸得出來裡頭有個盒子，但摸到一半，她的指尖突然摸到了別的東西，是個凸出來的小東西。艾迪說得沒錯，它摸起來很像石頭。

她（又或許該說『她們』，可是她才懶得管那麼多）把袋子打開。她不喜歡袋子裡那玩意愈來愈強的脈搏，可是她已經下定了決心。在這裡，就在這裡……這兒好像有個接縫。

她靠近袋子，發現那不是一條接縫，而是一個暗袋的開口。她不知道那是用什麼材質做成的，傑克也不會知道，但要是艾迪看到了，一定會知道那就叫做『魔鬼粘』。她知道某個『Z.Z. Top』合唱團曾經寫了一首歌向那個東西致敬，歌名叫做『魔鬼粘褲襠』。她把一根手指伸進開口，用手指撐開，一陣輕輕的撕裂聲傳來，開口鬆了開來，露出暗袋。

這是什麼？米亞忍不住驚奇的問。

呃，看看就知道。

她把手伸進暗袋，可是拿出來的東西不是石頭，而是一隻手工刻成的小烏龜，看起來是用象牙雕的。龜殼的花紋雕得十分精細逼真，不過上頭有一道小小的擦痕，看起來像是個問號。烏龜的頭伸出一半，雙眼是兩個柏油畫成的小黑點，看起來栩栩如生。她看見龜嘴旁還有一個小瑕疵，不是擦痕，而是一道裂縫。

『它好舊，』她自言自語，『真的好舊。』

沒錯，米亞回應。

握著烏龜讓蘇珊娜覺得出奇的舒服，不知為何，她覺得……好安全。

看那隻大肚子烏龜，她心想，圓圓的地球殼上背。是這麼唱的嗎？她覺得至少很接近了。當然，他們是沿著那條光束走向黑塔。一頭是熊，也就是『殺敵克』，另一頭是烏龜，也就是『麻諸靈』。

她看著自己從袋子裡拿出的小雕像，再看看噴泉旁的大雕像。除了材質之外——長椅旁的大雕像是閃著紅銅光澤的暗色金屬——這兩個雕像幾乎一模一樣，甚至連龜嘴旁的楔形小裂縫都完全一樣。一時間，她屏住了呼吸，心跳也好像停止了。在這趟旅程中，她常常隨波逐流，不想太多，聽命於羅蘭堅稱的『業』，可是有時候也會發生這樣的事情，讓她覺得自己好像得以一窺更遠大的全景，而那幅全景令她敬畏交加，無法動彈。她感覺到一些無法理解的力量，某些力量很邪惡，就像鬼木盒裡的東西，但是這個力量……這個力量……

『哇噢！』有人發出近乎讚嘆的聲音。

她抬起頭，看見一個生意人站在長椅旁。從他的西裝看來，他的生意做得很大。他正打算穿過公園，也許正要到某個和他一樣重要的地方，跟某人有約或是要去開會，搞不好還是在聯合國，因為聯合國就在附近（除非連聯合國也搬家了）。可是現在，他突然停下了腳步，高檔公事包在右手晃啊晃的。他雙眼睜得老大，緊盯著蘇珊娜・米亞手裡的烏龜，臉上掛著又大又蠢的微笑。

快收起來！米亞驚慌的大喊，他會把它偷走！

老娘倒想看看他有沒有膽偷，黛塔・渥克回答。她的聲音一點也不緊張，好像還覺得挺有趣的。太陽已西沉，她——每一個部分的她——突然發現，不管別的，今天這個日子還真是美麗，而且很珍貴，甚至稱得上是燦爛。

『美麗、珍貴又燦爛。』生意人說（或許他是個外交官），他早就把他的生意拋到九霄雲外去了。他說的是今天這個日子，還是那隻手工烏龜？

都有，蘇珊娜心想。突然間，她覺得自己懂了。傑克也會懂——還會有誰比傑克更懂？她笑了起來。在她心中，黛塔和米亞也笑了，只是米亞笑得有些勉強，而那個生意人或是外交官也跟著笑了。

『對，都有。』生意人說。他帶點北歐口音，『都有』聽起來像『偷有』。『妳手上的東西真漂亮！』裡叟桑的東西真漂釀！

沒錯，那是個漂亮的東西，是個漂亮的小小珍寶。不久之前，傑克也碰過類似的事情。在卡文・塔的書店裡，傑克買了一本叫做《噗噗查理》的書，作者是貝若・伊文思。他為什麼要買？因為那本書召喚了他。然後（事實上，是在羅蘭的共業夥伴抵達布來恩・史特吉斯卡拉後不久），作者的名字又變成『克勞蒂亞・y・伊涅斯・巴克曼』，總共十九個字母，加入了

『十九的共業』。傑克在書裡夾了一把鑰匙，而艾迪則在中世紀刻了一把分身。每個人只要看到傑克的鑰匙，就會給迷得暈頭轉向，說東就往東，說西就往西。就像傑克的鑰匙，這隻手工烏龜也有分身，而她正坐在分身的旁邊。問題是，這把鑰匙是不是在其他方面也和傑克的鑰匙一樣呢？

從這位如痴如醉的北歐生意人來看，蘇珊娜覺得八九不離十。她心想：嗟嗟切呀嗟嗟恰，烏龜本事一把罩，小妞放心別煩惱！真是首蹩腳的詩，她差點笑出聲來。

她對米亞說：交給我來處理。

處理什麼？我不懂……

我知道妳不懂，所以我叫妳交給我來處理，行嗎？

她不等米亞回答，便回頭繼續跟生意人周旋，對他燦然一笑，然後把烏龜拿到他眼前。她把烏龜從右邊拿到左邊，發現雖然他那長了一頭濃密白髮的腦袋並沒有移動，但他的眼珠子卻緊盯著烏龜跑。

『你叫什麼名字，塞爺？』蘇珊娜問。

『馬西森・范・韋克。』他一邊說，兩顆眼珠子一邊慢慢轉動，緊盯著烏龜，『我是聯合國瑞典大使的第二助理。我老婆紅杏出牆，我很傷心。我的腸胃又恢復正常了，酒店女按摩師推薦的茶很有效，我很開心。』他頓了頓，然後又接著說：『妳那座徽像也讓我很開心。』

蘇珊娜覺得十分驚奇。如果她要這個人脫掉褲子，在路邊清清他剛剛恢復正常的腸胃，他會聽話照辦嗎？還用問，絕對是說一不敢二。

她很快的四下張望一番，沒看見附近有人。這很好，因為她覺得自己一定要速戰速決。

傑克的鑰匙曾經吸引不少注意，如果可以，她不打算重蹈覆轍。

『馬西森，』她說，『你剛才提到……』

『小馬。』他說。

『什麼？』

『叫我小馬，我喜歡人家這樣叫我。』

『好吧。小馬，你剛才提到……』

『妳會說瑞典語嗎？』

『不會。』她說。

『那我們就說英語吧！』

『好，我想……』

『我位高權重，』小馬說，他的雙眼片刻不離烏龜，『我會遇見很多重要的人。我正要去參加雞尾酒會，那裡會有很多穿著黑色小洋裝的漂亮女人。』

『我想你一定覺得很興奮吧！小馬，現在我要你閉上嘴，除非我問你問題，否則別開口，可以嗎？』

小馬立刻閉上嘴，甚至還在嘴邊比了個拉拉鏈的動作，挺搞笑的，但他的眼睛依然片刻不離烏龜。

『你剛才提到一間飯店，你住在飯店裡嗎？』

『對，我住在紐約廣場公園凱悅飯店，在第一大道和四十六街的交叉口。很快我就會有公寓……』

小馬發現自己說得太多，趕緊閉上嘴。

蘇珊娜腦袋動得飛快。她把烏龜放在胸前，好讓她的新朋友能瞧個仔細。

『小馬，靜靜聽我說話好嗎？』

『塞爺女士，我洗耳恭聽，不敢抗命。』這段話嚇得她差點跳了起來，尤其是小馬講話帶著可愛的北歐腔，聽起來更是詭異得出奇。

『你有信用卡嗎？』

小馬驕傲的笑了起來：『我有好幾張呢！我有美國運通卡、萬事達卡，還有Visa卡。我有歐元金卡，還有……』

『很好，非常好。我要你到……』她的腦袋突然一陣空白，但隨即想了起來，『……我要你到廣場公園飯店訂房。訂一個禮拜。如果有人問，你就說你是替一個朋友訂的，一個女的朋友。』她腦中突然閃過一個不太妙的念頭：這裡是紐約，是北方，現在是一九九九年，雖然人人都希望凡事會愈變愈好，可是最好還是確認一下。『他們會不會不歡迎黑人？』

『不，當然不會。』他看起來很驚訝。

『用你的名字訂一間房，告訴櫃台有個叫蘇珊娜．米亞．狄恩的女人會住進去，懂嗎？』

『懂，蘇珊娜．米亞．狄恩。』

接下來呢？當然是錢的問題。她問她的新朋友小馬有沒有錢，小馬立刻拿出皮夾交給她。她繼續用一隻手把烏龜拿在他看得見的地方，用另一隻手在Lord Buxton牌的高級皮夾裡翻找。裡頭有一大疊旅行支票，可惜得簽上鬼畫符似的簽名，所以對蘇珊娜來說完全沒用。裡頭還有大概兩百塊的現金，她拿走現金，丟進原本放著鞋子的博得包。等她再次抬起頭，她發現生意人身邊多了兩個女童軍，不禁覺得有些不安。兩個女孩大概十四歲，都揹著背包，她們看著烏龜，雙眼發亮，口水都快流下來了。蘇珊娜不由得想起貓王上『蘇利文電視秀』❻

時，在底下看得目不轉睛的眾多女粉絲。

『好酷──喔！』其中一個女孩讚嘆道。

『酷斃了。』另一個女孩說。

『妳們兩位快去做妳們自己的事。』蘇珊娜說。

兩個女孩的臉一垮，成了兩張一模一樣的苦瓜臉，看起來就像卡拉裡的雙胞胎。『一定要走嗎？』第一個女孩問。

『對！』蘇珊娜說。

『多謝塞爺，日日長春，好夢連連。』第二個女孩說，她淚流滿面，而她的朋友也一樣。

『忘記妳們看過我！』她們離去時，蘇珊娜在她們背後喊道。

她緊張的看著她們走上第二大道，往市中心走去，然後將注意力轉回小馬身上。『你也得快馬加鞭了，小馬。快到旅館去訂房，告訴他們，你的朋友蘇珊娜馬上就到。』

『什麼是「快馬加鞭」？我不懂……』

『意思是叫你動作快。』她把皮夾還給他，留下現金，有點惋惜沒能多看那些塑膠卡片一眼，心想，不曉得誰會需要那麼多卡片。『你訂好房，就去你原本要去的地方，忘記你看過我。』

現在，就像穿著綠色童軍制服的女孩一樣，小馬也哭了起來：『我也得忘記那座徽像

❻The Ed Sullivan Show，美國綜藝節目，自一九四八年開始播出，播出時間長達二十三年，成為美國重要社會文化指標，由享譽綜藝界的主持天王艾德．蘇利文主持，每週日晚間播出。

嗎？』

『是的。』蘇珊娜想起自己曾在某個綜藝節目裡看過一位催眠師，搞不好就是在『蘇利文電視秀』裡。『你不能帶走烏龜，但是你今天會覺得心情非常愉快，聽見了嗎？你會覺得……』對他來說，一百萬元也許不是什麼大數目，搞不好還不夠剪頭髮呢！『你會覺得自己就是瑞典大使，也不再擔心你老婆紅杏出牆的事。去他的小白臉，知道嗎？』

『沒錯，去他的蕭掰鏈！』小馬大喊，雖然他在哭，可是卻也同時在微笑。那抹微笑帶著一種神聖的童稚，讓蘇珊娜覺得既歡喜、又悲傷。如果可以，她想要替小馬做點事。

『還有你的腸胃。』

『我的腸胃怎樣？』

『從此以後，你的腸胃會順到不行，除非你很忙。如果你遇到開會快遲到之類的事，只要說……呃……說「麻諸靈」，你就會到第二天才想上廁所。』

『麻諸靈。』

『沒錯。現在去吧！』

『我不能帶走徽像嗎？』

『不行，你不能帶走它。趕快走吧！』

他邁開步伐，可是又再次停下來，回望著她。雖然他雙頰濕潤，但是表情卻有些調皮，還有一點狡猾。『也許我應該帶走它，』他說，『也許它本來就是我的。』

有膽就試試看啊，白鬼，黛塔這麼想，但是蘇珊娜卻叫她閉嘴。蘇珊娜覺得自己好像在這古怪的三人行中佔了上風，至少暫時佔了上風。『怎麼這麼說呢，我的朋友？告訴我，我懇求您。』

他的表情依然狡猾，蘇珊娜覺得那個表情好像在說：少裝蒜了。『馬西森是「小馬」，麻諸靈是「小麻」，「小馬」跟「小麻」不是很像嗎？』

『我懂了，』她說，『可是徽像不是你的，也不是我的。』

『那是誰的？』他聽起來好像快哭了。

理智還來不及阻止蘇珊娜（或者至少先檢查一下），她就說出她早已了然於心的真理：『它屬於那座塔，塞爺。它屬於那座黑暗之塔。如果業願意，我會將它物歸原主。』

『眾神與妳同在，塞爺女士。』

『也與你同在，小馬。日日長春，好夢連連。』

她看著這位瑞典外交官離開，然後低頭看著手工烏龜說：『這真是太神奇了，小麻老兄。』

米亞對烏龜一點興趣也沒有，她的目標只有一個。她問道：那間飯店裡會有電話嗎？

3

蘇珊娜．米亞把烏龜放在牛仔褲的口袋裡，強迫自己在公園長椅上等二十分鐘。大部分時間她都在欣賞自己那兩條新腿（那兩條腿看起來真的很不錯，管他到底是誰的），還有在那雙

（偷來的）

新鞋裡扭動她的新腳趾。有那麼一次，她閉上眼睛，召喚出道根裡的控制室。那裡亮起了更多警示燈，地板下的機器也震得更大聲，但顯示蘇珊娜—米歐的讀表指針只稍稍碰到黃色區域的邊而已。正如她所料，地板上開始出現裂縫，但是目前看起來還不嚴重。狀況不太

好，但是她覺得還可以再撐一會兒。

妳在等什麼？米亞焦急的問，我們幹嘛呆坐在這裡？

我在給那個瑞典人機會替我們辦事，然後離場，蘇珊娜回答。

等她覺得他應該已經辦完事，她就撿起包袱，站起身，穿過第二大道，走向四十六街，也走向廣場公園飯店。

4

多角綠玻璃反射出怡人的午後陽光，灑滿了飯店大廳。除了聖派崔克教堂外，蘇珊娜從沒看過這麼漂亮的房間，但是這裡也有一種陌生的感覺。

因為現在是未來，她心想。

天曉得這裡到處都是未來的玩意兒。車子看起來比較小，而且完全變了模樣。她看見很多年輕女人露著小腹和胸罩的肩帶走來走去。在走到四十六街的路上，蘇珊娜看見四、五個露出胸罩肩帶的女人，最後才完全說服自己這不是某種奇怪的時裝風潮，也不是哪裡弄錯了。在她的時代，一個女人如果胸罩肩帶外露（或是不小心露出襯裙，委婉的說法是春光外洩），一定會跑到最近的公廁裡把肩帶調整好，而且是馬上衝進公廁。至於露出肚子嘛……

除非是在康尼島，否則一定會被警察抓起來，她心想。毫無疑問。

但最讓她驚奇的事卻是一件最抽象的事：這個城市看起來更大了。這座城市在她四周發出雷聲蜂鳴，顫抖震動，每次呼吸都能嗅到它獨特的氣味。在飯店外等計程車的女士絕對是道地的紐約女人（不管有沒有露出胸罩肩帶），揮動旗子召喚計程車的門房（不只一位，而是兩位）絕對是道地的紐約門房，而計程車司機（她很驚訝許多司機竟然是黑人，其中一個還纏著頭巾）也絕對是道地的紐約計程車司機，但是他們全都……變了模樣。世界前進了，好像她的紐約——也就是一九六四年的紐約——是青少棒，而眼前這個紐約則是大聯盟。

她在大廳口稍稍停下腳步，從口袋裡拿出手工烏龜，做好準備。她的左邊是休息室，兩個女人坐在那裡聊天，蘇珊娜瞪著她們瞧了一會兒，不敢相信她們居然敢穿那麼短的裙子，（太好笑了吧，那哪叫裙子啊？）露出一大截的大腿，而且她們也不是青少女或是青春可愛的女大學生，這些女人至少已經三十多歲了。（不過她猜想她們也許已經六十多歲了。誰曉得過去三十五年來，科技到底進步了多少呢？）

她的右邊是間小店。小店後的暗處傳來愉快又熟悉的鋼琴聲，曲名是〈朝朝暮暮〉（Night and Day）❼。蘇珊娜知道，如果她朝樂聲的方向走去，她會發現很多皮椅，很多氣泡酒，一個穿著白色大衣的紳士會很樂意服務她，儘管現在還是大白天。她突然覺得輕鬆了許多。

在她正前方是接待櫃台，櫃台後的女人是蘇珊娜這輩子見過最有異國風味的女人。她看起來好像集白人、黑人和中國人三種血統於一身。在一九六四年，這樣的女人一定會被冠上雜種的臭名，不管她有多美都一樣，可是在這裡，她卻穿上一套極為美麗的女裝，在一流大飯店的櫃台後面當接待員。蘇珊娜心想，黑塔也許搖搖欲墜，世界也許正在前進，但是她覺得這位美麗的櫃台服務生證明了不是每件事都在墮落，也不是每件事都在往錯誤的方向前進。女接待員在和一位客戶交談，客戶正在抱怨『客房付費電影帳單』的問題，蘇珊娜不曉得那到底是什麼東西。

❼爵士女伶比莉．哈樂黛（Billie Holiday，一九一五—一九五九）的歌曲。

不重要，反正這裡是未來，蘇珊娜再次告訴自己。這是科幻小說，就像盧德城一樣。最好不要管太多。

我才不管這是怎麼回事，也不管現在是什麼時代，米亞說。我要去找電話，我要照顧我的小傢伙。

蘇珊娜走過一個用三腳架架起來的告示板，然後又回頭仔細瞧瞧板上寫了什麼：

一九九九年七月一日，紐約廣場公園凱悅飯店將成為富豪聯合國廣場飯店

頌伯拉／北方中央再次推出鉅作！

蘇珊娜心想：不就是那間說過要蓋烏龜灣豪華公寓的頌伯拉公司嗎……可是從街角的那座黑色玻璃針塔來看，烏龜灣豪華公寓從來沒蓋成。北方中央正電子也來湊一腳了，真有趣。

她感到一陣刺痛穿腦而過。刺痛？去他的，根本就是一道閃電。她痛得眼中泛淚，而且也知道是誰害她頭痛。是米亞，她對頌伯拉公司、北方中央正電子或是黑塔一點興趣也沒有，所以漸漸失去耐心了。蘇珊娜知道她必須改變米亞，至少要奮力一試。米亞讓她的小傢伙沖昏了頭，但是如果她想要保住她的小傢伙，她就必須把眼光放遠一點。

她絕對不會讓妳好過的，黛塔說，她的聲音聽來狡猾、堅強而又愉快。妳也知道的，可不是嘛？

沒錯。

男人忙著對接待員解釋他不小心訂購了某部叫『限制級』的電影，他不介意付錢，只要帳款不是印在他的帳單上就行。蘇珊娜等他說完，便走向櫃台。她的心緊張得怦怦跳。

『我想我的朋友馬西森・范・韋克替我訂了一間房。』她說。她看見接待員看著她骯髒的上衣，一臉的嫌惡，於是緊張的笑著說：『我真等不及要去沖個澡，換衣服了。我發生了一件小小的意外，在吃中飯的時候。』

『好的，女士，我來查一下。』女人走向一台像是連著打字機的電視螢幕前，按了幾個按鈕，看看螢幕，然後說：『是蘇珊娜・米亞・狄恩嗎？』

您說得沒錯，我向您說聲託福了，蘇珊娜很想這麼回答，但是她努力忍了下來。『是的，我就是。』

『可以麻煩您讓我看看身分證明嗎？』

有那麼一會兒，蘇珊娜覺得手足無措，但她馬上恢復理智，從包包裡拿出一只歐莉莎盤子，小心翼翼的拿著鈍處。她不由得想起羅蘭曾對卡拉的大牧場主人歐佛侯瑟說過一句話：我們只管槍桿子底下的事。歐莉莎不是子彈，但是它的功用和子彈相差無幾。她一隻手舉起盤子，另一隻手拿著小小的手工烏龜。

『這個可以嗎？』她愉快的問道。

『什麼……』美麗的櫃員開口，可是她的眼神從盤子一轉到烏龜，她便沉默了下來，那雙搽著有趣粉紅色唇蜜（蘇珊娜覺得它看起來比較像糖果而不是口紅）的嘴唇張了開來，吐出溫柔的聲音：噢………

『這是我的駕照，』蘇珊娜說，『妳看到了嗎？』幸運的是附近沒有其他人，就連一個傳達員也沒有。傍晚結帳離開的客人都在人行道上爭計程車爭得你死我活，可是在這裡，整個大廳安靜得教人昏昏欲睡。在禮品店後方的酒吧裡，〈朝朝暮暮〉已經下台一鞠躬，將舞台交給慵懶沉思的〈星塵〉（Stardust）❽。

『駕照。』櫃員同意道，她的語氣依然充滿驚嘆。

『很好，妳要記下什麼東西嗎？』

『不用……范‧韋克先生訂了房……我只要……檢查妳的……我可以拿那隻烏龜嗎，女士？』

『不行。』聽見蘇珊娜這麼說，櫃員立刻哭了起來。這種情形讓蘇珊娜有點困惑，自從十二歲那場糟得一塌糊塗的小提琴獨奏會（是第一場也是最後一場）後，她就不相信自己能在一天內讓這麼多人哭了。

『不行，我不能拿那隻烏龜。』櫃員說著，號啕大哭起來，『不行，不行，我不行拿，啊，混沌啊，我不行……』

『別哭了，』蘇珊娜說，櫃員立刻靜了下來，『請給我房間鑰匙。』

但是這位歐亞混血兒卻沒有給她鑰匙，而是把一張塑膠卡片放在紙夾裡交給她。紙夾的內側寫著數字『1919』（刻意把數字寫在紙夾裡或許是為了防小偷吧！），蘇珊娜一點也不驚訝。當然，米亞更是一點也不在乎。

突然間，她覺得有點腿軟，整個人晃了一下，得揮動抓著『駕照』的那隻手才能保持平衡。她原以為自己會跌倒在地，但隨即又站穩了腳步。

『女士？』櫃員嘴裡這麼問，但是看起來只是口到心不到，『妳還好吧？』

『還好，』蘇珊娜說，『只是……只是有點沒站穩而已。』

蘇珊娜心想：到底怎麼回事？噯，可是她知道是怎麼回事。有腳的是米亞。自從遇上『徽像』先生後，負責掌舵的就是蘇珊娜，而現在，她快要變回沒腳的女人了。聽來瘋狂，但卻是千真萬確。她的身體快要變回蘇珊娜了。

米亞，快起來，換妳上了。

我不行。現在不行。等我們獨處的時候才可以。

老天爺啊，蘇珊娜很熟悉那個語調，非常熟悉。那個婊子居然會害羞。

蘇珊娜對櫃員說：『這是什麼東西？是鑰匙嗎？』

『當然是，塞爺。它可以用來坐電梯還有開房間門。只要依箭頭指的方向插進插孔，然後很快的拔出來，等門上的燈變綠，就可以進去了。我的現金抽屜裡大概有八千元出頭，我願意把錢全部給妳，只要妳給我妳那漂亮的東西，妳的烏龜，妳的徽像，妳的托圖嘉，妳的卡維特……』

『不行。』蘇珊娜說著，腿又軟了一下。她抓住櫃台的邊緣，就快要失去平衡了。『我要上樓了。』她原想先到禮品店去花小馬的錢，如果那裡有賣襯衫的話，她想買一件乾淨的襯衫，但是現在得等一等了。一切都得等一等了。

『是的，塞爺。』再也沒有『女士』了。烏龜迷住了她，磨掉了兩個世界的界線。

『忘記妳看過我，好嗎？』

『好的，塞爺。要不要我在電話裡加上「請勿打擾」的留言？』

米亞開始大呼小叫，蘇珊娜根本懶得理她。『不，不必了，我在等電話。』

『就隨您的意，塞爺。』她的眼睛盯著烏龜，片刻不離，『祝您在廣場公園飯店裡住得愉快。需要有人替您提行李嗎？』

不過就三個小包包，還需要人幫忙嗎？黛塔這麼想，但蘇珊娜只是搖搖頭。

❽著名的爵士歌曲，比莉．哈樂黛曾經演唱過。

『不必了。』

蘇珊娜轉身想離開，但是櫃員接下來的話讓她立刻回頭。

『君王很快就要來了，帶著眼睛的君王。』

蘇珊娜目瞪口呆的看著女人，震驚不已。她覺得手臂上起滿了雞皮疙瘩，可是櫃員美麗的臉龐依然平靜如常，那雙黑色的眼眸盯著手工烏龜，那雙嘴唇微微張開，現在不只沾滿唇蜜，也沾滿了口水。蘇珊娜心想：如果我再待久一點，她的口水就會滴下來了。

蘇珊娜很想繼續追問君王和眼睛的事——這是她的責任——而且她也可以追問，因為負責掌舵的人是她，但是她的腿又軟了一下，於是她知道自己不能再追問下去……除非她想爬著進電梯，膝蓋以下只有兩條空盪盪的牛仔褲拖在地板上。也許晚點再問，她心想，但是她很明白那幾乎是不可能的，現在事情變化得太快了。

她開始穿過大廳，努力保持平衡。櫃員在她身後說話，語調裡竟然同時帶著愉快與懊悔。

『塞爺，等到君王來臨，黑塔崩塌，像妳手上那種可愛的小東西就會毀滅，然後是一片漆黑，只剩下混沌之王的呼號與「坎墮淫」的吼聲。』

蘇珊娜沒有回答，不過雞皮疙瘩已經一路爬到頸背，她感到頭皮發麻。她的雙腳（總之是某人的腳）很快的失去感覺。如果她能看見自己赤裸的腳，她會不會看見那兩隻漂亮的新腳變成透明的？她會不會看見血液流過她的血管，流出心臟的血鮮紅明豔，流回心臟的血暗沉疲倦？她會不會看見像髮辮般交錯的肌肉？

她覺得會。

她按下往上的按鈕，然後把歐莉莎放回袋子，祈禱在她昏倒之前，三扇電梯門裡能有一扇打開。琴師彈起了〈狂風暴雨〉（Stormy Weather）❾。

中間的電梯門打開了。蘇珊娜・米亞走進電梯，按下『19』。電梯門關上，但電梯卻沒有動。

塑膠卡片，她提醒自己。妳得用那張卡片。

她看見一個插孔，於是小心翼翼的順著箭頭指的方向把卡片插了進去。這次她按下『19』時，按鈕亮了起來，過了一會兒，她就被粗魯的推到一旁，換米亞上場了。

蘇珊娜退到腦海深處，覺得很疲倦，但也覺得如釋重負。是的，讓別人作主吧！有何不可？偶爾讓別人掌掌舵吧！她感覺到雙腳漸漸恢復了力氣，而就目前來說，她已經別無所求了。

5

米亞也許是個陌生之地的陌生客，但她學得很快。在十九樓的大廳裡，她發現一個箭頭下寫著『1911—1923』，於是沿著長廊，快步走到了1919號房。地上鋪著厚厚的綠色地毯，柔軟舒服，彷彿在她

（她們）

偷來的鞋子底下輕聲細語。她把鑰匙卡插到洞裡，打開門，走了進去。房裡有兩張床，她把袋子放在一張床上，興味索然的看著四周，然後直盯著電話瞧。

蘇珊娜！米亞著急的喊。

什麼事？

❾比莉・哈樂黛的歌曲。

我要怎麼讓它響啊？

蘇珊娜笑了起來，而且是發自肺腑的笑。親愛的，妳不是第一個問那個問題的人，相信我。妳也不是第一百萬個問這個問題的人。它會不會響不是妳能控制的，時候到了它就會響。現在，妳何不好好看看這間房，看能不能找個地方放妳的古囊？

她以為這番話會討來一頓吵，但結果並沒有。米亞先在房間裡探查了一番（她沒有打開窗簾，不過蘇珊娜倒是很想從這個高度俯瞰這座城市），再把頭探進廁所（真是富麗堂皇，洗臉盆好像是用大理石做的，而且到處都是鏡子），然後再看看衣櫃。衣櫃裡的架子頂端放著幾個裝乾洗衣物的塑膠袋，架子裡則放著一個保險箱，保險箱上頭有個標示，但米亞看不懂。羅蘭偶爾也有一樣的問題，但那是因為英文字母和內世界的『貴族字』有很大的不同。蘇珊娜覺得米亞的問題要基本許多；雖然她的綁匪顯然看得懂數字，但蘇珊娜覺得小傢伙的媽媽是個目不識丁的文盲。

蘇珊娜接手，但並沒有完全掌握控制權。有那麼一會兒，她透過兩雙眼睛看著兩個標示，那種感覺非常奇怪，讓她覺得暈眩欲嘔。然後兩個影像合而為一，她終於可以看清楚標示上寫的文字：

此保險箱僅供置放私人物品

廣場公園凱悅飯店管理人員不負保管之責

現金與珠寶應寄放於樓下的飯店保管箱

如欲設定密碼，請按下四位數字，再按下『輸入』

如欲打開保險箱，請按下您的四位數密碼，再按下『打開』

蘇珊娜退下，讓米亞選擇四個數字，結果米亞選了『1999』。現在就是一九九九年，要是有小偷進來，第一個試的就會是這個數字，但至少它不是房間的號碼。此外，這也是個正確的號碼，是個有力量的號碼，是個圖徽，她們兩人都心知肚明。

米亞設定好密碼後便試著拉開保險箱，發現保險箱鎖得緊緊的，接著她又按照說明，打開保險箱。保險箱裡傳來一陣隆隆聲，然後門『啪』的一聲打開了。她把寫著中城巷的褪色紅袋子塞了進去，再把歐莉莎盤子放進去，然後再次鎖上保險箱的門，拉拉把手，發現門鎖得很緊，於是心滿意足的點點頭。博得包還放在床上，她拿出那疊現金，把現金塞進牛仔褲右前方的口袋裡，和烏龜塞在一起。

得去買件乾淨的襯衫，蘇珊娜提醒這位不請自來的客人。

無父之女米亞沒有回答，顯然她並不在乎襯衫，不管乾不乾淨。米亞看著電話。陣痛暫時停止，所以現在她唯一在乎的就是電話。

現在我們來談正事吧，蘇珊娜說。妳答應過的，不准妳食言。可是我們不能在宴會廳談。她打了個冷顫。我們到外面談，我懇求妳聽我一言。我要透透氣，但那個宴會廳充滿了死亡的氣味。

米亞沒有和她爭辯。蘇珊娜隱約感到米亞好像在記憶庫裡翻找，拿出一樣東西看看，不滿意的丟到一旁，又拿出一樣東西看看，又不滿意的丟到一旁，最後終於找到一個可以接受的答案。

我們該怎麼過去？米亞冷淡的問。

這個（又變回）雙重性格的黑女人坐在一張床上，把雙手疊在大腿上。就像坐雪橇一樣，這個女人以蘇珊娜那一面的性格說，我出力，妳控制方向。記得，蘇珊娜—米歐，如果妳要我合作，妳就得老老實實回答我的問題。

我會的，另一個女人回答。只是別指望妳會喜歡那些答案，或是了解那些答案。

妳是什麼意……

當我沒說！老天啊，我從來沒遇過這麼愛問問題的人！時間不多了！電話一響，我們的交談就結束！所以如果妳想談……

蘇珊娜不給她機會把話說完，便閉上眼，往後一躺。沒有床舖撐住她，她一路往下墜。這是真正的墜落，她在空間中墜落。她聽見跨界的鐘聲叮噹響起，模糊而且遙遠。我又上路了，她心想，然後一個念頭一閃而過：艾迪，我愛你。

詩節：卡瑪拉，搖擺舞，
生而在世多快活！
魔鬼之月高高掛，
往外瞧見混沌王！

應答：卡瑪拉，第五回！
鬼魅陰影已現身！
眼觀世間腳踏地，
生而在世真快活！

6st
STANZA

詩節六

城堡的誘惑

The Castle Allure

1

突然間，她又掉進了自己的身體，這種感覺激起了一段燦爛奪目的回憶：十六歲的歐黛塔·霍姆斯穿著襯裙坐在床邊，坐在一道燦爛的陽光下，正在穿絲襪。這段回憶突然停格，她可以聞到『玉肩香水』（White Shoulders）跟旁氏美容香皂的味道。旁氏美容香皂是她媽媽愛用的香皂，玉肩香水是她向媽媽借來的香水，她已經長大了，可以搽香水了。她心想：是春天音樂節！我要跟納森·費利曼一起去！

然後畫面消失了，旁氏香皂的香味不見了，取而代之的是乾淨冰冷（但不知為何有點潮濕）的夜風，除此之外只剩下一種感覺，一種詭異而又完美的感覺，好像穿上新的身體跟把絲襪一路套上小腿膝蓋沒什麼兩樣。

她張開眼睛。狂風大作，吹起細沙，颳過她的臉。她瞇起眼，皺著臉，舉手擋風。

『來這裡！』一個女人的聲音喊道。那不是蘇珊娜意料中的聲音，不是刺耳又得意的沙啞叫聲。『來這裡躲風！』

她定睛一瞧，看見一個高瘦美麗的女人在對她揮手。這是蘇珊娜初次見到米亞本人，她不由得大驚失色，因為小傢伙的媽媽竟然是個白人。顯然歐黛塔的人格裡多了一個白人，要是讓有種族情結的黛塔·渥克知道了，一定會氣得七竅生煙！

蘇珊娜又沒了兩條腿。她坐在一台簡陋的單人推車裡，推車就停在一堵低矮石牆的缺口旁。她往牆外望去，看見她這輩子看過最可怕、最險惡的風景。成列的巨石對天空伸出鋸齒，一路推擠著往遠方而去。在野蠻的一鐮新月下，巨石閃閃發光，看起來活像怪異的骷髏。新月像一抹詭異的怪笑，怪笑之外有無數的恆星如冰火般燃燒。在巨石參差不齊的邊緣與噬人的大口中，一道狹窄的小徑朝遠方蜿蜒而去。蘇珊娜看著小徑，心想，要是有一群人想走上小徑，勢必得排成一列才行。而且還得帶上一大堆補給品，路上可沒蘑菇好採，也沒有山蘿蔔。在遠方，一道黑紅色的光芒時明時滅。那道光芒朦朧邪惡，來自地平線後的某個地方。玫瑰的心，她心想，接著又想：不，不是玫瑰的心，是君王的鐵工場。她看著那道如脈搏般起伏的陰沉光芒，覺得無助又恐怖，但卻情不自禁的給迷住了。收緊……放鬆，漸盈……漸缺，猶如對蒼天發下誑語的傳染病。

『想過來就馬上過來，紐約的蘇珊娜。』米亞說。她披著一件沉重的毛毯，下半身的褲子似乎是件皮褲，長度剛好在膝蓋之下。她的脛骨上滿是傷痕，腳上穿著厚底籃球鞋。『就算相隔千里，君王還是能迷惑人心。我們在城堡的混沌之側。妳想跳到牆腳下，千針穿身而死嗎？如果他迷惑了妳，要妳從牆上往下跳，妳絕對會遵命。妳那些霸道的槍客不會來這裡幫妳，不是嗎？當然不會，妳得靠妳自己了。』

蘇珊娜努力想把視線從那團不停脈動的光芒移開，但一開始卻力不從心。她的心裡升起一團恐懼……

（如果他迷惑了妳，要妳從牆上往下跳）

她緊緊抓住那團恐懼，利用它，把它壓成一道利刃，切開使她動彈不得的恐懼。一開始什麼也沒發生，隨後她卻在破爛的小推車上用力往後仰，得抓住邊緣才不會翻倒在圓石遍佈的地上。狂風再次吹起，將塵土與砂石吹在她的臉上，吹進她的頭髮，好像在嘲笑她。

但那股引力……那股迷人的魔力……幻術……不管它是什麼，現在都已經消失了。

她看著那輛狗拉車（她在心裡這麼稱呼它，不管它真正的名稱是什麼），立刻發現該怎麼駕駛它，而且非常簡單。沒有驢子拉車，她只好自己來。托佩卡那輛甜美輕便的小輪椅已經遠在天邊，那兩條帶著她從小公園走到飯店的強壯雙腿更是遙不可及。天啊，她很想念有兩條腿的時光。那兩條腿才剛不見，她就已經開始想念它們了。

但是妳得湊和著過下去。

她抓住推車的木輪，用力使勁，但車子動也不動，她再努力加把勁。就在她決定下車，不顧顏面的爬向米亞時，車輪吱吱嘎嘎的發出呻吟，開始轉動了。輪椅隆隆駛向米亞，而米亞就站在一根矮胖的石柱後。這裡有許多同樣的石柱，一根根石柱沿著弧線朝黑暗處前進。蘇珊娜猜想，很久很久以前（在世界前進之前），弓箭手曾躲在石柱後，任憑來襲的敵人胡亂發射弓箭或是熾熱的石弩，不論那些稀奇古怪的兵器到底叫做什麼。等攻擊告一段落，弓箭手就會從石柱間冒出來，對敵人發射武器。那是在多久以前？這是什麼世界？又離黑塔多近？

蘇珊娜覺得也許非常近。

她推著笨重又不肯乖乖合作的車子離開下風處，看著穿披風的女人。只不過移動了區區十幾碼就氣喘吁吁，她覺得非常丟臉，但還是忍不住拚命喘氣，深深吸進潮濕又莫名冰冷的空氣。石柱（她覺得這些石柱好像叫做『城齒』）在她的右邊，她的左邊則是讓斷垣殘壁包圍的一池黑暗，黑暗的對面有兩座塔聳立在外牆之上，但其中一座塔已經傾頹，不知是讓閃電擊中，或是經歷了強烈的爆炸。

『我們所在之處是誘惑之地，』米亞說，『是深淵之堡的城牆。深淵之堡曾經叫做「混沌之堡」。妳說妳要透透氣，我希望這裡能讓您歡喜，就像卡拉裡的人說的。蘇珊娜，這裡離卡拉非常遠，已經是末世界的深處，接近妳遠征的終點，可能是福，也可能是禍。』她頓了頓，然後又接著說，『我幾乎可以肯定是禍，但是我一點也不在乎，不，我一點也不在乎。我是米亞，無父之女，一子之母。我只關心我的小傢伙。沒錯，我只要小傢伙就夠了！妳要跟我促膝長談嗎？很好，我就對妳開誠佈公。有何不可？反正又於我何傷？』

蘇珊娜環顧四周。她面向城堡的中心（那裡應該是城堡的中庭），聞到一股古老的腐臭味。米亞看見她皺起鼻子，不禁微微一笑。

『是呀，他們早已死去，後來者留下的機器大部分都已經靜止，但他們死亡的氣味還殘留著，不是嗎？死亡的氣味是永遠不會消失的。問問妳的朋友槍客，那位真正的槍客，他再清楚不過了，因為他也有份，他也背了不少條人命，紐約的蘇珊娜。他的脖子上掛了數個世界的罪惡，就像一具腐爛的屍首。但是他這段乾枯荒淫的命運也已經到了時候，終於吸引了偉人之眼。他會毀滅，沒錯，和他並肩作戰的人也會跟著一起毀滅。我的肚子裡懷著他的命運，而我一點也不在乎他。』她的下巴朝星光抬起。她的胸部在披風下起伏……而蘇珊娜也看見她的肚皮隆起。至少在這個世界，米亞看起來的確是大腹便便，事實上，根本是即將臨盆。

『問問題吧！我悉聽尊便！』米亞說，『只要記得，我們存在於另外一個世界，在另一個世界裡，我們兩人命運與共。我們躺在旅社的床上，好像睡著了……但我們並沒有睡著，不是嗎，蘇珊娜？當然沒睡著。等電話響起，等我的朋友打電話來，我們就會離開這個地方，去找他們。如果妳問了問題，也得到了回答，那很好；如果沒有，那也很好。問吧！難道……難道妳不是一名槍客嗎？』她露出一抹輕蔑的微笑。蘇珊娜覺得她很無禮，沒錯，非常無禮。在回到那個世界後，這個女人根本沒辦法從四十六街走到四十七街，可是她居然還敢這麼無禮。『妳就放馬過來吧！』

蘇珊娜再次望向那座黑暗、頹敗的深井，那座曾是城堡中庭的深井，那裡曾經有堡壘與競技場，有高塔與城垛，還有一大堆天曉得叫什麼名字的東西。她曾經上過中古世紀歷史課，知道一些用語，但那已經是許久以前的事了。那裡的確有座宴會廳，至少有一陣子，她曾經在那裡大快朵頤，但是她已經不想再到那兒用餐了。如果米亞逼人太甚，她很快就會知道這個事實。

此時，她想她應該從簡單的地方開始。

『如果這裡是深淵之堡，』她說，『那深淵在哪裡呢？我什麼也沒看見，只看見一地防不勝防的石頭，還有地平線上那抹紅光。』

米亞及肩的長髮在背後飄揚（蘇珊娜的頭髮老愛糾結在一塊兒，可是米亞的頭髮卻平順如絲），她向前一指，越過她們下方的深淵，指向遠方的圍牆，那裡有高塔聳立，誘惑之地也繼續蜿蜒前進。

『這裡是內城，』她說，『內城之外，是斐迪克村，現在那裡已是空無一人，所有的人早在千餘年前就死於紅死病。在斐迪克村之外……』

『紅死病？』蘇珊娜嚇了一大跳（也不禁覺得十分懼怕），『妳是說愛倫坡的紅死病？他故事裡的紅死病⑩？』這又有什麼好奇怪的？他們不是曾經晃進《綠野仙蹤》裡的奧茲國，然後又晃了出來？接下來是什麼？白兔與紅心皇后？

『女士，我不知道，我只能告訴妳在那座荒廢的村莊外是外牆，在外牆外，地上有一道巨大的裂縫，裂縫裡充滿了各種怪獸，那些怪獸為了逃跑，不惜欺瞞、哄騙、繁殖，還有算計，無所不用其極。那裡曾經有座橋通往彼岸，但很久以前就垮了，「在久遠不復計算的時間前」，好像有這麼一個說法吧！那些怪獸極為可怕，凡人只要瞥上一眼，便會發瘋。』

她紆尊降貴似的瞥了蘇珊娜一眼，那眼神裡充滿了諷刺。

『但是槍客不會發瘋，汝等之流可不會發瘋。』

『妳為什麼嘲笑我？』蘇珊娜低語。

米亞似乎嚇了一跳，但隨即又沉下臉來。『提議來此地的人是我嗎？是我要在此忍受天寒地凍，看著君王之眼用它骯髒的光芒玷污地平線，染指月臉嗎？不是的，女士！是妳，所以別拿妳的碎嘴來煩我！』

蘇珊娜可以回嘴，告訴她當初她可不是自願懷上惡魔之子，但現在不是互相指責的時候。

『我不是在罵妳，』蘇珊娜說，『我只是在問妳。』

米亞比出了不屑的手勢，好像在說『少強詞奪理了』。她低聲說道：『我沒去過什麼摩爾浩斯或是沙隆巴斯，而且無論如何，我一定會生下我的小傢伙，妳聽到了沒有？無論如何，我都要生下他，哺育他！』

突然間，蘇珊娜明白了很多事。米亞是出自恐懼才嘲笑她。事實擺在眼前，米亞的性格中有很大一部分來自蘇珊娜。

比如說：我沒去過什麼摩爾浩斯或是沙隆巴斯。這句話出自埃利森⓫寫的《隱形人》。米亞買進蘇珊娜的時候，她可是買一送一，一下子買到了兩個人格。畢竟，是米亞讓黛塔結束退休生活（或許該說是結束深沉的冬眠），重出江湖，而那句話正是黛塔最喜歡的一句話，它表達出黑人對所謂『戰後黑人高等教育』根深柢固的不屑與懷疑。我沒去過什麼摩爾浩斯

❿這裡是指愛倫坡著名的短篇小說〈紅死病的面具〉（Masque of the Red Death）。

⓫Ralph Ellison（一九一四—），黑人作家，著有《隱形人》（Invisible Man），是一部以紐約貧民窟為主要背景的半自傳體小說，揭發美國黑人在白人文化中遭到歧視的現象。

或是沙隆巴斯，換句話說，我知道我該知道的。我向葡萄藤學習，我的耳朵沒聾，寶貝，叢林就是我的導師。

『米亞，』她說，『那個孩子是誰的種？妳知道它的父親是什麼惡魔嗎？』

米亞咧嘴一笑。蘇珊娜不喜歡那抹笑容，那抹笑容太像黛塔，有太多的冷嘲熱諷。『是呀，女士，我知道，而且妳說得沒錯。那孩子是惡魔的種，而且是個非常厲害的惡魔，我此言不假！那個惡魔是個人類！還有別的可能嗎？因為我告訴妳，始道之力消退時，眾世界環繞黑塔旋轉，將真正的惡魔遺留在海岸，這些真正的惡魔是不孕的，而且理由非常充分。』

『那為什麼……』

『妳的丁主就是我的小傢伙之父，』米亞說，『沒錯，就是基列地的羅蘭，就是他。史蒂芬・德斯欽終於有孫子了，只可惜他已經在墳墓裡腐爛，沒有福氣知道這件事了。』

蘇姍娜不可置信的瞪著她，完全忘了來自混沌荒野的冰冷狂風。『羅蘭……？不可能！惡魔侵犯我的時候，羅蘭正在我的身邊努力把傑克拉出荷蘭丘上的房子，根本沒想過上床這件事……』她停了下來，想起她在道根看見的嬰兒，想起那雙眼睛，那雙藍色投彈手的眼睛。不，不，我拒絕相信！

『話雖如此，羅蘭還是孩子的父親。』米亞堅持的說，『等小傢伙呱呱落地，我將從妳腦袋裡的知識為他命名，紐約的蘇珊娜。還記得妳學過城齒、庭院、投石器還有碉堡這些東西吧？我將從那個時代尋找靈感，為他取名。為何不可？那是個好名字，也是個貼切的名字。』

她說的是莫瑞教授的『中古歷史入門』。

『我要將他取名為「莫德瑞」⑫，』她說，『他會長得很快，我親愛的孩子，他會長得比人類還快，因為他具有惡魔的本性。他將成長茁壯，集槍客之德於一身，然後，就像故事裡的莫德瑞，他將殺死他的父親。』

無父之女米亞說完，便對繁星遍佈的天空舉起雙手，仰天長嘯，但那聲長嘯是出自哀傷、恐懼還是歡樂，蘇珊娜不得而知。

2

『蹲下，』米亞說，『我有一個東西。』

她從披風下摸出一串葡萄還有一個紙袋，紙袋裡裝滿橘色的山蘿蔔果，和她的肚皮一樣圓鼓鼓。蘇珊娜心想，這些水果是從哪兒來的？難道她們共同的身體在廣場公園飯店裡夢遊？或是房間裡有水果籃，只是她沒發現？還是這些水果只是憑空想像出來的？

水果怎麼來的並不重要。聽了米亞的話之後，蘇珊娜已經完全沒有食欲了。這件事簡直就是天方夜譚，完全不可能，可是不知為何，正因為它不可能，所以更顯得可怕醜惡。她忍不住一直想著自己在電視螢幕上看到那個胎兒的模樣，那雙藍色的眼睛。

不，不可能，妳聽到了嗎？絕對不可能！

吹進城齒間的寒風讓她冷到了骨子裡。她移動推車，靠在米亞身邊的城牆上，聽著陣陣狂風呼嘯，抬頭看著陌生的群星。

米亞狼吞虎嚥的吃著葡萄，葡萄汁從一邊的嘴角流下，另一邊嘴角則不斷吐出葡萄籽，速度快得就像機關槍的子彈。她把葡萄吞下肚，擦擦臉說：『可能，當然可能，而且已經

⑫莫德瑞（Mordred），傳說是亞瑟與姊姊亂倫生下的私生子，在康姆蘭之役（Battle of Camlann）背叛亞瑟，最後兩敗俱亡。

是事實了。妳還會慶幸妳來了嗎，紐約的蘇珊娜？還是妳希望自己不要這麼打破沙鍋問到底？』

『如果我沒跟人打炮就要生小孩，那我要儘可能的知道有關這個孩子的一切，妳懂嗎？』

蘇珊娜突然用了這麼粗魯的語言，讓米亞嚇了一跳，但她馬上點點頭說：『隨妳的意。』

『告訴我這孩子怎麼會是羅蘭的種。如果妳希望我相信妳說的話，最好先說服我相信這件事。』

米亞用手指戳進山蘿蔔皮，三兩下就把皮剝光，狼吞虎嚥的吃掉了。她想要再剝開第二顆，但卻又改變主意，把山蘿蔔果放在兩手（那雙白得令人不安的手）之中搓揉溫熱。用不了多久，蘇珊娜就曉得是怎麼回事了：水果會自己爆開來。接著米亞開始說話。

3

『光束有幾條，紐約的蘇珊娜？』

『六條，』蘇珊娜說：『至少六條。我猜想現在只剩下兩條……』

米亞不耐煩的揮揮手，好像在說：別浪費我的時間。『沒錯，六條。光束是大混沌中創造出來的，而大混沌是創造之源，有些人把它稱為「至高」，例如曼寧人，有些人則把它稱為「始道」。是誰創造出光束的？』

『我不知道，』蘇珊娜說，『是上帝吧！妳說呢？』

『也許上帝真的存在，但光束是靠魔力從始道中升起，蘇珊娜，那是很久以前就消失的真魔力。是上帝創造魔力，還是魔力創造上帝？我不知道，這個問題就交給哲學家去解決了，我的工作只有生孩子而已。但是很久很久以前，一切處於混沌，從混沌中出現了六條光束，這六條光束極為強壯，全都交會在同一點。原本有魔力能永遠支撐它們，但是魔力消失後，就只剩下黑塔了，世人也因而絕望。有人把黑塔稱為「坎花萼」，也就是「救贖之堂」。魔力之世結束後，機械之世便降臨了。』

『北方中央正電子，』蘇珊娜低語，『雙極電腦，漸進式引擎。』她頓了頓，『單軌伯廉。可是這些東西跟我們的世界無關。』

『是嗎？妳是說妳的世界倖免於難嗎？那麼旅館大廳裡的那個標示呢？』山蘿蔔果爆了開來，米亞把皮剝開，大口大口吃了下去，汁液從那抹心照不宣的微笑滴了下來。

『我還以為妳不識字。』蘇珊娜說。這句話其實無關緊要，但是她想不到別的話好說。她的腦袋裡不停回想起嬰兒的畫面，回想起那雙閃亮的藍眼，那雙槍客之眼。

『沒錯，但是我會數數，而且也會讀妳的心。妳敢說妳不記得旅館大廳裡的告示板嗎？妳敢說嗎？』

她當然記得。根據那面告示板，再過一個月，廣場公園就會變成『頌伯拉／北方中央』公司的所有物了。蘇珊娜說『這些東西跟我們的世界無關』時，她想的當然是一九六四年的世界，那時候只有黑白電視，還有跟整個房間一樣大的巨無霸電腦，阿拉巴馬的警察會毫不猶豫的放狗去咬為投票權走上街頭的黑人。在過去的三十五年裡，事情變了很多，看看歐亞混血兒櫃員那台連著打字機的電視就曉得了，蘇珊娜怎麼知道那不是某種靠漸進式引擎運轉的雙極電腦呢？她當然不知道。

『請繼續。』她告訴米亞。

米亞聳聳肩。『妳是自作孽，不可活，蘇珊娜。妳似乎是執迷不悟，而追根究柢，原因只有一個：妳的信仰讓妳失望了，所以妳用理性的思考取而代之，但思考裡沒有愛，邏輯推理中沒有永恆，理性只能帶來死亡。』

『這又跟妳的小傢伙有什麼關係？』

『我不知道。我不知道的事情可多了。』她舉起一隻手，先發制人，阻止蘇珊娜說話，『還有，不是，我不是在拖延時間，也不是在誤導妳；我只是在告訴妳我心中所知。妳願意聽我一言嗎？』

蘇珊娜點點頭。她願意洗耳恭聽……至少再聽一會兒。但要是話題不趕快轉回小寶寶身上，她就要自己把話題轉回來了。

『魔力消失了。在一個世界裡，梅林歸隱洞穴；在另一個世界裡，艾爾德的劍讓位給槍客的手槍。魔力就這樣消失了。歷經無數的歲月後，偉大的煉金術士、偉大的科學家，還有偉大的……偉大的什麼？大概是技師吧？總之是偉大的思考家，沒錯，我就是這個意思，偉大的推理家……這些人聚在一起，創造了支撐光束的機器。那些機器很偉大，但它們的生命有限。那些人用機器取代了魔力，妳明瞭嗎？現在那些機器漸漸毀壞了。在某些世界裡，甚至發生了大瘟疫，導致了滅種的大災難。』

蘇珊娜點點頭。『我們見識過，』她低聲說，『有人把它叫做「超級流感」。』

『衰敗的過程早已開始，血腥之王的破壞者只是推波助瀾而已。機器就快要發瘋了，妳也親眼見過。那些人認為永遠會有更多像他們一樣的人製作更多的機器，從來沒有預見會有這麼一天，從來沒有預見會有這樣的……這樣的宇宙毀滅。』

『世界前進了。』

『是的，女士，世界前進了，不留一個人更替支撐最後一道創世魔力的機器，因為「始道」之力早已消退。魔力已逝，機器行將毀壞，很快的，黑塔也會傾倒。也許在黑暗永遠統治之前，宇宙的理性思考還會有迴光返照的一刻，這不是很不錯嗎？』

『黑塔傾倒時，血腥之王不會跟著一起毀滅嗎？血腥之王還有他的手下？那些額頭上有血窟窿的傢伙？』

『他已經得到應許，將擁有他自己的國度。他將永遠統治他的國度，享受他獨有的逸樂。』米亞的聲音裡透出一絲厭惡，或許還摻著恐懼。

『應許？誰的應許？誰比他力量更強大？』

『女士，我不知道，也許是他自己應許了自己。』米亞聳聳肩，不敢直視蘇珊娜的眼睛。

『沒有辦法阻止黑塔傾倒嗎？』

『就連妳的槍客朋友也不敢妄想阻止黑塔傾倒，』米亞說，『他只能希望釋放破壞者，或許還能殺死血腥之王，好讓黑塔傾倒的速度變慢。得了吧，拯救它！拯救它！噢，好笑！他跟妳說過這是他遠征的目的嗎？』

蘇珊娜想了想，搖搖頭。如果羅蘭曾經這麼詳細的解釋過，她也不記得了，而且她確定要是羅蘭真的說過，她一定會記得。

『他沒有說過，』米亞繼續說，『因為除非逼不得已，否則他不願意對他的共業夥伴說謊，事關他的自尊。他這麼想去黑塔，只是想要看看它而已。』然後她有些不情願的繼續說道：『噢，或許他還想進入黑塔，爬到塔頂的房間，但是他的抱負也就僅止於此了。他也許會夢想站在妳我腳下的這片誘惑之地上，歌誦他逝去夥伴的名字，歌誦世世代代艾爾德血脈之名，但是拯救它？得了吧，好心的女士！除非魔力復返才有可能拯救它，而且妳自己也清楚，妳的丁主只懂得槍桿子底下的事。』

自從開始穿梭世界的旅行後，蘇珊娜第一次聽見有人把羅蘭的技藝說得這麼一文不值，她不禁覺得悲傷又憤怒，但是她盡力掩飾自己的情緒。

『告訴我，妳的小傢伙怎麼會是羅蘭的兒子，我洗耳恭聽。』

『沒錯，那是個妙計，但跨河的舊民一定能對妳解釋清楚，我毫不懷疑。』

蘇珊娜嚇了一跳。『妳怎麼知道這麼多關於我的事？』

『因為妳著了魔，』米亞說，『而我就是妳的魔。我可以隨心所欲看穿妳所有的回憶，我看見妳所見。現在給我安靜下來，好好聽我說話，因為我感覺到我們的時候不多了。』

4

於是蘇珊娜的魔對她這麼說：

『如妳所說，光束有六條，但是守護神有十二個，每條光束的兩端各一個。我們現在位在殺敵克的光束。如果沿著這條光束走，穿過黑塔，就會抵達麻諸靈的光束，也就是那隻把世界一肩扛的大烏龜。

『同樣的，惡魔之元只有六個，每條光束一個。始道之力消退時，將惡魔留在宇宙的海灘上，在惡魔之下是整個看不見的世界。惡魔有許多種，有通靈惡魔、住在家裡的惡魔，也就是所謂的鬼魂，還有病魔，也就是機器製造者還有偽神理性崇拜者所謂的「疾病」。小惡魔有很多，但是惡魔之元只有六個。可是就像守護神有十二個，惡魔也有十二面，因為每個惡魔之元都有男有女。』

蘇珊娜漸漸聽懂了，突然覺得心裡一沉。誘惑之地後，是一片裸岩櫛比鱗次的大地，米亞把那片大地稱為『混沌』。此時，從混沌之地傳來一聲乾啞、狂熱的咯咯笑聲，隨後，這位看不見的滑稽演員又有了第二個、第三個、第四個、第五個同伴。突然間，整個世界好像都在對她笑。或許他們是該笑，因為這是個很好笑的笑話，但要是沒人告訴她，她怎麼知道是這麼一回事呢？

就在土狼（不管它到底是什麼）咯咯大笑時，她說：『妳的意思是，惡魔之元是雌雄同體的。因為它們雌雄同體，所以是不孕的。』

『沒錯。在神諭之地，妳的丁主與一個惡魔之元交合，以獲得資訊，也就是貴族語中所謂的「預言」。他不疑有他，以為神諭之魔不過就是個夢淫女妖，偶爾存在寂寥之地的夢淫女妖……』

『沒錯，』蘇珊娜說，『只是個普通的性感妖怪而已。』

『隨便妳。』米亞說。這次她把山蘿蔔果遞給蘇珊娜時，蘇珊娜接了過來，把它夾在掌心，溫熱果皮。她還是不餓，但是她很渴，非常渴。

『惡魔以女身取得了槍客的種，然後以男身把種交給妳。』

『也就是我們在通靈圈的時候。』蘇珊娜憂鬱的說。她想起大雨落在臉上的感覺，想起那雙無形的手抓住她的肩膀，然後惡魔充血的陰莖填滿了她，但卻又同時將她扯裂。最糟的是她身體裡那隻巨大的老二十分冰冷。那時候，她覺得自己好像被一支冰柱強姦了。

她是怎麼熬過來的？當然是靠召喚出黛塔了。她召喚出那個婊子。那個婊子在兩打飯店的停車場和鄉間酒館裡打過上百場性愛游擊戰，而且場場勝仗。她把它困住了……

『它想逃跑，』她告訴米亞，『它一發現自己的老二拔不出來，就急著跑走。』

『要是它想逃，』米亞低聲說，『它絕對逃得掉。』

『它幹嘛騙我？』蘇珊娜問，但是她並不需要米亞回答。理由很簡單：它需要她，需要她懷這個孩子。

羅蘭的孩子。

羅蘭的劫數。

『有關小傢伙的事情，該知道的妳都知道了，』米亞說，『不是嗎？』

蘇珊娜心想，她的確都知道了。一個惡魔化為女身，得到了羅蘭的種，用某種方法保存了起來，然後再化為男身，把羅蘭的種射進蘇珊娜的身體。該知道的她全都知道了。

『我已經實現了諾言，』米亞說，『咱們回去吧！這裡太冷了，對小傢伙不好。』

『再等一下。』蘇珊娜說著，舉起山蘿蔔果，金黃的果肉迸出了橘色果皮的裂縫，『我的果子爆開了，我想把它吃完。我還有一個問題。』

『要吃快吃，要問快問。』

『妳是誰？妳到底是誰？妳是這個惡魔嗎？對了，它有名字嗎？那個雌雄同體的妖魔有名字嗎？』

『不，』米亞說，『惡魔之元不需要名字，它們就是它們。我是惡魔嗎？這就是妳想知道的嗎？是呀，我想我是惡魔。或者該說，我曾經是個惡魔。我已經記不清了，那就像一場夢。』

『妳不是我……對吧？』

米亞沒有回答。蘇珊娜發現，也許連米亞自已都不知道答案。

『米亞？』蘇珊娜低聲說。

米亞蹲著，背靠著城齒，披風夾在兩膝之間。蘇珊娜看見她的腳踝腫了起來，突然有點同情這個女人，但是她隨即恢復了理智。現在不是同情的時候，因為同情是虛假的。

『妳只不過是個保母而已，姑娘。』

米亞的反應不出她所料，甚至更為激烈。她的表情先是震驚，接著是憤怒。不，根本就是暴怒。『妳騙人！我是小傢伙的母親！他出生的時候，蘇珊娜，那些破壞者就再也不必瞎忙了，因為我的小傢伙將會是最偉大的破壞者，一個人就可以破壞剩下的兩道光束！』她的聲音充滿了驕傲，幾乎瀕臨瘋狂的境地，『我的莫德瑞！妳聽到了嗎？』

『噢，聽到了，』蘇珊娜說，『我聽到了。妳真的要高高興興的跑去找那些以打垮黑塔為己任的傢伙，是吧？他們叫妳，妳就乖乖跑去。』她頓了頓，然後故意用特別溫柔的語調說：『等妳去找他們的時候，他們會奪走妳的小傢伙，跟妳道謝，然後送妳回老家。』

『不會的！我會養育他，他們答應我的！』米亞把兩隻手交疊在肚子上，好像在保護肚子一樣，『他是我的，我是他的母親，我應該養育他！』

『姑娘，面對現實吧！妳覺得他們會說到做到嗎？他們那群傢伙？妳怎麼會聰明一世，糊塗一時呢？』

當然，蘇珊娜知道答案：因為母性蒙蔽了她的雙眼。

『他們為什麼不讓我養育他？』米亞尖聲問道，『還有更好的人選嗎？誰會比米亞好？我可是生來只有兩個任務：生孩子跟養孩子！』

『但是妳不只是妳，』蘇珊娜說，『妳就像卡拉的孩子，就像我們路上遇到的所有東西一樣。妳是個雙胞胎，米亞！我是妳的另一半，妳的救生索。妳透過我的眼睛看世界，透過我的肺呼吸。孩子必須由我來懷，因為妳不能懷，不是嗎？妳跟個大男孩一樣生不了孩子。

一旦他們拿走了妳的孩子，拿走了他們的原子彈級破壞者，他們就會甩掉妳，好甩掉我。』

『他們答應我的。』她說。她低著頭，一臉倔強。

『設身處地的想想吧！』，蘇珊娜說，『設身處地的想想吧，我懇求妳。如果我是妳，妳是我，要是我說有人答應我這種事，妳會怎麼想？』

『我會叫妳少在那裡胡說八道！』

『那麼妳到底是誰？他們怎麼會找到妳？難不成有人在報上登了廣告：「誠徵代理孕母，福利多多，短期雇用」，而妳只是恰巧去應徵罷了？妳到底是誰？』

『閉嘴！』

坐在地上的蘇珊娜把身子往前傾。一如以往，對她來說，這個動作非常的不舒服，但是她忘了自己有多不舒服，也忘了手上的山蘿蔔果。

『得了吧！』她說，她的聲音成了黛塔．渥克的刺耳腔調，『得了吧！張大妳的眼睛吧，小蜜糖，就像妳也讓我張大了眼睛！快點給我從實招來！妳他媽的到底是誰？』

『我不知道！』米亞尖叫。在她們下方，躲在石縫間的胡狼也以尖叫回應，只不過牠們的尖叫聽起來像笑聲。『我不知道，我不知道我是誰，妳滿意了吧？』

蘇珊娜並不滿意。她正打算繼續追問下去時，黛塔．渥克突然開口了。

5

蘇珊娜的另一個魔對她這麼說：

小娃娃，看來妳得好好想想了。她啥子都不行，笨得跟顆石頭一樣，大字不識幾個，沒去過摩爾浩斯，沒去過啥麼沙隆巴斯，但是妳去過。歐黛塔．霍姆斯小姐去過哥倫比亞，拉滴答，大海上的明珠⑬，真是不錯哩！

比如說，妳得想想她是怎麼懷上寶寶的。她說她和羅蘭幹了一炮，然後變成了男人，把羅蘭的種射到妳的身體裡，讓妳懷了寶寶，讓她逼著妳吃下那些噁心的東西，所以她到底是誰來著？黛塔想知道。她那件油不拉嘰的披風下頭怎麼會挺著個大肚子？難道會是……妳說的……想像治療法？

蘇珊娜不知道。她只知道米亞突然瞇起眼，看著她。毫無疑問，她聽到了一些獨白。聽到了多少？蘇珊娜猜想她聽到的並不多，也許只是偶爾聽到一、兩句，但應該只是些吵鬧的隻字片語而已。無論如何，米亞的行為的確像是寶寶的母親。莫德瑞寶寶！聽起來就像查爾斯・亞當斯⑭的卡通一樣。

沒錯，黛塔若有所思的說，她的行為就像個媽咪，她從頭到腳都像個媽咪，妳說的一點兒也沒錯！

蘇珊娜心想：但也許那只是她的天性。也許沒了母性，米亞就什麼也不是了。一隻冰冷的手抓住蘇珊娜的手腕。『是誰？是那個講話很難聽的傢伙嗎？如果是，趕快把她趕走，她把我嚇壞了！』

老實說，一直到現在，蘇珊娜自己也還是有點怕黛塔，但是和她一開始接受黛塔的存在時相比，她已經沒那麼怕她了。她們沒有成為朋友，也許永遠也當不成朋友，但黛塔・渥克顯然是個非常有力的盟友。她不只是壞心眼而已。只要聽懂她那一口蠢到了極點的南方口音，

⑬〈哥倫比亞，大海上的明珠〉（Columbia, the Gem of the Ocean）是一首愛國歌曲。

⑭Charles Addams（一九一二—一九八八），美國知名漫畫家，其畫風略為古怪、詭異，是『阿達一族』（The Addams Family）的原創者，其中的角色都是從他的漫畫裡誕生。

就會發現她其實很精明。

這個米亞也會是個非常有力的盟友，只要妳能讓她站在妳這邊就成。世界上沒有什麼比火冒三丈的媽咪更有力的啦！

『我們該回去了，』米亞說，『我已經回答了妳的問題，天氣很冷，對小傢伙不好，而且那壞心眼的傢伙也在。我們的正事已經談完了。』

但是蘇珊娜甩開她的手，後退了幾步，離開了米亞的掌握範圍。冷風從城齒間的縫隙穿來，像刀刃一般穿過她單薄的衣衫，但似乎也讓她的腦袋更清醒，思路更清晰。

她有一部分是我，因為她可以取得我的記憶。艾迪的戒指、跨河的舊民、單軌伯廉……但是她也不只是我，因為……因為……

繼續呀，丫頭，妳做得不錯，可是實在太慢啦。

因為她也知道其他的東西。她知道關於惡魔的事，知道小惡魔和惡魔之元的事。她知道光束是怎麼形成的，也知道創造的起源，知道『始道』。『始道』這個詞聽起來真八股，她一定不是從我這兒聽來的。

她突然覺得這段對話很像新手爸媽在看自己剛出生的寶寶，剛出生的『小傢伙』。他的鼻子像爸爸，沒錯，而且他的嘴巴像媽媽，可是我的天啊！他的頭髮到底像誰啊？

黛塔說：而且別忘啦，她在紐約還有朋友哩！只是那些人真是她的朋友才有鬼！

所以她也是另外一個人，或者是另外一個東西。她來自一個看不見的世界，來自惡魔和病魔的世界。但是她是誰？她真的是某個惡魔之元嗎？

黛塔笑了起來：那是她自己說的，但是她是在騙人，蜜糖！我知道她是在騙人！

那麼她到底是什麼東西？在她變成米亞前，她到底是什麼東西？

突然間，電話響了起來，鈴聲大作，震耳欲聾。在這座荒蕪的城堡裡，那陣鈴聲是如此格格不入，害蘇珊娜一時間搞不清楚它到底是什麼聲音。混沌之地裡的東西（胡狼、土狼……不管到底是什麼）原本都靜了下來，此時鈴聲一響，又再次發出咯咯的笑聲與尖叫聲。但是無父之女、莫德瑞之母米亞立刻就知道那是什麼聲音。她隨即接手。蘇珊娜立刻感到這個世界開始搖晃，愈來愈不真實，幾乎靜止不動，成了一幅畫，而且還是一幅筆法不甚高明的畫。

『不！』她大叫，衝向米亞。

但是米亞卻輕易的制伏她，不管她有沒有懷孕，是不是大腹便便，腳踝是不是腫了起來。羅蘭示範過許多偷襲的招數（黛塔看見這些卑鄙的招數時，開心得嘎嘎大笑），但面對米亞時卻是一點也派不上用場，米亞三、兩下就輕輕鬆鬆躲了過去。

當然，這還用說嗎？她知道妳的招數，就像她知道跨河的塔莉莎孀和盧德城的塔普奇水手，因為她可以取得妳的記憶，因為她至少有一部分是妳……

在這裡，她的思緒停止了，因為米亞把她的兩隻手臂折到背後，噢，親愛的老天啊！真是痛得要命啊！

妳真是天底下最幼稚的婊子，黛塔說，她喘著氣，語氣裡充滿鄙夷。蘇珊娜還來不及回答，一件驚人的事情就發生了：這個世界像張薄紙似的裂了開來，一道裂縫從誘惑之地底下的骯髒圓石經過最靠近兩人的城齒，一路裂向天空，衝進滿天星斗的夜空，將新月一分為二。

有那麼一會兒，蘇珊娜以為末日已至，最後兩條光束裡終於有一條斷了，或者兩條都斷了，黑塔傾倒了。然後，透過裂縫，她看到兩個女人躺在廣場公園飯店１９１９號房裡兩張床的一張上，兩人的手臂交纏，雙眼緊閉，穿著同樣沾滿血跡的襯衫與牛仔褲。她們的長相一模一樣，但是其中一個膝蓋以下有腿，頭髮直順如絲，皮膚雪白。

『別惹我！』米亞在她的耳中喘息，蘇珊娜可以感到她的唾液飛濺，『別惹我，也別惹我的小傢伙，因為我比妳強，妳聽見了嗎？我比妳強！』

這一點毫無疑問。蘇珊娜一邊身不由己的朝愈變愈大的裂縫前去，一邊這麼想。至少目前來說，米亞確實比較強。

米亞推著她穿過裂縫，進入現實。有那麼一會兒，她的皮膚好像著了火，又好像覆著一層冰。某個地方傳來了跨界的鐘聲，然後……

6

……她坐在床上。她只是一個女人，不是兩個，但至少腿沒斷。蘇珊娜被推了一把，連滾帶爬的到後頭去了，現在作主的人是米亞。米亞接起電話，一開始還拿反了，不過馬上就又拿正了。

『喂？喂！』

『喂，米亞，我叫……』

她打斷他：『你到底會不會讓我照顧我的寶寶？我身體裡的這個婊子說你們會把我的寶寶搶走！』

話筒彼端是一陣沉默，一陣長得令人難受的沉默。蘇珊娜感覺到米亞的恐懼，一開始她的恐懼只是條小溪，沒多久就聚成了洪流。妳沒必要害怕，她努力告訴米亞，他們要的東西在妳手裡，他們非要那個東西不可，妳不曉得嗎？

『喂，你在嗎？天啊，你在嗎？拜託，告訴我你還在！』

『我還在，』男人平靜的回答，『米亞，我們是要再重新開始，還是我晚點再打來，等到妳覺得……好一點的時候？』

『不！不，千萬不要，千萬不要，我懇求你！』

『妳不會再插嘴了吧？保持禮貌是很重要的。』

『我保證！』

『我的名字是理查．P．塞爾，』蘇珊娜聽過這個名字，但是在哪兒聽過的？『妳知道該去哪裡，是吧？』

『是的！』她的語氣更急了，而且是急著討好，『狄西小豬餐廳，在六十一街和「萊星活」大道的交叉口。』

『是「萊星頓」大道，』塞爾說，『歐黛塔．霍姆斯會替妳帶路，我很確定。』

蘇珊娜想尖叫那不是我的名字！但還是保持沉默。這個塞爾應該很希望她尖叫，不是嗎？他希望她失去控制。

『妳在嗎，歐黛塔？』他的語氣愉快又諷刺，『妳在嗎，妳這個愛管閒事的婊子？』

她保持沉默。

『她在，』米亞說，『我不知道她為什麼不回答，我剛才沒有阻止她。』

『噢，我想我知道為什麼，』塞爾的語氣像在縱容孩子似的，『她不喜歡那個名字。』

接著他說了一句有典故的話，但蘇珊娜不曉得這句話的典故到底是什麼：『「不要叫我克雷。克雷是我的奴隸名，叫我穆罕默德．阿里⑮！」是不是呀，蘇珊娜？或者那是在妳的時代

⑮拳王阿里本名卡修斯．克雷（Cassius Clay），後來改信回教，拋棄了他所謂『奴隸的名字』克雷。

之後？大概是比妳的時代晚一點點吧，我想。有時候時間真是讓人搞不清楚啊，不是嗎？算了算了，我待會兒還有件事情要告訴妳，親愛的。恐怕妳不會喜歡那件事，但是我還是覺得妳應該知道。』

蘇珊娜繼續保持沉默，但卻覺得愈來愈難以按捺。

『至於妳那個小傢伙的未來，米亞，我很驚訝妳居然覺得有必要問，』塞爾告訴她。不管他是誰，他還真是伶牙俐齒，聲音裡帶著恰到好處的憤慨，『君王從不食言，不會像我知道的某些人一樣食言而肥。此外，先不管操守的問題，想想看最實際的問題吧！還會有誰更適合照顧或許是有史以來最重要的孩子……包括基督，包括佛陀，包括穆罕默德先知？說得粗野一些，還會有誰的奶更適合這個孩子吸呢？』

真是甜言蜜語，蘇珊娜憂心忡忡的想。真是投其所好。為什麼？因為她是孩子的媽。

『當然是我！』米亞大喊，『當然是我，這還用說嗎？謝謝你！謝謝你！』

『我絕對不會對妳說謊，就像我絕對不會對我媽食言一樣，』電話裡的聲音說，（蜜糖，問題是你有媽嗎？黛塔想知道。）『雖然實話有時候會傷人，但是有時候謊話會回頭狠狠咬我們一口，不是嗎？現在我要告訴妳一句實話，那就是妳不能撫養這個小傢伙太久，米亞，他的童年和其他正常的孩子不一樣……』

『我知道！噢，我知道！』

『……但在妳撫養他的五年內……或者是七年，有可能長達七年……他會擁有最好的東西。當然，他擁有的東西都會由妳供給，我們也會從旁協助，可是我們的干預會減至最少……』

黛塔．渥克往前一跳，動作快如星火。她只能暫時控制住蘇珊娜．狄恩的聲帶，但卻是寶貴的一刻。

『沒錯的啦，親愛的，沒錯的啦！』她咯咯狂笑，『他不會射在妳嘴裡，也不會搞在妳的頭髮裡！』

『叫那個婊子閉嘴！』塞爾怒吼，蘇珊娜感覺到米亞狠狠推了黛塔一把（黛塔還在咯咯狂笑），讓她連滾帶爬的回到兩人共有的腦袋裡，再次回到牢籠裡。

老娘總算說出口啦，真爽！黛塔喊，我總算跟那白鬼說上話啦！

塞爾在電話裡的聲音冰冷清晰。『米亞，妳控制住了沒有？』

『控制住了！我控制住了！』

『別再讓那種事發生了。』

『我不會的！』

在某個地方（好像是在她上方，不過在兩人共有的腦袋裡，根本分不清上下左右），有個東西『哐噹』一聲關上了，聽起來好像是某種鐵器。

我們真的在牢籠裡，她告訴黛塔，但黛塔還是笑個不停。

蘇珊娜心想：總之，我想我知道她是誰。也就是說，除了我以外，她到底還是誰。對她來說，答案再明顯不過了。米亞這個人格裡有一部分不是蘇珊娜，也不是從虛空世界中受召喚而出，完成血腥之王命令的東西……那個部分的人格正是神諭，不管它到底是不是惡魔之元；那個部分的人格正是那股女性的力量，一開始想染指傑克，後來讓羅蘭成了代罪羔羊。那個悲傷、飢渴的東西。她終於有了她需要的身體，一個能夠懷小傢伙的身體。

『歐黛塔？』塞爾的聲音既諷刺又殘忍，『還是妳喜歡我叫妳蘇珊娜？我答應要告訴妳一些消息，是吧？恐怕有好消息也有壞消息，妳要不要聽啊？』

蘇珊娜繼續沉默。

『壞消息是米亞的小傢伙也許不能完成天命，殺死他的父親。好消息是再過幾分鐘，羅蘭大概就要一命嗚呼了。至於艾迪，我想應該是必死無疑。他不像妳的丁主一樣反應敏捷，身經百戰。親愛的，妳很快就要變成寡婦了，這可真是個壞消息。』

她再也不能保持沉默了，米亞讓她開口：『你說謊！你是個大騙子！』

『我句句實言。』塞爾冷靜的說。蘇珊娜突然想起自己是在哪兒聽過他的名字了：在卡拉漢故事的結尾，在底特律。卡拉漢在底特律自殺，違反了信仰中最神聖的教條，從摩天大樓的窗戶縱身一跳，以免落入吸血鬼的手中。他先是到了中世界，然後穿過未發現的門扉，從中世界到了邊境之地卡拉。大叔告訴他們，那時候他心裡想著：他們不會贏的，他們絕對不會贏！他說得沒錯，他媽的一點也沒錯。但要是艾迪死了……

『我們知道要是妳的丁主和妳的丈夫穿過某扇門，他們最有可能去什麼地方，』塞爾告訴她，『所以我們去找了某些人，首先是個叫安立可．巴拉札的傢伙……我跟妳保證，蘇珊娜，那實在是太簡單了。』

蘇珊娜聽得出來他並沒有說謊。如果他在說謊，那他一定是全天下最厲害的騙子。

『你怎麼知道？』蘇珊娜問。見塞爾不答腔，她張開嘴打算再問一次，可是還來不及問出口，米亞又推得她連滾帶爬的滾回去。不管米亞曾經是什麼東西，她都在蘇珊娜身體裡練成了一身的力氣。

『她走了嗎？』塞爾問。

『對，走了，到後面去了。』卑躬屈膝，急於討好。

『那就來找我們吧，米亞。妳愈快來找我們，就能愈快見到妳的小傢伙！』

『是！』米亞大喊，她的聲音充滿了狂喜，蘇珊娜突然瞥見了某個一閃即逝的東西，就像朝馬戲團的帳篷裡偷看，看見了某個明亮無比的奇觀，又或者是某個黑暗至極的奇觀。她看見的東西極為簡單，但也極為可怕：卡拉漢大叔在向店員買臘腸，而店員是個道地的美國店員，時間是一九九七年，地點是緬因州的東史東罕開雜貨店。卡拉漢在牧師寓所裡把這個故事告訴眾人……而米亞全聽見了。

蘇珊娜頓時了解了一切，這種頓悟的感覺就像赤色的太陽升起，照亮了橫屍遍野的大地。蘇珊娜再次衝上前，不理會力大無窮的米亞，不停的尖叫：

『婊子！妳這個出賣別人的婊子！妳告訴他們那扇門會送他們到哪兒去！告訴他們它會把艾迪和羅蘭送到哪兒去！噢，妳這個婊子！』

7

米亞力氣很大，但這次的攻擊突如其來，她完全措手不及。黛塔的蠻力再加上蘇珊娜明瞭真相時的憤怒，力道更是大得驚人。有那麼一會兒，不請自來的米亞被推到了一旁，雙眼圓睜。在飯店房間裡，話筒從米亞的手中滑落，她像喝醉似的踉蹌跑過地毯，幾乎衝過其中一張床，然後像個喝醉的舞者般在原地打轉。蘇珊娜甩了她一個耳光，她的臉頰立刻出現紅印，看起來像是五個驚嘆號。

*甩自己耳光，這就是我現在在做的事，*蘇珊娜心想。*破壞設備，夠蠢了吧？*但她就是忍不住。*米亞犯下了滔天大罪，出賣別人的滔天大罪……*

在蘇珊娜的身體裡，在某個不完全是實體的（但也不完全是想像出來的）拳擊場裡，米亞終於掐住了蘇珊娜／黛塔的喉嚨，逼她退了回去。米亞的眼睛依然睜得老大，對這突如其來的猛烈攻擊依然震驚不已，那雙眼睛裡或許還帶著羞愧。蘇珊娜希望她還能感到羞愧，希望她還不到厚顏無恥的地步。

我只是做我必須做的事，米亞一邊重複說著，一邊把蘇珊娜逼回牢籠。那是我的小傢伙，沒有人願意幫我，我只是做我必須做的事。

妳拿艾迪和羅蘭去交換妳的野獸，那就是妳做的好事！蘇珊娜尖叫。妳把偷聽來的消息告訴塞爾，所以塞爾曉得他們會用那扇門去追塔先生，對吧？他派了多少人去對付他們？

唯一的回應是鐵器的哐噹聲，只是這次接連發出了第二聲、第三聲。米亞掐著蘇珊娜的喉嚨，所以蘇珊娜毫無招架之力。這次，牢籠的門上了三道鎖。牢籠？呿，叫它悶死人的『加爾各答黑洞』⑯還比較貼切哩！

等我出去，我會回到道根，關掉所有的開關！她大吼。我真不敢相信我居然幫過妳！操！妳就在路邊生孩子吧！正合我意！

妳出不去的，米亞回答，她的語氣幾乎帶著愧疚。之後，如果可以，我不會再打擾妳……

米亞拾起話筒聆聽，但理查・P・塞爾已經不在了。蘇珊娜心想：也許忙著去別的地方散播疾病吧！

米亞把話筒掛了回去，環顧空無一人的寂寥房間，好像永遠不會再回到此地，想要確定自己帶走了所有該帶走的東西。她拍拍牛仔褲一邊的口袋，摸到了那一小疊鈔票，接著再拍拍另一邊的口袋，摸到了突起的烏龜，摸到了徽像。

對不起，米亞說。我必須照顧我的小傢伙，沒有人願意幫我。

不對，蘇珊娜從緊鎖的房間裡回答。這裡到底是哪裡？是深淵之堡最深、最暗的地牢嗎？也許是吧！可是這又有什麼重要呢？我站在妳那邊，我幫過妳，我在妳需要的時候替妳停止了該死的分娩，可是看看妳幹了什麼好事。妳怎麼會這麼懦弱下賤？

米亞的手抓著房間的門把，遲疑了一會兒，兩頰泛起暗淡的紅暈。沒錯，她覺得很羞恥，但是羞恥不能阻止她。什麼都不能阻止她，除非她發現塞爾和他的朋友背叛了她。想到這個不可避免的結果，蘇珊娜一點也不開心。

妳會下地獄，她說。妳知道的，不是嗎？

『我不在乎，』米亞說，『只要能看見我的小傢伙，就算是在地獄裡永世不得超生，我也心甘情願。這是我的肺腑之言，我懇求妳。』

然後，米亞帶著蘇珊娜和黛塔，打開了飯店房間的門，再次走上長廊，踏上前往狄西小豬的旅程。在那裡，駭人的醫生正等著替她接生同樣駭人的小傢伙。

詩節：卡瑪拉，哀聲嘆，
姑娘碰上大麻煩！
一旦碰上負心人，
就像柴枝滿手扎！

應答：卡瑪拉，第六段！

⑯一七五六年六月，孟加拉納瓦布（Nawab）的軍隊攻佔加爾各答後，將英軍戰囚禁在一間不通風的小密室中。由於密室非常悶熱，所以據說被囚禁的一百四十六人中，僅有二十三人倖免於難。

荊棘柴枝滿手扎！
一旦碰上負心人，
麻煩從此甩不掉！

7st
STANZA

詩節七

埋伏

The Ambush

1

在基列地最後一批偉大的戰士中，羅蘭·德斯欽是碩果僅存的一個，這不是沒有道理的：他有種詭異的浪漫天性，缺乏想像力，雙手又帶著致命的絕活，所以總是在同儕中名列前茅。雖然現在他遭到了關節炎的侵襲，可是乾扭病並沒有染指他的耳朵和眼睛。在那扇未發現的門扉將他和艾迪吸進去時，他聽見艾迪的頭撞到了門緣，發出一記悶響（幸虧羅蘭在千鈞一髮之際把頭低了下來，否則他的頭蓋骨也會讓門檻撞得稀巴爛）；他也聽見了鳥鳴，一開始陌生遙遠，猶如夢境中的鳥囀，接著又彷彿近在咫尺，聽起來平凡無奇而又清晰無比。刺目的陽光照在羅蘭的臉上，他剛剛才離開漆黑的洞穴，照理說應該什麼也看不見才對，但是他一看見刺眼的陽光，就立刻把眼睛瞇了起來，完全不假思索。若非如此，在他們落在閃著油光的堅硬大地上時，他絕對會錯過從兩點鐘方向射來的圓形閃光，也許兩人早就當場一命嗚呼了。根據羅蘭的經驗，只有兩種東西會發出那種耀眼的正圓形光圈：眼鏡和遠方的武器。

槍客抓住艾迪的手臂下方，絲毫不假思索，就像他瞇起眼睛，抵擋洶湧而來的刺眼陽光時，也是完全不假思索。在他們的雙腳飄離碎石與骨灰遍佈的門洞地面時，他感到艾迪的肌肉繃得非常緊；但在艾迪一頭撞上未發現的門框時，槍客卻感到艾迪全身的肌肉垮了下來。可是艾迪在呻吟，拚命努力想說話，所以他至少還有部分的意識。

『艾迪，過來！』羅蘭咆哮，踉踉蹌蹌的站了起來。一陣難熬的疼痛在他的右臀爆出，一路飆向膝蓋，但是他的臉上卻完全看不出來。事實上，他幾乎完全不覺得痛。他拉著艾迪衝向一棟不知名的建築物，途中經過一台機器，就連羅蘭也曉得那是台加油機，只是這些加油機上頭印的商標是『美孚』（Mobil），而不是槍客熟悉的『西特郭』或『薩能科』。

艾迪充其量也只能算是半清醒。他的頭皮裂了道口子，流出的鮮血淹沒了左頰，可是他還是盡力拖著雙腿，跌跌撞撞的爬上了三級木階梯，爬進了一間店。槍客看出這是一間雜貨店。雖然這間店比圖克雜貨店小了許多，但其他各方面倒是頗為相似……

一陣銳利的槍聲從後方傳來，稍稍偏右。槍手的位置十分靠近，羅蘭認為一定是槍手不小心失了準頭，否則自己不可能還活著聽見槍聲。

某個東西在他耳邊呼嘯而過，小雜貨店的前門往店裡爆開，掛在門上的牌子（營業中，歡迎光臨）彈了起來，扭曲變形。

『羅蘭……』艾迪的聲音微弱模糊，好像塞了一嘴的玉米糊，『羅蘭……什麼……誰……唉唷！』艾迪發出一聲驚訝的哀嚎，因為羅蘭將他扔進店門，然後往前一躍，重重壓在他身上。

現在又傳來一陣銳利的槍聲，原來那裡有個槍手拿著火力超強的獵槍狙擊他們。羅蘭聽見有人大喊：『哇靠，傑克！』過了一會兒，他聽到連珠炮似的槍聲（應該是艾迪和傑克所謂的『機關槍』），店門兩旁骯髒的展示櫥窗登時在一陣閃光中碎成片片，玻璃裡擺設的紙片（羅蘭認為那張紙片絕對是城鎮的告示牌，他毫不懷疑）也隨之飛舞。

在店裡的走廊上，兩位女士和一位上了年紀的男士是僅有的顧客。三人轉身望向店門，看見了羅蘭與艾迪，一臉茫然。沒拿過槍的死老百姓臉上永遠帶著這種茫然的表情，羅蘭有時候覺得那種表情是吃草的表情，好像這些人是綿羊而不是人類。布來恩·史特吉斯卡拉裡的那群死老百姓也好不到哪裡去。

『趴下！』羅蘭趴在他半清醒（而且毫無呼吸）的夥伴身上，扯開了嗓門大吼，『看在老天的分上，快趴下！』

儘管店裡很溫暖，上了年紀的男士仍然穿著法蘭絨格子衫。他放開了手上拿著的罐子（罐子上畫了個番茄），往地上一趴。不幸的是，另外兩位女士沒趴下，機關槍的第二輪子彈送她們兩位上了西天，一位女士的胸口開花，另一位女士則是腦袋上半部給炸飛了。胸口開花的女士像一袋雜糧似的癱軟在地，少了半個腦袋的女士則盲目的朝羅蘭走了兩步，腳步踉蹌，鮮血從原先長了頭髮的地方噴出，活像從火山口冒出的熔岩。在店門外，第二支、第三支機關槍也加入了混戰，槍聲震天，致命的子彈在他們頭上交叉飛舞。少了半個腦袋的女士在原地轉了兩圈，跳完了死亡之舞後，雙手便垂在身旁，隨即頹然倒地。羅蘭伸手掏槍，發現槍還在槍套裡，不禁鬆了口氣：握住檀木槍托的感覺令人心安。至少這一點還值得欣慰，他們賭贏了，而且他和艾迪並不是在跨界，而是真正的到了另一個世界。那些槍手看見他們了，而且看得非常清楚。

不只如此，那些槍手根本是早就在這裡埋伏，等他們上門。

『進去！』有人在尖叫，『進去，快進去，不要讓他們有機會掏傢伙，一群白痴！』

『艾迪！』羅蘭大吼，『艾迪，你得幫幫我！』

『啥……』含糊不清，一頭霧水。艾迪只用一隻眼睛看著他，是右眼。他的左眼目前暫時淹沒在頭皮傷口流出的鮮血中。

羅蘭伸出手，甩了他一耳光，力道極猛，打得他頭髮上的鮮血飛濺而出。『是響馬！他們要來殺我們了！要在這裡把我們殺光！』

艾迪還能看見東西的眼睛頓時清醒過來，而且很快就清醒過來。雖然此時艾迪鐵定頭痛欲裂，但是他不只是在拚命恢復意識，而且是拚命在極短的時間內恢復意識，這番努力羅蘭看在眼裡，不禁以艾迪為榮。他又成了卡斯博．艾爾古德，他就是卡斯博再世。

『搞什麼鬼？』某個人用沙啞激動的聲音說，『到底他媽的搞什麼鬼？』

『趴下，』羅蘭頭也不回的說，『想活命就快趴下。』

『聽他的沒錯，奇普。』另外一個人回答。羅蘭心想，也許是原先手裡拿著罐頭的那個人。

羅蘭爬過大門破裂留下的遍地碎玻璃，碎片扎進他的膝蓋與指節，引來陣陣刺痛，但是他不在乎；一顆子彈從他的太陽穴旁呼嘯而過，他也不理會。屋外是豔陽高照的夏日。正門外有兩台印著『美孚』商標的加油機，一台加油機旁有輛舊車，或許屬於其中一位購物女士（這位女士再也用不上這輛車了），也可能屬於法蘭絨先生。在加油機和鋪了油灰的停車場後方，是一條鋪了柏油的鄉間小路，小路的對面是一小簇建築物，每一棟都漆成了齊一的灰，其中一棟寫著『鎮辦公室』，另一棟寫著『史東罕消防局』，第三棟最大，上頭寫著『鎮車庫』。這些建築物前的區域也都鋪著柏油（槍客的說法是『鋪著金屬』），還停了幾輛車，其中一台跟最大的馬車一樣巨大。半打的人從車子後頭全速衝出，羅蘭認得殿後的人：是安立可．巴拉札的醜八怪上校，傑克．安多里尼。槍客曾經目睹這個男人死亡，他先是遭到槍擊，然後又讓住在西海淺灘的食肉龍蝦怪活活吃下肚，但現在他卻活得好好的，因為有無數的世界以黑塔為軸，不停的旋轉，而這個世界就是其中的一個。但是只有一個世界是真實的；只有在那個真實的世界裡，事情一旦結束，就是永遠的結束。眼前這個世界可能就是真實的世界，也可能不是。無論如何，現在都不是煩惱這個問題的時候。

羅蘭雙膝跪地，直起身子，用右手的指根扣下左輪槍的扳機，瞄準拿著機關槍的嘍囉。其中一個嘍囉立刻倒在鄉村小路的白色中央分隔線上，鮮血從喉嚨汩汩流出，當場斃命。第一個嘍囉則讓子彈打得往後一路飛到小路的泥土路肩，兩眼之間開了個洞。

然後艾迪加入了戰局，與他並肩作戰。他雙膝跪地，扣下羅蘭另一支手槍的扳機。他起碼有兩個目標沒打中，但以他的狀況來說，並不令人意外。另外三人倒在路上，兩個死了，一個尖叫著：『我中彈了！啊，傑克，救救我，我的肚子中彈了！』

某個人抓住了羅蘭的肩膀，完全不曉得對一名槍客做出這樣的舉動有多麼危險，尤其是在槍戰之中。『先生，到底發生……』

羅蘭很快瞥了一眼，看見一個打著領結又穿著圍裙、四十來歲的男人，心想：是店老闆，也許是告訴大叔郵局怎麼去的那個店老闆，然後粗魯的推了男人一把。剎那間，鮮血從男人頭部左側往後噴出。槍客研判應該是讓子彈劃出了一條溝，不過傷得不重，至少目前還算不重，但要是羅蘭沒有推他一把……

艾迪在裝填子彈，羅蘭也是，因為右手缺了幾根指頭，所以花了較長的時間。此時，兩個倖存的響馬躲到了馬路這一側的舊車後頭。靠得太近了，情勢不妙。羅蘭可以聽見一輛車子隆隆作響，朝他們駛來。他回頭看看那位中年男子。方才羅蘭叫他趴下時，那個傢伙夠機靈，立刻趴下，所以沒有和那兩位女士遭遇同樣的命運。

『你！』羅蘭說，『你有槍嗎？』

穿著法蘭絨的男人搖搖頭。他的眼睛是鮮豔的藍色。他看起來很害怕，但是羅蘭認為他並不驚慌。在這位顧客前方，店老闆坐起身，兩腳大開，看著紅色的血滴啪答啪答落下，灑在他白色的圍裙上，臉上的表情既噁心又驚訝。

『店老闆，你有槍嗎？』羅蘭問。

店老闆還沒來得及回答（前提是他還能開口回答），艾迪就搶先一步抓住羅蘭的肩膀說：『〈輕騎兵進擊〉⑰。』他口齒不清，聽起來成了『七氣英硬宜』，但就算他口齒清晰，羅蘭也不會了解他指的到底是什麼。重點是艾迪看見又有六個人衝過馬路，這次他們六人一路散開，排成一列鋸齒形的隊伍。

『Vai，Vai，Vai！（義大利語：上，上，上！）』安多里尼在他們身後咆哮，兩隻手在空中胡亂揮動。

『老天啊，羅蘭，那是崔克斯•波斯提諾！』艾迪說。崔克斯又再次拿著巨無霸型的武器，不過艾迪不曉得是不是他所謂的『美妙藍波槍』，也就是M-16超大型連續發射步槍。無論如何，跟在斜塔酒吧的槍戰相比，他的運氣並沒有好到哪裡去：艾迪開槍，崔克斯立刻應聲倒地，壓在原本就躺在路上的某位仁兄身上，手上的攻擊武器還朝著他們拚命發射。這或許只是手指的抽搐，只是瀕死腦袋所送出的最後訊息，不是什麼神勇之舉，但羅蘭和艾迪還是得再次趴倒在地，而剩下的五個歹徒則趁隙躲到道路這一側的舊車後頭，這下可真是糟上加糟。有了對街車子後頭射出的子彈掩護（羅蘭十分肯定，這些嘍囉就是坐那些車子來的），用不了多久，這些傢伙就會把這間小店變成靶場，而且幾乎不會有生命危險。

眼前這一切和耶利哥丘發生的事情實在太相近了。

是該撤退的時候了。

朝他們駛來的車聲繼續增強，從聲音判斷，這輛車的引擎很大，正載著沉重的貨物蹣跚前進。從雜貨店左方高地上駛來的是一台巨大的卡車，車上滿載著粗大的木材。羅蘭看見駕

⑰ The Charge of the Light Brigade，是但尼生爵士（Alfred Tennyson，一八〇九—一八九二）於一八五四年所作的詩，歌頌克里米亞戰爭中在巴拉克拉瓦（Balaclava）襲擊俄軍的英國輕騎兵旅。在這次自殺式的襲擊中，英軍傷亡頗多，犧牲慘烈的原因之一是指揮混亂。

駛的雙眼圓睜，下巴掉了下來。為什麼？還用得著問嗎？毫無疑問，他照常在豔陽下辛勤伐木一整天後，來到這間小鎮商店買瓶啤酒或是麥芽酒，沒想到現在店門前居然橫七豎八的躺著半打屍體，看起來像是陣亡沙場的士兵。羅蘭心想，他們的確是陣亡沙場的士兵。

大卡車的前輪煞車發出穿腦的高頻聲響，後輪則傳出怒龍咆哮般的減速摩擦聲，巨大的橡皮輪胎也同時鎖死，一邊尖叫，一邊在馬路的金屬表面上磨出一道冒著煙的黑色胎痕。重達數噸的卡車開始打滑。羅蘭看見馬路對面的歹徒不停的胡亂放槍，打得木材碎片朝藍天四散。眼前這一幕令人恍若置身夢中，好像正看著艾爾德王朝的『失落獸』翅膀著了火，從天空滾落。

沒有馬兒拉著的卡車前輪輾過頭幾具屍體。紅色的腸子一條條飛出，散在泥土路肩上，滿地斷肢殘臂。一個輪胎壓過崔克斯的頭，頭蓋骨爆裂的聲音聽起來就像是核桃在烈火中爆開的聲響。滿載貨物的卡車斜向一側，搖搖欲墜。與羅蘭肩膀齊高的巨輪陷入土中，揚起滿天血腥的塵埃，然後卡車倏然減速，滑過商店，駕駛座上已經不見司機的身影。一時間，馬路對面的優勢火力讓卡車擋住了視線，看不見商店與商店裡的人。店老闆奇普和倖存的顧客法蘭絨先生瞪著即將傾倒的卡車，兩人臉上的表情如出一轍，都是無助的驚奇。店老闆下意識的抹去頭部側面的鮮血，甩向地面，就像甩掉清水一樣。羅蘭判斷他的傷勢比艾迪嚴重，但是他自己倒是似乎毫不在意。也許這是件好事。

『從後門走，』槍客告訴艾迪，『馬上走。』

『好主意。』

羅蘭抓住法蘭絨先生的手臂，法蘭絨先生的視線立刻離開卡車，轉向槍客。羅蘭朝後方點點頭，這位上了年紀的男士也對他點點頭。他不多問問題，而且反應迅速，實在令槍客十分驚喜。

店門外，沉重的卡車終於翻倒，壓垮了一輛車子（羅蘭衷心希望也同時壓扁了躲在車子後的響馬），最上方的木材先滑落，接著便是一瀉千里，所有的木材都一塊兒滾落了。一陣可怕的金屬摩擦聲傳來，好像永遠也不會停止，相形之下，就連槍聲也顯得微不足道了。

2

在羅蘭抓住法蘭絨先生時，艾迪也抓住了店老闆，但奇普卻和他的顧客差了十萬八千里，完全沒有自保的意識或是靈敏的直覺。他只是繼續盯著破掉的窗戶，驚恐無比的雙眼圓睜，看著外頭那輛卡車跳完最後一段自我毀滅的芭蕾，駕駛座從超載的木材卡車裡飛旋而出，彈過商店之後的山丘，進了樹林，卡車則是滑到馬路的右邊，揚起一波巨大的塵煙，留下一道深溝，一輛壓扁的雪佛萊，還有兩個壓得更扁的響馬。

不過在那些響馬藏身的地方還有更多的響馬，又或者只是表面上看來有更多的響馬，因為子彈繼續射個不停。

『來吧，奇普，該蹺頭了。』艾迪說，這次他把店老闆奇普拉往商店後門時，奇普跟了過去，但還是頻頻回首，擦著側臉的鮮血。

在商店後面，左方有一間加蓋的快餐店，快餐店裡有一個櫃台，幾張貼著補釘的凳子，三、四張桌子，還有一個陳舊的捕龍蝦籠，籠子就放在一座報亭上，報亭裡放的大部分都是過期的少女雜誌。他們來到這間快餐店時，屋外的子彈發射得更密集了，然後隨著一陣爆炸聲再次減弱，艾迪猜想應該是木材卡車的油箱爆炸了。他感覺到一顆子彈嗡嗡飛過，看見牆上那幅燈塔畫像出現了一個圓圓的黑洞。

『那些傢伙是誰啊？』奇普的聲音聽起來好像在閒話家常，『你又是誰啊？我中彈了嗎？我兒子曾經打過越戰，你知道吧！你看到那輛卡車了嗎？』

艾迪笑而不答，推著奇普跟著羅蘭走。他不曉得他們要去哪裡，也不知道該怎麼從這個狂歡派對裡抽身，他唯一能完全確定的事就是，卡文•塔不在這裡。這或許是一件好事。這場地獄般的槍林彈雨可能是塔先生引起的，也可能不是，但絕對跟老塔脫不了關係，這一點艾迪毫不懷疑。但願老塔……

一陣針刺般的灼熱感突然劃過艾迪的手臂，他又驚又痛的大叫了一聲。過了一會兒，又有一陣灼熱朝他的小腿襲來。他的右小腿爆出一陣劇痛，他又大叫了一聲。

『艾迪！』羅蘭冒險回頭看，『你還……』

『我還好，沒事，快走，走！』

他們前方出現了一面用纖維板搭起來的廉價後牆，牆上有三道門，其中一道寫著『男廁』，一道寫著『女廁』，一道寫著『員工專用』。

『員工專用！』艾迪大吼。他低下頭，看見右膝下三吋的牛仔褲破了個洞，洞緣還染了血。子彈沒有打爆他的膝蓋，算是不幸中的大幸，但是媽媽咪啊，還真是操他媽的痛死人啦！

在他頭上，一顆電燈泡炸了開來，碎玻璃撒在艾迪頭上和肩上。

『我有保險，但是天曉得像這樣的情形保險公司會不會理賠。』奇普先生又用那閒話家常似的語調說。他再次抹去臉上的血，甩在地上，在地上留下一道羅夏克墨跡測驗⑱似的黑點。子彈在他們的四周呼嘯而過，艾迪看見一顆子彈掀起奇普先生的衣領。在他們身後的某處，『老醜八怪』傑克•安多里尼正咆哮著義大利語。不知為何，艾迪就是曉得他並不是在高呼撤退。

羅蘭和穿著法蘭絨的顧客走進標著『員工專用』的門，艾迪也跟著走了進去，腎上腺素激增，而且還拉著奇普先生。這裡是儲藏室，而且空間相當大。艾迪可以聞到各種穀物的氣味，有些帶著刺鼻的薄荷味，但大部分是咖啡的香味。

現在換法蘭絨先生帶路了。羅蘭跟著他，很快走上儲藏室的中央走道，兩邊高高的貨架堆滿了罐頭食品。艾迪一跛一跛的奮力跟上，手裡仍然拉著店老闆。老奇普頭上受了傷，流了很多血，艾迪一直以為他會昏倒，但是奇普先生看起來居然……呃，精力十足。他正在問艾迪，茹絲・畢默姐妹倆怎麼了。如果他指的是剛才店裡那兩個女人（艾迪很確定他指的就是那兩個女人），艾迪還真希望他不會突然恢復記憶。

儲藏室後頭還有一扇門。法蘭絨先生打開門，正準備往外走，羅蘭卻抓住他的襯衫，把他拉了回來，然後壓低身子，自己探了出去。艾迪叫奇普站在法蘭絨先生旁邊，自己則站在兩人前方。在他們身後，子彈穿過寫著『員工專用』的門，打出一個個透著天光的槍眼。

『艾迪！』羅蘭哼了一聲，『過來！』

艾迪一跛一跛的走了過去。那裡有個載貨月台，月台後是一塊土地，那片土地被翻得亂七八糟，非常醜陋。載貨月台右邊隨意堆放了幾個垃圾桶，左邊還有兩台大型垃圾車，但艾迪覺得好像沒有人在意垃圾不能亂丟這件事。那裡還有好幾座啤酒罐堆成的小山丘，高得嚇人，簡直就像考古學家所謂的『貝塚』⑲。艾迪心想：辛苦看店一天後，在後院小憩真是人生

⑱一種心理測驗的方法，請受試者解釋墨水點繪的圖形，以判斷其性格。

⑲古代人類吃剩的貝殼獸骨等食物遺留集中丟棄於一處，形成一片有相當厚度的文化層堆積現象，謂之貝塚。

一大樂事啊！

羅蘭用槍指著另一座加油機，這座加油機比前門的那兩座鏽得更厲害，也更老舊，上頭寫著兩個字。『柴油，』羅蘭唸了出來，『意思是燃料吧？難道不是嗎？』

『沒錯，』艾迪說，『奇普，這台柴油加油機還能用吧？』

『當然，當然，』奇普先生用一副事不關己、己不操心的語氣說，『很多人都在這裡加油。』

『俺知道怎麼用，先生，』法蘭絨先生說，『你最好讓我來，這東西很難搞。你和你的夥伴能掩護俺嗎？』

『行，』羅蘭說，『把油倒在那裡。』他伸出拇指，指向儲藏室。

『喂，別鬧了！』奇普大驚失色的說。

這一切花了多久的時間？艾迪不能確定。他只知道他突然覺得非常清醒，而這種感覺他只有經歷過一次：在和單軌伯廉玩猜謎遊戲的時候。這種清醒的感覺燦爛奪目，淹沒了其他的事物，就連他小腿的劇痛也煙消雲散，儘管他的脛骨可能讓子彈打成了碎片。他只知道這裡有股怪味：腐肉和農產品發霉的氣味，上千罐啤酒的陳年發酵味，邋遢懶惰的刺鼻臭氣，再加上這間骯髒路邊小店附近那片冷杉樹林傳來的聖潔甜香味，混成了一股令人說不上來的詭異氣味。他可以聽見天空遠方飛機飛翔的嗡嗡聲。他知道他愛上了法蘭絨先生，因為法蘭絨先生在這裡，和他們在一起，在那短短的幾分鐘內和羅蘭與艾迪生死與共。但是時間呢？不，他完全沒有時間感，但從羅蘭開始撤退到現在，一定不會超過九十秒，否則不管有沒有那台撞爛的卡車，他們早就成了一群殘兵敗將。

羅蘭指向左邊，然後自己整個人轉向右邊。他和艾迪背對背站在載貨月台上，兩人相隔約六呎，把槍舉在臉頰旁，好像準備開始決鬥一樣。法蘭絨先生跳下月台的尾端，動作像蟋蟀一樣敏捷。他抓住老舊柴油機側面的鍍鉻把手，開始快速轉動。柴油機上小視窗裡的數字開始倒數，但並沒有完全歸零，而是卡在『0019』這個數字上。法蘭絨先生再次用力轉動把手，但卻徒勞無功，於是他聳聳肩，動手拉扯掛在生鏽支架上的噴嘴。

『約翰，住手！』奇普大喊。他依然站在儲藏室的門口，雙手高舉，一隻手很乾淨，另一隻手的前臂則沾滿了鮮血。

『奇普，可別擋路，否則你會……』

兩個男人繞過靠艾迪那側的東史東罕雜貨店，朝他們衝了過來，兩人都穿著牛仔褲和法蘭絨上衣，但是和奇普先生的上衣不同，這兩人穿的上衣看起來是全新的，袖子上還有明顯的褶痕，顯然是為了這次任務特地購買的，艾迪毫不懷疑。其中一個打手艾迪可熟了，上次和他見面是在卡文・塔的書店，『曼哈頓心靈餐廳』。艾迪也曾經殺過這位仁兄，時間是在十年之後，說來或許令人難以置信，但卻是千真萬確。地點在巴拉札的酒吧『斜塔』裡，兇器就是艾迪手上拿的這把槍。艾迪突然想起一段巴布・狄倫的歌詞，意思大概是要付出什麼樣的代價，才不會經歷同樣的事情兩次⑳。

『喂！大鼻子！』艾迪大喊（好像每次兩人見面時，艾迪都這麼喊他），『你好嗎，夥伴？』事實上，喬治・畢翁弟看起來一點也不好。有了那隻大而無當的鼻子，就算他打扮得人模人樣，他的媽媽也不會覺得他是個大帥哥，更何況現在他的五官浮腫，臉上滿是剛開始消褪的瘀青，其中又以兩眼之間的瘀青最為嚴重。

⑳取自巴布・狄倫（Bob Dylan）的歌〈Suck Inside of Mobile With the Memphis Blues Again〉。

是我幹的，艾迪心想。是我在塔先生的書店裡幹的。話是沒錯，但那段往事卻彷彿離他有千年之久。

『你，』喬治・畢翁弟說，他看起來太過驚訝，以致於連槍都忘了舉起來，『你怎麼在這裡？』

『我當然在這裡，』艾迪附和著，『至於你，你應該留在紐約才對。』話一說完，他立刻轟掉了畢翁弟的臉，也順便轟掉了他夥伴的臉。

法蘭絨先生壓下柴油加油管的槍柄，黑色的柴油立刻從噴嘴噴了出來，灑在奇普先生的身上，奇普先生憤怒的哇哇大叫，踉踉蹌蹌的衝到載貨月台上。『好痛！』他大吼，『哎呀，痛死了！住手，約翰！』

約翰聽而不聞。另外三個人從羅蘭那側衝了過來，只看了一眼槍客冷靜恐怖的臉，就嚇得想打退堂鼓，但是腳上嶄新的鄉村走路鞋跟才剛沾地，他們就一命嗚呼了。艾迪想起停在馬路對面的半打汽車和那輛大型休旅車，想知道巴拉札派了多少人來執行這趟小小的遠征。當然不可能只有他自己的手下。他付了多少錢從外面請這些打手來？

他一毛錢也不必付，艾迪心想。他有金主撐腰。他的金主要他從外頭僱打手，僱愈多愈好，還說服他追殺的對象身懷絕技，值得這麼大費周章。

店裡傳來一聲悶悶的爆炸聲。煤灰從煙囪裡冒出，在一旁，撞爛的木材卡車冒出更黑、更油的煙霧，淹沒了從煙囪冒出的煤灰。艾迪認為是有人丟了手榴彈，炸得儲藏室的門飛離了門栓，飛到走道上，揚起一陣煙霧後砰然倒地。丟手榴彈的傢伙很快就會再丟第二顆，而現在儲藏室的地板上淹了一吋深的柴油……

『拖延他，』羅蘭說，『這裡的油還不夠多。』

『拖延安多里尼？』艾迪問，『怎麼個拖延法？』

『用你那張說個沒完的大嘴巴啊！』羅蘭大吼，艾迪突然看到一件振奮人心的奇事：羅蘭在笑，而且幾乎是在大笑，同時他還看著法蘭絨先生，也就是約翰，右手則比著旋轉的手勢，告訴法蘭絨先生：繼續打油。

『傑克！』艾迪大喊。他不曉得安多里尼現在人在何方，所以只能盡力放聲大吼。艾迪從小就在布魯克林的黑街裡橫衝直撞，嗓門自然小不了。

一開始沒有人回應，槍聲先是慢了下來，然後完全停止。

『喂！』傑克‧安多里尼回應，他聽起來很驚訝，但是語氣聽起來滿愉快的。艾迪懷疑安多里尼其實一點也不驚訝，而且他毫不懷疑傑克一心想要報仇。他在塔先生書店的儲藏間裡受了傷，但那不是最糟的，最糟的是他受到了侮辱。『喂，小滑頭！你不是說要把我的腦袋炸得飛到十萬八千里外，然後還把槍抵在我的下巴嗎？老兄，你害我這裡留了個疤！』

艾迪可以看見他一邊大發牢騷，一邊揮手要剩下的手下就定位。總共有多少人？八個？或許有十個？他們已經解決了一批，剩下的人手還有多少？商店的左邊有兩個，右邊也有兩、三個，其他人則和手榴彈先生在一起。等傑克準備好，這些傢伙就會進攻，一路衝進這座新形成的柴油淺灘。

又或者這只是艾迪一廂情願的想法。

『我今天也拿著那把槍！』他對傑克大喊，『這次我要把它塞進你的屁眼裡，好不好呀？』

傑克笑了起來，笑聲聽起來輕鬆愉快。他在演戲，可是演技十分高明。傑克的心裡肯定是緊張得要命：心跳衝到每分鐘超過一百三，血壓超過一百七。這可是重頭戲，不只是在報復某個膽敢攻其不備的小鬼，也是這個超級大壞蛋事業生涯中最大的任務，是他的超級盃大賽。

毫無疑問，下命令的是巴拉札，但是衝鋒陷陣的是傑克・安多里尼，他就是陸軍元帥，而且這次他的工作不只是痛扁某個欠債不還的賭鬼兼毒蟲酒保，也不是說服某個雷諾克斯大道（Lenox Avenue）的猶太珠寶商他需要保護，而是真槍實彈的戰場。傑克很聰明，艾迪和哥哥亨利一塊兒在街頭嗑藥鬼混時，看過不少惡霸流氓，至少在他見過的惡霸流氓中，傑克算是聰明的，但是從某個很重要的方面來看，傑克很笨，而且這種笨與他的智商無關。這個在嘲笑他的混蛋曾經狠狠揍過他一頓，而且是輕輕鬆鬆就海扁他一頓，但是傑克・安多里尼卻是好了傷疤忘了痛，完全忘了這個傢伙不是省油的燈。

柴油靜靜流向載貨月台，沿著商店儲藏室陳舊變形的木板地流動，掀起陣陣漣漪。約翰（也就是洋基佬法蘭絨塞爺）詢問似的看著羅蘭，羅蘭先生搖搖頭，然後再次轉轉右手：還不夠。

『書店那傢伙到哪兒去啦，小滑頭？』安多里尼的聲音和先前一樣愉快，但是靠得更近了。看來他已經過了馬路。艾迪認為他就在店門外。柴油的爆炸範圍沒有那麼大，真是太可惜了。『塔先生在哪裡？把他交出來，我們就放你們一馬。』

想得美，艾迪心想，然後想起蘇珊娜如果覺得對方在唬爛，有時會用黛塔・渥克最粗鄙無文的口氣吼出一句話：我不會射在你嘴裡，也不會搞在你的頭髮裡！

這次的埋伏是特別針對這群槍客，艾迪幾乎可以肯定。這些壞蛋可能知道塔先生在哪裡，也可能不知道（只要是安多里尼說的話，艾迪一概不信），但有人知道未發現的門會把艾迪和羅蘭送到哪裡，向巴拉札打了小報告。巴拉札先生，你想找到那個讓你手下大出洋相的傢伙是吧？想知道是誰狠狠整了傑克・安多里尼和喬治・畢翁弟一頓，害他們不能逼塔先生就範，交出你想要的東西嗎？很好，我就告訴你他會出現在哪裡。不只是他，他的夥伴也會出現。順便一提，這裡有錢夠你僱用一整隊穿著新鞋的打手。也許一整隊還不夠，那小鬼很厲害，他的夥伴更是高手，但也許你會走運。就算你沒走運，就算那個叫羅蘭的傢伙溜了，留下一堆屍體……嗳，只要能抓到那個小鬼就算大功一件。而且火藥永遠不缺，不是嗎？沒錯，這些世界裡充滿了火藥。這些世界。

傑克和卡拉漢呢？是不是也有一場歡迎派對等著他們，他們的時代是不是離現在二十二年之後？空地旁的圍籬上頭確實寫著這首小詩：嗳唷蘇珊娜—米歐，人格分裂一小妞，車停狄西小豬前，一九九九是當年。如果真有個歡迎派對等著他們，他們還有可能活著嗎？

艾迪緊緊抓住一個念頭：如果任何一個共業夥伴死亡，如果蘇珊娜、傑克、卡拉漢，甚至是仔仔死亡，他和羅蘭一定會知道。如果他是在欺騙自己，如果他只是讓浪漫的愛情沖昏了頭，那就隨它去吧！

3

羅蘭看著法蘭絨先生約翰的眼睛，用手比了個割喉的姿勢。約翰點點頭，立刻放開加油機的壓嘴噴頭。店老闆奇普站在載貨月台旁，臉上沒有沾到鮮血的地方看起來蒼白無比。羅蘭覺得他很快就會昏倒。反正他醒著不濟事，昏倒了也沒有損失。

『傑克！』槍客大吼，『傑克・安多里尼！』羅蘭唸這個義大利名字時竟然唸得十分標準，真是令人驚奇。

『你就是小滑頭的大哥？』安多里尼問。他的語氣聽起來興味十足，而且聲音也更近了。羅蘭認為他在店的正前方，也許就在他和艾迪出現的地方。他會速戰速決；這裡是鄉下，但附近還是有人。翻倒的木材卡車冒出陣陣黑煙，一定有人注意到了，很快他們就會聽到警笛聲。

『我想你可以說我是他的頭頭。』羅蘭說。他指指艾迪手裡的槍，再指指儲藏室，然後指指自己：等我的指示。艾迪點點頭。

『你怎麼不派他出來呢，我的朋友？這樣一來你就輕鬆了。我會把他帶走，放你一條生路。我要找的是小滑頭，從他口中逼出答案一定是樂趣多多啊！』

『你永遠也抓不到我們，』羅蘭愉快的說，『你已經忘記了你父親的容顏。你是一袋長了腳的狗屎。你的老大是個叫巴拉札的男人，你專門舔他骯髒的屁股。其他人都知道你愛舔他骯髒的屁股，所以嘲笑你。他們說：「看看傑克，舔屁股讓他看起來更醜了。」』

一陣短暫的沉默，然後安多里尼開口說：『先生，你說話真難聽。』他的語氣很平靜，但先前裝出來的愉快已經消失，笑意也不見了，『但是你知道胡言亂語是傷不了人的。』

終於，遠方傳來了警笛聲。羅蘭先對約翰點點頭（約翰一直緊張的盯著他），然後又對艾迪點點頭，告訴兩人：就快了。

『傑克，等你成了亂葬崗裡的一堆白骨，巴拉札還是會長命百歲，繼續堆著他的撲克牌塔。有些夢想是不可違抗的天命，但你的夢想不是。你的夢想只是痴人說夢。』

『閉嘴！』

『聽見警笛聲了嗎？你的時辰幾乎……』

『上！』傑克．安多里尼大吼，『上啊！去抓他們！我要那個老混蛋的項上人頭，聽見了嗎？我要他的人頭！』

一個圓形的黑色物體懶洋洋的以拋物線飛過原本掛著『員工專用』大門的洞。又是手榴彈，果然不出羅蘭所料。他從臀部開了一槍，手榴彈在半空中爆炸，讓儲藏室和快餐店之間那面薄薄的牆成了一團毀滅力十足的碎片，炸了回去。驚訝與痛苦的尖叫四起。

『動手，艾迪！』羅蘭大吼，然後開始對柴油灘發射子彈，艾迪也立刻加入。一開始羅蘭以為什麼也不會發生，但隨即一道遲緩的藍色火焰從中央走道開始呈波狀向外擴散，一路蛇行到原本後牆該在的地方。不夠！老天啊，真希望它不是柴油，而是他們所謂的汽油！

羅蘭甩開手槍的彈膛，把用過的子彈殼倒在腳邊，然後重新裝填子彈。

『先生，注意右邊！』約翰幾乎是漫不經心的這麼說，羅蘭立刻蹲低。一顆子彈穿過他原先所在的地方，第二顆子彈掃過他長髮的髮梢。左輪手槍可以裝六顆子彈，而他只來得及裝三顆，但還是比他需要的子彈多了一顆。兩個響馬往後倒，額頭上都開了個一模一樣的洞，就在髮際線之下。

另一個小混混從艾迪那一側衝來，看見艾迪沾滿鮮血的臉龐掛著微笑，好整以暇的等著他。小混混立刻把槍丟掉，慢慢舉起雙手。艾迪不等他的手舉到與肩同高的地方，就請他的胸部吃了顆子彈。他在學習，羅蘭心想，老天幫助他，他真的在學習。

『俺覺得火燒得有點慢呀，兄弟們。』約翰說著，跳上了載貨月台。在半空中爆炸的手榴彈引起一圈一圈的煙霧，幾乎蓋住了整間店，但是子彈還是一個勁兒的飛過來。約翰似乎毫不在意，羅蘭不由得感謝『業』讓他們遇上了這麼一個好人，這麼一個硬漢。

約翰從褲子口袋裡拿出一個銀製的方形物體，彈開蓋子，拇指在小小的轉輪上一擦，擦出一道明亮的火焰。他把冒著火的小盒子悄悄丟進儲藏室裡，頓時『呼』的一聲，烈焰沖天。

『你們到底怎麼啦？』安多里尼尖叫，『去抓他們啊！』

『要抓自己來！』羅蘭一邊喊，一邊拉拉約翰的褲腳。約翰往後跳下載貨月台，一個踉蹌，差點站不穩，幸好羅蘭伸手扶住了他。店老闆奇普先生偏挑這個時候昏倒了，整個人趴在滿是垃圾的地上，嘴裡還輕輕發出一聲呻吟，聽起來倒像是一聲哀嘆。

『對呀，來呀！』艾迪挑釁，『來呀，小滑頭，怎麼啦，小滑頭？「不要派小鬼來做大男人的工作」，你有沒有聽過這句話？你那裡有多少人？兩打？我們還活得好好的哩！來吧！親自解決我們！還是你希望下半輩子繼續舔巴拉札的屁股？』

更多子彈穿過濃煙烈焰而來，但是店裡的響馬似乎並不想穿過愈來愈強的火勢，也沒有人從商店外頭繞路而來。

羅蘭指著艾迪開了個洞的右小腿。艾迪對他豎起大拇指，但是他牛仔褲的兩隻褲管似乎腫得過了頭，而且他走路時，兩隻短靴還會吱嘎作響。原先的劇痛已經漸漸穩定下來，隨著心跳陣陣作痛，但是他已經開始相信子彈應該沒有打中骨頭，不過他也不得不承認：也許我只是在自欺而已。

在第一聲警笛後，第二聲、第三聲警笛也隨之響起。

『上呀！』傑克尖叫，現在他聽起來已經瀕臨歇斯底里的邊緣，『上呀，你們這群操他媽的孬種，快去抓人呀！』

羅蘭認為在幾分鐘前（甚至只有三十秒前），要是安多里尼親自上陣，剩下的壞蛋也許會跟著衝鋒陷陣，但現在上前線攻擊的時機已經過了，而且安多里尼也知道，如果他帶著人繞過商店兩側，羅蘭和艾迪絕對會把他們當作收割節射擊比賽的陶鳥，一隻一隻打落。他們唯一可行的策略，就是圍攻或是從遠方的樹林包抄，但是傑克‧安多里尼根本來不及安排。此外，留在這裡也會有問題，比如說地方的治安機關也許會來干涉，或是得和消防隊周旋。

羅蘭把約翰拉到身邊，對他咬耳朵：『我們必須立刻離開這裡，你能幫我們嗎？』

『噢，可不是嘛，沒問題。』風向突然改變了。一陣強風吹進商店的前門，穿過原本後牆所在的地方，然後一路吹過後門。柴油濃煙既黑又油，約翰咳了咳，伸手揮去濃煙。『跟俺走，咱們得加快腳程。』

約翰快步跑過商店後那片醜陋的荒地，踩過破爛的木箱，在一座滿是鏽斑的焚化爐和一堆鏽得更厲害的機器零件之間迂迴前進。在最大的機器零件上，羅蘭看到了一個他曾在流浪旅途中看過的商標：約翰·迪爾。

羅蘭和艾迪倒著走，保護約翰的背面，兩人一邊後退，一邊不時回頭看路，以免跌倒。羅蘭還抱著一絲希望，認為安多里尼可能會進行最後一波攻勢，自動上來送死，就像過去安多里尼也曾經死在羅蘭手中一樣。那時他們是在西海的海灘上，可是現在他還活得好好的，而且年輕了十歲。

羅蘭心想：而我則覺得自己老了起碼一千歲。

但這麼說也不完全正確。沒錯，他終於受到了老人病的摧殘，但是他又再次有了一群需要保護的共業夥伴，而且不是普通的共業夥伴，而是一群槍客，他們用一種他始料未及的方式，讓他的人生再次充滿活力。對他來說，這一切都有莫大的意義，不只是黑塔，而是所有的一切都有莫大的意義，所以他希望安多里尼能衝過來。此外，如果他在這個世界殺了安多里尼，他覺得安多里尼會永遠的死亡，再也不會復活，因為這個世界不一樣。這個世界有一種共鳴，這種共鳴是其他世界所缺乏的，就連他的世界也沒有。他身上的每一根骨頭和每一條神經都深刻的感受到這種共鳴。羅蘭抬起頭，看到了他意料中的東西：雲朵排成了一列，在荒地之後，一道小徑溜進了樹林，小徑的入口排著一對相當巨大的花崗石。在這裡，槍客看見了陰影排成了人字形，互相交錯，但全指著同一個方向。你必須仔細看才能看見，可是一旦看見了，就再也沒辦法不看。在某個版本的紐約裡，他們曾經在空地發現那只空袋子，蘇珊娜也看見了流浪亡靈，那個版本的紐約和這個世界是同一個世界，都是真實的世界。在這個世界裡，時間永遠是單向的。他們也許可以找到某扇門，穿梭時空抵達未來，就像羅蘭很肯定傑克和卡拉漢的確到了未來（因為羅蘭也想起了圍籬上的那首詩，至少了解了詩中一部分的涵意），但是他們永遠也沒辦法回到過去。這裡是真實的世界，在這裡，骰子出了手就再也不能反悔。這個世界是最靠近黑塔的世界，而且他們還在光束之徑上。

約翰帶著他們走上小徑，走進樹林，離開了一道道濃密黑煙形成的擎天巨柱，也離開了步步逼近的警笛聲。

4

走了不到四分之一哩，艾迪就看見林間有光芒閃爍。小徑上滿佈松針，走起來很滑。他們走到最後一段斜坡，來到一片狹長又迷人的湖泊時，艾迪看見有人用樺樹枝做成了欄杆，欄杆後是一座凸出水面的碼頭，綁在碼頭上的是一艘汽艇。

『那是俺的船，』約翰說，『俺有時會來這裡買雜貨和午餐，可從沒想過會碰上這種驚險刺激的場面。』

『呃，你還是碰上了。』艾迪說。

『可不是嘛，您說得沒錯。小心看路，免得摔疼了您的屁股。』約翰小心翼翼的走下最後一段斜坡，抓著欄杆以保持平衡，與其說是在走路，不如說是在滑行。他的腳上穿著一雙磨損嚴重的老舊工作靴，艾迪覺得要是在中世界，這雙鞋一定看起來一點也不突兀。

艾迪跟在後頭，小心護著受傷的腳，羅蘭殿後。他們身後突然傳來一陣爆炸聲，聽起來刺耳銳利，就像那第一聲火力十足的獵槍聲，只是比槍聲大了許多。

『是奇普他家的天然氣。』約翰說。

『你說什麼？』羅蘭問。

『瓦斯，』艾迪低聲說，『他是指瓦斯。』

『可不是嘛，就是瓦斯。』約翰附和。他走上他的喜運來（Evinrude）汽艇，抓住引擎的繩索，用力一扯。引擎看起來挺耐用的，看起來像台有二十匹馬力的小裁縫機，約翰一拉，它就立刻發動。『進來吧，兄弟，咱們該上路囉！』他悶哼著說。

艾迪上了船，羅蘭則是略略停下腳步，拍了喉嚨三次。艾迪曾經看過羅蘭在渡水前做這個動作，他提醒自己要問問羅蘭。只可惜他再也沒有機會了；在他再次想起這個問題之前，死亡就悄悄滑過了他們兩人之間。

5

在夏日最澄澈的藍天下，小艇滑過自己的影子，駛過水面，動作安靜優雅，一如其他的動力機器。在小艇之後，一縷黑煙漸漸升高，漸漸擴大，玷污了那片藍天。數十個人站在小湖這面的湖岸，大部分穿著短褲或是泳衣。他們舉手遮陽，轉頭望著濃煙，幾乎沒有人注意到有艘汽艇從容不迫（而且毫不引人注意）的駛過湖面。

『順便一提，這兒是奇瓦汀塘。』約翰說。他指向前方，在前方，另一座灰色的碼頭像舌頭似的吐出湖面。碼頭旁是一座小巧的船屋，船屋是白色的，漆著綠邊，鐵捲門敞開。小艇接近船屋後，羅蘭和艾迪看見船屋裡有一艘獨木舟和一艘泛舟小艇，都用繩子拴著。

『船屋是俺的。』法蘭絨先生又加了一句話。他把『船屋』的『船』字唸得非常古怪，幾乎難以用言語形容，但艾迪和羅蘭都聽得懂，因為卡拉裡的人也是這麼唸的。

『看起來整理得很不錯。』艾迪沒話找話說。

『噢，可不是嘛，』約翰說，『俺打理這裡，檢查這兒的帳篷，還幹了粗重的木工。要是俺的船屋看起來破破爛爛的，生意可好不了，您說是嗎？』

艾迪微微一笑：『沒錯。』

『俺的房子離水面約半哩路，俺名叫約翰．卡倫。』他向羅蘭伸出右手，左手則繼續駕著小艇，遠離濃煙形成的擎天巨柱，朝對岸的船屋直駛而去。

羅蘭握住他的手，他的手粗糙得令人愉快。『我是羅蘭．德斯欽，來自基列地。日日長春，好夢連連，約翰。』

艾迪也跟著伸出手說：『我是艾迪．狄恩，來自布魯克林。很高興見到你。』

約翰隨性的與艾迪握手，但雙眼卻仔細端詳著他。兩人的手分開後，他開口說道：『小伙子，有事情不太對勁是唄？』

『我不知道。』艾迪嘴裡這麼說，但卻不是完全的誠實。

『孩子，你離開布魯克林很久了，是唄？』

『我沒去過摩爾浩斯，也沒去過什麼沙隆巴斯。』艾迪說完，突然連珠炮似的說出一串話，生怕自己一不留神就忘了：『米亞把蘇珊娜鎖起來了，鎖在一九九九年。蘇西可以去道根，但就算去了也沒有用，因為米亞把控制器鎖起來了。蘇西束手無策。她被綁架了。她……』

他停了下來。有那麼一會兒，一切變得非常清楚，彷彿剛從夢中醒來，然後又像夢境般消逝了。他甚至不知道這真的是蘇珊娜傳來的訊息，又或者只是他的想像而已。

小伙子，有事情不太對勁是唄？

所以卡倫先生也感覺到了。看來不是他的想像，比較有可能是某種靈知感應。

約翰靜靜聆聽，等到艾迪不再說話後，他便轉向羅蘭說：『你的夥伴常常這樣發神經嗎？』

『沒有，沒有。塞爺……呃，我是說，先生。卡倫先生，謝謝你在我們陷入險境時伸出援手，我大大的感謝你。要是我們再要你出手相助，那真是太恬不知恥了，但是……』

『但是你還是要俺出手相助。可不是嘛，早就猜著囉！』約翰稍稍修正航道，駛向張著大嘴的船屋。羅蘭估計他們會在五分鐘內抵達船屋，這正合他的心意。他不反對搭著這艘擁擠的動力小船乘風破浪（儘管小船因為載了三個大男人而吃水頗深），但是對羅蘭來說，奇瓦汀塘實在是太開放了。如果傑克．安多里尼（或者是他的接班人）找來夠多的湖岸圍觀者盤問，一定會找到幾個人記得有艘小船載著三個男人駛過湖面。至於那間鑲著漂亮綠邊的船屋，一定會有目擊者說：那是約翰．卡倫的船屋，願您歡喜。他們最好在讓人指認出來以前早早踏上光束之徑，把約翰．卡倫送到某個安全的地方。就這個情形而言，羅蘭認為『安全』大概是指離此地有三望地平線之遠，也就是大約三百輪。萍水相逢的卡倫在最湊巧的時機出現，出手相助，救了他們一命，這一點羅蘭毫不懷疑。他最不願意發生的事情，就是害卡倫因此丟了自己的性命。

『噯，俺會盡力幫忙，俺早就下定決心了，但是俺得趁現在問你們幾個問題，免得以後沒機會啦！』

艾迪和羅蘭很快的對望了一眼，接著羅蘭說：『只要是力所能及，我們一定坦誠相告。也就是說，如果我們認為答案不會對你造成傷害，我們一定坦誠相告。』

約翰點點頭，似乎覺得這個問題難以啟齒，但最後還是鼓起勇氣，開口問道：『俺知道你們不是鬼，因為咱們全都在店裡看見你們，而且俺剛才還跟你們握了手。俺也能看到兩位的影子。』他指著映在船身的影子，『千真萬確，所以俺的問題是：你們可是自來人？』

『自來人？』艾迪說。他看著羅蘭，但羅蘭也是一臉茫然。艾迪回頭看著坐在船尾，駕著小船朝船屋駛去的約翰・卡倫，『對不起，但是我不……』

『過去幾年，這兒出現了好些個自來人，』約翰說，『華特福、史東罕、東史東罕、洛威爾、瑞典城……就連橋屯鎮和丹麥市都有。』他把最後的『丹麥市』唸成了『丹馬市』。

他發現他們還是一頭霧水。

『自來人就是突然出現的人，』他說，『有時候他們穿著過時的衣服，好像他們來自……來自很久以前，俺想這麼說應該可以唄！其中一個全身光溜溜的在五號公路上頭逛大街，是小安格斯壯看見的，應該是去年十一月吧！有時候他們還會說外國話。還有一個跑到華特福的唐・魯瑟家裡，就坐在廚房裡頭！小唐是范德比爾大學的退休教授，他把那傢伙錄了下來。那傢伙胡言亂語了好一陣，然後跑進洗衣間裡頭。小唐以為那傢伙想上廁所，只是跑錯了地方，所以趕緊去把他追回來，但是那傢伙卻早已不見人影啦！那裡沒有門，但那傢伙就是不見了。

『小唐大概給范德大學語言系裡每個人都看過那捲帶子，但是沒一個認得那傢伙說的話。有人說那鐵定是捏造出來的語言，比如說什麼「世界語」㉑，你們曉得什麼叫「世界語」嗎？』

羅蘭搖搖頭，艾迪則小心翼翼的說：『我聽說過，但是不是真的很懂……』

『有時候，』約翰說『有時候他們身上有傷，或是殘了，成了「廢人」。』

羅蘭突然跳了起來，整艘船也跟著搖晃了一陣，差點翻覆。『什麼？你說什麼？你再說一次，約翰，在下洗耳恭聽！』

約翰顯然以為是自己腔調太重，刻意一個字一個字唸得清清楚楚：『俺是說他們的腦袋廢了，就像參加過核子戰爭的人，或是受到輻射污染的人之類的。』

『遲緩變種人，』羅蘭說，『我想他說的也許是遲緩變種人。這個城鎮裡居然有遲緩變種人。』

艾迪點點頭，想起了盧德城的灰毛與黃毛，也想起了一個變形的蜂巢，想起上頭爬滿了醜陋的昆蟲。

約翰關掉小艇的引擎，但三人繼續在原地待了一會兒，聽著湖水拍打鋁製的船身，發出空洞的聲響。

『遲緩變種人，』約翰一個字一個字慢慢唸著，好像在細細品味這個詞，『可不是嘛，俺想這名字倒也貼切，但是不只是人而已，還有動物，其中有種鳥這兒根本沒人看過，不過大部分都是自來人，搞得人心惶惶，大夥兒議論紛紛。小唐打電話給杜克大學的朋友，那傢伙又打電話給超自然研究系的熟人。名門正派的大學裡居然有這種科系，真是太驚人了。總而言之，超自然研究系的女士說這種人就叫做「自來人」。等他們再次消失，就叫做「自離人」。這種人大部分會自己消失，只有在東康威村有個傢伙死了。那位女士還說有位科學家

㉑最著名的一種世界性輔助語言，為柴門霍甫（Zamenhof）於一八八七年所創造，旨在克服國際交流中的障礙。

專門研究這方面的東西。俺想應該可以叫做科學家唄！只不過搞不好有人會不同意吧！那位科學家說自來人是外星人，有太空船載他們來，又載他們走，但是大部分的人都覺得他們是時空旅行者，或者是來自和我們平行的其他地球。』

『這種情形有多久了？』艾迪問，『自來人出現多久了？』

『噢，兩、三年吧！而且愈來愈嚴重了。俺自己就看過好幾個，還看到一個禿頭的女人，她的額頭中間還有個流血的洞。不過他們都離咱們很遠，而你們則離咱們很近。』

約翰的身體往前傾，壓在骨瘦如柴的膝蓋上，他的雙眼（那雙和羅蘭一樣藍的眼睛）閃閃發光。湖水打在船身上，發出空洞的聲響。艾迪突然有個強烈的衝動，想要再次握住卡倫的手，看看是不是還會再有感應。巴布狄倫還有一首歌叫做〈約哈娜的幻象〉（Visions of Johanna）。現在艾迪想要的不是約哈娜的幻象，而是約翰的幻象，不過『約翰』和『約哈娜』這兩個名字倒也近得可以了。

『可不是嘛，』約翰說，『你們離咱們很近，而且還挺有人味的。好啦，我會盡力幫助你們，因為我覺得你們兩個一點都不像壞人（不過我得老實告訴兩位，我可從來沒看過那麼厲害的槍法），但是我想知道：你們到底是不是自來人？』

羅蘭和艾迪再次交換了眼神，然後羅蘭回答：『沒錯，』他說，『我想我們的確是。』

『哎呀呀。』約翰低語。他實在是太驚訝了，就連那張滿佈皺紋的老臉也不禁露出了稚子般的神情，『自來人！你們是打哪兒來的，能告訴我嗎？』他看著艾迪，乾笑了起來，一副敗給艾迪的模樣，『不可能是布魯克林。』

『但是我的確是來自布魯克林。』艾迪說。只不過他現在終於了解，他的布魯克林不是這個世界的布魯克林。在他的世界裡，有本叫《噗噗查理》的童書作者是貝若・伊文思，但在這個世界，那本書的作者卻是克勞蒂亞・y・伊涅斯・巴克曼。貝若・伊文思聽起來比較像真有其名，而克勞蒂亞・y・伊涅斯・巴克曼聽起來則是假到不行，但是艾迪愈來愈覺得巴克曼才是真正的作者，為什麼？因為它來自這個世界。

『我的確是來自布魯克林，只不過不是你認為的布魯克林。』

約翰・卡倫仍然瞪著兩人，臉上依然帶著稚子似的驚訝神情：『那其他那些傢伙呢？埋伏你們的那些傢伙？他們……？』

『不是，』羅蘭說，『他們不是。沒時間說這些了，約翰，咱們改天再說。』他小心翼翼的站起來，抓住頭上的橫樑，走下船，痛得微微皺了一下臉。約翰跟在他身後，艾迪墊後，他得靠羅蘭和約翰的攙扶才能順利下船。他右小腿的陣痛已經稍減，但整隻腳還是僵硬麻木，很難控制。

『咱們去你住的地方吧！』羅蘭說，『我們得找到一個人。幸運的話，你也許能幫我們找到他。』

他能幫我們的不只這件事，艾迪一邊這麼想，一邊咬著牙，一拐一拐的跟著他們走回陽光下。

在這一刻，艾迪覺得如果能拿到幾顆阿斯匹靈，要他手刃聖人也在所不惜。

詩節：卡瑪拉，麵包發！
下地獄或上天堂！
槍桿發燙火兒旺，

趕忙送進熱烤箱！

回應：卡瑪拉，第七趟！
鹽巴酵母麵包發！
加熱之後重重打，
趕忙送進熱烤箱！

8st
STANZA

詩節八

投球遊戲

A Game of Toss

1

在一九八四年末的冬天，海洛因漸漸離開了艾迪的『消遣用藥城』，進入了『超級壞習慣國』。就在這個時候，亨利．狄恩遇上了一個女孩，談了一場短暫的戀愛。艾迪覺得那個叫希薇亞．葛多佛的女孩是個『臭味女王』（不但有狐臭，那張活像滾石合唱團主唱米克．傑格〔Mick Jagger〕的肥嘴還傳出陣陣口臭），但因為亨利覺得她很美，艾迪不想傷他的心，所以什麼也沒說。那年冬天，這對小情侶常常在康尼島狂風吹拂的海灘漫步，也常常去時代廣場看電影。每次看電影的時候，他們總是坐在後排，一旦爆米花和超大盒的花生見底，兩人就開始互相磨磨蹭蹭，讓對方樂陶陶，爽歪歪。

對於亨利生命中出現的新人，艾迪很豁達；如果亨利能夠克服可怕的口臭，真的和希薇亞舌吻，那也算他厲害。在那最灰暗的三個月中，艾迪總是一個人在狄恩家的公寓裡嗑藥。他一點也不介意，事實上，還覺得挺開心的。如果亨利在這裡，他一定會堅持打開電視，拿艾迪聽故事錄音帶的事情開玩笑。（噢，我的天啊！艾迪又要聽那個小精靈、小半獸人還有小矮人的故事囉！）他總是把半獸人叫做『小半獸人』，把樹人叫做『會走路的可怕樹樹』。亨利覺得虛構的故事很遜，艾迪卻覺得午間電視上那些無聊的節目才是假得不得了，但是亨利根本聽不進去。一提起『杏林春暖』[22]那對邪惡雙胞胎，還有『指路明燈』[23]裡那個邪惡後母，亨利就口沫橫飛，說得頭頭是道。

總而言之，亨利．狄恩偉大的戀情讓艾迪輕鬆了許多（那段戀情最後的結局是希薇亞從亨利的皮夾裡偷了九十塊，留下一張寫著『對不起，亨利』的字條，跟前任男友跑了），他會坐在客廳的沙發上，放捲錄音帶，一邊聽演員約翰．吉爾古德（John Gielgud）唸托爾金的

《魔戒》三部曲，一邊打著盹，在夢中和佛羅多跟山姆一起漫遊幽暗密林與摩瑞亞礦坑。

他很喜歡哈比人，甚至覺得自己要是下半輩子能住在哈比村，一定非常快活。在那裡，最糟糕的毒品是菸草，大哥也不會整天拿小弟窮開心。此時此刻，約翰・卡倫的林間小屋讓他想起了那段舊日時光，想起了那段色彩晦暗的日子，而且回憶來得又快又猛，因為這間小屋感覺起來就像哈比人住的地底洞穴。客廳的家具雖然小，但是非常別致，裡頭有一張沙發，兩張又厚又軟的椅子，椅子扶手和靠頭的地方墊著白色布巾。一面牆上掛著鑲了金邊的黑白照片，想必是卡倫的父母，對面牆上也掛了一幀照片，想必是他的祖父母。牆上還有一幅鑲起來的東史東罕義消感謝狀。鳥籠裡那隻鸚哥親切的吱喳亂語，火爐上躺著一隻貓。在他們進門時，貓兒抬起頭，綠色的眼眸盯著陌生人看了一會兒，然後又回到夢鄉裡去了。卡倫的安樂椅旁放了一座站式的煙灰筒，上頭放了兩支煙斗，一支是玉米芯煙斗，一支是石南煙斗。房裡有一台舊式的愛默生牌錄放音機兼收音機（收音機上有調整頻道用的刻度儀，還有一個很大的音量調整鈕），但是沒有電視機，室內充滿了宜人的菸草味和薰香味。屋子裡整理得井井有條，只要看一眼，就曉得屋主是個單身漢。約翰・卡倫的客廳堪稱是一首歌詠獨身之樂的頌歌。

『你的腿還好吧？』約翰問，『起碼看起來沒在流血哩！可是你走起來跛得還真厲害。』

艾迪笑了起來：『真是操他媽的痛，但是我還能走，所以我想我還算幸運吧！』

㉒ General Hospital，美國ABC電視台自一九六〇年代開播的肥皂劇。

㉓ The Guiding Light，美國CBS電視台自一九五〇年代開播的肥皂劇。

『浴室在裡頭，想清洗傷口的話儘管用。』卡倫指著浴室的方向說。

『再好不過。』艾迪說。

傷口洗起來很痛，但也讓他寬心了不少。他腳上的傷口很深，但骨頭似乎安然無恙。他手臂上的傷口問題更小，子彈完全穿過手臂，沒有留在傷口裡，讚美上帝，而且卡倫的藥櫃裡還有雙氧水。艾迪把雙氧水淋在手臂的傷口上，痛得齜牙咧嘴，然後在自己還沒有失去勇氣之前，一股作氣把雙氧水淋在腳上和頭上的傷口。他努力回想佛羅多和山姆是不是也得面對雙氧水這種可怕的東西，但卻什麼也想不起來。噯，當然，他們有精靈幫忙療傷，不是嗎？

『俺有個東西也許能幫上忙。』艾迪回來時，卡倫這麼說，然後走進隔壁房間，拿著一個處方藥瓶回來，藥瓶裡裝了三顆藥丸。他把藥丸倒在艾迪的手掌上，然後說：『俺去年冬天在冰上滑倒，跌斷了鎖骨，這是俺那時拿的藥。這藥叫做「可待因酮」[24]（Percodan），俺不曉得有沒有用，但是……』

艾迪的臉亮了起來，『可待因酮是吧？』他問道，不等卡倫回答就把藥一股腦兒的丟進嘴裡。

『不用配水嗎，孩子？』

『不用，』艾迪一邊說，一邊大嚼特嚼，『滋味棒透了。』

火爐旁有一個裝滿棒球的玻璃櫃，艾迪晃了過去，想看個仔細。『噢，我的天啊！』他說，『你有帕涅爾[25]的簽名球！還有葛羅夫[26]的簽名球！哇靠，太神奇了！』

『那些還不算什麼，』卡倫說著，拿起石南煙斗，『看看最上面那層。』他從茶几抽屜裡拿出一袋亞伯特王子（Prince Albert）牌的菸草，此時，他發現羅蘭正在看他。『您抽煙嗎？』

羅蘭點點頭，從上衣口袋拿出一片菸葉。『也許我可以捲支煙來抽抽。』

『噢，俺有個更好的東西。』卡倫說著，再次離開了房間。隔壁的房間是間書房，和衣櫃差不多大，雖然裡頭的書桌很小，但卡倫還是得側著身子才能繞過去。

『哇靠，』艾迪看著卡倫說的那顆球，『貝比．魯斯（Baby Ruth）的簽名！』

『可不是嘛，』卡倫說，『那時他還沒加入洋基隊。對俺來說，洋基選手的簽名球一點兒也沒用。簽那顆球的時候，貝比．魯斯還穿著紅襪……』他停下來，換了個話題：『好啦，俺就知道俺有這東西。也許不太新鮮，但聊勝於無，俺的娘親常這麼說。這是我姪兒留下來的，反正他根本還是個小鬼，不該抽菸。』

卡倫把一包香煙交給槍客，裡頭還剩下四分之三。羅蘭在手裡翻看了一會兒，然後指著商標名稱問：『我看見一隻橐駝（dromedary），但上頭寫的字好像不一樣，是吧？』

卡倫狐疑又驚奇的對羅蘭微微一笑。『的確不是，』他說，『上頭寫的是「駱駝」（camel），但意思是一樣的。』

『啊。』羅蘭說著，努力表現出聽懂了的樣子。他拿出一根香煙，看看濾嘴，然後把沒有濾嘴的一邊塞進嘴裡。

『不，另一邊才對。』卡倫說。

『是嗎？』

㉔一種有成癮風險的止痛藥。

㉕Mel Parnell（一九二二—），波士頓紅襪隊的名投手。

㉖Lefty Grove（一九〇〇—一九七五），美國大聯盟三〇年代的名投。

『是呀！』

『我的天啊，羅蘭！他有一顆多爾㉗的簽名球……兩顆威廉斯㉘的簽名球……一顆佩斯基㉙……一顆馬佐恩㉚……』

『你沒聽說過那些名字，對吧？』約翰・卡倫問羅蘭。

『是沒聽過，』羅蘭說，『我的朋友……多謝。』卡倫塞爺劃亮火柴，羅蘭接過火，『我的朋友很久沒到這邊來了，我想他很想念那些東西。』

『哎呀呀，』卡倫說，『自來人！俺家裡有自來人！俺真是難以相信啊！』

『杜威・伊萬斯㉛呢？』艾迪問，『你沒有杜威・伊萬斯的簽名球。』

『什麼？』卡倫問。聽起來像是『啥──麼？』。

『也許他還沒有那個綽號，』艾迪說，幾乎是自言自語，『杜懷特・伊萬斯？右外野手？』

『噢，』卡倫點點頭，『呃，俺櫃子裡只放一流選手，您不曉得嗎？』

『杜威絕對是個一流選手，相信我。』艾迪說，『也許他現在還沒有資格進入約翰・卡倫的名人堂，但只要再等幾年，等到一九八六年就行。對了，約翰，身為棒球迷，我要告訴你兩個詞，可以嗎？』

『當然行啊！』卡倫說，聽起來和卡拉裡的說法一模一樣：『擋然杏啊！』

此時，羅蘭吸了口煙，把煙吐出來後，皺眉看著香煙。

『那兩個詞是「羅傑・克萊門斯」㉜，』艾迪說，『記得這個名字。』

『克萊門斯。』約翰・卡倫照著唸，但卻是一臉懷疑。從奇瓦汀塘的對岸隱約傳來更多警笛聲。『羅傑・克萊門斯，可不是嘛，我會記得的。他是誰？』

『你絕對會希望把他的簽名球放在這裡，就先這麼說吧！』艾迪說著，敲敲玻璃櫃，『也許和貝比‧魯斯放在同一層。』

卡倫的眼睛發亮。『告訴俺，孩子，紅襪隊到底有沒有贏？他們……』

『這不是煙，根本只是黑煙而已。』羅蘭說。他斥責似的瞪了卡倫一眼，那模樣實在太不像羅蘭，讓艾迪忍不住笑了開懷。『一點兒味道也沒有。真的有人抽這玩意嗎？』

卡倫從羅蘭的指間拿下香煙，把濾嘴摘掉，再把香煙還給他。『再試一次。』他說完，又把注意力轉回艾迪身上：『怎樣？俺在湖對岸救了你一命，你好像欠俺一個人情。他們到底有沒有贏過世界大賽？至少在你的時代之前，他們有沒有贏過？』

艾迪的笑容退去，認真的看著老頭兒卡倫：『約翰，如果你真的想知道，我會告訴你，可是你真的想知道嗎？』

約翰想了想，抽了抽煙斗，然後說：『俺覺得俺不想知道。知道了就不好玩了。』

『告訴你一件事，』艾迪開心的說，約翰給他的藥丸藥效發作了，他覺得很開心，至少比之前開心了一點，『你不會想在一九八六年前死掉，那一年可精采了㉝。』

『可不是嘛！』

㉗Bobby Doerr（一九一八—），紅襪隊的明星二壘手。
㉘Ted Williams（一九一八—二〇〇二），紅襪隊的明星打擊手。
㉙Johnny Pesky（一九一九—），紅襪隊的明星三壘手。
㉚Frank Malzone（一九三〇—），五〇年代數度贏得美國聯盟金手套獎的著名紅襪隊三壘手。
㉛Dewey Evans（一九五一—），本名杜懷特‧伊萬斯（Dwight Evans），紅襪隊明星右外野手。
㉜Roger Clemens（一九六二—），活躍於一九八〇年至二〇〇〇年的美國職棒大聯盟投手，公認為史上最偉大的投手之一。
㉝紅襪隊在一九八六年打進世界大賽，在主場開幕二連勝後，打到第七戰輸給紐約大都會隊。

『千真萬確。』艾迪說完，轉向槍客，『我們的古囊怎麼辦，羅蘭？』

一直到現在，羅蘭都還沒想過這個問題。他們的行李不多，包括艾迪又新又漂亮的削木刀（在圖克雜貨店買的），還有羅蘭古老的聚寶袋（在時間的地平線對岸遠處，他的父親把聚寶袋交給他）。他們在穿門而過時遺失了所有的行李。說『穿門而過』不太對，應該是讓狂風吹過了門才對。槍客認為他們的古囊應該掉在東史東罕雜貨店門前的泥地上，不過他也記不真切了；那時候他一心一意想讓艾迪和自己逃出生天，不讓拿著遠距離獵槍的傢伙轟掉他們的腦袋。那間店想必早已付之一炬，想到那些陪伴他們走過漫漫旅程的夥伴也跟著燒成灰燼，羅蘭就非常心痛。可是只要一想到那些東西可能成了傑克·安多里尼的囊中物，羅蘭的心就更痛了。羅蘭的腦中突然閃過一個鮮明的畫面：他的聚寶袋掛在安多里尼的皮帶上，就像個小腰袋（或是敵人的頭皮）。

『羅蘭，我們的……』

『我們有槍，我們只需要這個古囊就夠了。』羅蘭說，他的口氣聽起來比他料想的更粗暴，『傑克有《噗噗查理》，要是有需要，我也可以再做一個指南針，不然……』

『但是……』

『孩子，如果你說的是你的行李，時候到了俺可以幫你問問，』卡倫說，『不過就眼下來說，我想你朋友說得對。』

艾迪知道他的朋友說得對。他的朋友幾乎永遠都是對的，這是少數幾件艾迪還很痛恨他的事情之一。他想拿回他的古囊，他媽的，他想拿回的不只是那條乾淨的牛仔褲或是那兩件乾淨的襯衫，也不只是額外的火藥或是削木刀，儘管那把削木刀的確很漂亮。他的皮袋裡有一綹蘇珊娜的頭髮，而且上頭還隱約殘留著一抹蘇珊娜的氣味。他想念的是那綹頭髮，但是再怎麼想也是無濟於事。

『約翰，』他說，『今天是幾月幾號？』

卡倫抬起兩道粗硬的眉毛。『你是認真的？』看到艾迪點頭後，他說：『西元一九七七年七月九號。』

艾迪噘起嘴，吹了個無聲的口哨。

羅蘭指間夾著『槖駝』牌香煙的煙屁股，走到窗口眺望景色。小屋後什麼也沒有，只有一片樹林，還有湖面傳來的一道道誘人藍光，那面湖就是卡倫所謂的『奇瓦汀塘』。但是那道黑煙形成的擎天巨柱依然聳立，好像在提醒他，只要身在此地，任何平靜都只是虛無的假象。他們必須離開這裡。不論他是多麼擔心蘇珊娜・狄恩，他們既然來到這裡，就必須找到卡文・塔，解決和他之間的恩恩怨怨，而且動作要快，因為……

艾迪好像看出了他的心思，替他說出了他的想法：『羅蘭？時間愈來愈快了。這裡的時間愈來愈快了。』

『我知道。』

『也就是說，不管我們做什麼，都得一次就做對，因為在這個世界裡，我們不能回到過去。在這裡，我們沒有重來的機會。』

這一點羅蘭也知道。

2

『我們要找的人來自紐約。』艾迪告訴約翰・卡倫。

『可不是嘛，一到夏天，這兒紐約人可多了。』

『他的名字是卡文・塔。他和他的朋友亞倫・狄普諾在一塊兒。』

卡倫打開放著棒球的玻璃櫃，拿出一顆棒球，棒球的最佳擊球點上有著卡爾・亞斯特詹斯基㉞的簽名，筆跡完美，只有專業運動員寫得出這樣的字（艾迪的經驗告訴他，對運動員來說，寫出一手漂亮的好字不難，難的是拼字）。卡倫開始在兩手間丟著球。『六月一到，這兒就是人山人海，兩位知道吧？』

『我知道。』艾迪說著，心裡已經開始覺得絕望了。他覺得老醜八怪傑克可能已經抓到卡文・塔了，也許雜貨店的埋伏是傑克的餐後甜點。『我想你應該沒辦法幫我們……』

『如果俺沒辦法幫忙，俺想俺最好收山退休去。』卡倫突然發下豪語，然後把亞斯特詹斯基的簽名球丟向艾迪，艾迪用右手接住球，用左手手指摸著紅色的縫線。縫線的觸感讓他意外的哽咽了起來。如果棒球不能給你回家的感覺，還有什麼可以？只不過這個世界再也不是他的家了。約翰說得沒錯，他是個自來人。

『你是什麼意思？』羅蘭問。艾迪把球丟給他，羅蘭接住了球，眼睛眨也不眨，依然緊盯著約翰・卡倫。

『俺記不得名字，但是俺幾乎知道每個進城的人。』他說，『俺認得他們的長相。俺猜想，每個幹看門雜務的都會這門技巧。總得搞清楚誰進了你的地盤嘛！』羅蘭點點頭，一副感同身受的模樣，『告訴俺那傢伙的長相。』

艾迪說：『他大概五呎九吋高，體重……噢，我想大概有兩百三十磅。』

『這傢伙滿壯嘛！』

『可不是嘛！還有，他的前額差不多都禿了。』艾迪伸手把自己前額的頭髮往後撥，露出兩側的太陽穴。（在穿過未發現的門扉時，他一頭撞上門緣，差點兒沒命，一側的太陽穴因此受了傷，此時還在滲血。）這個動作弄痛了他左前臂的傷口，他忍不住微微皺起臉，但傷口已經止血了。艾迪比較擔心的是腳上的傷口。現在，卡倫的可待因酮止住了痛，但要是子彈還在裡頭（艾迪覺得子彈非常有可能還在傷口裡），總有一天非得把子彈取出來不可。

『他年紀多大？』卡倫問。

艾迪看著羅蘭，但羅蘭只是搖搖頭。羅蘭真的見過塔先生嗎？此時此刻，艾迪也記不得了。他心想，羅蘭或許沒見過塔先生。

『我想大概五十多歲。』

『他喜歡蒐集書，對吧？』卡倫問，他看見艾迪一臉驚訝，忍不住笑了出來，『俺說過嘛！俺記那些過暑假旅客的功力是一流的。誰曉得會不會碰上欠錢不還的客人？搞不好還會碰上小偷哩！八、九年前，咱們還碰上一個紐澤西來的小妞，搞了半天是個縱火狂。』卡倫搖搖頭，繼續說：『那小妞看起來像個小鎮圖書館員，好人家的女孩，可她卻放火燒遍了史東罕、洛威爾還有華特福。』

『你怎麼知道他是個賣書的？』羅蘭問著，順手把球丟回給卡倫，卡倫接過球後，又立刻丟給艾迪。

『俺可不知道他是個賣書的，』他說，『俺只知道他喜歡蒐集書，因為他對珍・莎格斯這麼說。有條「迪米提路」從五號公路岔出來，珍就在迪米提路上有間小店，大概在這兒的南方一哩處。如果俺沒記錯，那傢伙和他朋友就住在迪米提路上。俺想俺應該沒記錯。』

㉞ Carl Yastrzemski（一九三九—），紅襪隊的知名外野手。

『他的朋友叫做狄普諾。』艾迪說著，把簽名球丟給羅蘭。羅蘭接住球，丟給卡倫，然後走到火爐邊，把最後一小截煙蒂丟進壁爐的小木堆裡。

『俺記不得名字，就像俺剛才說的，但是他朋友很瘦，看起來大概已經七十歲了。走起路來好像屁股很痛，戴著金邊眼鏡。』

『沒錯，就是他。』艾迪說。

『珍有間小店，叫做「鄉村珍藏」。車庫裡有些家具，還有梳妝鏡、雕花衣櫃之類的東西，但是她專精的是拼布、玻璃器皿，還有舊書。就寫在店門口的招牌上頭。』

『所以卡文・塔……什麼？他就大搖大擺的走進去，參觀商品？』艾迪覺得無法相信，但同時又覺得十分合理。就連傑克和喬治・畢翁弟威脅要在他面前燒掉他的寶貝二手書，塔先生還是不太願意離開紐約。他和狄普諾一到這裡，那個笨蛋就去郵局申請了招領郵件的服務──或者至少是他的朋友亞倫去申請的。對那些壞蛋來說，抓到任何一個都是大功一件。卡拉漢曾經留了張字條，叫他不要再在東史東罕到處招搖。『你們到底有多蠢啊？？？』這是大叔對塔塞爺最後的通訊內容，看來答案呼之欲出：他們的確是蠢到家了。

『可不是嘛，』卡倫說，『只不過他不只是參觀商品而已。』他那雙和羅蘭一樣湛藍的雙眼閃閃發亮，『他買了幾本價值數百元的讀物，用旅行支票付帳。然後他還叫她給他一份附近二手書店的清單。要是把挪威城的「概念」書店和佛來伯格的「你丟我撿」書店算進去，這兒的二手書店確實不少。此外，他還叫她寫下一些藏書而且偶爾也賣書的人。珍非常興奮，逢人便講。』

艾迪把一隻手放在額頭前，呻吟了一聲。沒錯，那就是他見過的人，就是卡文・塔本人。他到底在想什麼？只要一到波士頓的北方，他就安全了嗎？

『你能指點我們怎麼找到他嗎？』羅蘭問。

『噢，比指點更好，俺能直接帶你們到他住的地方去。』

羅蘭原本在兩手間把棒球丟來丟去，聽到卡倫這麼說，立刻停下來，搖搖頭說：『不行，你要去別的地方。』

『哪裡？』

『安全的地方，』羅蘭說，『除此之外，塞爺，我不想知道你要去哪裡。我們兩個都不想知道。』

『俺可不覺得這個是個好主意。』

『無所謂，時間不多了。』羅蘭思索了一番後，說：『你有兩輪自動馬車嗎？』

卡倫看起來有些迷惑，隨即咧嘴一笑說：『有，俺有一輛兩輪自動馬車還有一輛自動卡車。俺還有槍。』最後一句話聽起來像是『俺還有搶』。

『那麼你就開一輛車領路，帶我們到塔先生在迪米提路上的住處，而艾迪……』羅蘭頓了頓，『艾迪，你還記得怎麼開車嗎？』

『羅蘭，你真是太傷我的心了。』

就算在風平浪靜的時候，羅蘭也不是個有幽默感的人，此時更是笑也不笑。他回頭看著業替他們帶來的『丹仔』，也就是小救星：『約翰，一找到塔先生，咱們就分道揚鑣。不管你要去哪裡，只要不是跟我們同路就行。休個小假吧，若您歡喜。兩天應該夠，然後你再回來做你的工作。』羅蘭希望能在日落前就解決他們自己在東史東罕的工作，但不希望把話講絕了，觸自己霉頭。

『俺想你們大概不知道現在可是俺的旺季，』卡倫說，他伸出雙手，羅蘭把球丟給他，

的答案。

『俺有一座船屋得漆……一座糧倉得鋪屋頂……』

『如果你和我們在一起，』羅蘭說，『你可能再也沒有糧倉的屋頂可鋪了。』

卡倫抬起一邊眉毛，看著他，顯然是在評估羅蘭到底有多認真，而且不太喜歡自己看見的答案。

就在兩人對話時，艾迪發現自己又開始回想羅蘭到底有沒有真的親眼見過塔先生，現在他發現他先前那個答案是錯的：羅蘭確實見過塔先生。

他當然見過。把裝滿塔先生初版書的書櫃拉進門洞的人就是羅蘭。那時羅蘭正瞪著塔先生。他當時看到的東西也許是扭曲的，但是……

艾迪突然開始不由自主的胡思亂想了起來。他的心思回到了塔先生先前的那幾本書，那幾本稀有的二手書，像是小班傑明·史萊特曼寫的《道根》，還有史蒂芬·金寫的《撒冷鎮》。

『俺去拿鑰匙，然後咱們就上路。』卡倫說，但是他還沒來得及轉身，艾迪就說：『慢著。』

卡倫一臉疑惑的看著他。

『我想我們還有點事要談。』他伸出雙手，想接過棒球。

『艾迪，我們的時間不多了。』羅蘭說。

『我知道。』艾迪說，心想：或許我比你還在意時間，因為危在旦夕的是我的女人。『如果可以，我想我早就拋下混蛋塔先生或是傑克，專心去追蘇珊娜了，但是業不允許我那麼做。你那該死的業。』

『我們需要……』

『閉嘴。』他這輩子從來沒有對羅蘭這麼說過，但現在這兩個字就這樣脫口而出，而且他一點也不想把話收回來。在腦袋裡，艾迪聽見了一首鬼魅似的卡拉之歌：卡瑪拉，來來來，咱們正事還沒完。

『你有什麼想法？』卡倫問他。

『有個男人叫史蒂芬・金。你知道那個名字嗎？』

卡倫的眼神告訴艾迪，他知道。

3

『艾迪。』羅蘭說。艾迪從來沒有聽過羅蘭的語氣這麼不知所措，他心想：他和我一樣茫然。這不是個令人安心的想法。『安多里尼也許還在找我們，更要緊的是，現在我們僥倖逃過一劫，他可能轉移目標，開始找塔先生……我想卡倫先生說得很清楚，塔先生太招搖了，要找他實在是易如反掌。』

『聽我說，』艾迪回答，『我有個直覺，但也不完全是直覺。我們遇過一個叫班・史萊特曼的男人，他在另一個世界寫了一本書。他的世界是塔先生的世界，也就是這個世界。我們也遇見了另一個叫唐納・卡拉漢的人，他是來自另一個世界的書裡的角色，而且他的世界也同樣是這個世界。』卡倫把球丟給艾迪，艾迪再用低手投球法把球傳給了羅蘭，槍客穩穩的接住了球。

『或許我根本不會把這些事情放在心上，但是偏偏書本一直如影隨形的跟著我們，不是嗎？像是《道根》、《綠野仙蹤》、《噗噗查理》，甚至是傑克的期末報告，現在又多了《撒冷鎮》。我想，如果這個叫史蒂芬・金的傢伙是確有其人……』

『噢，是有這個人沒錯。』卡倫說。他瞥瞥窗外的奇瓦汀塘，望向對岸傳來的警笛聲，看著黑煙形成的擎天巨柱玷污了藍天，然後把手舉起來，接住球。羅蘭在空中投出軟弱無力的弧形，弧形的最高點幾乎擦過天花板。『俺還看過那本讓兩位心心念念的書哩！俺去城裡的「書城」書店買的，整本書根本是在胡謅亂掰。』

『是個有關吸血鬼的故事。』

『可不是嘛，俺聽過他在廣播裡談那本書。他說他的點子來自《德古拉》。』

『你在廣播裡聽過那個作家！』艾迪說。他覺得一切變得好虛幻，自己好像愛麗絲走進了鏡子，掉進了兔子洞，或是搭上了彗星飛到天外。他想把這種感覺當成藥效發作，但卻徒勞無功。突然間，他覺得自己變得好虛幻，就像可以一眼看透的影子，薄得就像……噯，就像書本裡的一頁紙。他明知這個位在一九七七年夏日的世界比其他時空（包括他自己的時空）都來得真實，但還是無濟於事。那種感覺是完全主觀的，不是嗎？說到底，一個人要怎麼知道自己不是某個作家故事裡的人物，或是某個呆子坐公車時腦中偶然閃過的一個念頭呢？去想這種事情是很瘋狂的，而且只要想得夠多，很可能會把人逼瘋。

可是……

噠噠鏘，噠噠嘰，鑰匙在手別擔心。

鑰匙，那可是我的專長。艾迪這麼想，接著又心想：金就是鑰匙，不是嗎？卡拉，卡拉漢，血腥之王，史蒂芬·金。史蒂芬·金就是這個世界的血腥之王㉟嗎？

羅蘭終於穩下了心。艾迪知道，對羅蘭來說，這不是件容易的事，但克服困難向來是羅蘭的專長。『如果你有問題要問，那就趕快問吧！』羅蘭說完，轉動右手，示意艾迪動作快。

『羅蘭……我實在不曉得該從何說起。我的想法實在是太大……太……呃……太他媽的嚇人……』

『那就說重點，』羅蘭接過艾迪丟來的球，但是他看起來已經對這個投球遊戲失去耐心了，『我們真的必須上路了。』

這一點艾迪再清楚不過了。如果他們可以全部搭同一輛車，他也很想等到上路後再問，但事與願違，卡倫的兩輛車都只能坐兩個人，羅蘭從來沒開過車，所以艾迪跟卡倫不可能搭同一輛車。

『好吧，』他說，『第一個問題：他是誰？史蒂芬・金到底是誰？』

『是個作家。』卡倫說完，瞪著艾迪，眼神好像在說：小子，你是笨蛋嗎？『他們一家人住在橋屯鎮。俺聽說他人還不錯。』

『橋屯鎮離這裡多遠？』

『噢……二十四、五哩吧！』

『他年紀多大？』艾迪在胡亂發問。他明明知道對的問題就在眼前，但卻怎麼樣也想不出來，焦急得快要發瘋了。

約翰・卡倫瞇起一隻眼睛，好像在計算一樣。『俺猜他年紀沒有很大，差不多三十出頭吧！』

『這本書……這本《撒冷鎮》……是暢銷書嗎？』

『不知道，』卡倫說，『俺只能說，這兒很多人都看過，因為故事背景就是緬因州，而

㉟史蒂芬・金的姓『金』（King）意義即為『君王』。

且電視上廣告打得可兇了。還有，那傢伙的第一本書還拍成了電影，但是俺一點兒也不想去看，太血腥囉！』

『那部電影叫什麼？』

卡倫想了想，然後搖搖頭說：『記不清楚了，只記得片名是個名字，我很確定是個女孩的名字，但也只記得這樣了。也許哪天會想起來。』

『他不是個自來人吧？』

卡倫笑了起來：『他可是在緬因州這兒土生土長。俺猜想或許可以把他叫做「自活人」吧！』

羅蘭看著艾迪，愈來愈不耐煩，艾迪只好決定放棄了。這個遊戲沒有比『知錯能改二十問』[36]好玩，可是真該死！卡拉漢大叔雖然是個真人，但也是這位金先生小說裡的人物，而且金先生住的地方吸引了一大群卡倫口中的『自來人』。其中一個自來人聽起來很像血腥之王的手下。約翰說那個人是個光頭女人，額頭中間似乎有隻冒著血的眼睛。

該是放下這件事，回到塔先生身上的時候了。卡文・塔也許很惹人厭，但是他擁有一塊土地，那塊土地上有一朵全宇宙最珍貴的野生玫瑰。此外，他對各種古書善本瞭若指掌，也曉得那些書的作者，所以他也很有可能比卡倫塞爺更了解《撒冷鎮》的作者。該是放手的時候了，但是……

『好吧，』他說著，把球丟回卡倫手上，『把那東西鎖起來。若您歡喜，咱們就動身去迪米提路吧！我只要再問幾個問題就好。』

卡倫聳聳肩，把亞斯特詹斯基的簽名球放回櫃子裡，說：『反正急的人是你囉！』

『我知道。』艾迪說……突然間，自從穿門而過後，他第二次覺得蘇珊娜離他只有咫尺之遠。他看見她坐在一個房間裡，房裡滿是陳舊古老的科學及監視設備。當然，那一定是傑克的道根……只不過這個道根是蘇珊娜想像出來的道根。他看見她對著一支麥克風說話，雖然他聽不見她的聲音，但是他可以看見她挺著個大肚子，一臉恐懼。不管她在哪裡，現在她看起來的確是大腹便便，隨時都要生了。他知道她說的是什麼：艾迪，來救我。艾迪，快來救我們兩人，再不來就太遲了。

『艾迪？』羅蘭說，『你的臉色好蒼白，你的腳又不舒服了嗎？』

『對啊！』艾迪隨口回答，可是他的腳其實一點也不痛。他又想起從前刻鑰匙的往事。那時他覺得身負重責大任，如履薄冰，知道自己非刻對不可，現在那種感覺又回來了，一切的情景似曾相識。他知道自己掌握了什麼東西，他就是知道……但到底是什麼東西？『對啊，是我的腳啦！』

他用手臂擦去額頭的汗水。

『約翰，有關那本書的名字，它叫做《撒冷鎮》，應該是「耶路撒冷鎮」的簡稱，對吧？』

『可不是嘛。』

『是史蒂芬・金的第二本書。』

『可不是嘛。』

『他的第二本小說。』

㊱Twenty Questions。一個知名的線上實驗人工智慧遊戲。玩家先在心中想像一件事物，然後系統會詢問玩家二十個左右的問題，最後從玩家的回答中猜出答案。

『艾迪，』羅蘭說，『問夠了吧！』

艾迪揮手叫他走開，手臂上又是一陣劇痛，痛得他忍不住齜牙咧嘴，可是他還是緊緊盯著卡倫：『應該不會真的有「耶路撒冷鎮」這個地方吧？』

卡倫看著艾迪，好像覺得艾迪是瘋子。『當然沒有，』他說，『故事是編出來的，角色是編出來的，那個小鎮也是編出來的。那本書說的是吸血鬼。』

沒錯，艾迪心想，如果我告訴你我有理由相信吸血鬼是真的……更別提隱形的惡魔、神奇的水晶球、巫師……我想你絕對會覺得我是個瘋子，不是嗎？

『你知道史蒂芬・金是在橋屯鎮長大的嗎？』

『不，他不是。他兩、三年前才和家人搬過來。俺相信他們從北方下來的時候，本來是住在溫德罕，也可能是雷蒙德，總之是塞巴各大湖區（Big Sebago）[37]的某個城鎮就對了。』

『可以說自來人是在那個傢伙來了以後才出現的嗎？』

卡倫抬起粗濃的眉毛，然後皺起了眉頭。湖的對岸傳來響亮又有規律的汽笛聲，聽起來像是在霧中警告船隻的號角聲。

『你知道，』卡倫說，『你說的可能有幾分道理，孩子。也許只是巧合，但也許是另有玄機。』

艾迪點點頭。他覺得精神很疲勞，就像律師在做完漫長又困難的交叉質詢後，也覺得筋疲力竭一樣。『咱們上路吧！』他對羅蘭說。

『也許是個好主意。』卡倫說，然後朝規律號角聲傳來的方向點點頭，『那是泰迪・威爾森的船。他是鎮上的警官，也是個狩獵監督官。』這次他丟給艾迪的是車鑰匙，而不是棒球，『俺給你們開自排車，』他說，『以防你技術有些生疏了。卡車是手排車，你們跟在俺後頭，有問題就按喇叭。』

『我會的，相信我。』艾迪說。

他們跟著卡倫出門時，羅蘭說：『你是不是又看見蘇珊娜了？是不是因為這樣你才突然臉色發白？』

艾迪點點頭。

『如果可以，我們會幫助她，』羅蘭說，『但這或許是我們找到她的唯一方法。』

艾迪心裡很清楚這一點，但是他也知道，等他們找到她，恐怕是為時已晚。

詩節：卡瑪拉，業作弄，
　聽天由命無奈何。
　不論你是真或假，
　時間分秒不等人。

應答：卡瑪拉，第八回！
　時間分秒不等人！
　不論是人還是魂，
　聽天由命無奈何。

㊲緬因州的第二大湖。

9st
STANZA

詩節九

沉默是金

Eddie Bites His Tongue

1

在奇普雜貨店的槍戰將近兩個禮拜時，卡拉漢大叔曾經到東史東罕郵局短暫一遊，在那裡，這位前耶路撒冷鎮的牧師匆匆寫下了一張紙條。雖然收件人是亞倫・狄普諾和卡文・塔，但裡頭的紙條卻是針對塔先生，而且語氣也不是特別友善：

一九七七年六月二十七日

塔先生：

我和幫你趕跑安多里尼的人是朋友。不管你在哪裡，你都必須立刻離開。去找糧倉、棄置的帳篷，甚至是無人的車庫也行。你或許不會過得太舒服，但記得，你不這麼做就是死路一條。我句句實言！在你們的住處留點燈光，把車停在車庫或是車道上。在駕駛座的地毯下或是後院的台階底下留張紙條，說明你們的藏身之處。我們保持聯絡。記得，只有我們才能卸下你肩頭的重擔，但如果要我們幫助你，你必須先幫助我們。

艾爾德的卡拉漢

居然在郵局留下最後的蹤跡，你們到底有多蠢啊？？？

卡拉漢冒著生命危險留下了那張紙條，那時艾迪正受到黑十三的蠱惑，也差點丟了性命，可是他們的辛苦換來了什麼？唉，換來了卡文・塔在西緬因州的鄉間到處招搖，到處收購划算的古書和絕版書。

艾迪跟著約翰・卡倫開上了五號公路，羅蘭靜靜坐在他身邊，接著他跟著卡倫轉彎，開上了迪米提路。他覺得自己怒火中燒，就快要爆發了。

他心想：我得咬緊舌根，保持沉默。但在現在這樣的情形下，艾迪也不曉得自己是不是真能把持得住。

2

離開五號公路大概兩哩後，卡倫的福特F－150往右轉，離開了迪米提路。在他們往右轉的地方有一根生鏽的柱子，柱子上面一上一下掛了兩個招牌，上方的招牌寫著『火箭路』，下方鏽得更嚴重的招牌則寫著『湖邊小屋，按週／月／季計費』。火箭路比一條小徑大不了多少，朝樹林裡蜿蜒而去，艾迪和卡倫的車子保持距離，以免讓老舊卡車濺起的泥漿波及。艾迪開的這輛『兩輪自動馬車』也是一輛福特車，要是不看車屁股上或是使用手冊裡的標誌，艾迪絕對說不出型號，但是不論如何，能再次開車都讓艾迪覺得非常愉快。他不是在兩腿之間夾著一匹馬，而是只要動動右腳，就有數百匹的馬力蓄勢待發。此外，聽見警笛聲愈來愈遠也讓他覺得棒透了。

低垂在頭上的樹蔭吞沒了他們，冷杉和松樹汁的氣味既甜美，又刺鼻。『真是個漂亮的鄉村，』槍客說，『是個等死的好地方。』這是槍客唯一的評語。

卡倫的卡車開始駛過幾條寫著編號的私人車道，每個編號下都有一個小小的標誌寫著『嘉佛茲出租公司』。艾迪想提醒羅蘭，他們在卡拉時也認識一個叫嘉佛茲的人，而且非常熟稔，但想了想又作罷，這麼做只是多此一舉而已。

他們經過十五號、十六號、十七號車道。卡倫在十八號車道的路口暫停，思索了一下，然後把一隻手伸出駕駛座的窗戶，示意他們前進。就算卡倫沒有伸手比劃，艾迪也會繼續前進，因為他知道，他們的目的地絕對不是十八號小屋。

卡倫轉進下一條車道，艾迪跟在後頭，轎車的輪胎壓在厚厚的松針上，發出低沉的呢喃。樹木之間再次出現湛藍的波光，但等他們終於抵達十九號小屋，看見那片藍光的真面目，艾迪發現那裡和奇瓦汀塘不同，真的是一座小池塘，也許比足球場大不了多少。小屋看起來好像有兩間房，面對池塘的一面有個隔著紗窗的門廊，門廊上放著幾張破爛但似乎很舒服的搖椅，一根錫做的煙囪突出屋頂。小屋沒有車庫，屋前也沒有停車，不過艾迪覺得那裡似乎曾經停過一輛車，只是地上蓋著厚厚的腐葉，實在很難確定。

卡倫關掉卡車的引擎，艾迪也是，現在四周只剩下湖水輕拍岩石的聲音，微風吹過松樹的嘆息，還有鳥兒的輕柔歌聲。艾迪望向右方，看見槍客安坐著，那雙多才多藝又纖長的手平和的交疊在大腿上。

『你覺得這裡怎樣？』艾迪問。

『很安靜。』

『有人嗎？』

『我想有人。』

『危險嗎？』

『沒錯，危險就在我身邊。』

艾迪皺起了眉頭，看著他。

『就是你，艾迪。你想殺他，對吧？』

艾迪沉默了一會兒，終於承認自己的確想殺他。這個殺意一直在他的本性中隱而不顯，既單純又野蠻，有時候甚至讓他自己都覺得很不安，但他卻無從否認它的存在。畢竟，是誰激發了他本性中的這個部分，又將它磨成了銳利的刀刃？

羅蘭點點頭說：『我孤身在荒漠中流浪多年，途中遇上了一個愛發牢騷又自私自利的年輕人，他唯一的抱負就是繼續吃一種藥，那種藥什麼功用也沒有，只能讓他流鼻涕又昏昏欲睡。他是個裝模作樣、自私又大嘴巴的混蛋，幾乎毫無可取之處……』

『但是很帥，』艾迪說，『別忘了這一點。那個傢伙是個超級發電機。』

羅蘭看著他，臉上毫無笑意：『紐約的艾迪，如果那時候我能忍住殺意，沒有殺了你，那麼現在你也能留卡文．塔一條生路。』說完，羅蘭就打開車門，下了車。

『呃，你說得容易。』艾迪在卡倫的車子裡自言自語，然後也跟著下了車。

3

卡倫還在卡車的駕駛座上，羅蘭先走了過去，緊接著艾迪也走了過去。

『俺覺得這地方沒人，』他說，『但是俺看到廚房裡有燈。』

『嗯哼，』艾迪說，『約翰，我還有一個……』

『別告訴俺你還有一個問題。俺只認識一個人比你還愛問問題，就是俺的孫姪子愛登，他剛滿三歲。要問就問吧！』

『你能指出過去幾年，自來人的活動中心區域嗎？』艾迪不曉得自己怎麼會問這個問題，但他就是突然覺得這個問題極為重要。

卡倫思索了一會兒後，說：『龜背巷，在洛威爾那裡。』

『你好像很確定。』

『可不是嘛。你記得俺提過俺的朋友，唐·魯瑟，那個范德比爾大學的歷史教授？』

艾迪點點頭。

『呃，他親自遇見一個自來人後，就對這個現象起了興趣，寫了幾篇文章，不過不管他的文獻有多翔實，就是沒有一家有名聲的雜誌願意登。他說沒想到自己活到這把年紀，還會因為寫論文研究有關西緬因州的自來人而學到了一個道理，那個道理就是：有些事情就是沒人相信，就算你能證明，還是沒人相信。他常常引用一句希臘詩人的句子：「真理之柱中有洞。」』

『總之，他在書房裡放了七個城市的地圖：史東罕、東史東罕、華特福、洛威爾、瑞典城、佛萊伯格，還有東佛萊伯格。每出現一個自來人，他就在上頭插一支大頭釘，你明瞭嗎？』

『再明瞭不過了，託福。』艾迪說。

『俺記得……沒錯，龜背巷就是中心點。噯，那兒可有七、八支大頭釘，而整條巷子不過兩哩長，是條環狀的小巷，從七號公路分出來，繞過喀札爾湖後又回到七號公路。』

羅蘭看著小屋。現在他轉向左邊，停了下來，把左手放在檀木做的槍托上。『約翰，』他說，『我們幸會了，但現在你該走了。』

『是嗎？你確定？』

羅蘭點點頭。『住在這裡的人是兩個傻瓜，聞起來也有傻瓜味，所以我才會知道他們還沒走。你和他們不一樣。』

約翰·卡倫隱約露出一抹微笑。『但願如此，』他說，『但俺還是得謝謝你的稱讚。』

他停了下來，抓抓灰白的頭髮，然後說：『如果那算得上是稱讚。』

『別回到大街上，以為我只是在開玩笑，或者更糟，以為我們根本不存在，這一切只是你做了場白日夢。不要回家，就算只是回家拿件襯衫也不行。那裡已經不再安全了，到別的地方去。至少要到離這裡三望地平線的地方。』

卡倫閉上一隻眼，好像在計畫著什麼。『一九五〇年代，俺在緬因州立監獄當守衛，過了十年苦日子，』他說，『但是俺在那兒認識了一個大好人，他叫做……』

羅蘭搖搖頭，把右手剩下的兩根指頭壓在唇上。卡倫點點頭。

『呃，俺忘了他的名字，但是他住在佛蒙特，俺想等俺跨過緬因州界，俺就會想起他的名字，也許還會想起他住的地方。』

艾迪覺得這段話好像有點不對勁，但卻說不上來為什麼，所以又想自己一定是疑心病又發作了。約翰‧卡倫是個規規矩矩的好人……不是嗎？『祝你一切順利，』他說著，抓住老頭兒卡倫的手，『日日長春，好夢連連。』

『你們也是。』卡倫說著，然後和羅蘭握手，在握住羅蘭只剩下三根手指的右手時特別握得久了一些，『你覺得那時是上帝救了俺一命嗎？也就是子彈開始亂飛的時候？』

『是啊，』槍客說，『你要那麼想也行。希望現在上帝也保佑你。』

『至於我那輛福特車……』

『不是停在這裡，就是在附近，』艾迪說，『你會找到它，不然就是別人會找到它，別擔心。』

卡倫咧嘴一笑，『俺正打算這麼說哩！』

『願上帝與你同在。』艾迪說。

卡倫再次咧嘴一笑，『你也是。你們得小心那些自來人，』他頓了頓，『據說他們有些人不是非常友善。』

卡倫把卡車倒了出去，羅蘭目送他離開，說：『丹仔。』

艾迪點點頭。丹仔，也就是『小救星』。用這個詞來形容約翰·卡倫是再好不過了，而現在，卡倫已經離開了他們的生命，就像渡口的舊民一樣。他真的離開了，不是嗎？雖然他提到住在佛蒙特的朋友時有點奇怪……

疑心病。

就是疑心病。

艾迪把疑慮拋在腦後。

4

沒有車子，當然也沒有駕駛座的地毯好查，所以艾迪打算直接探探門廊的台階底，但是他連一步都還沒踏出，羅蘭就用一隻手抓住他的肩膀，用另一隻手指向前方。艾迪看見一片長滿灌木的斜坡朝池塘而下，還看見一個好像是船屋屋頂的東西，綠色的屋瓦上蓋了一層乾掉的松針。

『那裡有人。』羅蘭說，他的嘴唇幾乎沒有動，『也許是那兩個笨蛋裡比較不笨的一個，或許還在監視我們。舉起雙手。』

『羅蘭，你覺得那麼做安全嗎？』

『安全。』羅蘭舉起了自己的雙手，艾迪原想問羅蘭為什麼會覺得安全，不過馬上就知道理由何在：直覺。直覺是羅蘭的專長。艾迪嘆了口氣，把雙手舉到與肩同高的地方。

『狄普諾！』羅蘭朝船屋的方向大吼，『亞倫・狄普諾！我們的朋友，而且我們的時間不多了！如果你是狄普諾，快出來！我們需要談一談！』

一陣短暫的沉默，接著一個老人的聲音喊道：『你叫什麼名字，先生？』

『羅蘭・德斯欽，來自基列地，是艾爾德的血脈。我想你知道。』

『你是做什麼的？』

『我做的是槍桿子生意！』羅蘭大吼，艾迪突然覺得手臂上起滿了雞皮疙瘩。

一陣更長的沉默，然後老人喊道：『他們殺了卡文嗎？』

『我們不知道，』艾迪喊了回去，『如果你知道我們不知道的事，何不出來告訴我們？』

『卡文和安多里尼談生意的時候，突然冒出來的人是你嗎？』

聽見『談生意』這個說法，艾迪不禁覺得怒氣直衝腦門，這種說法扭曲了塔先生在密室裡發生的事。『談生意？他是這麼告訴你的嗎？』不等亞倫・狄普諾回答，他又接著喊道：『沒錯，我就是那個傢伙。快出來，咱們好好談一談。』

無人回應。過了二十秒後，艾迪吸了口氣，再次呼喚狄普諾。羅蘭伸手抓住艾迪的手臂，搖了搖頭。又過了二十秒，一扇紗門推開，生鏽的彈簧發出刺耳的尖叫聲。一個又高又瘦的男人走出船屋，像貓頭鷹似的眨著大眼，一隻手握著巨大黑色自動手槍的槍托。是狄普諾。他把手槍舉在頭上。『這是貝瑞塔手槍，裡頭沒有子彈，』他說，『彈夾只有一個，而且放在臥室裡，在我的襪子堆底下。裝了子彈的槍讓我很緊張，可以嗎？』

艾迪轉了轉眼睛。就像亨利說的：這些鄉巴佬最大的敵人就是他們自己。

『很好，』羅蘭說，『繼續前進。』

奇蹟似乎源源不絕，因為眼前的狄普諾居然聽了羅蘭的話，繼續前進。

5

狄普諾泡的咖啡比他們在布來恩・史特吉斯卡拉喝的咖啡更美味，事實上，自從離開梅吉斯，離開水滴草原的奔馳歲月後，羅蘭就沒喝過這麼美味的咖啡了。狄普諾還請他們吃草莓，他說是店裡買來的人工栽培草莓，但是那甜蜜的滋味還是讓艾迪欣喜若狂。他們三人坐在嘉佛茲出租公司十九號小屋的廚房裡，喝著咖啡，用碩大的草莓沾著碗裡的蜜糖吃。等到談話完畢，這三個男人的指頭全都染成了紅色，看起來就像殺手剛剛大開殺戒後，指尖沾染了被害人的鮮血。狄普諾沒裝子彈的手槍也給忘在窗台了。

狄普諾在火箭路上散步時，聽見了槍聲，又響亮又清楚，接著又聽見了陣陣爆炸聲。他匆匆趕回小屋（他說自己現在身體很差，再怎麼趕也快不了多少），等到他看見南方開始有煙霧竄出時，決定還是回到船屋比較明智。那時候，他幾乎認定是義大利流氓安多里尼找上門來了，所以……

『你說「回到船屋」，那是什麼意思？』艾迪問。

狄普諾的雙腳換了個姿勢。他的臉色非常蒼白，眼睛底下掛著青紫色的黑眼圈，頂上只剩幾根稀疏的毛髮，細得就像蒲公英的絨毛。艾迪想起塔先生曾經告訴他，幾年前，狄普諾曾經被診斷出得了癌症。今天他看起來氣色不太好，但是艾迪看過氣色更差的人，尤其是在盧德城的時候。傑克的老朋友嘉修只是其中一個。

『亞倫？』艾迪問，『你那是什麼意思……』

『我聽到你的問題了，』他說，語氣裡有些許的不耐煩，『我們透過郵件招領拿到了一張紙條，雖然收件人是我們兩個，不過留言的對象其實只有卡文。紙條上說要我們搬出小屋，找個附近的地方躲起來，儘可能避人耳目。留言的人叫做卡拉漢。你們認識他嗎？』

羅蘭和艾迪點點頭。

『這個叫卡拉漢的人……可以說是他叫卡爾搬進船屋的。』

卡爾・卡拉，卡拉漢，艾迪心想，嘆了口氣。

『基本上，卡爾是個好人，但是他不喜歡住在船屋裡。我們真的在船屋裡住了幾天……』狄普諾頓了頓，也許在和自己的良心做一番短暫的對抗，接著他說：『兩天，其實只有兩天。然後卡爾說我們瘋了，住在這麼潮濕的地方只會讓他的風濕症更嚴重，而且他還聽見我在氣喘。他說：「沒多久我就得把你送到挪威城的骯髒小醫院裡，不但得了癌症，還得了肺炎。」他說只要那個年輕人，也就是你……』他伸出沾滿草莓汁的扭曲手指，指著艾迪，『……閉上嘴，安多里尼就不可能發現我們在這裡。他說：「要是沒有指南針，那些紐約流氓根本不曉得西港的北邊要怎麼去呢！」』

艾迪悶哼了一聲。這輩子他第一次覺得料事如神是件很討厭的事。

『他說我們一直都很小心。我說：「可是有人發現我們。這個叫卡拉漢的人就發現了我們。」卡爾說那是當然的。』那隻手指再次指著艾迪，『一定是你告訴卡拉漢先生要去哪裡找郵遞區號，有了郵遞區號，要找到我們就輕而易舉了。然後卡爾說：「而且除了郵局，他沒有更好的辦法找到我們，不是嗎？相信我，亞倫，我們在這裡很安全。除了租屋的女仲介，沒有人知道我們在哪裡，而且她人遠在紐約。」』

狄普諾從那兩道雜亂的眉毛底下盯著兩人，然後拿起一顆草莓，沾了蜜糖後吃掉一半。

『你們就是那樣找到我們的嗎？去跟租屋的女仲介打聽？』

『不是，』艾迪說，『是個本地人。他帶我們直接找到你，亞倫。』

狄普諾往後一攤。『哎唷。』

『你是該哎哎叫，』艾迪說，『所以你搬回小屋，卡爾則是繼續買書，而不是躲在這裡看書，對吧？』

狄普諾低頭看著桌巾。『你必須了解卡爾是很脆弱的，書本就是他的生命。』

『不，』艾迪的語氣不帶絲毫感情，『卡爾不脆弱，他只是著了魔。沒錯，卡爾只是著了魔。』

『我知道你是個訟師。』羅蘭說。自從狄普諾帶他們走進小屋後，這是羅蘭第一次開口。他已經點燃了另一根卡倫的香煙（先學卡倫摘掉濾嘴），現在正坐著抽煙，艾迪覺得他看起一點也不像解了煙癮。

『訟師？我聽不懂……』

『就是律師。』

『噢，對，沒錯，但是我早就退休了……』

『我們需要你重出江湖一段時間，替我們擬一份合同。』羅蘭說完，接著解釋他要的是哪種合同。槍客才剛開口，狄普諾便開始點頭如搗蒜，艾迪猜想塔先生已經和他的朋友提過這件事了，這不成問題，問題是這個老傢伙臉上的表情。不過，狄普諾還是讓羅蘭把話說完。不管退休了沒有，他似乎都沒忘記和潛在客戶打好關係的基本技巧。

等到狄普諾確定羅蘭說完，便開口說道：『我覺得我必須告訴你，卡文已經決定繼續保有那片土地一小段時間。』

艾迪用力拍拍頭部沒受傷的那一側，刻意用右手來做這個充滿戲劇性的動作。他的左手臂愈來愈僵硬了，膝蓋和腳踝之間也開始陣陣作痛。他猜想老好人亞倫也許剛好帶著強效止痛劑，於是在心裡暗暗記下，待會兒得向他要一些藥。

『抱歉，請你再說一次，』艾迪說，『我剛剛抵達這座迷人的小鎮時，不小心撞了一下頭，聽力有點受損。我想你剛才是說塔塞爺……不對，塔先生決定不把那塊地賣給我們了，對嗎？』

狄普諾微微一笑，那是一抹相當疲憊的微笑。『我知道你聽得很清楚。』

『但是他應該要賣給我們！他有一封史蒂芬・托倫寫的信，是他的曾曾曾祖父，信上叫他把地賣給我們啊！』

『但是卡爾不是這麼說的，』亞倫和善的回答，『再吃一顆草莓吧，狄恩先生。』

『再吃一顆草莓，艾迪。』羅蘭說著，把一顆草莓拿給他。

艾迪接過草莓，原想把草莓擠在那隻又長、又挺、又醜的鷹鉤鼻上，但最後還是先把它拿去沾沾碟子裡的奶油，再沾沾碗裡的蜜糖。他把草莓放進嘴裡。真該死，嘴裡甜滋滋的，心裡也氣不起來了，羅蘭（還有狄普諾）想必很了解這一點。

『根據卡爾所說，』狄普諾說，『史蒂芬・托倫留給他的信封裡根本什麼也沒有，只有這個男人的名字。』他抬起幾乎光禿禿的腦袋，朝羅蘭點點頭，『托倫的遺囑——也就是從前所謂的「死信」——早就不見了。』

『我知道信封裡寫了什麼，』艾迪說，『他問我，我答了出來！』

『他也是這麼說的，』狄普諾面無表情的看著他，『他說對任何魔術師來說，那只是雕蟲小技。』

『他也告訴你，他答應只要我說出那個名字，就把地賣給我們？他媽的，他可不能食言而肥啊！』

『他聲稱在做出承諾時承受了很大的壓力，我也相信確是如此。』

『那個王八蛋以為我們要敲他竹槓？』艾迪問。在盛怒之下，他的太陽穴隱隱作痛。他曾經這麼憤怒過嗎？他猜想曾有一次，就是羅蘭不肯讓他回紐約嗑藥的時候。『是不是？我們可不是在佔他便宜。他要多少錢，我們都會湊給他，一個子兒都不少，而且還會比他想要的更多！我拿我父親的面子來發誓！也拿我丁主的心來發誓！』

『仔細聽我說，年輕人，因為這件事非常重要。』

艾迪看看羅蘭，羅蘭輕輕點頭，然後在靴跟上把香煙捻熄。艾迪回頭看著狄普諾，一語不發，但眼睛裡卻充滿了怒火。

『他說那就是問題所在。他說你會付他一筆非常小的象徵金額──在這種情形下，通常都是一塊錢──剩下的錢你會先賒著。他說你想要催眠他，讓他相信你是個幽靈，或者有通靈能力的人……還說你能從霍姆斯牙科企業弄到好幾百萬……但是他不會上當。』

艾迪目瞪口呆的看著他。

『這些都是卡文說的，』狄普諾繼續用同樣平靜的語調說，『但是不一定是卡文真正的想法。』

『你這話到底是什麼意思？』

『卡文就是不肯放手。』狄普諾說，『在尋找古書善本方面，他是個高手，可以說是二手書界的福爾摩斯，而且只要一找到，他就非買不可。我看過他不停騷擾他想買書的對象，我想再也沒有比「騷擾」更適合的說法了。除非書的主人把書賣給他，否則他絕不罷休。我想，有時候書的主人只是受不了卡文的奪命連環扣而已。

『卡文很聰明，店的位置又好，而且二十六歲時又繼承了一大筆錢，他應該會成為紐約首屈一指的古書商才對，甚至是全國首屈一指的古書商。他的問題不是買書，而是賣書。一旦他辛辛苦苦買到了書，他就不肯再賣給別人了。我記得有一次有個來自舊金山的書本收藏家，好不容易說服卡文把簽名的初版《白鯨記》賣給他，那個人幾乎和卡文一樣愛書成痴。光是那一筆生意，卡文就賺了超過七萬元，可是他也因此失眠了一個禮拜。

『對於第二大道和四十六街交叉口的那塊空地，卡文也有差不多的感覺。除了他的書以外，這是他唯一真正的財產，而且到現在還屬於他。他相信你們想從他手中搶走那塊地。』

一陣短暫的沉默，打破僵局的是羅蘭：『在他的內心深處，他應該知道事實是什麼吧？』

『德斯欽先生，我不明白……』

『不，你明白，』羅蘭說，『他知道嗎？』

『是的，』狄普諾終於承認，『我想他知道。』

『在他的內心深處，他知不知道我們言出必行，除非我們死，否則一定會把帳付清？』

『是的，他或許知道，但是……』

『他知不知道，如果他把土地的所有權轉移給我們，如果我們把這件事告訴安多里尼的丁主，也就是他的老闆，一個叫做巴拉札的男人……』

『我知道那個名字，』狄普諾說，『有時候會出現在報紙上。』

『你的朋友知不知道，巴拉札會因此放他一馬？也就是說，巴拉札一旦知道你的朋友已經沒有權利賣掉那塊土地，也知道要是他想報復塔塞爺，他將付出慘痛的代價，他就會放他一馬。』

狄普諾的雙手在他狹窄的胸前交叉，靜靜等待。他看著羅蘭，臉上充滿了不安的驚奇。

『簡而言之，如果你的朋友把那塊地賣給我們，他的麻煩就到此結束。你覺得在他的內心深處，他明白這一點嗎？』

『是的，』狄普諾說，『可是他就是……就是不肯放手。』

『擬一份合同，』羅蘭說，『標的物：那兩條街交叉口的荒地；賣方：卡文．塔；買方：我們。』

狄普諾搖搖頭：『我可以擬合同，但是你們沒辦法說服他賣地，除非你們能跟他耗上一個禮拜，而且也不避諱拿熱鐵板烙他的腳，或是他的卵蛋。』

艾迪低聲咕噥了幾個字，狄普諾問他說了什麼，艾迪告訴他沒什麼。艾迪說的是：聽起來是個好主意。

『我們會說服他的。』羅蘭說。

『我可不確定，朋友。』

『我們會說服他的。』羅蘭再說了一次，

屋外，一輛不知名的小車（是一輛『赫茲租車公司』出租的汽車，只不過艾迪並不曉得這家租車公司）轉進了空地，停了下來。

保持沉默，保持沉默，艾迪告訴自己，但是看見卡文．塔腳步輕快的走下汽車（只有心不在焉的瞥瞥院子裡新來的車子），艾迪還是忍不住覺得血液直衝腦門。他把兩隻手握成拳頭，指甲掐入了掌心的皮膚，痛得他齜牙咧嘴。

塔先生打開租來的雪佛蘭車門，拿出一個大袋子。艾迪心想：那是他最近的漁獲。塔先生瞥了南方一眼，看著空中的黑煙，然後聳聳肩，往小屋走來。

沒錯，艾迪心想，沒錯，你這個婊子，那只是有東西燒了起來，跟你有什麼關係？雖然艾迪受傷的手臂感到陣陣抽痛，但他還是把拳頭握得更緊，指甲也掐得更深了。

你不能殺他，艾迪，蘇珊娜說，你知道的，不是嗎？

他知道嗎？就算他知道，他會聽蘇西的話嗎？他會聽從理智的忠告嗎？艾迪不知道，他只知道蘇西不見了，她的背上騎了一隻叫米亞的猴子，消失在未來的黝黑深淵中。但是塔先生卻在這裡，從某方面來說，這種情形有點道理。艾迪曾經在某個地方看過一篇文章說，核子大戰後最有可能倖存的生物是蟑螂。

沒關係，蜜糖，你只要保持沉默，讓羅蘭處理就好。你不能殺他！

對，艾迪心想他的確不能殺他。

至少要等到塔先生在合同上簽下他的大名，至於之後……之後……

6

『亞倫！』塔先生一邊喊，一邊踏上門廊的台階。

羅蘭瞪著狄普諾的雙眼，把一隻手指放在嘴唇前。

『亞倫！喂，亞倫！』塔先生的聲音聽起來健壯又快活，完全不像在逃亡的人，反而像度假的公車司機，『亞倫，我去了東佛萊伯格的寡婦那兒，我的天呀，她有赫曼．烏克㊳寫的每一本小說！我本來以為只是讀書會版㊴，可是沒想到……』

㊳Herman Wouk（一九一五—），美國暢銷作家。

㊴由雙日讀書會（Doubleday Clubs）所發行的版本，通常體積較小，紙較薄，也沒有標價。在收藏家眼中，價值比不上真正的初版書。

紗門拉開時，生鏽的彈簧發出了『鏗鏘』聲響，接著是踏過門廊的沉重腳步聲。

『……是雙日公司的初版！《痴鳳啼痕》（Marjorie Morningstar）！《凱恩艦事變》（The Caine Mutiny）！我希望湖對岸的人家沒忘了繳火險，因為……』

他走進門，看見亞倫，然後看見羅蘭坐在亞倫對面，用那雙可怕的藍眼鎮定的瞪著他，眼角滿是深深的魚尾紋，最後看見了艾迪，但是艾迪沒有看他。在兩人即將正面交鋒的最後一刻，艾迪把緊握的雙拳放在兩膝之間，然後低下頭，雙眼緊盯著拳頭和拳頭底下的地板。他咬緊舌根，保持沉默。他的右手拇指上有兩滴血，他凝視著那兩滴血，把全副精神都放在那兩滴血上，因為他只要看那快活聲音的主人一眼，就會忍不住取他的性命。

他看見我們的車，但卻沒有去看個仔細，沒有大聲呼喚屋裡的朋友，問他是誰來了，問他是不是一切安好，也沒有問亞倫自己是不是一切安好，因為他滿腦子都是這個叫做『赫曼・烏克』的傢伙，不是讀書會版，而是真正的初版。別擔心，夥伴，因為你和傑克・安多里尼一樣都缺乏即時的想像力。你和傑克只是一對髒兮兮的蟑螂，急急忙忙跑過宇宙的地板。你們的眼睛裡只有獎品，不是嗎？你們的眼睛裡只有那該死的獎品。

『是你，』塔先生說，聲音裡的快活和興奮霎時消失得無影無蹤，『你是那個……』

『那個平空出現的傢伙，』艾迪頭也不抬的說，『那個在你尿褲子前兩分鐘把你從安多里尼手中救出來的人。這就是你報答我的方法，你還真是了不起，不是嗎？』艾迪一說完，立刻緊緊閉上嘴，緊握拳頭的雙手顫抖著。他以為羅蘭會插手。他當然會插手，艾迪怎麼可能自己面對這隻自私的野獸？他根本沒有這個能力，但羅蘭還是袖手旁觀。

塔先生終於看清楚小屋廚房裡坐的是誰了。他笑了起來，笑聲像他的聲音一樣緊張尖銳。『噢，先生……狄恩先生……我真的覺得你把那件事講得太嚴重了……』

『我只記得一件事，』艾迪依然頭也不抬的說，『就是汽油的氣味。我發射了我丁主的槍，你還記得嗎？我想我能射對位置，沒引起大火，算是我們走運。他們在你放書桌的角落灑滿了汽油，準備燒掉你最喜歡的書……或者我該說是你最好的朋友，你最親的家人？因為在你的心中，那些書的確有那樣的地位，不是嗎？至於狄普諾，他到底算哪根蔥？他只是個身體裡長滿腫瘤的老傢伙，在你需要有人陪你逃亡時，跟著你一路逃到了北方而已。如果有人提供你莎士比亞的初版或是海明威作品的特別版，你一定會丟下他，讓他自生自滅。』

『你可把我害慘了！』塔先生大喊，『我的書店被燒個精光，而且因為一些小疏忽，我的書店居然沒有保險！我毀了，全都是你的錯！你給我滾出去！』

『去年你因為需要現金，好向克萊倫斯·慕佛德㊵的遺族買《牛仔卡西迪》（Hopalong Cassidy）系列小說，所以欠了保險費沒付，』狄普諾輕聲說，『你告訴我保險失效只是暫時的，但是……』

『是暫時的啊！』塔先生說。他聽起來很受傷，也很驚訝，好像沒料到狄普諾會背叛他。或許他真的從不覺得狄普諾會背叛他。『真的是暫時的，該死！』

『……但是把錯都怪到這位年輕人頭上，』狄普諾繼續用沉穩但卻充滿遺憾的口氣說，『好像很不公平。』

『你給我滾出去！』塔先生對艾迪咆哮，『你還有你的朋友都給我滾出去！我一點也不想跟你們做生意！如果你覺得我想跟你們做生意，那完全是……一場誤會！』他好像是靈光乍現，想到了『一場誤會』這個解釋，他緊緊抓住這四個字，就像抓住憑空出現的禮物，然

㊵Clarence E Mulford，就是《牛仔卡西迪》系列小說的原創者。

後幾乎是扯著嗓門吼了出來。

艾迪的拳頭握得更緊了。他從來沒有這麼在意腰間的佩槍，現在那把槍突然重了不少，那股重量帶著不祥的徵兆，而且充滿活力。他滿身汗臭，連自己都聞得到。現在，血滴開始從他的掌心滲出，滴在地板上。他可以感覺到自己的牙齒陷入舌頭。是啊，這真是個忘記腳痛的好辦法。艾迪決定繼續咬緊舌根，保持沉默一陣子。

『關於上次我去拜訪你的時候，我記得最清楚的一件事情是……』

『你拿走了幾本我的書，』塔先生插嘴，『我要你把書還我。我堅持……』

『閉嘴，卡爾。』狄普諾說。

『什麼？』現在塔先生聽起來沒有很受傷，而是很震驚，幾乎喘不過氣。

『大方點。你是該挨罵，而且你也心知肚明。幸運的話，你只是挨一頓罵而已，所以求你閉上嘴，像個男子漢敢做敢當。』

『仔細聽他說。』羅蘭的贊同之語聽起來毫無情感。

『我記得最清楚的一件事情，』艾迪繼續說，『就是我告訴傑克那件事的時候，你嚇得屁滾尿流。我告訴他，要是他不罷手，我和我的朋友就會讓大軍廣場橫屍遍地，就算是女人和小孩也不放過。你不太喜歡我那時說的話，可是卡爾，你知道嗎？此時此刻，傑克·安多里尼就在東史東罕。』

『你騙人！』塔先生說。他說話時倒抽了一口氣，發出的聲音像是在抽氣的尖叫。

『天啊！』艾迪回答，『但願我是在騙人。我看見兩個無辜的女人死掉，卡爾，就在那間雜貨店裡。我們中了安多里尼的埋伏，如果你會祈禱……我想你大概不是個會祈禱的人，除非你覺得有哪本初版書可能保不住了，才會害怕得開始祈禱吧！不過要是你真的會祈禱，你或許會想看看哪個神明專門保佑自私、貪婪、粗心又不老實的書店老闆，然後雙膝跪地，向那位神明祈禱，祈禱祂保佑向巴拉札丁主透露我們行蹤的人，是一個名叫米亞的女人，而不是你。因為如果向他們打小報告的人是你，卡文，那兩個女人就是你親手害死的！』

艾迪的聲音愈來愈大，雖然他還是緊盯著地板，但是卻開始全身顫抖。他可以感覺到自己的雙眼從眼眶裡凸了出來，脖子後的青筋直冒。他可以感覺到自己的陰莖勃起，睪丸變得又小又硬，就像水蜜桃的果核一樣。最重要的是，他覺得自己很想像芭蕾舞者一樣，步履輕盈的飛奔過整間房，用兩隻手掐住塔先生又肥又白的脖子。他在等羅蘭插手——他希望羅蘭插手——但是槍客卻沒有插手，艾迪的聲音繼續變大，眼看就要變成憤怒的尖叫。

『其中一個女人當場斃命，但另一個女人……她還撐了幾秒鐘。一顆子彈炸掉了她腦袋的上半部。我想那是機關槍的子彈。她中彈後還在原地站了幾秒，看起來就像一座火山，只不過噴的是血而不是岩漿。噯，反正打小報告的可能是米亞，我有這種感覺。不完全合乎邏輯，但你很走運，這種感覺還滿強烈的。是米亞利用了蘇珊娜知道的事情保護她的小傢伙。』

『米亞？年輕人……狄恩先生……我不認識……』

『閉嘴！』艾迪大吼，『閉嘴！你這個叛徒！你這個滿嘴謊話、食言背信的小人！你為什麼不乾脆在外頭擺幾張招牌算啦？嗨，我叫卡文·塔！我住在東史東罕的火箭路！快來找我和我的朋友亞倫！記得帶槍來！』

艾迪慢慢抬起頭，憤怒的淚水滾下他的臉頰。塔先生已經退到門邊的牆壁邊，在那張圓圓的臉上，兩隻眼睛又大又濕，額頭上滿是汗水。他把那袋新買來的書拿在胸前，就像拿著盾牌一樣。

艾迪動也不動的瞪著他。鮮血從他緊握的雙手裡滲出，袖子上的血漬又開始擴散了，還有一道鮮血從他左邊的嘴角流下。他猜想他了解羅蘭為什麼不說話。這件事必須由艾迪•狄恩自己來做，因為他對塔先生這種人實在太了解了，不是嗎？他再了解不過了。在不是很久很久的從前，他自己不也是個戒不掉癮頭的傢伙，覺得除了海洛因以外，世界上的一切都是蒼白而又無足輕重？他不是也覺得除了海洛因以外，世界上的一切都可以拿去買賣？他不是曾經到了一種無可救藥的地步，認為只要能來上一針，就算替老媽拉皮條也在所不惜？這不就是他如此憤怒的原因嗎？

『第二大道和四十六街交叉口的那塊空地從來就不是你的，』艾迪說，『也不是你父親的，不是你爺爺的，甚至也不是史蒂芬•托倫的。你們只是負責保管的人，就像我也只是負責保管我身上的佩槍而已。』

『我不承認！』

『是嗎？』亞倫問，『真奇怪，我怎麼記得你在提到那塊地的時候說過幾乎一模一樣的話……』

『亞倫，閉嘴！』

『……還說了好幾次。』狄普諾若無其事的把話說完。

突然傳出一陣爆裂聲，艾迪嚇得跳了起來，脛骨上的傷口又開始陣陣抽痛。是火柴。是羅蘭點亮了另一根火柴。香煙的濾嘴放在覆蓋桌子的油布上，和另外兩個濾嘴放在一起，看起來像是一粒粒小藥丸。

『現在讓我告訴你你當時說了什麼。』艾迪說，突然間，他冷靜了下來。怒火消失了，就像把蛇毒從咬傷的傷口裡吸了出來。羅蘭竟然放心讓他處理這樣的事情，雖然艾迪的舌頭在流血，手掌也在流血，但他還是覺得很感激。

『我會說那些話……全是因為我遭受很大的壓力……我怕你會殺我！』

『你說你有一個從一八四六年三月留到現在的信封。你說信封裡有一張紙，紙上寫了一個名字。你說……』

『我不承認……』

『你說如果我能告訴你紙上寫的名字是什麼，你就會把那塊地賣給我，只賣一塊錢，但是雙方了解，你將會獲得一大筆補償金，高達數百萬，給付的日期是在……我想想，就訂在一九八五年之前吧！』

塔先生發出爆笑：『乾脆說你會給我布魯克林大橋算了！』

『你做了承諾，現在你的父親正看著你打算出爾反爾。』

塔先生尖叫鬼吼：『我不承認你說的任何一句話！』

『不承認你就準備下地獄去吧！』艾迪說，『現在我還要告訴你一件事，卡爾，在我狂跳不已的內心深處，我深深知道那件事。那件事就是：你在自食苦果。你不知道你在自食苦果，因為有人告訴你它是甜的，而且你的味蕾也麻木了。』

『我不知道你在說什麼！你瘋了！』

『不，』亞倫說，『他沒有瘋。要是你不聽他的話，你才是瘋了。我想……我想他正在給你一個重生的機會。』

『放手吧！』艾迪說，『你的心中有兩個天使，一個好，一個壞。就這麼一次就好，聽聽那個好心天使的話吧！壞心天使恨你，卡爾，他只想要害死你。相信我，我清楚得很。』

小木屋裡一片沉默。池塘傳來了水鳥的叫聲，池塘對岸則傳來了較不動聽的警笛聲。

塔先生舔舔嘴唇說：『你沒騙我？安多里尼真的在這座城裡？』

『沒錯。』艾迪說。現在他可以聽見直升機接近時發出的『啪嗒啪嗒』聲音。那是電視新聞的採訪直升機嗎？不是還要再過五年才會有這種東西嗎？況且這裡還是個窮鄉僻壤啊！

書店老闆的眼神轉向羅蘭。他很驚訝，而且也遭到了良心的苛責，但是已經開始漸漸恢復平靜。艾迪看出他的轉變，心想（而且不是第一次）要是對別人的第一印象就是那個人真正的個性，生活會變得多麼簡單啊！他不想把卡文・塔當成一個勇敢的人，甚至覺得他連好人的邊都搆不上，但也許他是個勇敢的人，也是個好人。該死。

『你真的是基列地的羅蘭？』

羅蘭透過氤氳的香煙看著他：『此言不假。』

『艾爾德的羅蘭？』

『是的。』

『史蒂芬之子？』

『是的。』

『亞拉列之孫？』

羅蘭的眼神閃爍了一下，或許是因為驚訝。艾迪自己也很驚訝，但是他最主要還是感到一種疲憊的輕鬆感。塔先生問的問題有兩種意義：第一，他知道的不只是羅蘭的名字和行業；第二，他開始讓步了。

『亞拉列之孫，正是，』羅蘭說，『紅髮的亞拉列。』

『我不知道他的髮色，但是我知道他為什麼會去加蘭，你知道嗎？』

『他是為屠龍而去。』

『他成功了嗎？』

『不，他晚了一步。那個世界裡的最後一隻龍已經死在另一位君王的手下，而那位君王之後也遭到謀殺。』

現在，艾迪覺得更驚訝了，因為塔先生開始吞吞吐吐的用某種語言對羅蘭說話，再怎麼聽，那種語言也只能稱得上是英語的遠親。艾迪聽到的似乎是：哈嘻羅拉，發嘻剛，發嘻哈，發哈剛？

羅蘭點點頭，用同樣的語言回答，說得又慢又仔細。等他說完，塔先生就整個人癱靠在牆上，懷裡那袋書凌亂的滑落地上。『我真是個笨蛋。』他說。

沒有人出言反駁。

『羅蘭，你能不能跟我到外頭談談？我需要……我……需要……』塔先生哭了起來。他又用那種聽起來不像英語的語言說了幾句話，語尾再次上揚，好像在問問題一樣。

羅蘭一言不發的起身。艾迪也站了起來，腳上的傷口讓他痛得齜牙咧嘴。沒錯，子彈卡在裡頭了，他可以感覺得到。他抓住羅蘭的手臂，把他拉回座位上，然後在他的耳邊低語：『別忘了四年後塔先生和狄普諾在烏龜灣自助洗衣店有約。告訴他那間店在四十七街上，在第二大道和第一大道中間。他也許知道那個地方。塔先生和狄普諾曾經救了……不對，是將會救卡拉漢一命。我幾乎可以肯定。』

羅蘭點點頭，然後走向塔先生。塔先生先是害怕的縮了一下身子，然後回過神來，勉強站直了身子。羅蘭用卡拉人握手的方式握住了他的手，然後帶他到屋外去。

等他們離開，艾迪就對狄普諾說：『擬合約吧！他會賣的。』

狄普諾狐疑的看著他，『你真的覺得他會賣？』

『沒錯，』艾迪說，『我真的覺得他會賣。』

7

擬合約並沒有花掉太多時間。狄普諾在廚房裡發現一疊便條紙（每張便條紙的最上方都畫了一隻卡通海狸，還寫著一行字：『壩』氣十足），他把合約寫在便條紙上，不時停下來問艾迪問題。

合約擬完後，狄普諾看著艾迪閃著汗水的臉說：『我有一些可待因酮的藥錠，你需要嗎？』

『當然要。』艾迪說。如果他現在吃藥，他想——他希望——等羅蘭回來的時候，他應該能夠準備好接受他要羅蘭做的事情。子彈還在裡頭，他確定子彈還在裡頭，非得把它拿出來不可。『先來四顆如何？』

狄普諾懷疑的打量著他。

『我知道我在幹嘛。』艾迪說完，接著又說：『真是太不幸了。』

8

亞倫在藥櫃裡找到兩枚兒童用的ＯＫ繃（一枚ＯＫ繃上畫了白雪公主，另一枚畫了小鹿斑比），拿起消毒藥水，倒在艾迪手臂槍傷的入口和出口，然後把ＯＫ繃貼在傷口上。傷口處理完後，他一邊替艾迪倒水配藥，一邊問艾迪是從哪裡來的。『因為，』他說，『雖然你帶槍的模樣挺威風的，但是你說話的腔調聽起來比較像卡爾跟我，比較不像他。』

艾迪咧嘴一笑：『這個當然。我在布魯克林區的合作城市長大。』他心想：要是我告訴你，事實上我現在人就在那裡，你會怎麼想？要是我告訴你，艾迪．狄恩，世界上最好色的十五歲少年，正在大街上狂奔，你會怎麼想？對那個艾迪．狄恩來說，世界上最重要的事情就是做愛。黑塔傾倒還有什麼大壞蛋血腥之王全都與我無關……

接著他看見狄普諾神色詭異的看著他，連忙從白日夢裡清醒過來，問道：『什麼？我的鼻子上是沾了鼻屎還是怎樣？』

『合作城市不在布魯克林，』狄普諾說，他的語氣好像在對小孩說話，『合作城市是在布朗克斯區，一直都是。』

『那實在是……』艾迪打算說的是『很荒謬』，但那三個字還沒出口，整個世界似乎就開始搖晃了。那種脆弱的感覺再次淹沒他，好像整個宇宙（或者是所有的宇宙）都是用水晶做成，而不是鋼鐵。他的感覺沒有邏輯可言，因為所有的事情都毫無邏輯可言。

『除了這裡，還有別的世界，』他說，『傑克死亡前對羅蘭說了這句話。「去吧——除了這裡，還有別的世界。」他說的一定沒錯，因為他又回來了。』

『狄恩先生？』狄普諾看起來很擔心，『我聽不懂你在說什麼，但是你看起來很蒼白。我想你應該坐下來。』

艾迪跟著狄普諾回到小屋的廚房兼客廳。他了解自己剛才說的話嗎？狄普諾應該在紐約住了一輩子，他聽起來十分確定合作城市是在布朗克斯區，但艾迪卻覺得合作城市是在布魯克林區，這其中的古怪艾迪又能了解多少呢？

他並不能完全了解，但是他所了解的卻足以把他嚇得屁滾尿流。其他的世界。也許有無數的世界，而且所有的世界都以黑塔為軸心旋轉。所有的世界都很類似，但也有不同，像是鈔票上印的政治人物不同，汽車的廠牌不同——例如『黑田精靈』而不是『日產得勝』——還有小聯盟棒球隊的隊名不同。在這些世界裡，其中一個世界因為一種稱為『超級流感』的瘟疫而幾近滅絕；在這些世界裡，你可以穿梭時光，回到過去或是前往未來，因為……

因為從某個極其重要的方面來看，這些世界都不是真的世界。或者應該說，要是這些世界是真的世界，它們也不是最關鍵的世界。

沒錯，這種說法感覺起來比較正確。他相信自己來自其中一個世界，蘇珊娜也是，傑克一號跟傑克二號也是。傑克一號曾經死過一次，而傑克二號則是從野獸的嘴裡死裡逃生。

但現在這個世界是關鍵的世界，就像一把最關鍵的鑰匙。他再清楚不過了，因為他的老本行就是刻鑰匙：噠噠鏘，噠噠嘰，鑰匙在手別擔心。

貝若‧伊文思？假的。克勞蒂亞‧y‧伊湼斯‧巴克曼？真的。

合作城市在布魯克林的世界？假的。合作城市在布朗克斯區的世界？雖然有些難以接受，但卻是貨真價實的世界。

此外，他覺得卡拉漢在踏上隱形公路之前，曾經從真實的世界來到另一個其他的世界，而且自己並不知道。他提過自己曾經主持某個男孩的葬禮，也提過在葬禮之後……

『他說之後一切都改變了，』艾迪一邊坐下，一邊自言自語，『一切都改變了。』

『對對對，』狄普諾拍拍他的肩膀說，『快安靜坐下來。』

『大叔從波士頓的神學院畢業後就到洛威爾去，那個世界是真的。撒冷鎮，那個世界是假的，是某個作家虛構的，那個作家叫做……』

『我要在你額頭上放冰袋了。』

『好主意。』艾迪說著，閉上了眼。他覺得頭昏眼花。真的，假的，現場表演，Memorex。約翰‧卡倫那位退休的教授朋友說得沒錯：真理之柱裡真的有個洞。

艾迪懷疑有沒有人知道那個洞有多深。

9

十五分鐘後，卡文・塔和羅蘭一起回到小木屋，他完全變了一個人，變得安靜又溫和。他問狄普諾是不是已經擬好了賣地的文件，看到狄普諾點頭，塔先生一語不發，只以點頭回應。他走到冰箱前，拿出幾罐藍帶牌啤酒，然後回來傳給眾人。艾迪不希望酒精影響藥效，所以拒絕了他的好意。

塔先生沒有舉杯敬酒，而是一口氣喝掉了半罐啤酒。『某個人承諾要讓我變成百萬富翁，還要讓我卸下心頭最重的負擔，但卻也罵我是個混帳東西，這種事情可不是每天都碰得到。亞倫，這張合約有法律效力嗎？』

狄普諾點點頭。艾迪覺得他點頭的模樣看起來很惋惜。

『好吧。』塔先生說完，頓了頓又接著說：『好吧！咱們動手吧！』但是他還是沒有簽名。

羅蘭又用那種奇怪的語言對塔先生說話。塔先生害怕的縮了一下，然後又快又潦草的簽下大名，緊緊抿著嘴，兩片嘴唇成了一條極細的線，看起來好像幾乎消失了。艾迪代表『共業有限公司』簽下名字。再次握筆的感覺令他驚奇不已，他已經不記得自己上次握筆是什麼時候了。

辦完正事，塔塞爺便又打回原形——他看著艾迪，啞著嗓子哭喊，那哭聲幾乎像是刺耳的尖叫：『好啦！我成了乞丐啦！給我一塊錢吧！你答應給我一塊錢的！我覺得我的屎快拉出來了，快給我東西擦屁股！』

然後他用雙手摀住臉，保持這樣的姿勢呆坐了幾秒鐘，而羅蘭則把簽好名的文件（狄普諾是雙方簽約的見證人）摺好，放進口袋裡。

塔先生放下手時，眼睛裡已經沒有淚水，表情也已經冷靜下來了，甚至連原本死灰般蒼白的雙頰都有了血色。『我想我真的覺得好一點了，』他轉向亞倫，『你覺得這兩個傢伙說的話可能是對的嗎？』

『我想很有可能。』亞倫微笑著說。

此時，艾迪想到一個方法可以確定這兩個人是不是從希特勒兄弟手裡救卡拉漢一命的人，這個方法可以說是百分之百準確。那時候那兩個人中的一個曾經說過……

『聽著，』他說，『我想問你們一句話，我想應該是猶太語。「蓋卡克尼夫恩尤姆」，你們知道這句話是什麼意思嗎？』

狄普諾仰天大笑。『當然知道，沒錯，的確是猶太語，我媽生氣的時候總是對我們說這句話，意思是「去海裡拉屎」。』

艾迪對羅蘭點點頭。幾年後，這兩個男人中的一個（可能是塔先生）會買下一枚刻著Ex Libris的戒指，或許（真是個瘋狂的想法）是因為艾迪提過這麼一枚戒指，所以塔先生才會興起買它的念頭。而塔先生，自私、貪婪、吝嗇又愛書成痴的塔先生會戴著那枚戒指，救了卡拉漢神父一命。他會怕得屁滾尿流（狄普諾也是），但他還是會伸出援手，而且……

此時，艾迪剛好看著塔先生拿來簽合約的筆，那是一枝再普通不過的碧牌（Bic Clic）原子筆。一直到這個時候，艾迪才了解剛才發生的事情有多麼重大。終於到手了，他們終於擁有了那塊空地。擁有那塊空地的是他們，而不是頌伯拉公司。他們擁有了那朵玫瑰！

可是他突然覺得好像遭到了一記當頭棒喝。玫瑰屬於共業有限公司，這間公司屬於德斯欽、狄恩夫婦、錢伯斯還有仔仔。不論是福是禍，現在它都成了他們的責任了。他們贏了這一回合，但仍然改變不了有顆子彈卡在他腿裡的事實。

『羅蘭，』他說，『你得幫我一個忙。』

10

五分鐘後，艾迪躺在小木屋的油地氈上，穿著可笑的布來恩・史特吉斯卡拉及膝內褲，一隻手拿著一條皮帶（那條皮帶曾經繫過許多條狄普諾的褲子），身邊放著一個裝滿黑棕色液體的盆子。

他腿上的洞大概位在膝下三吋，略偏小腿骨的右邊，洞口旁的肉鼓了起來，成了硬邦邦的圓錐體。這個微型的火山口現在塞滿了閃亮的紅紫色血塊。艾迪的小腿下放著兩條摺起來的浴巾。

『你要催眠我嗎？』他問完羅蘭，看看手上拿的皮帶，立刻知道了答案，『啊，該死，你不會催眠我，對吧？』

『沒時間了。』羅蘭已經在水槽左邊塞得亂七八糟的抽屜翻找了一會兒，現在他一手拿著鉗子，一手拿著削皮刀，走向艾迪。艾迪覺得那兩樣東西真是個奇醜無比的組合。

槍客在他身邊跪下一隻腳。塔先生和狄普諾並肩站在客廳裡，瞪大了雙眼看著這一幕。

『小時候，寇特曾經告訴我們一件事，』羅蘭說，『你想知道嗎，艾迪？』

『如果你覺得有幫助，那就說吧！』

『疼痛是從下往上升，也就是從心升到頭。把亞倫塞爺的皮帶對摺，塞進你的嘴裡。』

艾迪照羅蘭的吩咐做，覺得很蠢也很害怕。他在多少部西部電影裡看過這樣的場景？有時候約翰・韋恩會咬著木棍，有時候克林・伊斯威特會咬著子彈，而且他相信在某部影集裡，西部明星羅伯特・卡爾普（Robert Culp）真的咬過皮帶。

但是當然，我們還是得把子彈拿出來，艾迪心想。這種故事裡絕對少不了這種場景，也就是……

艾迪突然想起了一件事，驚得他忍不住喊了出來。

艾迪身邊的盆子裡裝了剩餘的消毒液，羅蘭正打算把急就章弄來的手術工具浸到盆子裡，此時他聽見艾迪的喊叫聲，便抬頭看著艾迪，擔心的問：『怎麼了？』

有那麼一會兒，艾迪回答不出來。他幾乎要喘不過氣了，他的肺就像老舊的內胎一樣洩了氣，變得又扁又平。他想起的是狄恩兄弟某天下午在電視上看的長片，那時他們還住在公寓裡，住在

（布魯克林）

（布朗克斯）

的合作城市裡。選台大權多半操在亨利手上，因為他塊頭比較大，年紀也比較大。艾迪沒有時常抗議，也很少抗議得太用力，因為他崇拜他的哥哥。（要是他抗議得太用力，通常就會上演一齣名叫『竹筍炒肉絲』的好戲，或是慘遭亨利的勒脖子招式攻擊。）亨利喜歡看西部片，在這種片子裡，遲早會有某個角色得咬木棍、皮帶或是子彈。

『羅蘭，』艾迪的聲音像是微弱的喘息，『羅蘭，聽我說。』

『我洗耳恭聽。』

『有部電影。我跟你說過什麼是電影，對吧？』

『用會動的圖片說故事。』

『有時候亨利和我會在家裡看電視上播的電影。基本上，電視是一種在家裡看電影的機器。』

『有人說是一種爛到家的機器。』塔先生插嘴。

艾迪不理他，自顧自的往下說：『我們看的其中一部電影是說，有一群墨西哥農夫雇了一群槍客，好幫助他們對抗一群大壞蛋。那群大壞蛋每年都會來騷擾他們的村莊一次，偷走他們的收成。有沒有一種似曾相識的感覺？』

羅蘭看著他，神情嚴肅，或許還有些悲傷。『是的，的確很熟悉。』

『還有提恩村莊的名字。我老是覺得聽起來很熟，但就是想不起來為什麼，現在我終於知道了。那部電影叫做「豪勇七蛟龍」。對了，羅蘭，那天我們有多少人躲在溝裡，等待狼群出現？』

『兩位能不能告訴我你們在說什麼啊？』狄普諾發問，但是儘管他問得十分有禮，羅蘭和艾迪還是不理他。

羅蘭回想了一會兒，然後說：『你、我、蘇珊娜、傑克、瑪格莉特、札莉亞，還有羅莎莉塔。還有一些閒雜人等，像是泰佛利雙胞胎還有史萊特曼的兒子，但是真正上場奮戰的只有七個人。』

『沒錯。我一直沒發現的關連就是那部電影的導演。拍電影的時候，需要一位導演指揮現場，他就是丁主。』

羅蘭點點頭。

『「豪勇七蛟龍」的丁主是個叫做約翰·史特吉斯（John Sturges）的男人。』

羅蘭靜靜坐了一會兒，沉思著，然後開口說道：『業。』

艾迪爆出笑聲，他實在是忍俊不住，因為羅蘭永遠知道答案。

11

『為了壓住疼痛，』羅蘭說，『只要一感到痛你就用力咬住皮帶，懂嗎？片刻不能遲疑。一定要緊緊咬住。』

『懂啦！麻煩你動作快就是了。』

『我盡力。』

羅蘭先把鉗子浸到消毒液裡，接著再把刀子浸到消毒液裡。艾迪把皮帶放在嘴裡，靜靜等待。是的，一旦看見基本的模式，就再也沒辦法不看，不是嗎？羅蘭是主角，是那位白髮蒼蒼的老戰士，由某個白髮蒼蒼但卻舉足輕重的明星飾演，像是保羅‧紐曼或是好萊塢版的克林‧伊斯威特；而他自己則是那位年輕的小伙子，由當時炙手可熱的少女殺手飾演，像是湯姆‧克魯斯、艾米理歐‧埃斯特維（Emilio Estevez）、羅伯‧洛伊（Rob Lowe）等等。這裡是座林間小屋，是個再熟悉不過的場景，一齣令人百看不厭的劇碼：取出子彈。萬事俱備，只缺陣陣不祥的鼓聲從遠方傳來。可是艾迪發現，也許此時沒有不祥的鼓聲，是因為鼓聲早就上場過了，也就是上帝之鼓。在盧德城，上帝之鼓聽起來就像用街頭擴音器播放超大聲的Z. Z. Top合唱團歌曲。他們的情況愈來愈難以否認：他們是某個作家筆下的角色。這整個世界……

我拒絕相信。我拒絕相信我的故鄉變成布魯克林只是因為某個作家搞錯了，修稿時會改正過來。嘿，大叔，我支持你——我拒絕相信我只是書中的角色。這可是我他媽的人生啊！

『動手吧，羅蘭，』他說，『把那玩意兒從我的身體裡拿出來。』

槍客從盆子裡倒了些消毒液在艾迪的小腿骨上，再用刀子尖端挑掉傷口上的痂，然後提緊了牙齒。

起鉗子，準備下手。『準備好咬住疼痛，艾迪。』他低聲說道，過了一會兒，艾迪也真的咬

12

羅蘭很清楚自己在做什麼，也有過經驗，而且子彈並不深。不到九十秒，一切就大功告成，但艾迪卻覺得這是他此生最難熬的一分半鐘。最後，羅蘭終於用鉗子拍拍艾迪緊握的拳頭，艾迪艱難的鬆開手後，槍客就把一枚扁掉的子彈丟在他的掌心裡。『紀念品，』他說，『剛好停在骨頭上，所以你才會聽到摩擦的聲音。』

艾迪看著那顆壓爛的鉛彈，然後把它彈在油地氈上，就像彈彈珠一樣。『我才不要。』他說著，擦擦額頭。

蒐集狂塔先生撿起了艾迪棄之如敝屣的子彈，而狄普諾則在觀察自己皮帶上的齒痕，臉上充滿了沉默的驚奇。

『卡爾，』艾迪撐著手肘站起來，『你的書櫃裡有本書……』

『我會把書要回來的，』塔先生立刻搭腔，『你最好給我好好保管，年輕人。』

『我保證它們一定沒事。』艾迪一邊說，一邊告訴自己必要時一定要咬緊舌根，保持沉默。如果舌頭沒用，就乾脆把亞倫的皮帶抓來，再咬一次好了。

『最好是，年輕人，我的財產就剩那些了。』

『是啊是啊，只剩那些還有各個保險箱裡的四十多本書。』狄普諾完全不理會他的朋友對他拉長了臉，自顧自的往下說，『有作者簽名的《尤里西斯》或許是最棒的一本，不過別忘了，你還有好多本超珍貴的莎士比亞對開本，一整套簽了名的福克納……』

『亞倫，能不能拜託你閉嘴？』

『……還有一本隨時能換成賓士轎車的《哈克歷險記》。』狄普諾還是把話說完了。

『總之，其中有一本書叫做《撒冷鎮》，』艾迪說，『作者叫做……』

『史蒂芬・金。』塔先生接腔。他看了子彈最後一眼，然後把它放在餐桌上的蜜糖碗旁邊。『我聽說他住在附近。我買了兩本《撒冷鎮》，還買了三本他的出道作《魔女嘉莉》。我希望能去橋屯鎮一趟，請他幫我簽名。我想現在是不可能了。』

『我不懂那東西怎麼會這麼值錢。』艾迪說，然後突然哀號：『哎唷，羅蘭，很痛耶！』

羅蘭正在檢查艾迪腿上就地取材包起來的傷口。『別動。』他說。

塔先生完全沒注意到這些事，因為艾迪提起了他最愛的話題，提起了他中的蠱，他心頭的那塊肉。艾迪猜想，如果是托爾金大師《魔戒》裡的咕嚕，或許會把那玩意兒叫做『我的寶貝』吧！

『狄恩先生，你記得我們在討論《霍根》那本書的時候，我跟你說了什麼嗎？如果你高興，也可以把它稱為《道根》。那時候我說這些稀有書籍就像稀有錢幣或是稀有郵票一樣，因為各種不同的原因所以身價爆漲。有時候只是因為有簽名……』

『你的《撒冷鎮》沒有簽名。』

『沒錯，這是因為這位作者很年輕，而且也不是很有名。有朝一日，他也許會變成家喻戶曉的人物，也可能一輩子沒沒無聞。』塔先生聳聳肩，好像在說一切全看『業』的造化，『但這本書……呃，這本書的初版只有七千五百本，而且幾乎全部都是在新英格蘭區售出。』

『為什麼？因為這個寫書的傢伙來自新英格蘭區？』

『沒錯。通常，書本會身價爆漲完全是意外，這本書也一樣。有間地方連鎖書店決定要大力宣傳這本書。他們製作了電視廣告，在地方的零售業中，這可是破天荒的創舉，而且效果非常好，緬因州的書城書店訂了五千本初版，幾乎佔了印量的七成，而且銷售一空。此外，就像《霍根》，這本書的封面印刷也出了問題。不是書名，而是書的摺口。如果你想知道手上的書是不是真正的初版《撒冷鎮》，只要看看價格的地方是不是被剪掉了，因為在最後一刻，雙日公司決定把價錢從七塊九毛五提高到八塊九毛五。另外一個方法是看看摺口文案裡的牧師名字。』

羅蘭抬起頭說：『牧師的名字怎麼了？』

『書裡那位牧師的名字叫做卡拉漢，但是摺口卻寫成了「寇帝」神父，搞成了鎮上醫生的名字。』

『就因為這些原因，所以這本書的價格就從九塊錢飆到九百五十塊？』艾迪不敢置信的說。

塔先生點點頭。『就因為這些原因──稀有、缺了一角的摺口，還有印刷錯誤，但是在蒐集稀有書籍時，「猜測」也是一個很重要的元素，我覺得這一點非常……令人興奮。』

『這形容詞還真棒。』狄普諾皮笑肉不笑的說。

『比如說，假如這個姓金的傢伙變成名人，或是變成舉世讚譽的大作家呢？我承認機會不大，但如果真的發生了呢？到時候，他第二本書的初版就會變得物以稀為貴，不只價值七百五十元，而是七百五十元的十倍，』他對艾迪皺起了眉頭，『所以你最好給我好好保管。』

『我保證它會沒事。』艾迪說著，心想要是卡文・塔知道，書裡的一個人物正抱著放了那本書的書櫃，待在一間不知道算不算得上是虛構的寓所裡，心裡會有什麼想法。那間寓所所在的城鎮跟某部西部電影場景如出一轍，就像是雙胞胎。主演明星尤伯連納（Yul Brynner）是羅蘭的雙胞胎，剛出道的賀滋・保荷斯（Horst Buchholz）則是艾迪的雙胞胎。

他會覺得你瘋了，他真的會覺得你瘋了。

艾迪站起來，踉蹌的晃了幾步，趕緊抓住餐桌，過了一會兒才穩住腳步。

『你的腳還能走嗎？』羅蘭問。

『我一直都能走啊，不是嗎？』

『可是沒人在你的腳上挖洞過。』

艾迪試著走了幾步，然後點點頭。每次把身體的重心轉向右腳時，小腿就會冒出劇痛，但是沒錯，他的腳還是可以走。

『我把剩下的可待因酮給你，』亞倫說，『我可以再買。』

艾迪正想開口答應，忽然看見羅蘭正瞪著他看。如果艾迪答應接受狄普諾的好意，槍客不會開口讓艾迪丟臉……但是沒錯，他的丁主正盯著他瞧。

艾迪想起自己曾經對塔先生說了一段充滿詩意的長篇大論，說塔先生正在自食苦果。不管是不是充滿詩意，那番話的確非常有道理，但顯然不能阻止艾迪自己也步上自食苦果的後塵。先來幾顆可待因酮，然後再來幾顆可待因酮，接著就會沒完沒了，一發不可收拾。

『我想止痛藥就免了，』艾迪說，『我們要去橋屯鎮……』

羅蘭看著他，一臉驚訝。『是嗎？』

『沒錯。我會在路上買些阿斯匹靈。』

『阿斯汀。』羅蘭說，

『你確定？』狄普諾問。

『沒錯，』艾迪說，『我確定。』他頓了頓，然後又補上一句：『抱歉了。』

13

五分鐘之後，這四個人站在佈滿松針的前院，聽著警笛聲，看著黑煙。黑煙已經開始漸漸散去了。艾迪不耐煩的用一隻手丟著卡倫的福特汽車鑰匙。羅蘭問他橋屯鎮是不是非去不可，而且還問了兩次，而艾迪也給了兩次肯定的答案，只有在第二次回答時告訴羅蘭，身為丁主，他大可拒絕艾迪的提議（艾迪其實暗自希望羅蘭能拒絕他的提議）。

『不。如果你覺得我們該去看這個編故事的人，那麼我們就去看。我只希望你知道理由何在。』

『我覺得我們到了之後，自然會知道理由何在。』

羅蘭點點頭，但看起來還是不太滿意。『我知道你和我一樣急著離開這個世界，離開黑塔的這一層，可是你居然會做出這種違背心意的舉動，可見你的直覺一定很強。』

羅蘭說得沒錯，但還有另一個原因：他又聽見蘇珊娜的聲音了，那個聲音同樣來自蘇珊娜幻想出來的道根。她被囚禁在自己的身體裡（至少艾迪覺得這是蘇珊娜想告訴他的），但是她還在一九九九年，而且也平安無恙。

艾迪是在羅蘭感謝塔先生和狄普諾出手相助時，聽見蘇珊娜的聲音。那時艾迪在廁所裡，正準備撒尿，但是他突然間尿意全失，在馬桶蓋上一屁股坐下，低下頭，努力對她回話，努力告訴她，如果可以，請她盡力拖延米亞。他感覺到她那邊有陽光照射，應該是紐約的午後，這實在不太妙。傑克和卡拉漢穿過未發現的門扉時，門裡的紐約是夜晚，這是艾迪親眼所見。他們也許能救她，但她必須想辦法拖延米亞才行。

想辦法拖到晚上，他努力把心意傳達給蘇珊娜。妳必須拖到晚上，不能讓她帶妳去生孩子，聽見了嗎？蘇西，妳聽見了嗎？聽見了就快回話！傑克和卡拉漢大叔正要去找妳，妳得撐住啊！

六月，一個嘆息的聲音回答。現在是一九九九年六月。這裡的女孩都露著肚皮走來走去，而且……

接著他聽見羅蘭敲敲廁所的門，問他是不是準備好動身了。他們要在天黑前到洛威爾鎮的龜背巷去，但他們必須先到橋屯鎮一趟，希望能遇到創造了卡拉漢和撒冷鎮的人。要是金先生去加州寫劇本什麼的，那可就好笑了。艾迪雖然這麼想，但卻不認為會發生這種事。他們在光束之徑上，在業之道上，而金先生應該也和他們在同一條路上才對。

『你們千萬要小心，』狄普諾告訴他們，『附近一定有很多警察，更別提安多里尼和他的餘黨也在到處找你們。』

『說到安多里尼，』羅蘭說，『我想你們兩個應該趕快找個地方躲起來，避避安多里尼。』

塔先生氣得怒髮衝冠。『你要我現在離開？開什麼玩笑！我列了張表，上面起碼有十二個這附近的藏書同好——買書，賣書，交換書。有些人是內行人，但是其他人……』他比出了一個剪東西的手勢，好像在剪一隻無形的綿羊一樣。

『就算是在佛蒙特州的馬房也有人在賣二手書，』艾迪說，『別忘了我們不費吹灰之力就找到你們。我們能這麼容易找到你們，全是拜你所賜，卡爾。』

『他說得沒錯。』狄普諾說。看見塔先生默不作聲，只板著一張臉，低下頭看著鞋子，狄普諾便再次看著艾迪說：『但至少要是遇上地方警察或是州警，卡爾和我都有駕照可以亮。我猜你們兩個都沒有駕照。』

『猜對了。』艾迪說。

『而且我想你們八成也沒有槍枝許可證，不能帶著那幾把大得嚇人的手槍逛大街。』

艾迪低頭，看看腰間那把巨大而且老舊得不可思議的手槍，然後回頭看著狄普諾，臉上充滿了樂趣。『又猜對了。』他說。

『那你們一定要提高警覺。你們要離開東史東罕，所以一定要提高警覺。』

『謝謝。』艾迪說著，伸出一隻手，『日日長春，好夢連連。』

狄普諾和他握手。『你說得真好，孩子，但是恐怕我最近的夢都稱不上是好夢，而且，如果醫學研究不快點有突破性的發展，我的春天也不會太長了。』

『會比你想像中的長，』艾迪說，『我有很好的理由相信你至少還有四年可活。』

狄普諾用一隻手指碰碰嘴唇，然後指向天空。『願你的祝福能直達天聽。』

艾迪轉向塔先生，而羅蘭則跟狄普諾握手。有那麼一會兒，艾迪覺得塔先生不會跟他握手，但最後他還是心不甘情不願的跟艾迪握了手。

『日日長春，好夢連連，塔塞爺。你做的事情是對的。』

『我是被逼的，你心知肚明，』塔先生說，『我的店沒了……土地沒了……十年來第一次要真正去度假……』

『微軟，』艾迪突然插嘴，然後又說，『檸檬。』

塔先生眨眨眼問：『你說什麼？』

『檸檬。』艾迪又說了一次，然後放聲大笑。

14

在毒界聖哲亨利・狄恩幾乎一無是處的人生接近尾聲時，他最喜歡做的事情有兩件：第一件事是嗑藥；第二件是一邊嗑藥，一邊臭蓋自己就快要在股市上大撈一票了。談到投資這件事，他總覺得自己簡直可以媲美著名的投資公司『賀頓公司（E. F. Hutton）』。

『老弟，有一種股票我是說什麼也不會投資。』有一回他們兩人爬到屋頂上，亨利在屋頂上對他這麼說，在那次之後不久，艾迪就到了巴哈馬運毒。『有一種股票我絕對不會丟錢進去，那就是電腦股。什麼微軟、麥金塔、三洋、三協、奔騰，我全都不會投資。』

『好像都是很受歡迎的股票。』艾迪說，其實他並不是很在意，管他的，這只是在聊天而已，『尤其是微軟。那支股票好像有一飛沖天的潛力。』

亨利露出寬容的微笑，比出自慰的手勢說：『我這支才是有一飛沖天的潛力哩！』

『但是……』

『對啦對啦，我知道，大家都一窩蜂搶購那個爛貨，把股價炒得漫天高。可是我在觀察這件事的時候，你知道我看到什麼嗎？』

『不知道。你看到什麼？』

『檸檬！』

『檸檬？』艾迪問。他以為自己聽得懂亨利在說什麼，但是他猜想他最後還是一知半解。當然，那是因為那天的夕陽實在太美，而且他的腦袋也實在太不清楚了。

『你聽到了啊！』亨利說著，準備進入主題，『他媽的檸檬！老弟，學校的老師都沒教你嗎？檸檬就是一種小動物，棲息在瑞士還是哪裡。每隔一段時間……我想應該是十年吧，我不確定……每隔一段時間，這些小動物就會有自殺的衝動，跑去跳崖自盡。』

『噢。』艾迪說。他用力咬著臉頰裡的肉，免得自己瘋狂的大笑起來。『你是說那種檸檬啊！我還以為你說的是用來榨檸檬汁的那種檸檬。』

『他媽的沒腦小子。』亨利嘴上在罵人，但語氣卻充滿了寬容。這位毒界聖哲碰上無知小民時，有時候會端出這種寬容的語氣。『總之，我要說的重點是，這些人一窩蜂的跑去投資微軟、麥金塔，還有什麼亂七八糟的晶片公司，但最後只是肥了他媽的比爾・蓋茲還有他媽的史蒂夫・賈伯斯㊶。這股電腦熱潮鐵定會在一九九五年之前崩潰，每個專家都這麼說，至於那些投資客呢？他媽的全是檸檬，全部是在自尋死路，跳崖自盡，葬身大海。』

『全是他媽的檸檬。』艾迪一邊說，一邊躺在還留著餘溫的屋頂上，以免亨利看出他快要完全失去意識了。他看到數十億的香吉士檸檬大步走向懸崖，全穿著紅色的慢跑短褲還有白色的小慢跑鞋，就像電視廣告裡的M&M巧克力。

『對呀！但是我希望我在一九八二年的時候就買了他媽的微軟，』亨利說，『你知道嗎？那時候只有十五塊的股票，現在已經漲到三十五塊了耶！噢，我的老天啊！』

『檸檬。』艾迪像在夢囈似的說，看著夕陽的顏色漸漸褪去。在那一刻，他只剩下不到一個月的時間就要離開這個世界，離開這個合作城市一直都在布魯克林的世界，而亨利也只剩下不到一個月好活，就這樣，沒什麼好說的了。

『沒錯。』亨利說著，在他身邊躺下，『但是老弟，我真希望我能回到一九八二年。』

㊶ Steve Jobs，蘋果電腦創辦人。

15

現在，艾迪握著塔先生的手說：『我來自未來，這一點你知道吧？』

『我只知道他說你來自未來。』塔先生把頭扭向羅蘭，然後努力想把手抽回來，但艾迪還是緊緊握住。

『聽我說，卡爾。如果你把我的話聽進去，而且照我說的話行事，你就可以賺回那塊空地市價的五倍，甚至是十倍。』

『你連襪子都沒穿，我幹嘛聽你空口說大話。』塔先生說著，又想把手抽出來，艾迪依然緊緊握住。他一度以為自己握不住，但是他的手已經變得更有力，他的意志也變得更堅強了。

『我看過未來，你當然要聽我空口說大話，』他糾正塔先生，『而未來就是電腦，卡爾。未來就是微軟。你記得住嗎？』

『我記得住，』狄普諾說，『是微軟。』

『聽都沒聽過。』塔先生說。

『當然沒聽過，』艾迪同意，『我想這間公司根本還沒成立，但是它很快就會成立，而且會變得非常厲害。電腦，記得嗎？到時候每個人都會有電腦，或者該說當初那間公司的計畫就是要讓每個人都有電腦。不對，應該說是以後那間公司的計畫將會是讓每個人都有電腦。公司的老闆是比爾・蓋茲。一定是比爾，不是威廉[42]。』

他的腦中突然閃過一個短暫的念頭。就艾迪所知，如果這個世界和他跟傑克成長的世界不同（他跟傑克成長的世界是克勞蒂亞・y・伊涅斯・巴克曼），那麼也許這個世界裡的電腦天才不是比爾・蓋茲，而是某個姓錢的中國人。但是他也知道這是不太可能的。這個世界和他的世界非常接近：車子一樣，品牌一樣（汽水品牌是可口可樂和百事可樂，而不是諾札拉），貨幣上的人頭也一樣。他覺得比爾・蓋茲一定會在該出現的時候出現（更別提史蒂夫・賈伯斯了）。

從某方面來說，他根本不在乎，因為卡文・塔幾乎是個十足的白痴。但從另一方面來說，塔先生已經不屈不撓，對抗安多里尼和巴拉札對抗得夠久了，多虧了他，現在羅蘭的口袋裡才能有那張買賣合約。他們欠塔先生一個人情。這跟他們喜不喜歡這個傢伙沒有關係，算這個老頭走運。

『這間微軟公司，』艾迪說，『一九八二年的股價是十五塊。到了一九八七年，也就是我開始度這個永遠不會結束的假期時，股價就飆到了三十五塊，漲了足足一倍多。』

『那可是你自己說的。』塔先生說，這次他終於把手抽了出來。

『如果他這麼說，』羅蘭說，『那就是真的。』

『謝啦！』艾迪說。他突然想起，自己似乎是在建議塔先生根據某隻毒蟲的觀察進行大手筆的投資，但是他覺得自己的建議並沒有錯。

『來吧！』羅蘭說，手指又做出旋轉的動作，『如果我們要去看那位作家，現在就該上路了。』

艾迪鑽進卡倫汽車的駕駛座，突然間很確定自己再也看不到塔先生或是狄普諾了。除了卡拉漢大叔之外，他們沒有人會再見到塔先生和狄普諾。離別已經開始了。

㊷比爾（Bill）是威廉（William）的小名。

『歡喜，』他對兩人說，『祝你們一切歡喜。』

『你也是。』狄普諾說。

『是啊！』塔先生說，頭一回沒有露出心不甘情不願的語氣，『日日長春……下一句怎麼說來著？夜夜好眠？』

停車的空間還滿寬敞的，不必倒車，只要轉個彎就能出去，這讓艾迪覺得很高興，因為他的倒車技巧還沒回來，至少現在還沒回來。

在艾迪開車駛回火箭路時，羅蘭回過頭，對兩人揮揮手。這個舉動實在是太不像羅蘭了，讓艾迪十分驚訝，而他的驚訝鐵定全寫在臉上。

『遊戲已經到了尾聲，』羅蘭說，『我多年來的辛苦與等待就要有結果了。尾聲要到了，我可以感覺到。你呢？』

艾迪點點頭。這種感覺就像一首樂曲演奏到了某個時候，樂器齊鳴，朝著終將來臨的震撼高潮前進。

『蘇珊娜呢？』羅蘭問。

『還活著。』

『米亞呢？』

『依然大權在握。』

『寶寶呢？』

『快要出生了。』

『傑克呢？卡拉漢神父呢？』

艾迪停在路上，左右張望了一下，然後轉了個彎。

『不知道，』他說，『我沒有感應到他們的消息。你呢？』

羅蘭搖搖頭。他沒有感應到傑克的任何訊息，而傑克正在未來的某個地方，身邊只有一位前天主教神父跟一隻學舌獸保護他。羅蘭希望傑克平安無事。

現在，他想幫也幫不上忙。

詩節：卡瑪拉，第九回，
循規蹈矩是上策。
心想事成那一刻，
飄飄欲仙真快樂。

應答：卡瑪拉，第九回，
飄飄欲仙真快樂！
若要心想事竟成，
循規蹈矩是上策。

10st
STANZA

詩節十

哎唷蘇珊娜——米歐，人格分裂一小妞

Susannah-Mio, Divided Girl of Mine

1

『今天下午，甘迺迪總統於巴克蘭紀念醫院（Parkland Memorial Hospital）逝世。』這個聲音，這個哀慟的聲音：是主播克隆凱㊸的聲音，而且是在夢裡。

『美國最後一名槍客死了。噢，混沌！』

2

米亞離開紐約廣場公園飯店（很快就會變成富豪聯合國廣場飯店，是頌伯拉／北方中央公司的聯合鉅作，噢，混沌！）1919號房時，蘇珊娜昏了過去。接著，她從昏迷狀態進入了一場野蠻的夢境，夢中充滿了野蠻的新聞。

3

接下來是主播亨特利的聲音，亨特利是『亨特利—布林克李新聞報導』㊹的兩位主播之一。可是不知為何，那個聲音卻也同時是安德魯的聲音，她的司機安德魯。

『吳廷琰和吳廷瑈兄弟㊺死了，』那個聲音說，『現在戰爭之犬已經悄悄溜進門，恐懼的故事揭開了序幕；從這裡開始，通往耶利哥丘的道路是用鮮血與罪愆鋪成。啊，混沌！查汝樹！來，收割吧！』

這裡是哪裡？

她四下張望，看見一面水泥牆，牆上刻滿了亂七八糟的名字、標語和不堪入目的圖案。在正中央的位置上寫了一段歡迎詞，只要坐在鋪位上就一定看得見：哈囉，黑鬼，歡迎來到牛津，別讓太陽曬到你。

她的褲襠有些潮濕，內褲更是濕透了，她想起原因了：雖然保釋官早已接獲通知，但條子還是故意拘留他們到最後一刻，不理會要求上廁所的聲音愈來愈大。牢房裡沒有馬桶，沒有洗手台，就連尿桶也沒有。猜也不用猜就知道，他們原本就應該尿在褲子裡，原本就應該露出他們最原始的獸性，而她也終於露出了原始的獸性，就連她，就連歐黛塔・霍姆斯……

不，她心想。我是蘇珊娜。蘇珊娜・狄恩。我再次被囚禁起來，再次被關在牢籠裡，但我還是我。

她聽到牢房的對面傳來一些聲音，一些替她講解時事的聲音。她猜想那些聲音應該來自牢房辦公室的電視才對，但是那一定是個惡作劇，一定是某個殘忍的玩笑。為什麼麥克基（Frank McGee）主播說甘迺迪的弟弟鮑比（Bobby）死了？為什麼《今日新聞》的嘉洛威（Dave Garroway）主播說甘迺迪的兒子死了，說小甘迺迪死於空難？坐在這間奇臭無比的南方監獄裡，濕答答的內褲黏在胯下，那些新聞聽起來就像是彌天大謊。為什麼《胡迪都迪秀》（Howdy Doody）㊻裡的水牛鮑伯（Buffalo Bob Smith）會喊著：『卡哇邦嘎！孩子們，馬汀・路德・金恩已死！』？而孩子們也尖叫著回應：『卡瑪拉，哇哇哇！我們喜歡你的話！好

㊸Walter Cronkite（一九一六－），因主持CBS晚間新聞（一九六二－八一）而知名。

㊹Huntley-Brinkley Report。一九五〇到一九六〇年代，美國國家廣播公司（NBC）推出由亨特利和布林克李兩位主播共同主持的新聞節目。

㊺一九五五年，吳廷琰在美國的支持下發動政變，簽署法令，成立越南共和國，宣誓為南越首任總統。吳廷琰獨尊天主教而廢棄佛教和軍事統治措施，激起了當地民眾的強烈憤慨。一九六三年，美國政府為挽救敗局，策動了楊文明政變。吳廷琰與其五弟吳廷瑈被政變軍隊亂槍打死於裝甲車內。

㊻一九四七到一九六〇年的美國兒童節目。

黑鬼變死黑鬼，殺個蠢蛋來作陪！』

保釋官很快就會來了，那是她唯一的希望，唯一的希望。

她往前走，抓住監牢的欄杆。是的，這裡的確是牛津城，舊事重演了，兩人喪命月光下，快快找人來調查。但是她要出去，她要飛走，飛走，飛回家，而且不久後，她就會有一個全新的世界可以探索，一個全新的人可以愛，甚至變成一個全新的人。卡瑪拉，來來來，旅程剛剛才打開。

噢，但那是個謊言。旅程幾乎已經結束了，她心知肚明。

走廊底端一扇門打開，喀嗒喀嗒的腳步聲朝她而來。她往腳步聲的方向望去——她充滿期望，希望是保釋官前來，或者是帶著一串鑰匙的代理人——但卻是一個黑女人，而且腳上還穿著偷來的鞋子。那是從前的她。那是歐黛塔・霍姆斯。她沒有去過摩爾浩斯，但卻去了哥倫比亞，也去了格林威治村的咖啡屋，還去了深淵的城堡。沒錯，就連深淵的城堡也去了。

『聽我說，』歐黛塔說，『只有妳能把妳自己救出這裡，女孩。』

『趁有腳的時候，妳好好享受唄，蜜糖！』從她嘴裡冒出的聲音表面上粗俗又無禮，但骨子裡卻是怕得要命。那是黛塔・渥克的聲音。『妳很快就會沒了兩條腿！那個叫傑克・摩特的傢伙會把妳推下克里斯多福街車站的月台！』

歐黛塔冷靜的看著她，說：『A列車沒有停那一站。從來沒有停那一站。』

『妳他媽的到底在說什麼，婊子？』

憤怒的聲音或是粗話都唬不了歐黛塔，她知道自己在對誰說話，也知道自己在說什麼。真理之柱中有洞。這些聲音不是來自留聲機，而是來自我們死去的摯友。『回去道根，蘇珊娜，記得我說的話：只有妳能救妳自己。只有妳能帶自己離開混沌。』

4

現在是布林克李主播說有個叫史蒂芬．金的人碰上車禍，在散步時讓一台小卡車撞死了，地點在他的住家洛威爾附近。洛威爾是緬因州西部的一個小鎮。布林克李說金先生今年五十二歲，寫了許多部小說，最著名的作品包括《末日逼近》（The Stand）、《鬼店》（The Shining）、《撒冷鎮》（'Salem's Lot）。布林克林說，啊，混沌，這個世界變得更黑暗了。

5

歐黛塔．霍姆斯（也就是從前的蘇珊娜）伸出手，指向欄杆，指向蘇珊娜的身後。她又說了一次：『只有妳能救妳自己。但槍之道就是墮落之道，同時也是救贖之道；最後根本沒有差別。』

蘇珊娜轉頭，想看看那根指頭到底指的是什麼，但卻讓眼前所見嚇了一大跳：是血！天啊，是血！那裡有一個裝滿了鮮血的碗，裡頭還放著一個可怕的死物，是一個死掉的寶寶，但並不是人類的寶寶。是她親手殺了它嗎？

『不！』她尖叫，『不，我絕對不會！我絕對不會！』

『那麼槍客就會死，黑暗之塔就會傾倒。』站在走廊的可怕女人說，那個可怕的女人穿著楚蒂．大馬士革的鞋子，『到時就真的是一片混沌。』

蘇珊娜閉上眼睛。她可以讓自己昏倒嗎？她可以讓自己昏倒，藉此離開這座牢籠，這個可怕的世界嗎？

她可以。她往前墜入黑暗與機器運轉發出的微弱嗡嗡聲，最後聽到的聲音是主播克隆凱告訴她吳廷琰和吳廷琛死了，太空人謝巴德㊼死了，詹森死了，尼克森死了，貓王死了，大明星洛赫遜㊽死了，基列地的羅蘭死了，紐約的艾迪死了，紐約的傑克死了，這個世界死了，所有的世界都死了，黑塔倒了，無數的宇宙融合為一，一切皆成混沌，一切皆成廢墟，一切都結束了。

6

蘇珊娜張開眼睛，瘋狂的環顧四周，拚命喘氣，幾乎從椅子上跌落下來。這張椅子可以在佈滿旋鈕、開關和閃著燈光的控制台前來回滑動。她的頭上有好幾面黑白的電視螢幕。她又回到道根了，牛津城

（吳廷琰和吳廷琛死了）

只是一場夢。如果你高興，也可以說它是一場夢中的夢。眼前這一幕同樣是一場夢，但是比牛津城那場夢好上那麼一點點。

上次她造訪此地時，大部分的電視螢幕都顯示著布來恩・史特吉斯卡拉的畫面，可是現在這些螢幕不是滿佈雪花，就是顯示著測試畫面，只有一面螢幕顯示著廣場公園飯店十九樓的走廊。攝影機朝電梯前進，於是蘇珊娜發現，那個螢幕上的畫面是她透過米亞眼睛所看見的畫面。

我的眼睛，她心想。她的怒火並不旺盛，但是她覺得那股怒火有愈燒愈旺的潛力。如果她想鼓起勇氣正視夢中那隻令人厭惡的眼睛，那隻在牛津監牢牆角的怪物，那隻血碗裡的怪物，她就必須點燃滿腔的怒火。

那是我的眼睛。她劫持了我的眼睛，就這麼簡單。

另一面電視螢幕顯示米亞進了電梯廳，她看看按鈕，然後按下畫著往下箭頭的按鈕。我們要去見產婆囉！蘇珊娜一邊這麼想，一邊板著臉，看著螢幕，然後猛然冒出一陣短促又毫無笑意的爆笑。噢，我們要去見產婆，去見奧茲國的神奇產婦，因為，因為，因為，因為，因為啊……因為她的所作所為真是太神奇了！

她曾經在非常不舒服的時候重新設定這些機關——呿，說『不舒服』還太輕描淡寫了一些，那時她根本就是痛得生不如死。情緒溫度還在七十二度，寫著小傢伙的控制桿仍然停在沉睡，所以頭上螢幕裡的小傢伙還是全身黑白，沒露出那對令人不安的藍眼。詭異的分娩力旋鈕仍然停在二，但是上次還是琥珀色的小燈泡卻有大部分變成了紅色。地板上的裂縫更多了，角落那具古老的軍人屍體沒了腦袋：機器的震動愈來愈大，終於震掉了它的腦袋，現在那顆腦袋正對著天花板上的日光燈傻笑。

蘇珊娜—米歐讀表上的指針已經到了黃色區域的邊緣，甚至在蘇珊娜的眼前進入了紅色區域。危險，危險，吳廷琰和吳廷瑈死了，杜瓦利埃老爹㊾死了，甘迺迪夫人賈姬死了。

她輪流試過所有的控制器，正如她所料，所有的控制器都鎖死了。米亞也許不能改變設定，但是等到設定順了她的心意後再把控制器鎖死呢？這點小事她還辦得到。

頭上的擴音器傳來爆裂聲與刺耳的雜音，聲音十分大，嚇得她跳了起來。然後，在陣陣爆裂的雜音之中，她聽見了艾迪的聲音……

『蘇西！……上！……聽見了嗎？妳必須拖到……上，不能……孩子！聽見了嗎？』

㊼Alan Shepard（一九二三—一九九八），美國第一位到太空飛行的太空人。

㊽Rock Hudson，好萊塢明星，第一個公開承認患上愛滋病的美國五〇年代銀幕大情人，一九九九年去世，享年五十九歲。

㊾Papa Doc Duvalier。海地獨裁者。

在那面顯示『米亞視線』的螢幕上，中間那扇電梯門打開了，劫持別人身體的賤貨媽咪走了進去，可是蘇珊娜幾乎沒有注意。她抓起麥克風，把旁邊的控制桿往上推。『艾迪！』她大吼，『我在一九九九年！這裡的女孩都露著肚皮走來走去，而且連胸罩的肩帶都露出來了……』天啊，她在胡說什麼？她花了好大一番功夫才整理好凌亂的思緒。

『艾迪，我聽不懂！再說一次，甜心！』

有那麼一會兒，她什麼也聽不見，只聽到更多雜音還有令人毛骨悚然的嗚咽回音。她正想再對著麥克風大吼時，艾迪的聲音突然回來了，這次稍微清楚了一點。

『拖……晚上！傑克……卡拉漢大……撐住！拖到晚上，不能讓她……生孩子！如果妳……回話！』

『我聽到了，我聽到了！』她大喊。她緊緊抓住麥克風，以致於麥克風在她的手裡微微顫抖。『我在一九九九年！一九九九年六月！但是我聽不清楚你說在什麼，甜心！再說一次，告訴我你好嗎？』

但是艾迪不見了。

蘇珊娜呼喚了艾迪許多次，但是只收到模糊不清的雜音，她只好把麥克風放下，努力猜測艾迪到底想對她說什麼。知道艾迪還能對她說話，實在讓她很興奮，現在她除了努力猜測艾迪到底想對她說什麼之外，也努力讓興奮的心情平靜下來。

『拖到晚上。』她自言自語。最起碼她猜得出來這句話。『拖到晚上，他要我拖到晚上。』她覺得應該是這樣沒錯。艾迪要蘇珊娜拖延米亞，也許是因為傑克和卡拉漢大叔會來找她？她不敢肯定，而且也覺得這不是個好主意。沒錯，傑克的確是個槍客，但是他也只是個孩子，而且蘇珊娜覺得狄西小豬裡一定擠滿了難纏的傢伙。

這個時候，在『米亞視線』的螢幕上，電梯門又打開了，劫持別人身體的賤貨媽咪到了飯店大廳。蘇珊娜暫時把艾迪、傑克和卡拉漢大叔拋在腦後。她回想起米亞曾經拒絕『走上前』，即使她們那雙屬於蘇珊娜－米歐的雙腳即將從她們兩人共有的蘇珊娜－米歐身體底下消失，她還是不肯走上前。套首古老的詩，那是因為她『孤單害怕，身在非己所創的世界』⑩。

因為她害羞。

而且天啊！劫持別人身體的賤貨媽咪在樓上等電話時，廣場公園飯店的大廳不但變了，還變了很多。

蘇珊娜把兩隻手肘撐在道根主控制板的邊緣，把下巴靠在掌心。

或許有好戲看了。

7

米亞走出電梯，但卻又馬上掉頭，結果狠狠撞上了電梯門，上下兩排牙齒撞出了清脆的聲響。她四下張望，一頭霧水，一時搞不清楚那間往下降落的小房間怎麼會不見了。

蘇珊娜！怎麼回事？

黑皮膚的女人沒有回答，但是米亞發現她其實不需要答案。她發現那扇門是從一道縫隙裡伸出來、縮回去。如果她按下按鈕，那扇門或許會再次打開，但是她必須先克服那股突然想回到1919號房的衝動。她在那間房的任務已經完成了，她真正的任務是在大廳那兩扇門之後的某個地方。

⑩出自英國詩人赫思曼（A. E. Houseman）的詩作。原文為I, alone and afraid, in a world I never made.

她看著大廳的門，咬著嘴唇，有些不安，要是有人對她講話大聲點，或是眼神不客氣些，那種不安的感覺可能就會惡化成驚慌失措。

她在樓上待了一個多小時，在那段時間裡，大廳平靜的午後時光已經結束了。大概是在那段時間裡，六輛從拉瓜地機場和甘迺迪機場來的計程車在飯店前停了下來，一輛滿載日本旅客從紐華克機場而來的遊覽車也來共襄盛舉。這團旅客來自札幌，共有五十對夫婦，在廣場公園飯店訂了房間。大廳裡很快就擠滿了吱吱喳喳的旅客，大部分是鳳眼黑髮，胸前還掛著一個長方形的物體。不時有人舉起那個長方形的物體對著某人，接著就是一陣刺眼的閃光、笑聲，還有『多摩！多摩！』的喊聲。櫃台前排了三排，先前在離鋒時間替米亞辦手續的美麗女人身邊多了兩個櫃員，三個人全都忙得團團轉。天花板挑高的大廳充滿了笑聲，還有奇怪語言的對話聲，聽在米亞耳裡，那種語言就像是鳥兒的啁啾聲。那排落地玻璃鏡讓大廳裡看起來足足多了一倍的人，也讓整個環境看起來更混亂了。

米亞縮了回去，思索著該怎麼辦。

『前進！』一個櫃台服務員喊完，搖了搖鈴。鈴聲倏然射過米亞混亂的思緒，就像一隻銀箭。『請前進！』

一個咧嘴而笑的男人（油亮的黑髮整整齊齊的貼著頭皮，黃皮膚，圓圓的眼鏡後是兩隻鳳眼）手裡拿著一個會發出閃光的長方形物體，衝到米亞面前。米亞進入備戰狀態，準備在他攻擊時先下手為強。

『幫「窩」跟「窩」太太照照「偏」？』

男人把會發出閃光的東西拿到她面前，希望她能接下。米亞的身子往後一縮，不曉得那個東西是不是會發出放射線，不曉得閃光會不會傷害她的寶寶。

蘇珊娜！我該怎麼辦？

沒有回應。當然沒有，發生了剛才那件事之後，她並不期望蘇珊娜出手相助，但是……咧嘴而笑的男人還是一個勁兒的把閃光機器推向她。他看起來有點疑惑，但並沒有就此退卻。『幫「窩」照照「偏」，拜「多」？』男人說完，就把那個長方形的物體硬是塞到了她手裡。他往後退，伸出一隻手抱住一個女人的肩膀。那個女人看起來和他幾乎是一個模子刻出來的，只不過她閃亮的黑髮剪了厚厚的劉海，米亞覺得那個髮型讓她看起來像個小女孩。就連那付圓圓的眼鏡也和男人一模一樣。

『不行，』米亞說，『不行，求您諒解……不行。』驚慌失措的感覺一觸即發，成了刺眼的光芒，在她眼前旋轉胡言……

（幫窩照照偏，窩們就殺死寶寶）

米亞的第一個反應是把那個長方形的閃光機器丟在地上，但是那樣很可能會摔壞它，搞不好會因此釋放出啟動閃光的妖術。

她小心翼翼的把閃光機器放在地上，滿懷歉意的朝那對驚愕的日本夫婦微笑（男人依然一隻手抱著妻子），然後衝過大廳，朝小店的方向奔去。就連鋼琴演奏的曲子也變了，不再是先前柔和的音樂，而是重重擊出某種刺耳又不和諧的聲音，一種令人頭痛欲裂的樂聲。

我需要買一件襯衫，因為我身上這件沾了血。我會買到襯衫，然後我會去狄西小豬，在六十一街和萊星華大道的交叉口……不對，是萊星頓，是萊星頓大道……然後我會把寶寶生出來。我會把寶寶生出來，然後一切就會結束了。我會想起我這個時候有多害怕，然後一笑置之。

但是小店裡也是人山人海。許多日本女人在瀏覽紀念品，一邊用鳥語般的語言吱吱喳喳的聊天，一邊等待老公替她們辦好住房手續。米亞看見一個櫃台放滿了襯衫，但是周圍擠滿了觀看的女人，收銀台前也是大排長龍。

蘇珊娜，我該怎麼辦？妳得幫幫我啊！

沒有回應。她在裡面，米亞可以感覺得到她，但是她不願意幫忙。她心想：說真的，如果我是她，我會願意幫忙嗎？

也許她會幫。當然，一定會有人能提供她無法拒絕的條件，但是……

我唯一的條件就是真相，蘇珊娜不帶情感的說。

米亞站在店門口。一個人從她身邊擦身而過，她不由自主的舉起了雙手。如果來者對她不懷好意，或是對她的小傢伙不懷好意，她一定會挖下他的雙眼。

『對不「氣」。』一個微笑的黑髮女人說。就像先前那個男人一樣，這個女人把長方形的閃光機器拿到她面前，機器正中央有個圓形的玻璃眼睛直瞪著米亞。她可以在那隻玻璃眼睛裡看見自己的臉，那張臉又小又黑又迷惘。『幫窩照照偏，拜多？幫窩跟窩朋友照照偏？』

米亞完全搞不清楚這個女人在說什麼，搞不清楚她到底要什麼，也搞不清楚自己該怎麼辦。她只知道這裡有太多人了，擠得水洩不通，簡直就像瘋人院。透過商店的窗戶，她可以看見飯店的大門前也同樣擁擠，有好多輛黃色的車子以及無法從窗戶看到裡面的黑色長型車（不過車裡的人絕對可以看到外面），還有一輛很大的銀色交通工具在街角發出隆隆聲響。兩個穿著綠色制服的男人在街上吹著銀色的口哨，附近有某個東西發出震天巨響。米亞從沒聽過電鑽發出的聲音，所以覺得那個聲音聽起來很像機關槍，但是外面沒有人匆忙跑上人行道，甚至沒有人露出驚慌的神色。

她一個人要怎麼去狄西小豬？理查．Ｐ．塞爾說他很確定蘇珊娜可以幫她找到那個地方，但是蘇珊娜卻說什麼也不肯開口，米亞就快要完全失去理智了。

接著蘇珊娜突然又開口說話了。

如果我幫妳一點小忙，幫妳找到一個安靜的地方，讓妳喘口氣，換件襯衫，那麼妳會老老實實回答我的問題嗎？

什麼問題？

有關寶寶的問題，米亞，以及有關母親的問題，也就是有關妳的問題。

我一直都老老實實回答妳啊！

我可不這麼認為。我不認為妳是惡魔之元，就像……就像我一樣。我要聽實話。

為什麼？

我要聽實話。蘇珊娜再說了一次，然後沉默了下來，拒絕再回應米亞的問題。另一個咧嘴而笑的矮小男人又拿著一台閃光機器靠近她的時候，米亞崩潰了。現在就連穿過飯店大廳都像是她無法獨力完成的事情，更何況是一路找到狄西小豬呢？她獨自在

（斐迪克）

（混沌）

（深淵之堡）

過了這麼多年，置身人群中讓她很想放聲尖叫。為什麼不乾脆跟那個黑皮膚的女人說實話？她——米亞，無父之女，一子之母——大權在握，說點小小的實話算得了什麼？

好吧，她說。我就如妳所願，不管妳是蘇珊娜、歐黛塔或是什麼人。只管幫我，幫我離開這裡。

蘇珊娜・狄恩上場了。

8

飯店酒吧旁連著一間女廁，就在琴師的附近。洗手台前站了兩個黃皮膚、黑髮鳳眼的女士，一個在洗手，另一個在整理頭髮，兩人忙著用鳥語聊天，完全沒有注意到一位『Kokujin（日語：黑人）』女士經過她們身邊，走進廁所隔間裡。過了一會兒，兩人就離開了廁所，總算讓米亞的耳根清靜下來。四周一片寂靜，只有頭上的擴音器流瀉出隱約的音樂聲。

米亞摸出了門栓的使用法，拴上了門，正想坐在馬桶上時，蘇珊娜突然說：翻過來。

什麼？

我是說上衣，女人。把上衣翻過來，看在妳父親的分上！

米亞呆了一會兒。她實在是太震驚了。

這件上衣是粗糙的手工罩衫，在種稻維生的鄉村地方，這種衣服是男女同穿的禦寒衣服。歐黛塔・霍姆斯或許會把它的領子叫做『船型領』。罩衫上沒有鈕扣，所以可以很容易的翻過來，但是……

蘇珊娜顯然已經沒了耐性：我的卡瑪拉啊！妳是要杵在那裡一整天嗎？快把它翻過來啊！而且這次要塞進牛仔褲裡。

為……為什麼？

因為這樣會讓妳改頭換面。蘇珊娜立刻回答，但這並不是真正的原因。真正的原因是因為蘇珊娜想看看自己的下半身。如果那兩隻腳是米亞的腳，那麼很可能是一對白色的腳。想到自己居然會變成雙色混血兒，蘇珊娜覺得非常驚奇（而且還有點噁心）。

米亞又呆了一會兒，用手指搓著粗糙罩衫上最明顯的血跡，位置在左胸之上，也就是在心臟上方。翻過來！在大廳裡的時候，她的腦袋裡轉過了許多不成熟的想法（用手工烏龜迷惑小店裡的那群人或許是其中最可行的辦法），但卻從來沒有想到這個簡單至極的辦法：把這件該死的衣服翻過來。她猜想，這只是證明了她有多麼接近驚慌失措的狀態，但是話說回來……

在她待在這座城市的短暫時間裡，她需要蘇珊娜嗎？這座城市過度擁擠又令人迷惘，和城堡安靜的房間與斐迪克安靜的街道完全不同。她需要這個女人帶著她從這裡走到六十一街和『萊星華』大道的交叉口嗎？

是萊星頓。困在她身體裡的女人說。是萊星頓。妳老是記不住，是不是？

是啊，是啊，她老是記不住。她沒有理由老是忘記這麼簡單的事情。也許她沒去過摩爾浩斯或是什麼沙隆巴斯，但是她並不笨，所以為什麼……

幹嘛？她突然問。妳笑什麼笑？

沒什麼。她身體裡的女人說……但是她還是繼續笑，笑得一張嘴都闔不攏了。米亞可以感覺得到，而且她很不喜歡。在樓上的1919號房時，蘇珊娜又害怕又憤怒的對著米亞尖叫，指控她背叛了她所愛的人還有她所追隨的人。她的指控句句實言，讓米亞覺得十分慚愧。她不喜歡那種慚愧的感覺，但是她比較喜歡身體裡那個女人鬼叫、大哭、一團混亂的時候。那抹微笑讓她很緊張。現在這個棕皮膚的女人想要扭轉形勢，甚至以為自己已經扭轉了形勢。當然，這是不可能的，她有君王保護，但是……

告訴我妳到底在笑什麼！

噢，真的沒什麼啦！蘇珊娜說，只不過現在她聽起來像是另一個女人，那個叫黛塔的女人。米亞不只是討厭那個女人，甚至還有點怕她。只不過有個叫『佛洛依德』的傢伙，蜜糖小辣椒——他是個操他媽的白鬼，不過還不笨。他說如果有人老是記不住某個東西，也許是因為那個傢伙心裡就是想忘記。

真是太蠢了。米亞不帶情感的說。在她進行心理對話的這間隔間之外，廁所的門打開了，又有兩位女士走了進來——不對，至少有三位，甚至是四位——她們吱吱喳喳的用鳥語聊天，咯咯的笑聲讓米亞覺得忍無可忍。為什麼我會想忘記那些人要幫我生孩子的地方？

噯，這位佛洛依德——這位腦袋靈光、愛抽雪茄的維也納白鬼——他說咱們的思想底下還有一層思想，他把它叫做『無意識』或是『潛意識』還是哪個操他媽的意識。我倒不是說這世上根本沒這種玩意，我只是說這傢伙說真的有這玩意。

（拖到晚上。艾迪曾經這麼告訴她，她很確定這個部分，她會盡她所能，只希望自己不會因此害傑克和卡拉漢丟了性命。）

噢，那個白鬼佛洛依德，黛塔繼續說。他說在很多事情上，潛意識或是無意識都比咱們的意識聰明多了，不像上面那層意識那麼容易讓人唬弄。搞不好妳的潛意識聽懂了我跟妳說的話，知道妳的朋友塞爾先生只不過是個謊話連篇的鼠輩，想要偷走妳的寶寶，然後嘛，我也不曉得，搞不好會把妳的寶寶開膛破肚，拿去餵那些吸血鬼，好像那些吸血鬼是狗，妳的寶寶不過是拿來餵狗的狗食……

閉嘴！閉上妳那謊話連篇的大嘴！

在門外的洗手檯前，鳥語女人又發出刺耳的笑聲，米亞覺得她的眼球在顫抖，好像要在眼眶裡融化了一樣。她想衝出去，抓著她們的頭往鏡子上撞，撞了一下再一下，直到她們的血噴到天花板上，她們的腦袋……

冷靜，冷靜。她身體裡的女人說，現在這個聲音聽起來又像蘇珊娜了。

她騙人！那個賤貨騙人！

不，蘇珊娜說。這句話說得斬釘截鐵，足以在米亞的心上射下一支恐懼之箭。沒錯，她口沒遮攔，但是她沒有騙人。快，米亞，快把上衣翻過來。

鳥語女人爆出最後一陣笑聲，笑得眼睛都泛出了淚水，然後離開了廁所。米亞把上衣從頭上扯掉，露出了蘇珊娜的胸部，那雙乳房的顏色是咖啡加上了一丁點的牛奶。她的乳頭原本和莓果一般小，現在卻脹大了許多。那是一對渴求吸吮的乳頭。

上衣內側暗紅色的血跡十分淡。米亞把上衣穿上，然後開始解開牛仔褲的鈕扣，好把上衣塞進去。蘇珊娜瞪著陰毛上方，驚奇不已。在那個地方，她的皮膚顏色成了牛奶加上了一丁點的咖啡，下方則連著一雙白色的腿，那雙白色的腿屬於她在城堡誘惑之地遇見的那個女人。蘇珊娜知道，要是米亞把褲子整件脫掉，她會看到一雙傷痕纍纍的小腿。在米亞望向混沌，望向那道代表君王之堡的紅光時，蘇珊娜曾經在米亞——真正的米亞——身上看到那雙小腿。

這件事讓蘇珊娜覺得無比的恐懼，她思索了一會兒（其實也用不了多久），立刻發現了原因何在。如果米亞只是換掉了歐黛塔．霍姆斯讓杰克．摩特推下月台時失去的兩條腿，那麼她應該只有膝蓋以下的部分會變成白色，但是她的大腿也是白色的，而且她的鼠蹊部也在變。這到底是什麼奇怪的變身魔法？

是偷身體的魔法，黛塔愉快的回答。很快妳就會有白色的肚皮……白色的奶子……白色的脖子……白色的臉頰……

閉嘴。蘇珊娜警告，但是黛塔．渥克什麼時候聽過她的警告？黛塔．渥克聽過任何人的警告嗎？

然後哩，到了最後，妳會有白色的腦袋，姑娘！米亞的腦袋！真是妙極了，不是嗎？還用說嘛！到時候妳就會變成米亞啦！就算妳要坐在公車的前座也沒有人會管妳哩！

然後襯衫往下扯，蓋住了她的臀部，牛仔褲也再次扣上。米亞就這樣坐在環形的馬桶座墊上，在她的前方，門上潦草的畫著一行塗鴉：班哥．史甘克等待君王！

誰是班哥．史甘克？米亞問。

我不知道。

我想……這實在很難啟齒，但米亞還是強迫自己說了出來。我想我欠妳一句感謝。

蘇珊娜的回應冷淡又迅速：用實話感謝我。

先告訴我妳為什麼會幫我？我做了那麼多對不起妳的事之後……

這次米亞說不出口了。她喜歡把自己想成一個很勇敢的人——至少在照顧小傢伙這方面，她確實是鼓起了足夠的勇氣——但是這次她卻說不出口。

妳出賣了我所愛的人，而且與妳交易的那群人正是血腥之王的嘍囉。妳覺得只要妳能保有妳所愛的人，就可以理所當然的讓他們殺死我所愛的人。妳想知道在妳做了這麼多對不起我的事之後，我為什麼還要幫妳嗎？

米亞很討厭這種說法，但還是忍了下來。她必須忍下來。

是的，女士，隨妳怎麼說。

這次回答的是另一個女人，那個女人的聲音粗啞、嘈雜，充滿嘲諷、不屑與恨意，比鳥語女人刺耳的笑聲還要令人難受。難受得多了。

因為老娘的夥伴們逃走啦！這就是我的理由！叫那些假正經的白鬼去死！全都給我碎屍萬

段！

米亞覺得內心深處湧起一陣強烈的不安。不管這件事是不是真的，這個笑聲難聽的女人顯然真心認為確有其事。如果羅蘭和艾迪真的還活著，那麼血腥之王是不是有可能不像她所聽說的那麼強壯，那麼全能？她是不是有可能上當了？

停止，停止，妳絕對不能那麼想！

我會幫助妳，還有另一個理由。那個粗啞的聲音不見了，另一個聲音回來了。至少暫時回來了。

什麼理由？

那個寶寶也是我的寶寶，蘇珊娜說。我不希望它被殺死。

我才不相信。

但是她相信，因為她身體裡的這個女人說得沒錯：混沌與基列地的莫德瑞・德斯欽屬於她們兩人。那個壞女人或許不在乎，但是另一個女人，也就是蘇珊娜，顯然感覺到小傢伙潮汐般的引力。如果塞爾和在狄西小豬等她的那些人真的如她所說……如果他們真的是騙子、詐欺者……

停止，停止，我沒有別的地方去了，只能投靠他們！

妳當然有別的地方去，蘇珊娜很快的回答。有了黑十三，妳哪裡都能去。

妳不懂，他會跟著我，跟著小傢伙。

妳說得沒錯，我不懂。她其實懂，或者該說她覺得自己懂，但是……拖到晚上。艾迪曾經這麼說。

好吧！我會努力解釋。我自己也不是全部都懂，有些事情連我也不清楚，但是我會把我知道的都告訴妳。

謝謝……

蘇珊娜話還沒有說完，便又再次墜落，就像愛麗絲掉進了兔子洞。她穿過了馬桶，穿過了地板，穿過了地板之下的水管，進入了另一個世界。

9

這一次，她墜落的終點不是城堡。羅蘭曾經說過許多有關他那段流浪歲月的故事，像是吸血鬼護士、伊路利亞的小醫生[51]、東唐恩的移動湖泊等等，而現在她覺得自己好像掉進了那些傳奇故事的世界，或許也有點像是掉進了『燕麥劇』[52]的世界（又叫做『成人西部片』）。那時候，還稱得上是新開播的ABC電視台播出了許多『燕麥劇』：像是泰哈汀（Ty Hardin）主演的『甜蜜腳』（Sugarfoot），詹姆士・嘉納（James Garner）主演的『賭俠馬華力』（Maverick），或是歐黛塔最愛的一部：克林・渥克（Clint Walker）主演的『夏延』（Cheyenne）。（歐黛塔曾經寫信向ABC的節目部建議：如果他們能開播一個新的系列，描述一個南北戰爭後的流浪黑人牛仔，一定能開創新局，還能同時開發新的觀眾群。她沒有得到回音。她心想，或許寫那封信一開始就很好笑，甚至根本就是浪費時間。）

這裡有間出租馬車行，門口的招牌寫著：馬具修理，價格低廉。旅社的招牌則寫著房間安靜，床鋪舒適。這裡起碼有五間酒館，在其中一間酒館的外面，一個生鏽的機器人用吱嘎作響的坦克車輪胎帶行走。它前後轉動著電燈泡般的頭部，在它尚未發展完成的頭部中央，一具牛角形的擴音器不停對這座空城發出刺耳的叫賣聲：『女孩，女孩，好女孩！真人機器難分斷！乖乖聽話順心意，不知拒絕為何物，隨時隨地討心歡，是真是假誰在乎？女孩，女孩，好女孩！機器真人難分斷！奶子摸來全一樣！乖乖聽話順心意！你要怎樣就怎樣！』

走在蘇珊娜身邊的，是那位美麗的白人女子。她大腹便便，腳上傷痕纍纍，一頭及肩的黑髮。現在，她們走在一面招牌前，招牌的設計花稍俗氣，上頭寫著：斐迪克美好時光酒館、酒吧兼舞池，真是一句華而不實的標語。這位白人女子穿著一件褪色的格紋洋裝，突顯出她隆起的腹部，看起來有種詭異奇特的感覺，甚至讓人想起了末日來臨的前兆。在城堡的誘惑之地時，她穿著平底涼鞋，但現在卻換成了破破爛爛的短靴。她們兩人都穿著短靴，靴跟在木板路上敲出空洞的聲音。

前方的一間無人酒吧裡傳來了節奏凌亂的爵士樂曲，蘇珊娜不禁想起了一段古老的詩句：一群男孩在馬拉穆特酒館狂歡作樂！這首詩的作者是英裔加籍的詩人舍維斯・羅伯特・威廉（Service Robert William），詩名叫做〈丹・麥克羅的游獵〉（Dan McCrew's Shooting）。

她看著那扇像蝙蝠翅膀的門，絲毫不意外的發現門上寫著：舍維斯的馬拉穆特酒館。

她放慢了腳步，朝蝙蝠翅膀般的門裡張望，看見一台鉻黃色的鋼琴自動彈奏著樂曲，滿佈灰塵的琴鍵上下彈動。毫無疑問，這玩意又是由永不退流行的北方中央正電子公司出品，在這空無一人的房間演出樂曲，欣賞的聽眾除了一個死掉的機器人，就只剩下遠方角落裡的兩付骷髏。那兩付骷髏正進入分解的最後階段，即將灰飛煙滅。

在更遠的前方，在這座城唯一一條街道的盡頭，隱約可以看見一道城牆。那道城牆又高又寬，幾乎遮蔽了整片天空。

㉛詳見史蒂芬・金《伊路利亞的小姐妹》（Little Sisters of Eluria）。
㉜oat opera。『西部片』的俗稱。

蘇珊娜突然用拳頭敲了敲頭的側面，然後把雙手舉在面前，打起了響指。

『妳在幹嘛？』米亞問，『告訴我，我懇求妳。』

『我想確定我人真的在這裡。不是神遊而已，而是真的在這裡。』

『妳是真的在這裡啊！』

『好像是這樣，但是怎麼可能呢？』

米亞搖搖頭，表示她不知道。至少在這一點上，蘇珊娜覺得可以相信她。黛塔也沒有表示反對意見。

『這跟我想像的不同，』蘇珊娜一邊環視四周，一邊說，『這跟我想像的完全不同。』

『是嗎？』她的同伴問道（而且聽起來不太關心）。米亞走路時像鴨子一樣前後搖擺，模樣雖然古怪，但卻莫名的惹人憐愛，活脫脫是個即將臨盆的女人。『那麼妳想像的又是什麼模樣呢？』

『我想應該是比較像中世紀那種古老的感覺。就像那裡一樣。』她指向城堡。

米亞聳聳肩，好像在說：『隨便妳。』接著她又說：『另一個人跟妳在一起嗎？那個討人厭的傢伙？』

當然，她指的是黛塔。『她永遠都和我在一起。她是我的一部分，就像小傢伙是妳的一部分一樣。』不過蘇珊娜實在很想知道為什麼被上的人是她，懷孕的人卻是米亞。

『我的小傢伙很快就能打娘胎裡生出來，離開我，』米亞說，『難道妳永遠也離不開那個女人嗎？』

『我想是吧！』蘇珊娜老老實實的回答，『她回來了，我想主要的原因是因為她要對付妳。』

蘇珊娜沒有回答。殺人是她的行業，殺時間是她現在的任務，但事實上，她已經開始覺得米亞的忠誠有點令人厭煩，更別提令人毛骨悚然了。

米亞好像看透了她的心思，接著說：『我就是我，而且我很滿意這樣的我。如果別人不滿意，跟我又有什麼關係？去他們的！』

火氣一來，說起話就像黛塔・渥克。蘇珊娜心裡這麼想，但是沒有回答。看來閉緊嘴巴是上策。

米亞沉默了一會兒後，繼續說：『但是如果我說，回到這裡沒有讓我想起……一些回憶，那我一定是在說謊。是呀！』她出人意料的笑了起來，而她的笑聲也同樣出人意料的美麗動聽。

『快告訴我妳的故事。』蘇珊娜說，『這次把故事說完。在下一次陣痛開始前，我們還有一些時間。』

『是嗎？』

『是的。告訴我吧！』

有好一會兒的時間，米亞只是看著街道，看著它上頭鋪的那層灰濁泥土，看著那悲傷又古老的荒涼景色。在蘇珊娜等待米亞開口說故事時，她第一次感覺到斐迪克是如此寧靜，而且毫無陰影。她的視線很清楚，而且就像在城堡的誘惑之地一樣，天上也沒有月亮，但是要她把現在稱為白天，她還是有點猶豫。

這裡沒有時間。有個聲音在她的腦袋裡低語，她不知道那是誰的聲音。*這裡是幽冥之界，蘇珊娜。在這裡，陰影中止，時間屏息。*

然後米亞說了她的故事。這個故事比蘇珊娜想像中短（顯然無法達成艾迪『拖到晚上』

的任務），但是卻解釋了很多事，甚至比蘇珊娜期望的還要多。她聽得愈多，怒氣就愈高漲。為什麼不？那一天，在那個石頭與骨頭圍成的圓圈裡，她似乎不只是被強暴了，也是被強取豪奪了——對女人來說，這是最奇怪的強取豪奪法。

而且還沒有結束。

11

『看看那裡吧！若您歡喜。』和蘇珊娜一起坐在木板路上的大肚子女人說，『看看那裡，看看米亞成為人母之前的模樣。』

蘇珊娜看著街道。一開始她什麼也沒看見，只看到一個無人使用的馬車輪，一個佈滿木屑（而且早已乾涸）的水槽，還有一個閃閃發光的銀製品，看起來就像是某個牛仔遺失的馬刺。

然後，慢慢的，一個朦朧的影像成形了，是一個裸體的女人。她的美令人目眩——甚至在她還沒有完全成形時，蘇珊娜就看出了她的美。她的年齡不詳，她的黑髮掃過肩膀，小腹平坦，肚臍是一個小巧玲瓏的杯子，只要愛過女人的男人都會渴望伸出舌尖舔舐。蘇珊娜（或許是黛塔）心想：去他的，連我都想舔了。這個幽靈女人的雙腿之間藏了一個小巧玲瓏的裂縫，在那裡又充滿了另一種吸引力。

『那是我剛來這裡的時候。』蘇珊娜身邊的懷孕女人說。她說話的語氣就像在放度假幻燈片一樣。那是我去大峽谷的時候，那是我去西雅圖的時候，那是我去大古力水壩的時候；那是我去斐迪克大街的時候，願您歡喜。這個懷孕的女人也很美，但是卻少了大街上幽靈女人那種詭異的感覺，比如說，這個懷孕女人可以看得出年齡，大概是接近三十歲，而且她的臉龐是飽嘗風霜的世故容顏。

『我曾經說過我是一個惡魔之元，而且是和妳丁主做愛的惡魔之元，但那是我騙妳的，我想妳早就起了疑心。我說謊不是因為想得到什麼好處，只是因為……我不知道……我想是因為一種一廂情願的想法吧！而且我也希望我是那樣懷上我的寶寶的……』

『從頭說起。』

『好吧！從頭說起……妳說得沒錯。』她們看著赤裸的女人走上大街，雙手擺動，身影高瘦，背後的肌肉伸縮著，腰臀規律的左搖右擺，令人屏息。她沒有在泥土地上留下腳印。

『我曾經告訴妳，在始道之力消退時，無形世界的生物遭到了拋棄。大部分的生物都死了，就像把魚兒還有海洋生物丟上岸時，牠們會在陌生的空氣裡窒息而死。但總是有些生物會適應環境，而我就是這群可憐人之一。我浪跡天涯，每當我在荒地裡發現男人時，就會變成妳看到的那個模樣。』

就像走伸展台的模特兒一樣（只不過這個模特兒忘了穿上最新一季的巴黎時裝），大街上的女人墊著腳，轉了個圈，臀部的肌肉輕盈的縮緊，瞬間產生了兩道新月般的空洞。她開始往回走，齊眉劉海下的雙眼盯著遠方的地平線，秀髮在毫無裝飾的耳邊搖擺。

『我只要一發現帶把兒的傢伙，就會幹他，』米亞說，『這一點倒是和那個惡魔之元一樣。那個惡魔之元先是想勾引妳的小塞爺，接著又真的勾搭上妳的丁主，我想這也是我說謊的原因之一吧！我覺得妳的丁主非常俊哪！』她說出這句話時，語氣裡透出了一丁點的貪婪，聲音也因此變粗了。蘇珊娜身體裡的黛塔覺得那個聲音很性感。蘇珊娜身體裡的黛塔陰沉的露齒一笑，那是一抹心知肚明的微笑。

『我幹他們，如果他們沒辦法逃脫，我就操得他們精盡人亡。』她的語氣平靜，就像在陳述事實一樣。在大古力水壩之後，我們去了優勝美地。『如果妳再見到妳的丁主，能不能幫我帶句話？』

『可以，悉聽尊便。』

『他曾經認識一個人——一個壞人——他的名字叫阿墨斯·狄普佩，他是羅伊·狄普佩的兄弟，在梅吉斯與艾爾卓·瓊那斯一起奔馳。妳的丁主以為阿墨斯·狄普佩是讓毒蛇咬死的，從某方面來說，他的確是讓毒蛇咬死的……只不過那隻毒蛇就是我。』

蘇珊娜一語不發。

『我幹他們不是為了淫樂，也不是為了殺死他們，不過我確實不在乎他們是死是活，也不在乎他們的那話兒縮得又小又軟，從我的身體裡溜出來，就像融化了的冰柱一樣。事實上，我根本不知道我為什麼要幹他們，直到我到了這裡，到了斐迪克。在那段古老的歲月裡，這裡有男人，也有女人；那時候紅死病還沒來，若您明瞭。那時城鎮之後已經出現了那道峽谷，但是峽谷上的橋仍然穩若泰山，固若金湯。那些人真是頑固，就是不肯放手，儘管混沌城堡鬧鬼的謠言已經傳得沸沸揚揚。火車還會來，只不過時刻不固定……』

『孩子們呢？』蘇珊娜問，『雙胞胎呢？』她頓了頓，『狼群呢？』

『不，那些要到二十幾個世紀後才會出現，或許更久。現在請聽我說：斐迪克裡有對夫婦生了個孩子。紐約的蘇珊娜，妳不會了解那是多麼稀奇、美妙的一件事，因為在那段歲月裡，那些人不是像惡魔之元一樣不孕，就是生出遲緩變種人或是可怕的怪獸。那些可怕的怪獸生下來時如果還能吸上那麼一口氣，就會讓父母親手殺死，只不過大部分都是死胎就是了。可是這個寶寶——』

她雙手緊握，雙眼發亮。

『這個寶寶圓潤、粉嫩、一丁點兒瑕疵也沒有，真是完美呀！我只看了一眼，就曉得我的天命是什麼了。我幹男人不是為了淫樂，不是為了在雲雨時嘗到一點當人的滋味，也不是為了殺死我的伴侶，而是為了要生出像他們一樣的孩子！像他們的麥可！』

她微微低下頭，說：『我本來可以擄走他的，妳知道嗎？我本來可以去找那個男人，幹到他發狂，然後在他的耳邊進讒言，要他殺掉他的女人。等那個女人走到小徑盡頭的空地，我就會幹到那個男人上西天，然後那個寶寶——那個美麗的粉紅色小寶寶——就會是我的了，妳懂嗎？』

『懂。』蘇珊娜說。她覺得有點噁心。在她們面前，大街中央的幽靈女人又轉了一圈，再次往回走。在更遠的前方，拉皮條機器人奮力喊著那段似乎永不中止的叫賣詞：女孩，女孩，好女孩！真人機器難分斷！

『可是我發現我不能接近他們，』米亞說，『好像他們四周圍起了具有魔法的圓圈。我想是因為那個寶寶。

『然後瘟疫來了，也就是紅死病。有些人說城堡裡有個東西打開了，是個邪惡的罐子，而那個罐子應該要永遠關起來才對。也有人說瘟疫是從峽谷裡來的，他們把那座峽谷叫做「惡魔的屁眼」。無論如何，斐迪克的生命結束了，混沌邊境的生命結束了。許多人步行或是搭著馬車離開了。麥可寶寶和爸爸媽媽留下來，希望能搭上火車。日復一日，我等著他們生病，等著紅斑出現在寶寶粉嫩的臉頰和胖胖的小手臂上，但卻怎麼等也沒等到這一天。他們一家三口都沒生病。也許他們真的有魔法圈保護，我覺得一定是這樣。然後來了一列火車，是派翠西亞，那輛單軌列車。妳明瞭……』

『是的。』蘇珊娜說。對於伯廉的單軌同伴，她知道得非常清楚。從前從前，派翠西亞一定也曾經和伯廉一起行經這個地方。

『是的，他們上了車。我從月台看著他們，流著我無人聞問的眼淚，呼喊著我無人聞問的哀號。他們帶著親愛的小寶寶上了車……只不過那時候他已經三、四歲大了，會走也會說話。然後他們走了。我想要跟著他們，但是蘇珊娜，我不行。我被囚禁在這裡。因為我知道我的天命，所以我再也無法離開了。』

蘇珊娜有些懷疑，但決定還是不說話。

『數年、數十年、數個世紀過去了。那時候，斐迪克只剩下機器人和紅死病留下的未埋屍首，屍首成了骷髏，然後又成了塵土。

『接著男人又出現了，但是我不敢接近他們，因為他們是「他」的男人，』她頓了頓，「它」的男人。』

『血腥之王的男人。』

『沒錯，他們的前額有個不停流血的洞。他們到了那裡去，』她指向斐迪克道根，也就是『弧十六實驗站』，『他們那些受了詛咒的機器很快又再度開始運轉，好像他們還相信機器能夠支撐住這個世界。不，妳明瞭，支撐世界不是他們的目的！不，不，不是！他們把床搬進去……』

『床！』蘇珊娜大驚失色。在他們面前，大街上的幽靈女人再次墊起腳尖，又身形優雅的轉了一圈。

『沒錯，是給那些孩子睡的，只不過還要許久之後，狼群才會開始把孩子帶到這裡來，還要許久之後，妳才會進入妳丁主的故事，不過時候也快到了。然後華特來找我。』

『妳能讓街上那個女人消失嗎？』蘇珊娜突然插嘴（而且語氣很不高興），『我知道她是妳，我了解，但是她讓我覺得……怎麼說……讓我覺得很緊張。妳能讓她離開嗎？』

『好，悉聽尊便。』米亞噘起嘴，吹了一口氣。那個美得令人不安的女人──那個無名的幽靈──瞬間像雲煙一般消失了。

米亞沉默了好一會兒，努力回想著她的故事，然後開口說道：『華特……看到了我。他和其他的男人不一樣。就連讓我搞得精盡人亡的男人也只看見他們想看到我的樣子，或者該說是我想讓他們看到我的樣子。』她想起了不愉快的回憶，露出了一抹微笑，『我讓他們有些人死的時候以為自己是在幹自己的老媽！妳真該看看他們的表情啊！』然後那抹微笑退去，『但是華特看到了我。』

『他長得什麼模樣？』

『很難說，蘇珊娜。他戴著連衣帽，在帽子底下咧嘴大笑──他真是個愛笑的男人──他跟我促膝長談，就在那裡。』她指著『斐迪克好時光酒館』，手指微微顫抖著。

『不過他額頭上沒有痕跡吧？』

『沒錯，我很確定沒有，因為他不是卡拉漢大叔所謂的「下等人」。他們的任務是破壞者，那也是他們唯一的任務。』

此時，蘇珊娜的怒火又升了起來，可是她的臉上不露聲色。米亞可以取得她所有的記憶，也就是說，米亞能夠取得他們這群共業夥伴最隱密的活動和秘密。這種感覺就像突然發現屋子裡有個闖空門的小偷，不但試穿了內褲，還偷了錢，看過最私密的文件。

這種感覺可真糟。

『我想，妳可以把華特稱為血腥之王的首相吧！他常常變裝出巡，在其他的世界使用不一樣的化名，但是他總是咧著嘴笑，永遠在笑……』

『我跟他有過一面之緣，』蘇珊娜說，『那時候他叫做佛來格。我希望能再見到他。』

『如果妳真的認識他，妳不會想再見到他的。』

『妳所謂的「破壞者」……他們在哪裡？』

『還用說嗎……當然是在霹靂地，難道妳不知道嗎？就是那片黑暗之地。怎麼這麼問？』

『沒什麼，好奇而已。』蘇珊娜說，她彷彿聽到艾迪在說：問她會回答的問題，拖到晚上，給我們機會趕上妳們。她希望她們像這樣分成兩個人的時候，米亞無法讀出她的心思。如果她還是可以讀出她的心思，那麻煩可就大了。『咱們回到華特吧！我們能稍微談談他嗎？』

米亞不耐煩的比出了答應的手勢，但蘇珊娜有些懷疑。米亞什麼時候曾經心甘情願的說故事呢？蘇珊娜猜想，也許是從來沒有吧！而蘇珊娜問的這些問題，她表達出來的懷疑……想必也有一部分曾經掠過米亞的心頭吧！米亞曾經將那些懷疑當作小小的瑕疵，將它們拋在腦後，但話說回來，得了吧！米亞不是個笨女人。只有執著能讓人變笨，蘇珊娜猜想那或許是一個解釋。

『蘇珊娜？妳的舌頭打結啦？』

『不，我只是在想，他來找妳的時候，妳一定覺得如釋重負吧！』

米亞想了想，然後微微一笑。微笑改變了她，讓她看起來有些孩子氣，有些天真，還有些害羞。蘇珊娜必須提醒自己千萬不能相信那張臉。『沒錯！的確是！當然是！』

『在妳發現妳的天命，被困在這裡之後……在看見狼群準備好儲藏孩子，然後替他們開刀之後……在經過那一切之後，華特來了。事實上，他是個惡魔，但至少他看到了妳，至少他可以傾聽妳悲傷的故事，而且他還向妳做了個提議。』

『他說血腥之王可以給我一個孩子，』米亞說著，輕輕用雙手撫摸圓圓的大肚皮，『我的莫德瑞，他的時候終於到了。』

12

米亞指向弧十六實驗站，也就是她所謂『道根中的道根』。殘存的微笑在她唇邊逗留，但現在已經完全失去了快樂和歡愉。她的眼中閃著恐懼，或許還有些敬畏。

『他們就是在那裡改變了我，把我變成凡人。類似這樣的地方曾經有很多，一定有，但我保證那個地方是所有內世界、中世界或是末世界中唯一倖存的一個。那是一個既美妙又可怕的地方，我就是被帶到那個地方去。』

『我不懂妳的意思。』蘇珊娜想起了她的道根。當然，那個道根是根據傑克的道根想像出來的。那個地方有燈光閃爍，還有很多電視螢幕，的確是個奇怪的地方，但一點也不可怕。

『在那個地方的地底下有很多通道通往城堡的地底，』米亞說，『其中一條通道的盡頭是一扇門，通往霹靂地和卡拉相連的地方，就在黑暗最後的邊境之下。狼群就是利用這條通道突襲卡拉。』

蘇珊娜點點頭。這樣一來就解釋了不少疑點。『牠們也是沿著同樣的道路把孩子們送回去嗎？』

『不是的，女士，願您歡喜。就像許多門一樣，這扇門能將狼群帶到霹靂地和卡拉相連的地方，但卻是個單行道。一旦到了另一邊，那扇門就會消失不見。』

『因為它是一扇有魔力的門，是吧？』

米亞微微一笑，點點頭，拍拍膝蓋。

蘇珊娜看著她，愈來愈興奮。『又是一個雙胞胎。』

『是嗎？』

『是的，只不過這次的半斤跟八兩是科學與魔法，理性與不理性，清醒與瘋狂。不管妳喜歡哪個說法，總之就是一對該死的雙胞胎。』

『是嗎？是這樣嗎？』

『沒錯！有魔力的門……就像艾迪發現了那扇門，然後妳又穿過那扇門，帶我到了紐約一樣……那些門是雙向的。始道之力消退時，北方中央正電子製造了一些門，取代這些有魔力的門……這些人工的門是單向的。我說得沒錯吧？』

『我想是吧！』

『也許他們沒來得及在世界前進之前，想出雙向的心靈傳輸法。總而言之，狼群是穿過門到霹靂地靠近卡拉的地方，然後再搭火車回到斐迪克，對吧？』

米亞點點頭。

蘇珊娜再也不覺得自己只是在拖延時間了，這些資訊也許會有派上用場的一天。『在君王的手下……也就是大叔所謂的「下等人」……在他們把孩子的腦袋挖出來之後呢？我想應該是帶著那群孩子穿過那扇門回去吧！也就是穿過那扇城堡地底的門，回到狼群的中途站，然後再用火車載他們回家。』

『是的。』

『他們為什麼要把孩子送回去？』

『女士，我不知道。』米亞的聲音突然一沉，『混沌城堡的地底下還有一扇門，就在廢墟之房中，那扇門可以……』她舔舔嘴唇，『……可以跨界。』

『跨界？……我知道這個詞，但是我不知道有什麼不好的……』

『宇宙中有無數的世界，關於這一點，妳的丁主猜得沒錯，但即使是靠得很近的世界……就像某些紐約……彼此之間還是有無窮無盡的空間。想像一下吧！一棟房子的內牆和外牆之間總是有空間吧？那個地方總是一片黑暗，但妳總不會因為黑暗就覺得那裡是空的吧！不是嗎，蘇珊娜？』

在跨界的幽冥中有野獸潛藏。

這句話是誰說的？是羅蘭嗎？她不記得了，但是有什麼關係？她覺得她了解米亞在說什麼。如果真的如她想像，那真是太可怕了。

『牆裡有老鼠，蘇珊娜。牆裡還有蝙蝠。牆裡有各種吸來吸去、咬來咬去的蟲子。』

『夠了夠了，我懂了。』

『城堡底下的那扇門……我可以肯定應該是他們的一個失誤……那扇門哪裡也去不了，門後是各個世界之間的幽冥黑暗。那是跨界之間，但不是空無一物。』她的聲音變得更低沉，『那扇門是保留給血腥之王最痛恨的仇敵。他們會被丟進幽冥的黑暗之中，或許還能盲目、流浪、瘋狂的苟活好幾年，但最後總會有某個東西發現他們，吞噬他們。像我們這樣渺小的心靈是無法想像那些野獸的。』

蘇珊娜不由自主的想像起這樣的一扇門，想像著有什麼東西在門後等待。她不願意去想，但卻身不由己。她的嘴巴又乾又渴。

米亞繼續用告密似的恐怖低沉語氣說：『舊民在很多地方努力將魔力和科學合而為一，

但那個地方可能是碩果僅存的一個。』她朝道根點點頭，『華特就是把我帶到那個地方去，讓我變成凡人，讓我永遠離開始道之力……

『讓我變得像妳一樣。』

13

米亞沒辦法把一切都交代得清清楚楚，但是就蘇珊娜所知，華特／佛來格向這個幽靈（之後人稱『米亞』）提出了最終的浮士德交易。如果她願意放棄她接近永生卻也毫無人性的狀態，變成一個凡人，那麼她就能懷孕生子。華特也很老實的告訴她，雖然她犧牲了這麼多，但是她的回報卻是少得可憐。她的寶寶不會像正常的孩子一樣長大（麥克寶寶曾經在米亞那雙無人聞問但卻滿是崇拜的眼前長大，但是她自己的寶寶卻沒有這個福氣），而且她或許只能養育他七年，但是，噢！那會是多麼美妙的七年呀！

除此之外，華特故意保持沉默，讓米亞自己去想像：她會如何哺育她的寶寶，幫他洗澡，就連膝蓋和耳朵後的柔嫩皺摺也洗得乾乾淨淨；她會如何在他那猶如雛鳥之翼的肩胛骨之間找到最甜蜜的一點，印上香吻；她會如何教他走路，牽著他的手，看著他蹣跚學步；她會如何唸故事給他聽，在空中指出老人星和老婦星，告訴他拉斯提・山姆偷走寡婦最美味麵包的故事；她會在他說出第一句話的時候，緊緊擁抱他，用她感激的淚水濕潤他的臉頰，而當然，他的第一句話一定是媽媽。

蘇珊娜聽著米亞歡天喜地的說著這一切，心裡混雜了同情與譏諷。毫無疑問的，華特這筆買賣做得真漂亮。一如往常，他只要順水推舟就成了，他提出的所有權年限也很像撒旦會提出的年限：七年。女士，只要在虛線上簽名就好，別理那股硫磺味兒，我的衣服好像怎麼洗都洗不掉那股味兒。

蘇珊娜了解這筆交易的內容，但還是很難徹底相信。這個傢伙放棄了永生，換來了早晨的嘔吐、又腫又痛的胸部，在懷孕的最後六個禮拜還得忍受每十五分鐘就得小便一次的痛苦。等等，老兄，還有別的吶！有兩年半的時間，她得替寶寶把屎把尿！她還得在半夜醒來，因為寶寶在長牙，痛得嚎啕大哭啦（開心點，老媽，只剩下三十一顆而已了）！她會經歷寶寶第一次吐奶的神奇過程，也會在替寶寶換尿布的時候，第一次體驗到暖人心房的尿液噴過鼻梁！

沒錯，這些過程裡確實有種魔力。雖然蘇珊娜從來沒生過小孩，但是她知道如果孩子是愛的結晶，就連髒尿布和腹痛如絞也具有令人甘之如飴的魔力。但是生下孩子，然後在一切即將否極泰來，在孩子即將接近理智、責任、理性之年時，讓別人從身邊奪走孩子，又是怎麼一回事？讓別人把孩子硬是推進血腥之王的紅色地平線那端，又是怎麼一回事？那是個很糟的主意。難道米亞真的為她強烈的母性昏了頭，沒發現她得到的小小承諾正一點一點的削弱嗎？華特／佛來格曾經來到斐迪克，來到這座因為紅死病而成為一片廢墟的城市，告訴她，她有七年的時間可以享受母子天倫之樂，但是在廣場公園飯店的電話裡，理查·塞爾卻說只有五年。

無論如何，米亞已經答應了那位黑衣人的條件，而且說實在的，要她就範又需要花多大的力氣呢？她生而為母，帶著這樣的使命從始道之中誕生。自從看見第一個完美的小寶寶，看見麥可寶寶之後，她就知道自己的天命所在，所以她怎麼可能拒絕呢？就算她只能和孩子一起生活三年，甚至只有一年，那又如何？就像一個資深毒蟲在看見裝得滿滿的針筒送上門來時，也是毫無招架之力。

米亞被帶進了弧十六實驗站，讓微笑又愛挖苦人（而且絕對很嚇人）的華特帶著她參觀實驗站。華特有時候自稱是末世界的華特，有時候又自稱是所有世界的華特。她看見一間大房間，房裡擺滿了床鋪，等著孩子們來躺；每張床的床頭都擺了一頂連著鋼管的不鏽鋼帽。她不願意去想這種設備是做什麼的。她也看見了深淵之堡地下的通道，也到了死亡氣味濃得令人窒息的地方。她……那裡是一片暗紅色，而她……

『那時候妳已經是個凡人了嗎？』蘇珊娜問，『聽起來妳那時候好像已經是個凡人了。』

『我正在改變，』她說，『華特把那種過程叫做「蛻變」。』

『好吧！請繼續。』

但是到了這裡，米亞的回憶成了一片黑暗的迷遊狀態——不是跨界，但也是一點都不愉快。那是一種失憶症，而且是紅色的，一種蘇珊娜再也無法信任的顏色。這個懷孕女人是不是也透過了某扇門，從幽靈的世界進入了凡人的世界，變成了米亞？她自己似乎並不清楚，只知道她曾經歷一段黑暗的時間——她猜想自己應該是昏了過去吧！——等她清醒過來，她就成了『眼前這個模樣，不過當然還沒有懷孕。』

根據華特所說，即使變成了凡人，米亞也不能真的生孩子。她可以懷胎，但卻不能受孕，所以後來有一個惡魔之元替血腥之王辦成了一件大事，也就是以女人的身體取得了羅蘭的種，然後再以男人的身體把羅蘭的種放進蘇珊娜的身體裡。此外還有另外一個理由。華特並沒有提到這個理由，但米亞就是知道。

『是預言。』她一邊說，一邊看著斐迪克荒涼又沒有陰影的大街。在大街對面，一個看起來像安迪的機器人在斐迪克自助餐廳前安靜的站著，等著生鏽。自助餐廳的招牌承諾著便宜美食。

『什麼預言？』蘇珊娜問。

『終結艾爾德血脈之人將與其姐妹或女兒產下亂倫之子，其身有標記，赤色腳跟為印，將終結最後一位戰士之鼻息。』

『女人，我不是羅蘭的姐妹，也不是他的女兒！妳也許沒發現我們的皮膚有那麼一點點不同，也就是說他的皮膚是白的，我的皮膚是黑的。』但是她覺得她還是可以了解那個預言的意義。建立家族的方法有很多，血緣關係只是其中的一個。

『他沒有告訴妳丁主的意義嗎？』米亞問。

『當然有。它的意思是「眾人之首」。如果他帶領的是整個國家，而不只是三個髒屁股的帶槍小鬼，那它的意思就是「一國之君」。』

『「眾人之首」與「一國之君」，妳說得沒錯。好啦，蘇珊娜，妳不覺得這兩個詞只是另外一個詞的拙劣替代品嗎？』

蘇珊娜沒有回答。

米亞點點頭，當她已經回答了問題。子宮又是一陣收縮，她痛得皺起了臉，等到疼痛過去，她繼續說：『精子是羅蘭的。我認為在惡魔之元從男人變身成女人的時候，是某種舊民的科學保留了羅蘭的精子，但這並不重要，重要的是精子活了下來，找到了它的另一半，一如業所注定。』

『我的卵。』

『妳的卵。』

『是我在石圈裡被強暴的時候。』

『沒錯。』

蘇珊娜坐著沉思，半晌終於抬起頭來：『看來這種情形就和我說過的一樣，只不過妳那時不喜歡我的說法，現在恐怕也不會喜歡：姑娘，妳只是保姆而已。』

這次米亞沒有大發雷霆，只是微微一笑：『是誰在清晨想作嘔，卻還是繼續有月事來潮？是妳。是誰挺著大肚子？是我。如果要說誰是保姆，紐約的蘇珊娜，應該是妳才對。』

『怎麼可能？妳怎麼知道？』

米亞就是知道。

14

華特告訴米亞，寶寶會傳送到她的身體裡，一個細胞一個細胞的傳，就像傳真也是一行一行的傳。

蘇珊娜張開嘴，想說她不知道『傳真』是什麼東西，但馬上又閉上了嘴。她大概了解米亞的意思，而且雖然只是了解了大意，但卻足以讓她的心中充滿了恐懼與憤怒。她曾經懷孕。說得更確實一點，她現在也在懷孕，只不過寶寶卻被

（傳真）

傳送到米亞的身體裡。這個過程是先快後慢，還是先慢後快？她猜想是先慢後快，因為時間過得愈久，她就覺得自己愈不像孕婦。她微微隆起的小腹又再次平坦，現在她終於了解為什麼她和米亞都覺得自己和小傢伙有骨肉相連的情感：事實上，小傢伙屬於她們兩個，在她們兩人的體內傳送，就像……輸血一樣。

只不過如果有人想抽妳的血，然後輸到另一個人的身體裡，他一定會先徵求妳的同意。當

然，前提是這個人是醫生，不是卡拉漢大叔說的吸血鬼。米亞啊，妳比較接近卡拉漢大叔的吸血鬼，不是嗎？

『是科學還是魔法？』蘇珊娜問，『是哪一個讓妳偷走我的寶寶？』

聽見這句話，米亞的臉微微脹紅，但等到她轉頭面對蘇珊娜時，她已經可以正視蘇珊娜的雙眼。『我不知道，』她說，『很可能是兩者的混合體。別自以為是了！寶寶在我的身體裡，不是在妳的身體裡。他吸的是我的骨、我的血，不是妳的！』

『那又怎樣？妳以為那能改變什麼嗎？寶寶是妳靠著某種下流的魔法偷來的。』

米亞用力搖頭，長髮在臉龐四周飛散。

『不是嗎？』蘇珊娜問，『那為什麼不是妳在沼澤吃青蛙，在豬圈裡吃小豬，天曉得還有什麼噁心的食物？妳為什麼會需要瞎掰出什麼城堡裡的大餐，好假裝吃東西的人是妳自己？簡而言之，蜜糖派，妳的小傢伙為什麼要透過我的喉嚨才能吃飽呢？』

『因為……因為……』蘇珊娜發現米亞的眼睛裡充滿了淚水，『因為這是一片受到污染的土地！受了詛咒的土地！這裡是紅死病肆虐之地，混沌的邊境！我不願意在這裡餵我的小傢伙！』

蘇珊娜猜想，這是個很好的答案，但不是完整的答案，而且米亞想必也心知肚明，因為麥克寶寶，完美的麥克寶寶就是在這裡孕育，在這裡成長，在米亞最後一次見到他時，他還長得非常好。此外，如果她真的對這個答案這麼篤定，那麼為什麼她的眼裡充滿了淚水？

『米亞，關於妳的小傢伙，他們根本是在騙妳。』

『妳又不曉得，嘴巴給我放乾淨點！』

『我當然曉得。』而且她真的曉得，但是她沒有證據，真該死！她只有一種『感覺』，雖然這種感覺非常強烈，但是『感覺』這種東西根本無從證明起啊！

『佛來格……或者是華特，如果妳喜歡的話……他答應妳七年的時間，但塞爾卻說只有五年。如果妳到了狄西小豬，他們卻交給妳一張卡片，上面寫著：憑戳印可養孩子三年，妳會怎麼辦？照單全收嗎？』

『那是不可能發生的！妳跟另一個女人一樣卑鄙！閉嘴！』

『妳還真有膽罵我卑鄙！我實在等不及生個會殺死老爸的小孩啊！』

『我不在乎！』

『妳根本搞不清楚狀況，女孩，妳根本搞不清楚妳的希望和現實差了十萬八千里。妳怎麼知道他們不會在孩子還沒來得呼吸前就殺了他，把他磨成粉，拿去餵那些混蛋破壞者？』

『閉……嘴！』

『或許寶寶是某種超級食物？可以一舉完成大業？』

『閉嘴，我叫妳閉嘴！』

『重點是，妳根本搞不清楚狀況。妳根本什麼都不知道。妳只是保姆，只是在幫人帶小孩的打工女孩。妳知道他們在說謊，妳知道他們只會騙人，不會幫人，但妳還是一意孤行，而且妳還叫我閉嘴。』

『沒錯！沒錯！』

『我不會閉嘴。』蘇珊娜嚴肅的說，抓住了米亞的肩膀。洋裝下的肩膀意外的纖瘦，但卻很熱，好像這個女人在發燒。『我不會閉嘴，因為寶寶其實是我的，而且妳心知肚明。貓咪可以在烤箱裡生小貓，女孩，但是小貓不會因此就變成鬆餅啊！』

好吧，最後她們還是回到了劍拔弩張的局勢。米亞的臉孔扭曲成恐怖又痛苦的表情，在米亞的眼睛裡，蘇珊娜覺得她可以看見米亞的前世：一個永生不死、熱切渴盼、哀慟逾恆的生物。此外，她還看見了別的東西。她看見了一道火星，只要給它時間，那道火星就能燃成信賴。

『我會讓妳閉嘴。』米亞說。突然間，斐迪克的大街裂了開來，就像誘惑之地也曾經裂了開來一樣。裂縫之後是一片漆黑，但並不是空無一物。噢，不，不是空無一物，蘇珊娜的感覺非常清楚。

她們一起墜入裂縫。不，是米亞推著兩人一起墜入裂縫。蘇珊娜努力想把兩人的身子拉回來，但卻是徒勞無功。在她們落入黑暗時，蘇珊娜聽見一首歌在腦中播放，一而再、再而三的反覆，簡直到了煩人的地步：哎唷蘇珊娜—米歐，人格分裂一小妞，車停……

15

狄西小豬前，一九九九是當……

這段煩人（但卻又極其重要）的旋律還沒來得及在蘇珊娜—米歐的腦袋裡播完最後一次，那顆腦袋就撞上了某個東西，讓她眼冒金星。等她清醒過來，她看到眼前有兩個大字：

克等

她把頭往後拉，看見了一句話：『班哥·克甘克等待君王！』那是寫在廁所門內側的塗鴉。『門』曾經纏著她不放——應該說是『一直』纏著她不放才對。自從在密西西比州的牛津城，她的監牢大門關上後，『門』就一直纏著她不放，但這扇門是關著的。很好。她認為關著的門比較不會帶來大麻煩。這扇門很快就會再打開，到時候麻煩又會再次出現。

米亞：我把我知道的都告訴妳了，現在妳要帶我去狄西小豬，還是妳要我一個人去？逼不得已的話我可以一個人去，尤其我還有烏龜在手。

蘇珊娜：我會幫妳。

只不過米亞能得到多少幫助，就要看現在是什麼時間了。她們在這裡待了多久？她的腳從膝蓋以下完全麻痺了，屁股也是，她想這應該是個好現象，表示時間已經過了很久，但是在亮晃晃的日光燈下，蘇珊娜實在搞不清楚現在是什麼時候。

為什麼這麼重要？米亞狐疑的問。為什麼現在是什麼時候這麼重要？

蘇珊娜努力尋找答案。

因為寶寶。妳知道我不能阻止分娩太久，是吧？

當然，所以我才想趕快動身。

好吧！咱們來看看小馬留了多少現金給我們。

米亞拿出那一小疊鈔票，一臉疑惑的看著它們。

拿出寫著『傑克遜』的那張[53]。

我……米亞十分困窘。我不識字。

那就讓我接手，我來看。

不！

好吧好吧！冷靜點，我說的是一頭白髮往後梳的傢伙，看起來有點像貓王。

我不知道貓王……

算了，總之是最上面的那張。很好。現在把剩下的鈔票放回口袋，財不露白嘛！把那張二十元鈔票拿在手裡，很好，咱們要去血拚一番囉！

什麼是『血拚』？

米亞，閉嘴。

16

她們再次走進大廳時（那雙腳又痛又麻，走起路來慢吞吞的），蘇珊娜看到外頭的天色已近黃昏，覺得稍微開心了一點。看來她並沒有真的拖到晚上，但是也耗掉了大半個白天。大廳裡依然熙來攘往，但並沒有先前的混亂，幫她（她們）辦住房手續的歐亞混血美女也已經下班離開了。在門口的雨篷下，兩個穿著綠色軍服的新面孔正用口哨替客人招計程車，許多客人都穿著燕尾服或是閃亮的長禮服。

正要去參加晚宴呢！蘇珊娜說。或許是去看戲。

蘇珊娜，那對我來說並不重要。我們必須請穿綠套裝的人幫我們招黃色的車子嗎？

不，我們到街角再招計程車。

是嗎？

噢，別疑神疑鬼的了。妳正要送妳的寶寶或是妳自己上西天，但我知道妳完全是出自善意，所以我會守信。是的，我們到街角再招計程車。

好吧！

米亞不再說話，當然也沒有道歉。她離開了飯店，向左轉，往第二大道走去，往二號哈瑪紹廣場走去，往那首美麗的玫瑰之歌走去。

㊼二十元美鈔上有美國第七任總統傑克遜的圖像。

17

在第二大道和第四十六街的交叉口，一輛褪色的紅色金屬篷車正停在人行道旁。人行道的邊緣是黃色的，一個穿著藍色套裝的男人（從他手臂側面的徽章看來，似乎是個治安官）似乎正在和一個白鬍子的高個兒男人討論這件事。

米亞感到腦袋裡傳來一陣驚慌的動作。

蘇珊娜？怎麼了？

那個男人！

那個治安官？他怎麼了？

不是，是留鬍子的那個！他看起來幾乎跟漢奇克一模一樣！曼寧人漢奇克！妳沒看到嗎？

米亞沒看到，也不在乎。根據她的推測，雖然把篷車停在黃色人行道旁是違反規定的，留著鬍子的男人似乎也了解這一點，但他就是不想把車挪開，而是自顧自的架起畫板，在畫板上放上畫。米亞覺得這兩個人早就已經吵過這件事不知幾回了。

『我要開你罰單了，神父。』

『做你該做的吧，班季克警官。上帝愛你。』

『很好，真高興聽你這麼說。至於罰單，我想你一定會把它撕爛，對吧？』

『《聖經》上說：凱撒的物當歸給凱撒，神的物當歸給神。上帝祝福《聖經》！』

『少來。』治安官班季克說。他從屁股後的口袋裡拿出一疊厚厚的紙，開始在上頭寫字，感覺起來班季克做這件事也不知做了幾回了。『但是讓我告訴你一件事，哈瑞根，市政府遲早會知道你做的好事，到時當歸給你的罰單就會歸給你，我只希望我能有幸親眼目睹那一幕。』

他撕下一張紙，走到金屬手推車那兒，把紙條塞進篷車的黑色雨刷下。

蘇珊娜覺得很有趣：他吃了罰單，而且看樣子不是頭一回。

米亞也不由自主的分了心：這台篷車的車身上寫了什麼，蘇珊娜？

蘇珊娜接手，不過只接手了一半，引起了一種『換位』的感覺，還有一種瞇起眼睛的感覺。米亞覺得這種感覺很奇怪，就像腦袋的深處有人在搔癢一樣。

蘇珊娜好像還是覺得很有趣。她回答米亞：上頭寫著『聖上帝炸彈教堂，厄爾·哈瑞根神父』。上頭還寫著『你的捐獻將在天堂獲得回報』。

什麼是『天堂』？

小徑盡頭那片空地的另一種說法。

喔。

治安官班季克做完了工作，就把雙手緊握，背在背後，溜達著走開了，肥滿的大屁股在藍色制服長褲底下跳動著，而哈瑞根神父則忙著調整畫架。一張畫架上的畫是一個白袍男人正在放一個男人出獄，白袍男人的頭還會發亮。另一張畫架上的畫則是白袍男人正轉身離開一隻野獸，野獸的皮膚是紅色的，頭上還長了兩隻角，看起來正在對白袍男人大發雷霆。

蘇珊娜，那個紅色的怪物就是這個世界眼中的血腥之王嗎？

蘇珊娜：我想是吧！順便告訴妳，那是撒旦，地獄之王。叫那個滿嘴上帝的男人替妳招計程車，好嗎？用那隻烏龜。

米亞再次狐疑的問道（顯然她無法控制自己）：是嗎？

是是是！我的老天爺呀，妳這個女人！

好啦好啦！米亞聽起來有點窘。她走向哈瑞根神父，從口袋裡拿出了手工烏龜。

18

蘇珊娜靈光一閃，想到了自己該怎麼辦。她離開米亞的身體（如果這個女人不能靠魔術烏龜招到計程車，那她真是沒救了），然後緊緊閉上眼睛，想像道根。等她再次睜開眼，她已經身在道根之中了。她抓住先前曾經用來呼叫艾迪的麥克風，然後按下開關。

『哈瑞根！』她對著麥克風說，『厄爾．哈瑞根神父！你在嗎？你聽得到嗎，蜜糖？你聽得到嗎？』

19

哈瑞根神父停下了工作，看著黑女人（那女人真漂亮呀，讚美上帝）坐進計程車。計程車開走了，在開始晚上的講經之前，他還有許多事情要做，和班季克警官的小小周旋只是宣布起跑的鳴槍而已，但他還是放下了工作，站在那兒看著計程車的尾燈一閃一滅，越走越遠。

剛才他發生了什麼事情嗎？

剛才……難道……

哈瑞根神父在人行道上跪下，根本忘了來往的行人（大部分的行人也對他視若無睹）。他握緊了那雙時常用來讚美上帝的大手，舉向下巴。他知道《聖經》上說祈禱是件很私密的事，最好別讓人瞧見，而他也奉行不渝，總是找個最隱密的地方偷偷祈禱。是的，主啊！但是他也相信上帝希望祂的子民偶爾能看看一個祈禱的人是什麼模樣，因為大部分的人早就忘了祈禱的人是什麼模樣。此外，再也沒有什麼地方比第二大道和第四十六街的交叉口更適合與上帝交談了。這裡有歌聲，純淨又甜美的歌聲。它能振奮精神，淨化心靈……順便一提，它還能讓皮膚變好。這不是上帝的聲音，哈瑞根神父也不會把它當成上帝的聲音，這種想法真是蠢到褻瀆上帝，但是他覺得這個聲音是天使的聲音。是的，上帝呀，上帝炸彈呀！那是六翼天使的聲音呀！

『上帝呀！您剛才是在我身上丟了顆上帝炸彈嗎？我想問問您，我剛才聽到的聲音是您的聲音還是我自己的聲音？』

沒有回應。他已經有好幾次沒聽到上帝的回應了，他會好好思考這件事，但是現在他要準備講道了。用俗人的話來說，他要準備『登台作秀』了。

哈瑞根神父走向他的小貨車（一如往常，那輛貨車停在黃線旁），打開後車箱，拿出宣傳手冊、包著絲綢的募捐箱（待會兒他要把它放在身邊的人行道上），再拿出耐用的木箱。他會站在木箱上登台講道：您可以舉起手，大喊『哈雷路亞』嗎？

還有啊，兄弟，喊完『哈雷路亞』後，能跟著再喊一聲『阿門』嗎？

詩節：卡瑪拉，哎呀呀，
　另外一人又出現。
　或許是個熟面孔，
　可惜是敵不是友。

應答：卡瑪拉，第十回！
姑娘是敵不是友！
倘若與她太親近，
小心再次倒大楣。

11st
STANZA

詩節十一

作家

The Writer

1

羅蘭和艾迪抵達橋屯鎮的小小購物中心時（所謂的購物中心其實只有一間超市、一間洗衣店，以及一間大得驚人的藥局），兩人突然都有了某種感覺：不只是歌聲，而是一種引力，這種力量讓兩人的精神一振，就像坐上一台瘋狂又美妙的電梯一樣，情緒直衝頂端。艾迪發現自己一直想到卡通裡小仙女撒的魔術亮粉跟小飛象的魔術羽毛，這種感覺就像是在一步步接近玫瑰，但並不是完全相同。這座新英格蘭小城少了點聖潔的感覺，但確實有種力量，而且是非常強大的力量。

艾迪跟著指向橋屯鎮的路標，從東史東罕沿著一條條的鄉間小道來到這裡。在這一路上，他也有另外一種感覺：這個世界清脆明亮得令人難以置信。夏日鬱鬱蒼蒼的松樹林有一種真實無比的感覺，他從來沒有過這種感覺，事實上，他根本沒想到這種感覺居然存在。飛過青空的鳥兒讓他驚訝得屏住了呼吸，就連最平凡的麻雀也一樣。地上的影子帶著一種絲絨般的厚實感，好像你可以彎下腰，撿起它，像地毯一樣夾在腋下帶走。

在某個時刻，艾迪問羅蘭是不是也有同樣的感覺。

『是的，』羅蘭說，『我感覺到、看到也聽到了……艾迪，我甚至觸摸到了。』

艾迪點點頭，他也一樣。這個世界真實得不可思議，它簡直是……簡直是『反跨界』，這是艾迪腦袋裡最貼切的形容詞。他們已經非常靠近光束的核心了，艾迪可以感覺到光束推動著他們，就像一條河流帶著他們衝下峽谷，成為瀑布。

『但是我有點害怕，』羅蘭說，『我覺得我們好像快要抵達萬物的核心，也許就是黑塔。好像經過了這些年歲後，遠征的本身成了我的目的，而終點反而令我害怕。』

艾迪點點頭，他可以了解這種感覺，而且他當然也很害怕。如果發出那種巨大力量的東西不是黑塔，那麼一定是某種強大又可怕的東西，某種很像玫瑰的東西，但並不是玫瑰。難道是玫瑰的雙胞胎？很有可能。

羅蘭往外望著停車場，看著人群在圓胖雲朵緩緩飄動的夏日晴空下走來走去。人群似乎沒有發現他們四周的世界吟唱著力量之歌，沒有發現所有的雲朵都沿著天空中同一條古老的路徑飄動，沒有發現自己有多麼美麗。

槍客說：『我以前總認為世上最可怕的事情就是抵達黑塔，結果發現頂樓空無一人，宇宙之王不是死了，就是根本不存在。但是現在……假如那裡真的有人呢，艾迪？假如宇宙的主宰者是……』他說不下去了。

但艾迪卻能繼續接話：『假如宇宙的主宰者是另一個臭屁王？是不是？假如上帝沒死，只是軟弱又壞心呢？』

羅蘭點點頭。事實上，這並不是羅蘭真正害怕的事，但至少也很接近了。

『怎麼可能呢，羅蘭？別忘了我們有這種感覺啊！』

羅蘭聳聳肩，好像在說『沒有什麼是不可能的』。

『總而言之，我們有什麼選擇？』

『沒有選擇，』羅蘭說得坦白，『萬物皆為光束所用。』

不管那股偉大的吟唱之力是什麼，它似乎是來自購物中心西方的那條小路。那條小路通往樹林，根據路標，它叫做『堪薩斯路』，艾迪不由得想起了桃樂絲、小狗托托跟單軌伯廉。

他打下福特汽車的排檔，往前開動。他的心跳緩慢，每一次跳動都帶著驚叫似的力量，他懷疑摩西在看見火燒荊棘，往前走去，發現上帝時，是不是也有這種感覺？他也懷疑雅各一覺醒來，發現一個耀眼美好的陌生人在他的軍營之中時（這位陌生人是名天使，雅各將與他搏鬥），是不是也有這種感覺？他猜想他們或許都有這種感覺。他很確定他們旅程的另一個部分即將抵達終點，另一個答案就在前方。

上帝就住在緬因州橋屯鎮的堪薩斯路上？這個主意聽起來應該很瘋狂，但卻是一點也不瘋狂。

拜託別讓我死。艾迪一邊這麼想，一邊往西駛去。我還得回去找我的甜心，所以拜託別讓我死，不管你到底是什麼人或是什麼東西。

『老兄，我真的很害怕。』他說。

羅蘭輕輕握了握他的手。

2

離開購物中心三哩，他們來到一條泥土小徑。這條泥土小徑位在他們的左方，通往松樹林。一路上他們經過了不少小路，艾迪全部以三十哩的時速頭也不回的開過，但卻在這條泥土小徑前停了下來。

兩扇前車窗都搖了下來，他們可以聽見林間的風聲、烏鴉鬧脾氣似的叫聲、不遠處傳來的汽艇嗡嗡聲，還有福特汽車引擎的隆隆聲。除了無數和諧鳴唱的歌聲外，就只有這些聲音了。小路的路標只寫著『私人車道』，但艾迪還是點點頭說：『就是這裡了。』

『是的，我知道。你的腳呢？』

『很痛，不過別擔心。我們真的要這麼做嗎？』

『我們必須這麼做。』羅蘭說，『你帶我們來這裡的確沒錯。這裡是這個東西的另一半。』他拍拍他的口袋，口袋裡裝著將那塊空地讓給共業有限公司的合約。

『你覺得這個姓金的傢伙是玫瑰的雙胞胎？』

『您說得沒錯。』羅蘭發現自己不由自主學起了卡拉人的腔調，不禁微笑了起來，艾迪覺得他很少看到這麼悲傷的微笑。『我們全都學會了卡拉人的說話方式，不是嗎？先是傑克，接著我們全都學了起來，不過我們總有一天會改掉的。』

『還有很長的路。』艾迪說得斬釘截鐵。

『沒錯，而且那會是一條很危險的路，不過……也許沒有現在這條路危險。上路吧！』

『等等。羅蘭，你記得蘇珊娜提過一個叫「摩斯．卡佛」的人嗎？』

『你說的是那位掌櫃……也就是負責管錢的人。他在蘇珊娜的父親去世時接管了他的事業，我說得沒錯吧？』

『沒錯，而且他是蘇珊娜的乾爹，她說他是一個可以完全信賴的人。你還記得我跟傑克說他可能會侵吞公款時，她有多生氣嗎？』

羅蘭點點頭。

『我相信她的判斷，』艾迪說，『你呢？』

『我也相信。』

『如果卡佛真的是個正直的人，我們也許能把我們得在這個世界完成的東西交給他保管。』

跟艾迪感覺到的那股力量相比，這件事似乎一點也不重要，但是他覺得它一定很重要。他們也許只有一個機會能保護玫瑰，讓它繼續生存下去，所以他們必須把這件事情做對，而艾迪知道這表示他們必須順從天命。

簡而言之，業。

『羅蘭，蘇西說你從紐約把她抓出來的時候，霍姆斯牙科企業大概價值八百到一千萬。如果卡佛跟我希望的一樣正直，那麼現在那間公司的價值大概已經漲到一千兩百萬或一千四百萬。』

『很多嗎？』

『多勒！』艾迪一邊說，一邊把能自由移動的那隻手朝地平線揮動，羅蘭點點頭，『用治牙齒賺來的錢拯救宇宙聽起來很好笑，但我說的就是這件事。此外，牙仙子留給她的錢或許只是個開頭，還有一些其他的財源，像是微軟。記得我跟塔先生提過這個名字嗎？』

羅蘭點點頭。『說慢點，艾迪。冷靜下來，我懇求你。』

『抱歉啦！』艾迪說著，深深吸了口氣，『是這個地方，這個歌聲，那些臉……你看到樹林裡的臉了嗎？影子裡的臉？』

『我看得很清楚。』

『那些臉讓我覺得有點瘋狂，麻煩你多擔待了。我要說的是，我們可以把霍姆斯企業和共業有限公司合併成一間公司，然後利用我們對未來的知識，把這間公司變成有史以來最賺錢的合併公司，擁有的資源可以與頌伯拉企業抗衡……甚至可以跟北方中央正電子公司抗衡。』

羅蘭聳聳肩，然後舉起一隻手，好像很懷疑艾迪怎麼能在這種時候還滿口銅臭，淨談些錢的事情，因為現在從光束泉湧而出的無窮力量正貫穿他們的身體，讓他們後頸上的寒毛直豎，讓林中的陰影成了一張張窺探的臉孔……彷彿有一群人聚在此地，觀賞他們演出這齣戲裡最重要的一幕。

『我知道你的感覺，但是這很重要，』艾迪堅持，『相信我，這真的很重要，比如說，要是我們可以在北方中央正電子公司在這個世界崛起之前買下它呢？羅蘭，我們也許可以改變它，就像即使是最壯闊的江河，也只要小小的一鏟，就能在源頭之處讓它轉向，因為它的源頭只是一條涓涓細流。』

聽到這個主意，羅蘭的眼睛一亮。『釜底抽薪之計，』他說，『讓它不是為血腥之王服務，而是為我們服務。沒錯，這或許可行。』

『不管可不可行，我們都必須記得，我們的一舉一動不只會影響一九七七年，或是一九八七年，也就是我的時代；或是一九九九年，也就是蘇西現在所在的時代。』艾迪突然驚覺，在一九九九年，塔先生可能已經死了，而狄普諾則是鐵定已經死了。在這齣名為『黑塔』的劇碼裡，這兩個人早已演完最後一場戲（也就是從希特勒兄弟手中救出卡拉漢），下台一鞠躬，到了小徑盡頭的那片空地，和嘉修、胡茨、班尼·史萊特曼、蘇珊·戴嘉多……

（卡拉，卡拉漢，蘇珊，蘇珊娜）

還有滴答人作伴了，搞不好還有伯廉跟派翠西亞。羅蘭和他的共業夥伴遲早也會抵達那片空地。如果他們福星高照，抱著必死的勇氣，那麼到最後，只會剩下黑塔還屹立不搖。如果他們能掐死北方中央正電子公司的幼苗，他們或許可以拯救所有已經斷裂的光束。就算沒辦法拯救所有的光束，只要保住兩條光束就能撐起黑塔了：也就是紐約的玫瑰，還有緬因州一個叫做史蒂芬·金的男人。艾迪的腦袋裡沒有任何證據能證明這個想法……但他的心裡卻深信不疑。

『我們的一舉一動將影響萬世千年，羅蘭。』

羅蘭握拳輕敲卡倫老舊福特車骯髒的儀表板，然後點點頭。

『那塊空地上什麼都能蓋，你有沒有想過這件事？什麼都有可能。我們可以在上頭蓋大樓、公園、紀念碑，搞不好還可以蓋個什麼「國立留聲機研究院」，只要保住玫瑰就行。這個叫卡佛的傢伙可以把共業有限公司變成合法的公司，也許他可以跟狄普諾合作……』

『沒錯，』羅蘭說，『我喜歡狄普諾，他有一張真誠的臉。』

艾迪也有同感。『總之，他們可以擬定合約，保住玫瑰——無論如何，一定要留住玫瑰就對了。而且，我有預感玫瑰一定會安然無恙，不管是二〇〇七年、二〇五七年、二五二五年、三七〇〇年……靠，甚至是一九〇〇〇年……我想它永遠都會在那裡，因為雖然它很脆弱，但它也是長生不死的。不過我們要趁有機會的時候把事情做對，因為這裡是關鍵的世界。在這個世界裡，要是鑰匙開不了門，我們不能再削削磨磨，把形狀磨對。在這個世界裡，我們沒有重來的機會。』

羅蘭想了想，然後指向一條小路，那條小路通往樹林，通往滿是窺探臉孔與吟唱歌聲的森林。那陣歌聲是和諧的鳴唱，它讓人生充滿了價值與意義，而且堅持真理，認同白的一方。『那麼住在這條路盡頭的那個人呢，艾迪？如果他是人的話。』

『我想他是人，不只是因為卡倫說過他是人，也因為我的心裡有這種感覺。』艾迪拍拍胸口。

『我也是。』

『是嗎，羅蘭？』

『是的。你覺得那個人是不是長生不死的？我已經可稱得上是見聞廣博，但卻從沒見過長生不老的人。』

『我覺得他不一定要長生不老，只要把故事寫對就行了，因為有些故事的確能流芳千古。』

羅蘭的眼中閃過恍然大悟的神情。他終於懂了，艾迪心想。他終於懂了。但是他自己又花了多少時間才了解事實，而且接受事實呢？他見識過那麼多的奇人異事，早該看出這件事了，但卻總是缺了那臨門一腳。就連發現卡拉漢是從《撒冷鎮》這本小說裡活過來的人物，也沒把他點醒。真正把他點醒的，是他發現合作城市是在布朗克斯而不是在布魯克林的時候。至少在這個世界，合作城市是在布朗克斯而不是布魯克林，而這個世界是唯一重要的世界。

『也許他不在家，』羅蘭說，四周的世界靜默等待，『也許這個創造我們的男人不在家。』

『你知道他在家。』

羅蘭點點頭，他的眼中又出現那道古老的火光，那道火光的源頭從未熄滅，一路從基列地為他照亮這條光束之徑。

『那麼前進吧！』他嘶啞的吶喊，『前進吧，看在你父親的分上！如果他是上帝——我們的上帝——那麼我要正視他的雙眼，問他該怎麼走才能找到黑塔！』

『你不先問他該怎麼走才能找到蘇珊娜嗎？』

這個問題一說出口，艾迪就後悔了，他祈禱槍客不會回答。

羅蘭沒有回答，只是轉動右手剩下的手指，好像在說：上路吧！上路！

艾迪打檔，將卡倫的福特車開上車道，轉進泥土小路，載著槍客進入一股吟唱的巨大力量中，那股力量像一陣風似的貫穿他們，將他們變成一種虛無飄渺的東西，像是一道轉瞬即逝的思緒，或是某個沉睡神祇的夢境。

3

經過四分之一哩的路，這條泥土小路便岔了開來，艾迪選擇了左邊的岔路，不過路標上寫的是『羅登』，而不是『金宅』。車子揚起的風沙映在後視鏡上。那陣歌聲嘈雜而又甜美，像烈酒似的傾注在他們體內。艾迪的寒毛依然直豎，肌肉顫抖，要是有人叫他現在拔槍，他覺得自己一定握不住那把該死的槍。就算他能握住手槍，也不可能瞄準目標。他不知道怎麼可能有人住得離歌聲這麼近，而且還能吃能睡，更別提寫小說了。但是當然，金先生不只是住得離歌聲很近；如果艾迪猜得沒錯，金先生根本就是歌聲的源頭。

但是如果他有家人，那他的家人呢？就算他沒有家人，那他的鄰居呢？

右手邊有條車道，還有……

『艾迪，停車！』說話的是羅蘭，但是聲音聽起來一點也不像他，他的卡拉口音幾乎已經完全消失了。

艾迪把車停下來，羅蘭胡亂抓著身旁的門把，弄了半天開不了門，索性把半個身子探出窗戶（艾迪聽見他的皮帶釦滑過窗緣時發出叮噹聲響），然後朝歐根上大吐特吐。等他坐回座位，他看起來非常疲憊，卻又非常欣喜。那雙骨碌碌轉向艾迪的眼睛湛藍、古老、閃亮。

『繼續上路。』

『羅蘭，你確定……』

羅蘭只是轉動手指，雙眼望向福特汽車骯髒的擋風玻璃外。前進吧！前進！看在你父親的分上！

艾迪繼續上路。

4

房地產經紀人會將這種房子稱為『農莊式平房』[54]，艾迪並不意外，真正讓他意外的是這個地方居然十分簡樸，但是他馬上提醒自己，並不是所有的作家都很有錢，尤其是年輕的作家。這個作家的第二本書顯然因為打錯了幾個字，而成了藏書狂眼中的珍寶，但艾迪懷疑金先生大概從來沒有因為那些書拿過佣金，或許該說是『版稅』比較正確吧！

但是話說回來，停在迴轉車道上的竟是一輛嶄新的吉普車，車子的品牌是和某個印第安部落同名的『切諾基』牌，車身上還貼著漂亮的印第安長條圖紋，可見史蒂芬·金並沒有為了藝術餓肚子。房子的前院有一座立體的單槓架，附近散放著許多玩具，看到這一幕，艾迪不禁心一沉。他在卡拉學到了一個教訓，那就是小孩子會讓事情更複雜。從這些玩具看來，住在這裡的孩子年紀全都很小，現在，有兩個帶著真槍實彈的男人正朝他們走去，而且嚴格說來，這兩個男人的精神還不太正常。

艾迪關掉福特汽車的引擎。一隻烏鴉嘎嘎叫著，一艘汽艇嗡嗡作響（從聲音聽來，這艘汽艇比他們先前看到的那輛更大）。在房子後頭，明亮的太陽在藍色的海面上閃閃發光，那陣歌聲唱著：來來來，卡瑪拉。

羅蘭『咚』的一聲打開車門，走出車門時微微側身：髖部不適，乾扭病。艾迪自己下車時也覺得雙腳麻木，就像兩根木棍一樣。

[54] 農、牧場主人所住的長方形平房，通常附有車庫。

『塔比莎？是妳嗎？』

人聲從房子的右邊傳來。跑在聲音主人前頭的是一道陰影，艾迪從來沒看過這麼令他恐懼又驚奇的影子。他心中浮現一個千真萬確的念頭：我的創造者來了。他來了，沒錯，此言不假。那陣歌聲唱著：卡瑪拉，第三回，造我者，在前方。

『妳忘了什麼東西嗎，親愛的？』不過最後三個字帶著緬因州的口音，就像約翰・卡倫一樣，接著房子的男主人出現了，他出現了。他看見兩人，停下了腳步。說得精確一樣，他是看見羅蘭，所以才停下了腳步。歌聲與他一起停了下來，汽艇的嗡嗡聲似乎也一起停了下來。有那麼一會兒，整個世界似乎懸於一線，然後男人轉身狂奔，但艾迪還是瞥見他臉上青天霹靂似的可怕神情。

羅蘭像一道閃電似的追了上去，就像貓兒追著鳥兒一樣。

5

但是金塞爺是人不是鳥，他不能飛，而且也無處可逃。房子旁的草坪沿著緩坡而下，上頭的青草茂盛，只有一小片水泥地，可能曾經是水井，或是抽污水的機器。草坪之後是一方小小的沙灘，上頭散放著更多的玩具，沙灘之後是湖泊。男人跑到湖邊，嘩啦嘩啦的踩進湖水裡，然後笨拙的轉身，差點跌倒。

羅蘭在沙灘上停了下來，和史蒂芬・金四目相對。艾迪站在羅蘭身後約四碼的地方，看著兩人。歌聲再起，汽艇的嗡嗡聲也再次出現。也許它們從來沒有停止過，但艾迪卻不這麼認為。

水裡的男人像小孩子一樣用兩隻手摀住眼睛，說：『你沒有在這裡！』

『我在這裡，塞爺。』羅蘭的聲音十分溫柔，但也充滿了敬畏，『把你的手從眼睛上拿開，橋屯鎮的史蒂芬。把手放下，好好看看我們。』

『也許我精神崩潰了。』水裡的男人說，但還是慢慢把手放下。他戴著厚厚的眼鏡，鏡框是嚴肅的黑色鏡框，一邊的鏡架還用少許的膠帶黏了起來。他的頭髮可能是黑色的，也可能是非常深的棕色，鬍子則絕對是黑的，裡頭摻了幾根顯眼得嚇人的白鬚。他穿著牛仔褲，上半身則是一件T恤，T恤上寫著『雷蒙斯樂團』還有『通往俄羅斯的火箭』和『嘎吧嘎吧嘿』㊺。他看起來似乎有點中年發福的傾向，但還不算胖。他很高，就像羅蘭一樣蒼白。艾迪毫不意外的發現史蒂芬・金看起來有點像羅蘭。兩人的年齡不同，所以不可能被錯認成雙胞胎，但是父子呢？沒錯，外人很容易就把兩人當成父子。

羅蘭輕拍喉嚨三次，然後搖搖頭。還不夠，絕對不夠。艾迪看見槍客跪在散放一地的鮮豔塑膠玩具之間，把一隻扭曲的手放在額頭上，行了個禮。

『萬福，說書人，』他說，『基列地的羅蘭・德斯欽與紐約的艾迪・狄恩來到你的面前。你願意對我等開誠佈公，一如我等對你開誠佈公？』

金先生笑了起來。艾迪剛才聽了羅蘭說了那麼嚴肅的一番話，現在聽見金先生的笑聲不禁覺得有些震驚。金先生說：『我……老兄，這不是真的，』接著又自言自語說：『不是嗎？』

羅蘭跪著，繼續往下說，好像站在水裡的男人剛才沒笑過，也沒說過話：『你是否接受

㊺雷蒙斯樂團（Ramones，活躍時期：一九七四—一九九六）是龐克樂的鼻祖之一，『通往俄羅斯的火箭』及『嘎吧嘎吧嘿』是九〇年代向該樂團致敬所發的專輯名。

我等的身分，接受我等的行為？』

『如果你們是真的，那你們就是槍客，』金先生透過厚厚的眼鏡看著羅蘭，『尋找黑塔的槍客。』

沒錯。艾迪心想。歌聲變得更大，陽光在藍色的湖面閃閃發光。你說對囉！

『你說得沒錯，塞爺。我們來請你出手相助，橋屯鎮的史蒂芬，你願意助我們一臂之力嗎？』

『先生，我不知道你的朋友是誰，但是你……老兄，你是我創造出來的，你不可能站在那裡，因為你真正存在的地方只有這裡，』他用一隻拳頭敲敲額頭中心，好像在模仿羅蘭，然後他指指房子，指指那棟『農莊式平房』說：『還有在那裡。我想你也在那裡，在書桌的抽屜裡，或是車庫的盒子裡。你是我沒完成的工作，我已經好久沒有想到你，大概有……有……』

他的聲音變小了，然後開始左右搖晃，就像聽見了隱約但卻美妙的音樂。他的雙腿一軟，跌倒在地。

『羅蘭！』艾迪大吼，然後終於往前衝，『那傢伙他媽的心臟病發作了！』但是他知道（或者是希望）不是這麼一回事，因為歌聲宏亮如常，樹林與陰影中的臉龐也清晰如常。

槍客彎下腰，扶著金先生，而金先生已經開始微微抽動。『他只是昏倒而已。又有誰能怪他呢？幫我扶他進屋。』

6

從主臥房可以看見美麗的湖濱景色，但地上卻鋪著醜陋的紫色地毯。艾迪坐在床上，盯著浴室門看，等待金先生脫掉濕掉的運動鞋和外衣，然後走進浴室，脫下濕掉的內褲，穿上乾的內褲。他並沒有拒絕艾迪跟他走進臥室，自從清醒過來以後（他只昏倒了不超過三十秒），他就表現得很冷靜，幾乎冷靜到有點詭異的地步。

現在他走出浴室，走向衣櫃。『這是惡作劇嗎？』他一邊問，一邊在衣櫃裡找乾的牛仔褲和乾淨的T恤。對艾迪來說，金先生的房子代表了錢——至少是筆小錢。至於他衣服上那些字代表了什麼意義，大概只有天曉得。『是老麥跟老洛搞的鬼嗎？』

『我不認識那些人，而且這也不是惡作劇。』

『也許不是，但那個人一定不是真的，』金先生穿上牛仔褲，他的語氣聽起來很清醒，『我的意思是，他是我寫出來的啊！』

艾迪點點頭。『我早就猜到了，但他還是真的。我已經和他亡命天涯……』多久？艾迪不知道，『……很久，』他繼續說，『你把他寫出來，但是還沒寫到我？』

『你不覺得你很像局外人嗎？』

艾迪笑了起來，但事實上，他真的覺得自己很像局外人。至少有那麼一點點。也許金先生還沒寫到他。果真如此，他就算不上是百分之百的安全了，不是嗎？

『我覺得我沒有精神崩潰，』金先生說，『但是我想誰會知道自己精神崩潰啊！』

『你沒有精神崩潰，但是我很同情你的感覺，塞爺。那個男人……』

『羅蘭。來自……基列地的羅蘭？』

『沒錯。』

『我不知道我有沒有寫什麼「基列地」，』金先生說，『我得查查稿子，不過前提是我能找到稿子。但是這句感覺起來挺不賴的，就像《聖經》裡頭的那句話：「在基列豈沒有乳香呢？一』

『我聽不懂。』

『沒關係，我也不懂，』金先生找到了香煙，是『潑墨牌』香煙，就放在衣櫃上，他點燃了一根香煙，『把你的話說完。』

『他從一扇門把我從這個世界拉到他的世界，那時候我也覺得我很像精神崩潰了。』艾迪不是從這個世界被拉出來的，而且那時候他還是隻海洛因毒蟲，一隻很大的毒蟲，但那時候的情形已經夠複雜的了，最好別再加油添醋。不過，在他回頭找羅蘭，開始真正和眼前這位仁兄促膝長談之前，他還有一個問題得問。

『告訴我一件事，金塞爺，你知道合作城市在哪裡嗎？』

金先生正從濕掉的牛仔褲裡拿出硬幣，放進乾的牛仔褲裡，嘴角叼著香煙，右眼讓香煙冒出的煙燻得瞇了起來。聽見艾迪這麼問，他停下動作，抬起眉毛，看著艾迪說：『這是腦筋急轉彎嗎？』

『不是。』

『要是我答錯了，你不會用你身上的槍把我射死吧？』

艾迪微微一笑。感謝上帝，金先生不是個惹人討厭的混蛋，可是他馬上又提醒自己，上帝利用一個酒醉的駕駛殺了他的妹妹，也殺了他的哥哥亨利。上帝造出了安立可•巴拉札，讓蘇珊娜•戴嘉多被綁在火刑柱上燒死。他的微笑消失了，但他還是說：『這裡沒有人會被射死，塞爺。』

『那我想合作城市應該是在布魯克林，根據你的口音判斷，你應該就是來自布魯克林。我贏到大肥鵝了嗎？』

艾迪整個人跳了起來，好像被大頭針刺到一樣。『你說什麼？』

『那只是我媽的口頭禪罷了。要是我哥大衛跟我做完家事，而且沒有搞砸，她就會說：「你們兩兄弟贏到大肥鵝囉！」只是個笑話而已。好啦，我到底有沒有贏到大獎？』

『有，』艾迪說，『當然有。』

金先生點點頭，捻熄了香煙。『你還算正常，可是我不喜歡你的夥伴，而且是非常不喜歡，我想那就是我不繼續寫下去的原因。』

這句話又讓艾迪嚇了一大跳，他從床上站起來，想掩飾自己的震驚。『不繼續寫？』

『對呀！那個故事叫《黑塔》，它應該是我的《魔戒》，我的《仇雲蓋堡》㊾，我的傳世名作。一個二十二歲的毛頭小子最不缺的就是雄心壯志，沒多久我就發現我的腦袋太小，裝不下這個雄心壯志。這個雄心壯志實在是太……該怎麼說呢……太「古怪」了？我想用這個詞來形容應該還滿貼切的吧！還有，』他不帶情感的加上一句話，『我把大綱弄丟了。』

『你把什麼弄丟了？』

『聽起來很瘋狂，是吧？但寫作本來就是件瘋狂的事。你知道海明威曾經把整本短篇小說集掉在火車上嗎？』

『真的？』

『真的。他沒有備份，沒有影印，就這樣「咻」的一聲全沒了，我就是發生了那種事。某天晚上我喝得酩酊大醉……還是嗑了迷幻藥？我不記得了……總之那天晚上我替這部長達五千頁甚至一萬頁的奇幻史詩鉅作寫了一個大綱，我想那是一個很好的大綱，讓這個故事有

㊾Gormenghast。托爾金同期作家梅文．派克（Mervyn Peake）的史詩奇幻三部曲。

了雛形，有了風格，然後我把它搞丟了。也許是哪天我從某間該死的酒吧回家時，從我的摩托車後頭飛走了。我以前從沒發生過這種事，我對我的作品通常很小心。』

『是喔。』艾迪說。他突然很想問金先生：你把大綱搞丟的時候，有沒有看到身邊有人穿著花稍鮮豔的衣服，開著又炫又酷的車子？說白了，你有沒有看到下等人？有沒有看到額頭上有個紅印的人？那個紅印看起來有點像是一圈鮮血？簡而言之，是不是有人偷了你的大綱？是不是有人不希望《黑塔》完成？

『我們去廚房吧！我們得談談正事了。』艾迪只希望他知道他們該談些什麼。不管他們該談些什麼，他們都得把事情做對，因為這是真實的世界，不能重來的世界。

7

羅蘭不曉得該怎麼啟動流理台上那台漂亮的咖啡機，但是他在櫃子裡找到一個破爛的咖啡壺。很久很久以前，有三個男孩到梅吉斯盤點牲畜，那時候艾倫．強斯的古囊裡也帶了一個看起來差不多的咖啡壺。金塞爺的爐子是個電爐，但連三歲小孩都能摸出該怎麼使用。艾迪和金先生走進廚房時，咖啡壺已經開始發熱了。

『我自己不喝咖啡，』金先生說著，走到冰箱旁（刻意跟羅蘭保持距離），『而且我通常不會在下午五點之前喝啤酒，但是我想今天我就破個例。狄恩先生要不要來一點？』

『我喝咖啡就好。』

『基列地先生？』

『我姓德斯欽，金塞爺。我也是喝咖啡就好，多謝。』

金作家拉開啤酒罐上附的拉環（這個設計讓羅蘭覺得很聰明，但也很膚淺，而且也暴殄天物到一種白痴的程度），打開了一罐啤酒。一陣嘶嘶的氣聲傳來，接著是一股香氣……

……一股酵母和啤酒花的香氣。金先生一口氣喝掉了至少半罐，他擦掉鬍子上的泡沫，然後把罐子放回流理台。他的臉色還是很蒼白，但似乎冷靜了下來，恢復了理智。槍客覺得至少目前為止，他還算表現得不錯。有沒有可能在金先生的內心深處，早就料到他們會來訪？甚至早就在等待他們來訪？

（卡瑪拉，來來來）

『你有老婆跟孩子，』羅蘭說，『他們在哪裡？』

『塔比莎的爸媽住在北邊，接近班哥市，上週我女兒到外公外婆家去了，一個小時前，塔比莎帶著我們最小的兒子也到那裡去了。我們最小的兒子叫歐文，還是個小嬰兒呢！我還有一個兒子，叫做喬，再過……』他看看手錶，『……再過一個小時，我就要去接他了。我想要寫到一個段落再走，所以這次我們決定一人開一輛車。』

羅蘭思索了一會兒。他說的可能是實話。幾乎可以肯定，金先生是在告訴他們，要是他發生了什麼事，很快就會有人發現。

『我真不敢相信會發生這種事。你們會不會覺得我說這句話說了太多次，有點煩人啊？總而言之，這真是太像我小說裡會發生的事了。』

『比如說，《撒冷鎮》。』艾迪說。

金先生抬起了眉毛。『你知道那本書嘛！你的世界裡是不是也有文學公會啊？』他喝掉了剩下的啤酒。羅蘭心想，他看起來酒量滿好的。『幾個小時前，湖的對岸有警鈴聲，還有一堆濃煙，我可以從我的辦公室看見。那時候我以為是草皮起火，也許是在哈里遜市或是史東罕市，但是現在我有點懷疑，那場火是不是跟你們有關？一定有關，對不對？』

艾迪說：『他真的在寫這個故事，羅蘭。或者該說他「曾經」寫過這個故事。他說他不寫了，但是他知道這個故事叫《黑塔》，所以他一定曉得。』

金先生微微一笑，但羅蘭覺得他頭一回看起來真的很害怕。

真的嗎？我真的是他創造出來的？

這種感覺很合理，但也同樣不太合理。思考這個問題讓羅蘭的頭很痛，也讓他又覺得腸胃開始鬧脾氣了。

『他曉得。』金先生說，『兩位，我不喜歡這種說法。在小說裡，要是有人說：「他曉得。」下一句話通常都是：「我們必須殺了他。」』

『相信我，』羅蘭說，他刻意加強了語氣，『我們一點也不想殺你，金塞爺。你的敵人就是我們的敵人，而那些幫助過你的人則是我們的朋友。』

『阿門。』艾迪說。

金先生打開冰箱，又拿出一罐啤酒。羅蘭看見冰箱裡有很多啤酒，一個個結了霜的罐子排得整整齊齊。冰箱裡別的沒有，就是啤酒最多。『如果真是這樣，』他說，『那麻煩你們直接叫我史蒂芬就行。』

8

『告訴我我的故事。』羅蘭說。

金先生靠在流理台旁，一道陽光照在他頭頂上。他啜了一口啤酒，思索著羅蘭的問題。就在這個時候，艾迪突然發現了一個東西，一個非常模糊的東西，或許可以說是與陽光恰恰相反。那是一團灰濛濛的黑影，緊緊纏著金先生，雖然它十分模糊，幾乎讓人感覺不到，但是它確實存在，就像跨界時隱藏在物品之後的陰影。那就是跨界的陰影嗎？艾迪並不這麼認為。

『你知道，』金先生說，『我不太會說故事。這句話聽起來很矛盾，但事實就是如此。因為我不會說故事，所以我才把故事寫下來。』

他說話的語氣像羅蘭還是像我？艾迪心想。他分不出來。之後他會發現金先生說話的語氣像他們所有的人，甚至也像羅莎莉塔，也就是卡拉漢大叔在卡拉時的管家。

接著，金作家的臉色突然一亮：『嘿，我乾脆去找我的手稿出來好了。我在樓下放了四、五盒寫壞的故事，《黑塔》一定在裡頭。』寫壞的故事。艾迪一點也不喜歡這句話。『我去接我兒子的時候，你們可以稍微看一下。』他咧嘴一笑，露出幾顆長得歪歪斜斜的大牙，『也許我回來的時候，你們已經走了，我可以假裝你們根本沒來過，繼續工作。』

艾迪瞥了羅蘭一眼，羅蘭輕輕的搖頭。火爐上，咖啡壺裡冒出了第一個沸騰的泡泡。

『金塞爺……』艾迪說。

『叫我史蒂芬。』

『好吧，史蒂芬。現在我們應該開始辦正事了。我們分秒必爭，無暇管什麼信任不信任了。』

『當然，當然，分秒必爭啊！』金先生說著，笑了起來，他的笑聲聽起來蠢得可愛。艾迪懷疑啤酒已經開始發生效力，也懷疑眼前這傢伙有酗酒的毛病。他和這傢伙才剛剛認識，不可能知道他到底是不是個酒鬼，但艾迪覺得八九不離十，這傢伙確實有酗酒的症狀。他不太記得高中的英文課上學了些什麼，但他記得好像有個老師告訴他，作家真的很愛喝酒，例如海明威、福克納、費滋傑羅，還有寫〈烏鴉〉（The Raven）[57]的那個傢伙。作家就是喜歡喝酒。

『我不是在嘲笑你們，』金先生說，『我怎麼敢嘲笑帶著槍的人呢？只是在我寫的書裡，幾乎所有的人物都覺得分秒必爭。你們想不想聽聽《黑塔》的第一句話？』

『當然，如果你還記得的話。』艾迪說。

羅蘭一語不發，但兩隻眼睛在已經斑白的眉毛底下閃閃發光。

『噢，我當然記得，那搞不好算得上是我最得意的開場白呢！』金先生把啤酒放到一旁，舉起兩隻手，兩隻手的食指和中指彎曲，比出了引號，『「黑衣人橫越荒漠而逃，槍客緊追在後。」接下來的句子可能寫得有點太誇張，但是老兄啊，那第一句話可真是乾淨俐落啊！』他放下雙手，拿起啤酒，『讓我問第四十三次：這一切是真的嗎？』

『黑衣人的名字叫華特嗎？』羅蘭問。

金先生的啤酒在嘴邊歪了一下，灑了一點在胸前，弄濕了他新換的上衣。羅蘭點點頭，好像已經知道了答案。

『不要又給我昏倒啊，』艾迪的語氣有幾分嚴厲，『一次已經夠我們瞧的了。』

金先生點點頭，又啜了一口啤酒，好像冷靜了下來。他瞥了一眼時鐘說：『你們真的會讓我去接我兒子吧？』

『真的。』羅蘭說。

『你……』金先生停下來想了想，然後微微一笑說：『你願意拿你的錶保證嗎？』

羅蘭的臉上倒是毫無笑意。他說：『我保證。』

『好吧，那我就開始說精簡版的《黑塔》囉！請記得，我不太擅長說故事，但我會盡力而為。』

9

羅蘭凝神傾聽，好像所有的世界都仰賴這個故事一樣，而他也知道，所有的世界的確都仰賴這個故事。金先生從羅蘭發現營火講起，發現營火讓槍客覺得很愉快，因為這證明了黑衣人也不過是個普通人而已。金先生說，故事從這裡開始回溯，講述羅蘭在荒漠的邊緣碰上了一個農夫，他的名字叫做布朗。

願你莊稼豐收。羅蘭的耳裡聽見這迴盪多年的語聲，願你人生豐收。他已經忘了布朗，也忘了布朗的寵物烏鴉，佐爾頓，但這個陌生人卻沒有忘記。

『我希望……』金先生說，『……這個故事能有一種倒述的感覺。從純技術的層面來看，這實在是非常有趣。我先寫你到了荒漠，然後再回頭寫你遇見了布朗和佐爾頓。順道一提，「佐爾頓」這個名字是取自我在唸緬因大學時認識的一個民謠歌手兼吉他手。總而言之，在棄民的茅屋之後，故事又往後退了一些，開始講述你到了塔爾城……「塔爾城」這個名字是取自一個搖滾團體……』

『傑思羅．塔爾！[58]』，艾迪說，『他媽的還用說嗎？我就知道那名字很耳熟！那Z. Z. Top合唱團呢，史蒂芬？你聽過他們嗎？』艾迪看著金先生，發現他一副丈二金剛摸不著腦袋的模樣，只好微微一笑說：『我想他們可能還沒出道吧！要是已經出道了，那你一定是還沒發現他們。』

[57] 這是愛倫坡一八四五年的著名詩作。

[58] Jethro Tull，又譯『傑叟羅圖』，一九六〇年代末期在英國成立的搖滾團體，是搖滾音樂歷史上非常特別的隊伍，他們的音樂融合了搖滾、民謠、藍調、古典等多種風格，歌詞帶有超現實而且古怪的意味，在當時屬於非常前衛的團體。

羅蘭轉動手指：繼續，繼續。他瞪了艾迪一眼，示意艾迪別再插嘴。

『總之，羅蘭進了塔爾城，然後故事又開始倒述，開始描寫食鬼草者諾特死掉，又讓華特給救活了。你看出我為什麼這麼得意了吧？因為在這個故事裡，先發生的事情是到後頭才用倒敘法說出來呀！』

這種技術層面的事情讓金先生興奮得不得了，但羅蘭卻覺得一點也不有趣；畢竟，他們在談的可是他的人生，對他來說，他的人生一直是只進不退的。至少在他抵達西海，碰上那幾扇門，拉出他的夥伴之前，他的人生一直都是只進不退的。

但是史蒂芬・金似乎對那些門一無所知。他寫到驛站，寫到羅蘭遇見傑克，寫到他們穿越群山，也寫到傑克遭到他所愛、所信的人背叛。

羅蘭在聽見這段故事時，低下了頭，金先生看見了便開口安慰他：『德斯欽先生，別覺得慚愧，反正是我讓你做出這件事的啊！』

可是羅蘭卻覺得有點懷疑。

金先生寫到羅蘭在塵煙漫天的髑髏地跟華特促膝長談，寫到塔羅牌的預言，寫到那個衝破宇宙之頂的可怕幻象，也寫到羅蘭在經過漫長的算命之夜後，一覺醒來，發現自己老了好幾歲，而華特則成了一付枯骨。最後金先生說，他寫到羅蘭來到水邊，坐了下來。『你說：「我愛過你，傑克。」』

羅蘭不帶情感的點點頭說：『我依然愛他。』

金先生沉默不語。

『後來呢？』

『後來呢，我就寫不出來了——或者可以說是我被嚇壞了——所以我就停下來了。』

艾迪也想停下來。太陽西斜，他看見廚房裡的影子開始變長，一心急著想及時追上蘇珊娜。他覺得他跟羅蘭都知道怎麼離開這個世界，也覺得史蒂芬・金能替他們指路，告訴他們洛威爾的龜背巷怎麼去。在龜背巷，現實成了一片薄膜，而且至少根據約翰・卡倫所言，最近那裡有很多自來人。此外，金先生也會很樂意替他們指路，很樂意能甩掉他們，但是他們還不能走，雖然艾迪已經迫不及待的想離開，但是他知道時候還沒到。

『你停下來，因為你把大綱弄丟了。』羅蘭說。

『沒錯，但其實那並不是真正的原因。』金先生去拿第三罐啤酒，艾迪心想，難怪這傢伙的肚子愈來愈大，他已經吸收了差不多等於一條麵包的卡路里，現在正向第二條麵包邁進。『我寫小說的時候，很少會先擬大綱。事實上……要是我記錯了，也別怪我啊……事實上，我想那是我唯一寫過的大綱。我把它寫得太大，太奇怪，此外，你也是個問題，不管你自稱是什麼先生或塞爺。』金先生皺了皺眉頭，『不管那是什麼稱謂，我想應該都不是我創造的。』

『應該說是還沒創造。』羅蘭說。

『一開始你像薩吉歐・李昂尼電影裡的「無名客」[59]。』

『也就是義大利式西部片。』艾迪說，『天啊，我就知道！我哥亨利還沒出征的時候，我跟他在堂皇大戲院看了起碼一百部那種電影，後來他去了越南，所以我就跟我的朋友查奇・卡特一起去。那些電影是男子漢看的電影啊！』

[59] 指西部電影裡常出現的主角，其性格粗獷、獨立，而且槍法高超，最著名的代表即克林・伊斯威特主演的『荒野大鏢客』系列作。

金先生咧嘴笑了開懷。『話是沒錯，』他說，『但是我老婆也超迷的。』

『她真酷！』艾迪說。

『沒錯，小塔是個酷妞。』金先生回頭看看羅蘭，『一開始你像無名客，就像奇幻版的克林・伊斯威特，所以還沒有什麼太大的問題，跟你一起作伴還滿有趣的。』

『你真的這麼想？』

『真的，但是後來你變了，就在我的手底下變了，最後連我自己都搞不清楚你是個頂天立地的大英雄，還是個平平凡凡的小人物式英雄，或者根本不是個英雄。最明顯的一段就是你讓男孩傑克掉到深淵裡的時候。』

『你說是你讓我那麼做的。』

金先生直視著羅蘭的眼睛，兩雙藍眼在無窮的合唱旋律中交會。他說：『我騙了你，兄弟。』

10

三個人沉思著，四周一陣靜默，最後金先生終於開口說：『你開始讓我害怕，所以我就不再寫你了。我把你用盒子裝起來，放進抽屜裡，去寫一系列的短篇故事賣給許多男性雜誌。』他想了想，然後點點頭繼續說：『我的朋友，我把你放到一邊後，我的運勢就變了，而且是變得愈來愈好。我寫的東西開始暢銷了。寫完《魔女嘉莉》之後不久，我就向小塔求婚。那不是我第一本書，但卻是我賣出的第一本書，而且還讓我衝上了排行榜冠軍。這一切全都發生在我向羅蘭告別，要他珍重再見之後。然後發生了什麼事呢？六、七年後，有一天我居然在我家附近看見你站在我他媽的車道上，如假包換。現在我只能說，把你當成工作過度所引起的幻覺，是我腦袋裡最樂觀的結論了，但是我才不會相信那種說法。我怎麼可能相信呢？』金先生的聲音愈來愈高，幾乎是在放聲尖叫，艾迪認為那不是出自恐懼，而是出自憤怒，『我怎麼可能相信？你們的影子、你腿上的血跡……』他指著艾迪，『還有你臉上的灰塵！』這次他指向羅蘭，『你讓我沒有選擇的餘地，我可以感覺到我的理智就快要……怎麼說……垮了？是這麼說的嗎？我想應該是。對，我的理智要垮了。』

『你不只是停下來而已。』羅蘭自顧自的說著，不理會金先生的胡言亂語。

『是嗎？』

『我想說故事就像是在推東西一樣，也許可以說是在推開創造的阻礙吧！可是有一天，你在推東西的時候，突然感覺到有個東西在抵抗你。』

金先生思索了一會兒，對艾迪來說，他好像思索了很久。『你說得可能沒錯，總之那種感覺絕對不是平常那種文思枯竭的感覺。我很習慣文思枯竭的感覺，雖然說現在比較不會有那種感覺了。那種感覺就像……我不知道，就像是有一天你坐下來，開始敲鍵盤，但卻覺得不再那麼有趣，思緒不再清晰，創作也不再那麼令你興奮，更糟的是，你突然有了新的靈感，亮晶晶的靈感，就像剛從展示櫃裡拿出來的商品，一點瑕疵也沒有。你沒有搞砸那個靈感，至少還沒有，然後……呃……』

『但你卻覺得有東西在抵抗你。』羅蘭的聲音依然平淡至極。

『對。』金先生的聲音變得非常小，艾迪幾乎聽不見，『「請勿逾越」、「禁止進入」、「小心高壓電」。』他頓了頓，『甚至還有「可能致死」。』

你一定不會喜歡我在你身邊看到的黑影，艾迪心想。黑色的光輪。不，塞爺，我覺得你一點都不會喜歡。我看到的東西是什麼？香煙？啤酒？還是其他讓你上癮的東西？某個喝得爛醉的晚上發生車禍？還有多久？還有幾年？

他看看金先生廚房餐桌上的時間，發現已經是下午三點四十五分，覺得有點著急。『羅蘭，時候不早了，這個人得去接小孩了。』而且我們也得去找我老婆了，不然可就來不及了。等到米亞生下她們兩個人一起懷的孩子，血腥之王再也用不著蘇珊娜，就會把她丟到一邊去了。

羅蘭說：『再等一會兒。』然後低下頭，再也不說話。他在沉思，努力思考哪些問題才是正確的問題。也許正確的問題只有一個，而且艾迪知道它非常重要，因為他們再也不能回到一九七七年的七月九號。他們也許會在別的世界裡重返這一天，但絕對不是在這個世界。在其他的世界裡會有史蒂芬．金嗎？艾迪覺得或許不會有，非常可能不會有。

羅蘭在沉思時，艾迪問金先生『伯廉』這個名字對他有沒有什麼意義。

『沒有，沒有特別的意義。』

『那「盧德」呢？』

『你是說「盧德派」[60]嗎？好像是某種討厭機器的教派，是吧？我想應該是在十九世紀，也可能更早就開始了。如果我猜得沒錯，十九世紀的那群人會闖進工廠，把機器打爛。』他咧嘴一笑，又露出歪七扭八的牙齒，『我想他們可以說是那個時代的綠色和平組織。』

『貝若．伊文思呢？有聽過這個名字嗎？』

『沒有。』

『漢奇克？曼寧人漢奇克？』

『沒有。曼寧人是什麼啊？』

『一言難盡。那克勞蒂亞．y．伊涅斯．巴克曼呢？有沒有聽過這個……』

金先生放聲大笑，嚇到了艾迪，從金先生的表情看來，他也嚇到了自己。『迪奇的老婆！』他大喊，『你他媽的怎麼知道？』

『我不知道。誰是迪奇？』

『就是理查・巴克曼。我用假名「巴克曼」發表了幾本早期小說的平裝本。有天晚上我喝醉了，就替他胡扯了一整段簡介，包括他是如何打敗了成人型白血病，迪奇萬歲！總之，克勞蒂亞是他老婆，克勞蒂亞，伊涅斯・巴克曼。不過那個y……我不知道是怎麼來的。』

艾迪覺得好像有個無形的大石突然從他的胸前滾落，離開了他的人生。克勞蒂亞・伊涅斯・巴克曼（Claudia Inez Bachman）只有十八個字母，有個好事者加上了y。為什麼？當然是為了湊成十九個字母。克勞蒂亞・巴克曼只是個名字，但克勞蒂亞・伊涅斯・巴克曼卻是個共業夥伴。

艾迪覺得他們完成了來到此地的第一個任務。是的，史蒂芬・金創造了他們。至少他創造了羅蘭、傑克和卡拉漢神父，剩下的部分他還沒有完成。他操縱著羅蘭，就像操縱著棋子一樣：羅蘭，去塔爾城；羅蘭，和艾莉上床；羅蘭，橫越荒漠去追華特。但是在史蒂芬・金操縱著這些棋子的時候，他自己也成了一枚棋子。他創造了一位影子作家，但影子作家的老婆名字裡卻突然多了一個字母，這就是鐵證如山。有某個東西想要把克勞蒂亞・巴克曼變成十九，所以……

『史蒂芬。』

⑥⑩一八一一—一八一二年間，英國引進新的紡織機。許多工人擔心，新機器的生產效率遠高於手工操作的紡織機，會有很多人因此失業，所以搗毀機器。因為行動的領袖名叫盧德（N. Ludd），所以這次的行動被稱為『盧德派行動』。之後，『盧德派』這個名稱便用來指稱反對機械化或自動化的人。

『是的，紐約的艾迪。』金先生有點難為情的微微一笑。

艾迪覺得自己的心跳得好快。『「十九」這個數字對你有什麼意義？』

金先生沉思了一會兒。屋外，風吹得樹林颯颯作響，汽艇發出隆隆聲，烏鴉——也可能是其他的鳥類——嘎嘎叫著。再過不久，這座湖就到了適合烤肉的時間，烤完肉之後，或許可以進城一趟，在廣場上聽樂團演奏，一切都發生在這個最棒的世界裡，或者只是最真實的世界裡。

終於，金先生搖搖頭，艾迪失望的嘆了口氣。

『對不起，我知道那是個質數，不過我也只知道這麼多了。我一直對質數很著迷，自從在里斯本高中上過索查克老師的代數入門課之後，我就一直很喜歡質數。我想我也是在十九歲的時候認識我老婆，但是她可能不會同意。她天生好辯。』

『那九十九呢？』

金先生想了想，伸出手指來數數自己想到的事情：『九十九歲是個很可怕的年齡。強尼・凱許有句歌詞叫「硬石堆上九十九年」。有一首歌叫做「老九十九的遺骸」，不過我想真正的名字應該叫做「金星的遺骸」。還有一首兒歌是這麼唱的：「牆上有九十九個啤酒瓶，拿下一個到處傳，還剩下九十八個啤酒瓶。」除了這些事情以外，我什麼也想不到。』

這次換金先生看時鐘了。

『如果我不趕快上路，貝蒂・瓊斯就要打來問我是不是忘記我有個兒子了。接完喬後，我還要往北開個一百三十哩。要是我戒掉啤酒，或許會比較容易把事情辦好，但要是沒有兩個荷槍實彈的怪人坐在我的廚房裡，我會比較容易戒酒。』

羅蘭在點頭。他伸手從槍袋裡拿出一枚子彈，用左手的拇指和食指轉動。『再問一個問題就好，然後我們就各走各的路。』

金先生點點頭。『那就問吧！』他看著他的第三罐啤酒，然後一臉遺憾的把酒倒進水槽。

『寫《黑塔》的人是你嗎？』

對艾迪來說，這個問題就像是在胡言亂語，但金先生的眼睛一亮，燦然一笑。『不！』他說，『要是我將來有機會寫本談寫作的書——我或許真的會寫，我退休專心當作家之前就是在教作文——我一定會說《黑塔》不是我寫的。《黑塔》不是我寫的，事實上，所有的書都不是我寫的。我知道有些作家真的會寫，但我不是。事實上，每次我沒有靈感，開始靠瞎掰劇情撐場面時，我就會寫出一篇爛故事。』

『我完全聽不懂你在說什麼。』艾迪說。

『我是說……哇，你好厲害喔！』

在槍客拇指和食指上轉動的子彈毫不費力的跳上了他的指背，似乎在羅蘭起伏不平的指節上走起了路來。

『是啊，』羅蘭說，『真的很厲害，不是嗎？』

『你就是這樣在驛站催眠傑克，讓他想起自己是怎麼死的。』還有蘇珊，艾迪心想。他也用同樣的方法催眠了蘇珊，只不過你還不知道，金塞爺。也許你知道，也許你的心裡一直都知道。

『我嘗試過催眠，』金先生說，『事實上，小時候在托普珊市集上，有個人拱我上台，想讓我學雞叫，結果沒成功。那是差不多在巴弟・哈利死掉的時候，跟他作伴的還有大巴波、理奇・維倫斯[61]。啊，混沌！』

他突然用力搖頭，好像想讓腦袋清醒一點，視線從跳舞的子彈轉向羅蘭的臉。『我剛才說了什麼嗎？』

『沒有，塞爺。』羅蘭低頭看著跳舞的子彈，金先生的視線也不由自主的跟著回到子彈身上。子彈前進後退，前進後退。

『你在寫故事的時候，會發生什麼事？』羅蘭問，『比如說，我的故事？』

『它自然而然就來了，』金先生說，他的聲音變得模糊又困惑，『它吹進我的身體裡，然後在我動筆的時候跑出來。它永遠不是從腦袋裡出來，而是從肚臍裡出來，或者是其他的地方。有個編輯……我想是馬克斯威爾・珀金斯[62]……他把湯瑪士・伍爾夫叫做……』

艾迪知道羅蘭在做什麼，也知道中途干擾不是個好主意，但他還是忍不住插嘴。『一朵玫瑰，』他說，『一朵玫瑰，一塊石，一扇未發現的門扉。』

金先生開心得臉色一亮，但雙眼依然緊盯著在槍客指節上跳舞的子彈。『應該是「一塊石，一片葉，一扇門」才對，』他說，『但我比較喜歡玫瑰。』

他已經完全中招了。艾迪覺得自己幾乎可以聽見吸吮的聲音，好像有什麼東西正把金先生的意識一點一滴的吸掉。他突然想到，在這麼重大的時刻，要是電話突然響起，或許就會讓宇宙的行進方向徹底改變。他站起來，努力拖著僵硬疼腿的腿，靜靜走向掛在牆上的電話，然後把電話線纏在手指上，用力扯斷。

『一朵玫瑰，一塊石，一扇未發現的門扉。』金先生說，『那的確像是伍爾夫的句子。馬克斯威爾・珀金斯把他叫做「神聖的風鈴」。噢，失落的、因風愁苦的！所有遺忘的面孔！噢，混沌！』

『你是怎麼想到這個故事的，塞爺？』羅蘭輕聲問道。

『我不喜歡新世紀派……什麼水晶波動……什麼玄之又玄的理論……但是他們有種說法叫做「靈通」。我的感覺……就是那樣……好像有種東西透過靈通傳送給我……』

『或者是透過光束。』

『萬物皆為業所用。』金先生說完，嘆了口氣，那聲音聽起來悲傷得令人心碎，艾迪忍不住全身起滿雞皮疙瘩。

11

史蒂芬．金站在一道灰濛濛的午後陽光之下。陽光照亮了他的臉頰，照亮了他的左眼，照亮了他嘴邊的酒窩，讓他左邊鬍鬚裡的每根白鬍子都成了一道亮光。他站在光裡，讓他身邊隱約的黑影更明顯了。他的呼吸變慢，大概每分種只有三、四下。

『史蒂芬．金，』羅蘭說，『你看見我了嗎？』

『萬福，槍客，我看得非常清楚。』

『你上次看見我是什麼時候？』

『今天是我第一次看見你。』

羅蘭看起來很驚訝，還有一點沮喪，顯然這不是他期望的答案。接著金先生繼續往下說。

㉛一九五九年二月三日，一架客機在愛荷華州失事，機上三位當紅搖滾手巴弟．哈利（Buddy Holly）、大巴波（Big Bopper）和理奇．維倫斯（Ritchie Valens）當場殞命。

㉜Maxwell Perkins（一八八四—一九四七），美國出版史上的一位傳奇人物與編輯，曾為費滋傑羅、海明威、湯瑪士．伍爾夫等著名作家編書。

『我看過卡斯博，但沒看過你，』他頓了頓，『你和卡斯博把麵包撕碎，撒在絞刑架下，這是已經寫好的部分。』

『沒錯，的確如此。那時廚師哈克斯被吊死，我們只不過是孩子。是小博告訴你那個故事的嗎？』

但金先生沒有回答。『我看過艾迪，我看得非常清楚。』他又是一頓，『卡斯博和艾迪是雙胞胎。』

『羅蘭……』艾迪低聲開口，羅蘭粗魯的搖搖頭，要他住嘴，然後把用來催眠金先生的子彈放在桌上。金先生繼續盯著子彈原先所在的地方，好像子彈還在那兒。或許在他眼中，子彈的確還在那兒。塵埃在他凌亂的棕黑色頭髮四周飛舞。

『你是在哪裡看到卡斯博和艾迪？』

『在穀倉裡。』金先生的聲音一沉，嘴唇開始顫抖，『阿姨叫我們出去，因為我們想逃家。』

『誰？』

『我和我哥哥大衛。他們逮到我們，把我們送回家。他們說我們是很壞、很壞的小孩。』

『然後你們就進了穀倉。』

『對，去鋸木柴。』

『那是你們的處罰。』

『對。』金先生的右眼湧出一滴眼淚，落下他的臉頰，滑到鬍子的邊緣，『雞死了。』

『穀倉裡的雞？』

『對，雞死了。』他的眼中流下更多眼淚。

『誰殺的？』

『歐倫姨丈說是禽流感。牠們死不瞑目。牠們……有一點可怕。』

艾迪心想，從那個男人的眼淚和蒼白的臉頰看來，或許不只是有一點可怕而已。

『你們不能離開穀倉？』

『除非我鋸完我的份。大衛鋸完了他的份，輪到我了。雞的身體裡有蜘蛛，在牠們的肚子裡，小小的紅蜘蛛，就像撒了紅色的辣椒粉。如果蜘蛛咬我，我就會得到禽流感死掉，不過我會回來。』

『為什麼？』

『我會變成吸血鬼，成為他的奴隸。或許是他的書記，他的御用作家。』

『他是誰？』

『蜘蛛之王，血腥之王，被禁錮在塔中的人。』

『天啊，羅蘭。』艾迪喃喃說道，全身顫抖。他們在這裡發現了什麼？他們挖出了什麼巢穴？『金塞爺，史蒂芬，請問你那時候……不對，你現在幾歲？』

『我七歲，』他停了一會兒，『我尿褲子了。我不要蜘蛛咬我，紅色的蜘蛛，然後你來了，艾迪，所以我自由了。』他露出燦爛的微笑，臉頰因為淚水而閃閃發光。

『你睡著了嗎，史蒂芬？』羅蘭問。

『是的。』

『睡得更沉吧！』

『好。』

『我會數三下。數到三的時候，你會睡得非常沉。』

『好。』

『一……二……三。』數到三的時候，金先生的頭垂了下來，下巴靠在胸前。一道口水流下他的嘴角，像鐘擺似的前後搖晃。

『所以現在我們知道了一件事，』羅蘭對艾迪說，『也許是一件很重要的事。在他小時候，血腥之王找上了他，但看來我們把他贏了過來，或者該說是你把他贏了過來，你和我的老朋友，小博。總之，這件事讓他變得非常特別。』

『要是我記得自己做過什麼英雄之舉，我會覺得更開心。』艾迪說，接著又說：『你知道這傢伙七歲的時候我還沒出生吧？』

羅蘭微笑。『業是一只輪子，你曾經用不同的名字隨著業之輪轉動一段很長的時間，看來卡斯博就是其中一個名字。』

『那血腥之王是「被禁錮在塔中的人」，這句話又是怎麼回事？』

『我不知道。』

羅蘭回頭看著史蒂芬•金，問道：『史蒂芬，在你阿姨和姨丈把你關進穀倉之後，你覺得混沌之王曾經對你下過幾次手？他有幾次想殺死你，讓你停筆？讓你閉上你麻煩的大嘴？』

金先生似乎在努力清點次數，數了一會兒後，他搖搖頭說：『多勒。』意思是很多。

艾迪和羅蘭互換了一個眼神。

『每次都有人出手相助嗎？』羅蘭問。

『不，塞爺，千萬別這麼想，我還沒那麼無可救藥，有時候我會閃。』

羅蘭笑了起來，他的笑聲像用膝蓋劈斷木柴的聲音一樣乾枯。『你知道你的身分嗎？』

金先生搖搖頭，下唇噘了起來，就像個鬧脾氣的小孩。

『你知道你的身分嗎？』

『第一是人父，第二是人夫，第三是作家，然後是兄弟，在兄弟之後的身分我無法明說，好嗎？』

『不，不好。你知道你的身分嗎？』

一段漫長的沉默。『不，能說的我都說了，別再問了。』

『我會問到你說真話為止。你知道……』

『好吧，我知道你在說什麼了，滿意了吧？』

『還沒有。告訴我……』

『我是甘恩，或者是被甘恩附了身。我不知道是哪一個，但我想根本沒有差別。』金先生哭了起來，他的淚水沉默而又駭人，『但是我不是迪司，我背棄了迪司，我否認迪司，這樣應該已經足夠，但還是不夠，業永遠不滿足，貪婪的業，我恨透它了。這是她說的，不是嗎？這就是蘇珊・戴嘉多死在你手上之前說的話，或許她是死在我手上，或是死在甘恩的手上。「貪婪的業，我恨透它了。」不管是誰殺了她，讓她說出那句話的人都是我，因為我也恨它。我要跟業作對，直到我走到小徑盡頭的空地，嚥下最後一口氣為止。』

羅蘭坐在餐桌前，因為聽見蘇珊的名字而一臉蒼白。

『但業還是來找我，借我的軀殼而出，我將它翻譯出來，我生來就是要把它翻譯出來，業從我的肚臍裡流出來，就像一條緞帶。我不是業，我不是那條緞帶，它只是流過我，我恨它，我恨它！雞的身體裡充滿了蜘蛛，你懂嗎？充滿了蜘蛛！』

『別哭哭啼啼了。』羅蘭說（艾迪覺得他的語氣非常沒有同情心），金先生立刻安靜了下來。

槍客坐著沉思了一會後，抬起頭來。

『你為什麼寫到我抵達西海後就不寫了？』

『你是笨蛋嗎？因為我不想當甘恩！我背棄了迪恩，所以我應該也能背棄甘恩。我愛我老婆，我愛我的小孩，我也愛寫故事，但是我不想寫你的故事。我一直都很害怕。他在找我，血腥之王的眼睛在找我。』

『但你停筆後他就不找你了。』羅蘭說。

『對，我停筆後他就不找我了，他看不到我了。』

『但你還是必須繼續寫。』

金先生的表情扭曲，好像非常痛苦，但隨即又和緩了下來，恢復成原先的睡臉。

羅蘭伸出殘缺的右手。『你開始重新執筆時，你會從我失去手指寫起，你還記得嗎？』

『龍蝦怪，』金先生說，『龍蝦怪把手指咬掉了。』

『你是怎麼知道的？』

金微微一笑，發出輕輕的『噓』聲。『風吹來……』他說。

『……甘恩揹起世界前進。』羅蘭回答，『這就是你要說的吧？』

『是的，如果沒有大烏龜，這個世界就會墜入深淵。因為有了大烏龜，所以這個世界沒有墜入深淵，而是落在牠的背上。』

『據說是如此，我們向你說聲託福了。從龍蝦怪咬掉我的手指寫起。』

『噠噠嗆，噠噠頭，該死的龍蝦怪咬掉你的手指頭。』金先生說完，居然笑了起來。

『沒錯。』

『要是你死掉，我就省事多了，史蒂芬之子，羅蘭。』

『我知道，艾迪和我其他的朋友也知道。』槍客的嘴邊隱隱浮現一抹微笑，『在龍蝦怪之後……』

『艾迪來了，艾迪來了。』金先生插嘴，像在夢遊似的揮了揮右手，好像在告訴羅蘭他全都知道，不必再浪費唇舌了，『囚犯、推人者、陰影夫人。屠夫、麵包師傅、搞錯蠟燭的人。』他微微一笑，『我的兒子喬是這麼說的。什麼時候？』

羅蘭眨眨眼，嚇了一跳。

『什麼時候，什麼時候，什麼時候？』金先生舉起一隻手，艾迪驚訝的發現烤麵包機、煎餅器和裝滿乾淨盤子的烘碗機全都飛了起來，飄浮在陽光之中。

『你是在問我什麼時候該開始再次寫作嗎？』

『是的，是的，是的！』一把刀飛出烘碗機，從廚房的這頭飛到廚房的那頭，插在牆上，左右搖晃著，然後所有的東西又再次物歸原位。

羅蘭說：『注意聆聽烏龜的歌聲，熊的吼聲。』

『烏龜的歌聲，熊的吼聲。麻諸靈，來自派崔克・歐布萊恩[63]的小說。殺敵克，來自理查・亞當斯[64]的小說。』

『是的，正如你所說。』

[63] Patrick O'Brian（一九一四—二〇〇〇），美國著名航海小說家，著有《主人與指揮官》（Master and Commander），後改編為電影『怒海爭鋒』，麻諸靈（Maturin）為其中一位主角的名字。

[64] Richard Adams（一九二〇—），英國知名的奇幻作家，《殺敵克》（Shardik）為其名作之一。

『光束的守護神。』

『是的。』

『守護我的光束。』

羅蘭緊緊盯著他說：『是嗎？』

『是的。』

『那就這樣吧！你聽見烏龜的歌聲或是熊的吼聲時，就必須再次寫作。』

『我張開眼睛看世界時，他就看見了我，』他頓了頓，又接著說，『那個東西就看見了我。』

『我知道，我們會盡力保護你，就像我們也會盡力保護玫瑰一樣。』

金先生微笑。『我愛那朵玫瑰。』

『你看過它嗎？』艾迪問。

『我看過，在紐約看過，在聯合國廣場飯店的對街上。以前它在熟食店裡，就是湯姆與傑瑞熟食店，它就在店的最裡頭。雖然現在熟食店拆掉了，只剩下一塊空地，但是它還在那塊空地上。』

『你會說故事說到你累了為止，』羅蘭說，『說到你再也說不下去，說到烏龜的歌聲和熊的吼聲漸漸遠去，然後你才會休息。等你能再次執筆的時候，你就會再次執筆。你……』

『羅蘭？』

『金塞爺？』

『我會照你的話做。我會注意聆聽烏龜的歌聲，每次我聽到它的時候，我就會開始寫這個故事。但是你也必須聆聽一首歌，一首屬於她的歌。』

『誰的歌？』

『蘇珊娜的歌。如果你動作不夠快，寶寶就會殺死他。你也必須豎起耳朵專心聽。』

艾迪看著羅蘭，一臉驚恐。羅蘭點點頭，是上路的時候了。

『聽我說，金塞爺。我們在橋屯鎮幸會了，但現在我們必須離開了。』

『很好。』金先生說。他毫不掩飾的露出鬆了一口氣的神情，艾迪幾乎笑了出來。

『你會待在原地十分鐘，懂嗎？』

『懂。』

『然後你會醒過來。你會覺得神清氣爽，你不會記得我們來過，只有在內心深處還殘留著一點記憶。』

『在泥坑裡。』

『在泥坑裡，隨你怎麼說都行。在你的意識中，你會以為你睡了個午覺，一個舒舒服服的午覺。你會去接你的兒子，去你該去的地方。你會覺得非常好。你會繼續過活，會寫很多故事，但每個故事多多少少都跟這個故事有關，懂嗎？』

『懂啦！』金先生說。他的語氣聽起來跟羅蘭累壞了的時候一模一樣，艾迪忍不住又全身起滿了雞皮疙瘩。『因為看見了的東西不能再視而不見，知道了的東西不能再歸於未知。』他停了一會兒，又接著說：『或許只有死亡例外吧！』

『是呀，或許吧。每次你聽見烏龜的歌聲……如果你覺得你聽見了烏龜的歌聲……你就會再開始寫我們的故事，開始訴說你該說的故事，而你該說的故事就只有那麼一個。我們會努力保護你。』

『我很怕。』

『我知道，但是我們會努力……』

『我不是那個意思。我很怕我無法完成。』他的聲音一沉，『我害怕黑塔會倒，而我必須承擔責任。』

『那得看業怎麼走，你不能控制，』羅蘭說，『我也不能。對於這方面，我已經不再強求了。現在……』他對艾迪點點頭，然後站起身。

『等等。』金先生說。

羅蘭看著他，揚起了眉毛。

『我有郵寄優惠，但只能使用一次。』聽起來真像在戰俘營才會發生的事。艾迪心想，然後大聲問道：『是誰給你郵寄優惠的？』

金先生皺起了眉頭。『甘恩？』他問，『是甘恩嗎？』然後就像一道陽光射過清晨的雲霧，他的眉頭舒展了開來，他露出了微笑。『我想是我自己！』他說，『我可以寄一封信給我自己……甚至可以是一個小包裹……但是只能寄一次。』他的微笑成了迷人的大笑，『這些事情……就像童話故事一樣，不是嗎？』

『是的，沒錯。』艾迪說著，想起了他們在堪薩斯州際公路上看到的玻璃宮殿。

『你會怎麼做？』羅蘭問，『你會把信寄給誰？』

『寄給傑克。』金先生立刻回答。

『你要告訴他什麼事？』

金先生的聲音突然變成了艾迪的聲音。不只是很像而已，而是根本一模一樣。

『噠噠嗆，噠噠嘰，』金先生脫口說出，『鑰匙在手別擔心！』

他們靜靜等待，以為金先生還會說更多的詩句，但似乎沒有別的了。艾迪看著羅蘭，這次輪到他轉動手指，示意羅蘭該上路了。羅蘭點點頭，兩人開始往門外走去。

『真是他媽的詭異。』艾迪說。

羅蘭沒有回答。

艾迪輕輕碰了他的手臂一下，要他停步。『我還想到了一件事，羅蘭。你也許可以趁他被催眠的時候要他戒酒戒煙，尤其是戒煙。這傢伙真是個老煙槍。你沒看到嗎？這地方到處都是煙灰缸耶！』

羅蘭看起來似乎覺得很有意思。『艾迪，如果等到肺部長成之後再抽煙，那麼香煙就有長壽的功效，而不是害人短命。所以在基列地，除了一貧如洗的人以外，每個人都抽煙，但就算是一貧如洗的人，也總能想辦法弄口煙來抽抽，一方面是因為香煙能薰走害人生病的毒煙，另一方面是因為香煙能驅除害蟲。』

『美國衛生局局長要是聽到這段基列地人人皆知的常識，應該會覺得非常欣慰。』艾迪冷冷的開了個玩笑，『那酒呢？要是他哪天酒醉駕車，把吉普車整個撞翻，或是在州際公路上逆向行駛，跟某個倒楣鬼對撞呢？』

羅蘭想了想，然後搖搖頭說：『我已經胡搞了他的腦袋，也胡搞了業，我的目的已經達成，而且那也已經是我膽量的極限了。我們過幾年後再回來看看……你幹嘛對我搖頭？說故事的人可是他呀！』

『或許吧！但是除非我們決定放棄蘇珊娜，否則我們不可能過二十二年後再回來看他……而我是絕對不會放棄蘇珊娜的！我們一旦往前跳到一九九九年，就不可能再回頭了。至少不可能回到這個世界。』

有那麼一會兒，羅蘭什麼話也沒有說，只看著眼前那個男人屁股靠著廚房的流理台，睜著眼睛，頭髮落在額前，站在原地睡著了。再過七、八分鐘，金先生就會醒來，完全不記得羅蘭和艾迪……當然，前提是他們兩人那時已經離開了。艾迪並不真的認為槍客能丟下蘇西不管……但是他曾經放手讓傑克墜崖，不是嗎？很久很久以前，他曾經讓傑克落入深淵。

『那他只能靠自己了。』羅蘭說完，艾迪如釋重負的嘆了口氣，『金塞爺。』

『是的，羅蘭。』

『記得——你聽見烏龜的歌聲時，就必須放下一切，繼續說這個故事。』

『我會的，至少我會努力去做。』

『很好。』

金作家接著說：『必須把球從棋盤上拿下來，然後毀壞它。』

羅蘭皺起了眉頭：『什麼球？黑十三嗎？』

『如果它醒來，它會成為宇宙中最危險的東西，而且它就快要醒了。在另一個地方，在另一個時空。』

『謝謝你的預言，金塞爺。』

『噠噠嗆，噠噠塔，帶著球兒去雙塔。』

羅蘭搖搖頭，一臉困惑。

艾迪用一隻拳頭抵住額頭，微微欠身說：『萬福，墨客。』

金先生露出一抹隱約的微笑，好像艾迪這句話很滑稽一樣，但是他什麼話也沒說。

『日日長春，好夢連連，』羅蘭對他說，『你再也用不著去想到雞的事了。』

史蒂芬・金蓄了鬍子的臉上閃過一道幾乎教人心碎的希望。『真的嗎？』

『真的。希望我們在抵達空地前還能在小徑相見。』槍客用靴跟轉身，離開了金作家的房子。

艾迪最後一次看著這位身材高瘦又有些駝背的男人呆呆站著，窄窄的屁股靠著流理台，心想：史蒂芬，下一次我看見你的時候──如果我有幸能再看到你──你的鬍子大概已經白了大半，你的臉上也會長滿皺紋……但我卻依然年輕。你的血壓如何，塞爺？還能再活二十二年嗎？但願如此。你的心臟呢？你有癌症的血緣嗎？如果有，又有多深呢？

當然，現在沒有時間再問這些問題，或者是其他的問題。這位作家很快就會醒來，繼續過他的人生。艾迪跟著他的丁主走進向晚的斜陽中，關上門，開始覺得，業沒有送他們去紐約，而是送他們來到此地，或許確實自有其用意。

12

艾迪停在約翰．卡倫車子的駕駛座旁，越過車頂看著對面的槍客。『你看到他身邊的東西了嗎？那團黑色的雲霧？』

『沒錯，那是「跨霧」。感謝你的父親，那團雲霧還很淡。』

『什麼是「跨霧」？聽起來跟「跨界」有點像。』

羅蘭點點頭。『算是跨界的一種，意思是「死亡之袋」。他已經被標上了時辰。』

『天啊！』艾迪說。

『還很淡。』

『但是已經出現了。』

羅蘭打開他那一側的車門。『我們無能為力，業替每個人都標好了時辰。咱們上路吧，艾迪。』

雖然現在他們真的要上路了，但艾迪卻莫名的覺得有些不情願。他覺得他們跟金先生還有些事情沒解決，而且他很討厭那團黑色的雲霧。

『那麼龜背巷還有自來人呢？我本來打算問他……』

『我們可以自己找出答案。』

『你確定？因為我也覺得我們應該到那裡去一趟。』

『我也有同感。走吧，咱們還有好多事得辦呢！』

13

老福特汽車的尾燈才剛離開車道的盡頭，史蒂芬・金就張開了眼睛，他做的第一件事情是瞧瞧時鐘。就快四點了，他早在十分鐘前就該去接喬，但是剛才的午覺對他大有幫助。他覺得精神抖擻，神清氣爽，腦袋清醒得有點兒詭異。他心想：如果每次午睡都能有這種效果，那麼真該立法規定全國的同胞都必須睡午覺。

也許真是如此，但要是四點半以前，貝蒂・瓊斯還沒看見他的切諾基吉普車開進她的庭院裡，她一定會擔心得不得了。金先生伸手想打電話給她，但眼神卻落到了放在茶几上的便條紙。便條紙的信頭印著『呼叫吹牛大王』，是他一位小姨子的傑作。

金先生的表情又變得呆滯無神，他伸手拿起便條紙和旁邊的筆，彎腰寫下：

嗟嗟嗆，嗟嗟嘰，鑰匙在手別擔心。

他稍做停頓，楞楞地盯著自己的字跡好一會兒，然後又接著寫下：

噠噠喳，噠噠切，傑克快快看仔細，鑰匙是紅不是綠！

他再次停頓，然後寫下：

噠噠嗆，噠噠嘰，塑膠鑰匙交男孩。

他看著自己剛剛寫下的詩句，充滿了深深的情感，幾乎稱得上是滿懷愛意。上帝老天爺呀，他覺得好極了！這些詩句一點意義也沒有，但是把它們寫下來卻讓他覺得十分滿足，幾乎到了狂喜的地步。

金先生撕下那張便條紙。

把它捲成一團。

吃下肚。

紙團在他的喉嚨卡了一會兒，然後——咕！——滾進了肚皮。真不錯！他抓起了……

（噠噠嘰）

……木製鑰匙架上的吉普車鑰匙（鑰匙架本身也做成了鑰匙形狀），快步走出門外。他要去接喬，他們會一起回來，打包行李，在南巴黎市的『米鑰匙』餐廳吃晚餐。更正，是『米好吃』餐廳才對。他覺得他可以一個人吃掉好幾個超級大漢堡，還有薯條。該死，他真的覺得爽斃了！

在開上堪薩斯路，轉向市中心時，他轉開了廣播，聽到了麥考伊合唱團的〈蘇露比，忍耐點〉（Hang On, Sloopy）[65]，一如往常的悅耳動聽。他開始胡思亂想，聽廣播時，他本來就常常胡思亂想。他發現自己想起了《黑塔》那篇舊故事裡的人物。故事裡剩下的角色不多，在他的記憶中，他殺死了大部分的角色，就連那個小孩也不放過。或許是不知道該拿他怎麼辦吧！把書裡角色賜死，通常都是因為這個原因，因為你不知道還能拿他們怎麼辦。那個小孩叫什麼名字？杰克？不對，那是《鬼店》裡見鬼父親的名字，《黑塔》裡的小孩叫做『傑克』。這個故事帶點西部風格，把角色取名叫『傑克』真是再適合不過了，就像西部小說家韋恩・D・歐佛侯瑟和雷・霍根會取的名字一樣。傑克有沒有可能再次登場呢？或許可以把他寫成一個幽靈。當然可以。金先生心想，寫超自然小說有個好處，就是沒有人一定得真的死掉，每個人都有復活的可能，就像在『黑影』[66]電視劇裡那個叫巴拿巴（Barnabas）的傢伙一樣。巴拿巴是個吸血鬼。

『也許那個小孩可以變成吸血鬼，重返人間。』金先生說完，笑了起來，『小心啦，羅蘭，晚餐準備好了，而你就是盤中飧啊！』但是這樣好像不太對勁，不是嗎？那麼該怎麼寫呢？他一點靈感也沒有。不過沒有關係，時候到了，靈感自然會來。或許會在他最意外的時候來，像是在餵貓、替寶寶換尿布，或是在路上閒晃的時候，就像奧登那首講到人世苦難的名詩一樣[67]。

但今天沒有苦難，今天他覺得棒極了。

廣播裡，麥考伊合唱團下台一鞠躬，換上了特洛依・香戴爾[68]的〈這一次〉（This Time）。

金先生心想，說真格的，《黑塔》還算是個有趣的故事。也許等我們從北方回來，我應該把它挖出來，好好瞧一瞧。

這個主意還不賴。

詩節：卡瑪拉，鈴鈴鈴，
歡迎造物者降臨。
造出男人又造女，
造出偉大與微小。

應答：卡瑪拉，鈴鈴鈴，
造出偉大與微小！
奈何命運勢力大，
苦難世人掌中戲。

65 麥考伊合唱團（The McCoys）為一九六〇年代成立的流行合唱團，最知名的歌曲即為這首〈蘇露比，忍耐點〉，在一九六五年拿下排行榜冠軍，甚至成為俄亥俄州的州定搖滾歌曲。

66 『黑影』（Dark Shadows），一九六六年到一九七一年在美國ＡＢＣ電視台播出的靈異風格連續劇，劇裡有吸血鬼、活死人、狼人等等。

67 奧登（W. H. Auden，一九〇七—一九七三）是英國詩人，這裡指的是他的詩作〈美術館〉（Musée des Beaux Arts）。這首詩描寫奧登在比利時皇家美術館內看到『伊卡魯斯』這幅畫作時，感嘆世人對他人苦難視若無睹的冷漠，開頭幾句即為：說到人世的苦難／古代那些大師從未看錯／他們是多麼了解人間疾苦／它降臨時，總有人在進食、或開窗、或閒晃……

68 Troy Shondell（一九四〇—），在一九六〇年代走紅。

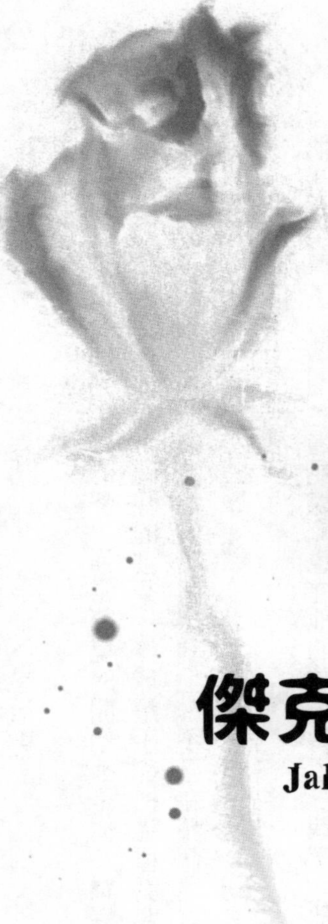

12st
STANZA

詩節十二

傑克與卡拉漢

Jake and Callahan

1

卡拉漢做了很多回到美國的夢，通常夢境的開始都是他一覺醒來，發現自己身在晴空萬里的沙漠之中，天空裡佈滿了圓胖的雲朵（棒球選手都把這種雲叫做『天使』），不然就是發現自己回到了緬因州耶路撒冷鎮的寓所床舖上。不管在哪個地方，他都會覺得大大的鬆了一口氣，想做的第一件事就是祈禱：噢，感謝上帝。感謝上帝一切只是夢，我終於醒了。

現在他真的醒了，毫無疑問。

他在空中轉了一個圈，看見傑克也在他的前方轉了一個圈。他掉了一隻涼鞋，耳朵裡可以聽見仔仔在狂吠，艾迪在大吼抗議，也聽見計程車的喇叭聲，那神聖的紐約街頭音樂。他也聽見了別的聲音：一位牧師在講道。那牧師講起道來滔滔不絕，就像汽車打到了三檔，搞不好還是超速檔。

在穿過未發現的門扉時，卡拉漢的一隻腳踝撞上了門邊，他感到一陣劇痛，接著腳踝（還有附近）失去了感覺。他聽到一陣急流似的跨界鐘聲朝他而來，速度奇快，就像用每分鐘四十五轉的速度播放三十三又三分之一轉的唱片一樣。突然間他聞到了汽油和廢氣味，而不是門洞裡潮濕的氣息：先是聽到了街頭音樂，現在又聞到了街頭香水。

一時間，他聽到了兩個牧師的聲音。漢奇克在他的背後喊著：『看哪，門開了！』而另一個牧師則在他的前方狂吼：『說「上帝」，兄弟，沒錯，在第二大道上說「上帝」！』

卡拉漢心想：又一對雙胞胎。接著門就在他身後重重關上，呼喊上帝的人只剩下第二大道上的牧師。卡拉漢又心想：歡迎回家，你這王八蛋，歡迎回到美國。然後便降落了。

2

事實上根本是猛烈的墜機，但他還是用雙手和膝蓋平安著陸了。他的牛仔褲多少保護了膝蓋（不過還是破了），但手掌卻在行人道上磨掉了一大塊皮。他聽見了玫瑰，它的歌聲依然充滿力量，泰然自若。

卡拉漢翻過身，看著天空，痛得齜牙咧嘴。他把鮮血淋漓、陣陣作痛的雙手舉在眼前仔細端詳，一滴鮮血從左手濺在他的臉頰上，就像一滴淚水。

『你他媽是從哪兒冒出來的，朋友？』一個穿著灰色工作服、一臉震驚的黑人問，這裡好像只有他一個人看見卡拉漢用如此戲劇化的方法重新進入美國。他低頭瞪著躺在人行道的男人，兩隻眼睛睜得老大。

『奧茲國。』卡拉漢說著，坐起身來。

他的雙手劇痛，腳踝也恢復知覺，開始痛苦地聲聲尖叫，每次陣痛都與他漸漸加速的心跳完全同步。『走，老兄，快離開這裡。我沒事，你趕快走吧！』

『隨便你囉，老兄。再見。』

穿著灰色工作服的男人（卡拉漢猜測他是剛下班的警衛）邁開步伐，又看了卡拉漢最後一眼——他餘悸猶存，但已經開始懷疑自己到底看見了什麼——然後繞過聽街頭牧師講道的群眾，沒多久就不見了人影。

卡拉漢站起來，站在通往哈瑪紹廣場的台階上，尋找傑克，但卻不見人影。他朝另一個方向望去，想要尋找那扇未發現的門，但一樣沒有找到。

『聽著，我的朋友們！聽著，我說上帝，我說上帝的愛，我說給我哈雷路亞吧！』

『哈雷路亞。』一個聽眾有口無心的跟著說。

『我說阿門，謝謝你，兄弟！現在聽好了，因為現在美國正在接受試驗，可是卻沒有通過試驗！這個國家需要一顆炸彈，不是核子炸彈，而是上帝炸彈，呼喊哈雷路亞吧！』

『傑克！』卡拉漢大喊，『傑克，你在哪裡？傑克！』

『仔仔！』是傑克放聲大吼的聲音，『仔仔，小心！』

一陣興奮的吠叫聲傳來，不論身在何處，卡拉漢都能認出這個聲音。接著是刺耳的緊急煞車聲。

然後是喇叭聲。

最後是『砰！』的重擊聲。

3

卡拉漢忘了受傷的腳踝，忘了痛得要命的手掌，他快步繞過牧師小小的聽眾群（聽眾全部轉頭看向馬路，牧師也閉上了原本滔滔不絕的嘴巴），看見傑克站在第二大道上，一輛緊急煞車的計程車停在他腳前一吋的地方，後輪還不停飄出青色的煙霧。駕駛的臉色蒼白，伸著脖子，嘴巴嚇得闔不起來，成了個大大的O型。仔仔趴在傑克的兩腳之間。卡拉漢覺得仔仔看起來嚇壞了，但並沒有大礙。

一聲重擊聲再次響起，然後又一聲，原來是傑克正在用拳頭猛敲計程車的車蓋。『混蛋！』傑克對著擋風玻璃後臉色蒼白的O嘴男說，然後又是『砰！』的一拳，『你為什麼……』砰！『……他媽的……』砰！『……開車不看路！』砰砰！

『給他點顏色瞧瞧，裘利！』馬路對面有人大喊，那裡大概有三打的人停下來看戲。

計程車的車門打開，一個瘦巴巴的高個兒下了車。他穿著卡拉漢認為叫做『大喜吉』⑲的上衣，下身穿著牛仔褲，腳上踩著變種運動鞋，鞋子兩旁有迴力標似的圖案，頭上戴著一頂土耳其高帽，或許是那頂帽子讓他看起來更高不可攀，但並不完全是帽子的原因。卡拉漢猜想他的身高起碼有六呎半，他一臉濃密的鬍子，對傑克沉下了臉。卡拉漢朝兩人走去，心裡愈來愈沉重，幾乎沒注意到自己一隻腳的鞋子掉了，每走一步路，赤裸的腳就在地上啪啪作響。街頭牧師也轉向劍拔弩張的衝突現場。計程車後頭，另一輛汽車剛好停在十字路口，駕駛說什麼也要堅持完成他排定好的午後計畫，他一邊用雙手按著喇叭——叭叭叭叭叭！——一邊探出窗戶，大吼：『快開車呀，印度佬，你擋住路了！』

傑克聽而不聞。他怒火中燒，索性撩起兩隻拳頭一起打在計程車的車蓋上，那模樣活像『午夜牛郎』⑳裡達斯汀．霍夫曼飾演的跛腳皮條客拉佐．李卓——砰！『你差點壓死我的朋友，你這個混蛋，你到底有沒有……』砰！『……看路啊？』

傑克的拳頭還沒來得及再次落下（顯然他打算敲車蓋敲到滿意為止），駕駛就抓住他的右拳。『住手，你這個小無賴！』他破口大罵，聲音奇高無比，『我告訴你……』

傑克後退一步，甩開計程車駕駛的手，然後用快到卡拉漢來不及看清楚的動作，從腋下的槍套裡拿出魯格槍，瞄準駕駛的鼻子。

『告訴我什麼？』傑克對他怒吼，『告訴我什麼？告訴我你車開得太快，差點壓死我的

⑲Dashiki，一種模仿西非部族的服裝，色彩鮮豔而寬鬆，美國和加勒比海地區的黑人喜歡穿。

⑳『午夜牛郎』（Midnight Cowboy），一九六九年的電影，講述一名鄉巴佬隻身來到紐約市，夢想成為頂級的應召牛郎賺大錢，可是事與願違。在無依無靠的情況下，他結識了貧困的拉佐，兩人患難中見真情，相依相偎渡過生命中的難關。這部片因為帶有情色畫面及有暗示同性戀的嫌疑，曾經遭到禁播。

朋友？告訴我你不想腦袋開花，死在大街上？告訴我什麼？』

在第二大道對面，一個女人不曉得是因為看到了手槍，或是察覺到傑克充滿殺意的怒氣，所以開始高聲尖叫，拔腿狂奔，幾個人也跟著有樣學樣，還有許多人聞到了血腥味，聚在街角看熱鬧。不可思議的是，其中一個湊熱鬧的傢伙（一個反戴著帽子的年輕人）居然大喊：『上呀，小鬼！讓那個蹩腳司機嘗嘗苦頭！』

計程車駕駛後退兩步，眼睛張得老大，把雙手舉到與肩同高的地方。『別射我，孩子！求求你！』

『那就快道歉！』傑克咆哮，『如果你想活命，就快求我諒解，還有求牠諒解，求牠諒解！』傑克的臉上全無血色，只有顴骨高處有幾個小紅斑。他的雙眼又大又濕。卡拉漢看到魯格槍的槍管在顫抖，這是他看得最清楚的事情，卻也是他最不喜歡的事情。『說你很抱歉你亂開車，你這個粗心大意的王八蛋！馬上道歉！馬上！』

仔仔不安的哀鳴了幾聲，說：『ㄟ克！』

傑克低頭看著牠，計程車司機想乘機奪槍，卻冷不防吃了卡拉漢一拐子，整個人癱在車子前，土耳其高帽從頭上滾落地面。排在他後頭的司機明明可以從旁邊繞道而行，卻還是繼續按著喇叭，大吼：『快開走，老兄，快開走呀！』第二大道對面的幾個旁觀者甚至還拍起手來，就像在麥迪遜廣場花園運動場看人打架一樣。卡拉漢不禁心想：怎麼回事？這裡簡直就是瘋人院。我是本來就曉得這兒是瘋人院，後來不小心忘記了，還是我現在才知道？

街頭牧師是個留著鬍子、白髮及肩的男人。現在，他站在傑克身旁，傑克再次舉起魯格槍時，他不疾不徐的把手輕輕放在男孩的手腕上。

『把槍收回去，孩子，』他說，『收回去，讚美上帝。』

傑克看著他，看見了蘇珊娜不久前也看過的人：一個看起來和漢奇克極為相似的男人。傑克把槍放回碼頭工人的飛抓裡，然後彎下腰，抱起仔仔。仔仔哀哀叫了幾聲，然後把脖子伸長，湊近了傑克的臉，舔起了男孩的臉頰。

此時，卡拉漢抓住了計程車司機的手臂，拉著他回到計程車。他在口袋裡摸來摸去，拿出了一張十元鈔票。臨行前他們好不容易湊了一筆錢出來，這下大概就用掉了所有盤纏的一半。

『沒事了。』他對司機說，希望自己的語氣聽起來心平氣和，能消消司機的火氣，『沒有傷了和氣，你走你的路，他走他的路……』然後他忍不住對著計程車後頭那位死按著喇叭不放的司機大吼：『喇叭沒壞，你這個白痴，現在能不能麻煩你讓它休息一下，去試試燈光？』

『那個小混蛋拿槍指著我。』計程車司機說。他伸手想摸摸頭上的土耳其高帽，但卻什麼也沒摸到。

『那只是模型槍，』卡拉漢好聲好氣的說，『組裝起來的玩具，連BB彈都發射不了。我跟你保證……』

『喂，老兄！』街頭牧師大喊，計程車司機回頭，牧師便把褪色的紅色土耳其高帽交給他。帽子一回到頭上，司機似乎人也講理了許多，等卡拉漢把十塊錢鈔票塞進他手裡的時候，他看起來又更講理了一些。

計程車後頭的司機開著一台又大又舊的林肯長禮車，現在又開始狂按喇叭。

『你那麼急是想來咬我的老二嗎，愛啃硬肉的傢伙？』計程車司機對他大吼，卡拉漢差點笑了出來。他走向坐在林肯禮車裡的男人，計程車司機原想跟上去，但卡拉漢卻把手放在他的肩膀上，阻止了他。

『讓我來就好。我是個神職人員，讓獅子與羔羊共枕而眠是我的工作。』

街頭牧師來到兩人身邊時剛好聽見了這句話。傑克已經退到一邊，站在街頭牧師的小貨車旁邊，檢查仔仔的腳，確定牠沒有受傷。

『兄弟！』街頭牧師叫住卡拉漢，『我能問問你是哪個教派的嗎？哈雷路亞，我想請問你對上帝的看法是什麼？』

『我信天主教，』卡拉漢說，『所以我想上帝應該是個人吧！』

街頭牧師伸出扭曲的大手，一如卡拉漢所料，他握起手來熱情又大力，差點兒就要把他的手給捏碎。他說起話來帶著自然的節拍，還有一點南方口音，讓卡拉漢想起了華納兄弟卡通裡那隻叫『福亨』的來亨雞⑪。

『我是厄爾・哈瑞根，』牧師一邊說，一邊繼續猛捏卡拉漢的手指，『隸屬聖上帝炸彈教堂，轄區為布魯克林與美洲。很高興認識你，神父。』

『我已經進入半退休狀態了，』卡拉漢說，『麻煩叫我大叔就好，或是老唐。我叫唐・卡拉漢。』

『讚美上帝，唐神父！』

卡拉漢嘆了口氣，隨他怎麼叫了。他走向林肯禮車，此時計程車司機已經亮起了『不提供載客』的燈，火速把車開走了。

卡拉漢還沒來得及開口，林肯禮車的司機就先下車來了。看來今天晚上卡拉漢跟高個兒特別有緣，眼前這位仁兄大概有六呎三吋高，而且還有個大肚腩。

『沒事了，』卡拉漢告訴他，『我建議你回到車子裡，離開這裡。』

『我說沒事才沒事，』林肯先生嗆了回去，『我記下了印度佬的車牌號碼，還有你這位先生，我要你告訴我那個帶著狗的小孩姓什名啥，還有他的地址。我也要再仔細看看他剛才拿出來的那把手槍……痛！痛痛痛！痛痛痛痛痛！住手！』

厄爾・哈瑞根牧師抓住林肯先生的一隻手，扭到背後，好像正在對他的拇指耍點小把戲。卡拉漢看不到是什麼小把戲，角度不對。

『上帝這麼愛你，』哈瑞根在林肯先生的耳邊低聲說，『你這個大嘴巴的白痴，他要的回報，就是你喊幾聲哈雷路亞給我聽，然後趕快閃人。你能喊幾聲哈雷路亞給我聽嗎？』

『痛痛，痛痛痛，放手！警察！警察！警察！——』

『現在這條街附近最可能出現的警察是班季克警官，可是他剛剛才給我開了晚上的罰單，走人了，現在正在丹尼斯餐廳裡吃胡桃鬆餅加雙份培根，讚美上帝，所以我要你好好考慮考慮。』林肯先生的身後傳來一陣碎裂聲，聽得卡拉漢牙齒發麻。他不希望那陣碎裂聲來自林肯先生的拇指，但也想不出還能來自哪裡。林肯先生伸長了粗粗的脖子，抬頭仰望天空，發出了痛苦的長嘯：好！——

『喊幾聲哈雷路亞給我聽，兄弟，』哈瑞根牧師說，『否則你就得把拇指裝在胸前的口袋裡回家了，讚美主。』

『哈雷路亞。』林肯先生低聲說，他的臉色成了赭紅色。卡拉心想，或許有一部分的原

⑦福亨是一隻非常爆笑的來亨雞，出現在許多華納卡通中，是『樂一通』（Looney Tunes）系列中一個重要的卡通角色，是農場裡最假道學的卡通人物。

因是因為街燈從他那個時代的白色日光燈換成了橘紅色的燈，但並不是全部的原因。

『很好，現在說「阿門」。說完後你會覺得好一點。』

『阿……阿門。』

『讚美上帝！讚美耶——穌！』

『放手……放開我的拇指！——』

『如果我放開手，你會離開這裡，不再阻礙交通嗎？』

『會！』

『讚美主。你也不會再胡說八道了？』

『是！』

哈瑞根更靠近林肯先生些，他的雙唇離林肯先生耳朵裡一塊橘黃色的耳屎不到半吋。卡拉漢看得入了迷，把其他沒解決的問題和未達成的目標全拋到九霄雲外去了，甚至開始相信要是當年耶穌基督有厄爾・哈瑞根助他一臂之力，或許被釘上十字架的就會是彼拉多[72]了。

『我的朋友，炸彈很快就會開始轟炸了，也就是上帝炸彈。你必須選擇要在天上丟炸彈——讚美上帝！——或是在底下的村莊裡被轟成碎片。我知道現在不是你為上帝做出選擇的好時間、好地方，但你願意至少想一想嗎，先生？』

對哈瑞根牧師來說，林肯先生的反應一定是慢了一點，因為他又對林肯先生背後那隻手使了一點小伎倆，林肯先生又發出一聲喘不過氣的高亢尖叫。

『我說，你願意想一想嗎？』

『願意！願意！願意！』

『那就滾進你的車子，趕快離開。願上帝祝福你、保護你！』

哈瑞根放開林肯先生。林肯先生抽身離開，雙眼圓睜，坐進了車子裡。沒多久他就開上了第二大道，而且速度飛快。

哈瑞根轉向卡拉漢說：『天主教徒會下地獄，唐神父，他們全都是偶像崇拜者，膜拜瑪莉亞之像。還有教宗！我一提起他就沒完沒了啊！但是我也認識一些好的天主教徒，我敢肯定你就是一個好的天主教徒。也許我能祈禱你改變信仰。如果不行，那恐怕我得祈禱你平安度過烈焰燒身的痛楚了。』他回頭看看哈瑪紹廣場大樓前的人行道，『我想我的教眾已經走光了。』

『真抱歉。』卡拉漢說。

哈瑞根聳聳肩。『反正夏天也不會有人來信主，』他一副理所當然的語氣，『他們會逛逛櫥窗，然後繼續他們的罪愆。冬天才是聖戰的時刻……你可以去找間小店，在寒冷的夜裡施給他們暖呼呼的熱粥和溫暖的經文。』他低頭看看卡拉漢的腳說：『你好像掉了一隻涼鞋，朋友。』又有人對著他們猛按喇叭，一輛令人驚奇不已的計程車（卡拉漢覺得那輛車子看起來像是新一代的福斯Microbus小巴士）從他們身邊呼嘯而過，一位乘客對他們大呼小叫的八成不是『生日快樂』。『此外，要是咱們不趕快離開馬路，那麼或許信仰也不足以保護我們了。』

4

『牠沒事，』傑克說著，把仔仔放到人行道上，『我失控了，是不是？對不起。』

⑫ Pontius Pilato，將耶穌釘死在十字架的第六任羅馬派駐猶太行政官。

『我完全可以理解，』哈瑞根牧師說，『真是一隻有趣的狗！我從來沒看過這種狗，讚美耶穌！』他朝仔仔彎下腰。

『牠是混種的，』傑克緊張的說，『而且牠不喜歡陌生人。』

沒想到仔仔居然乖乖把頭抬高，靠近哈瑞根的手，還主動放下耳朵，讓哈瑞根更好摸。牠對哈瑞根咧嘴一笑，好像和他是相識已久的老朋友一樣。此時，卡拉漢正在四處張望。這裡是紐約，在紐約，每個人都是自掃門前雪，但是話說回來，傑克畢竟是掏出了槍。卡拉漢不知道有多少人看到，但他知道只要有一個人去報警（也許是向哈瑞根剛才提到的班季克警官通報），那麼他們麻煩就大了，而現在他們是最惹不起麻煩的。

他看著仔仔，心想：幫我個忙，別說話，好嗎？傑克也許能騙別人說你是某種科基犬和邊境牧羊犬的混種，但只要你一開口，就全破功了。所以幫我個忙，千萬別說話。

『乖狗狗。』哈瑞根說。奇蹟發生了，傑克的朋友居然沒有回答：『仔仔！』於是牧師站起來說：『我要給你一個東西，唐神父，等我一會兒。』

『先生，我們真的必須……』

『我也有個東西要給你，孩子──讚美上帝，呼喊親愛的主！但首先……只要一下子就好……』

哈瑞根打開違規停在路邊的道奇小貨車，鑽進車裡摸索。

卡拉漢耐著性子等了一會兒，但很快就受不了時間流逝的感覺。『先生，我很抱歉，但是……』

『有了！』哈瑞根歡呼，退出了小貨車，右手的兩根手指勾著一對破爛棕色休閒鞋的鞋跟。『如果你的尺寸比十二號小，我們可以在裡頭塞報紙，但要是比十二號大，那我想只能算你倒楣囉！』

『我剛好穿十二號。』卡拉漢說完，壯著膽子說了聲『讚美上帝』，也道了謝。事實上他穿十一號半的鞋比較舒服，但這雙鞋已經很接近了。他滿心感謝的把鞋子套上腳。『現在我們……』

哈瑞根轉向男孩，說：『你在找的那個女人在咱們剛才發生了一點小小爭執的地方搭上了計程車，就在半個小時之前。』他看見傑克的表情從驚訝迅速變成了開心，忍不住咧嘴一笑，『她說現在是另一個人作主，也說你知道另一個人是誰，知道另一個人要把她帶到哪裡去。』

『是的，到狄西小豬去。』傑克說，『在萊星頓大道和六十一街的交叉口。大叔，我們也許還來得及追上她，但我們必須馬上動身，她……』

『不，』哈瑞根說，『那個女人對我說……她在我腦袋裡對我說話，而且說得清清楚楚，讚美耶穌……她說你們要先去飯店。』

『哪間飯店？』卡拉漢問。

哈瑞根指向四十六街的廣場公園凱悅飯店。『附近只有那一間飯店……而且她也是從那個方向來的。』

『謝謝你，』卡拉漢說，『她有說我們為什麼要去那裡嗎？』

『沒有，』哈瑞根沉著的說，『我相信就在她要告訴我的時候，另一個人發現她在亂說話，閉上了她的嘴，然後她就搭上了計程車，出發囉！』

『說到出發……』傑克說。

哈瑞根點點頭，但也同時舉起了一隻警告的手指。『當然，但記得上帝炸彈就要落下了。再多的祝福也沒用──只有衛理教派的懦夫和聖公會的混蛋才會信那一套！炸彈要落下了！兩位先生？』

兩人回頭看著他。

『我知道兩位跟我一樣都是上帝的人子，因為我聞到了你們的汗水味，讚美耶穌，但那位女士呢？不，應該說那「兩位」女士呢？因為我相信她們有兩個人。她們又是什麼人？』

『你遇見的那個女人是我們的夥伴，』卡拉漢稍稍猶豫了一會兒後說，『她沒有問題。』

『我倒有些懷疑，』哈瑞根說，『《聖經》上說──讚美上帝，讚美祂的聖語──《聖經》上說要小心陌生的女子，因為她的嘴滴下蜂蜜，她的腳下入死地，她的腳步踏住陰間。你所行的道要離她遠，不可就近她的房門。』他一邊說話，一邊舉起粗壯的手臂，比出祝福的手勢，然後放下手，聳聳肩說：『好像不是這麼背的，我年輕時能一字不漏的背出來，跟爸爸一起在南方大喊《聖經》的內容，但現在我的記性已經不行了，不過我想你們應該懂我的意思。』

『《聖經》的〈箴言書〉。』卡拉漢說。

哈瑞根點點頭。『第五章，呼喊「上帝」！』然後他轉過身，凝視身後那棟聳立在夜空中的大樓。傑克正準備離開時，卡拉漢卻用靈知之力要他留步……只不過在傑克疑惑的揚起眉毛時，卡拉漢只能搖搖頭。不，他不知道為什麼，他只知道他們和哈瑞根還有事情沒有解決。

『這座城市充滿了罪惡，也因為罪過而生病，』牧師終於開口，『半片貝殼上的薩多姆，麵包上的蛾摩拉，準備好迎接將從空中落下的上帝炸彈吧！呼喊哈雷路亞，呼喊甜美的耶穌，呼喊阿門，但這個地方是個好地方，很好的地方，你們感覺到了嗎？』

『是的。』傑克說。

『你們聽到了嗎？』

『是的。』傑克和卡拉漢一起回答。

『阿門！很多年以前，他們將那間小小的熟食店拆掉時，我以為它會停止，但是它沒有。那些天使般的聲音……』

『光束之徑上的甘恩如是說。』傑克說。

卡拉漢轉向男孩，看見他歪著頭，臉上充滿了祥和的狂喜。

傑克說：『甘恩如是說，他的聲音是坎卡拉的聲音，有人把坎卡拉稱為「天使」。甘恩否認坎墮淫，他以毫無罪惡的歡喜之心否認了血腥之王與混沌。』

卡拉漢睜大了眼睛瞪著他，眼中滿是恐懼，但哈瑞根只是理所當然的點點頭，好像曾經聽過這段話。『熟食店拆掉後這裡成了空地，然後又蓋了這棟大樓，也就是二號哈瑪紹廣場。我心想：「噯，這下它真的完了，我得換個地盤了，因為撒旦的力量很大，他在地上留下了深深的蹄印，這裡再也不會開花，再也不會長出穀物。」你們能喊一聲「細拉⑬」嗎？』他舉起雙手，那雙扭曲的老手因為初期的帕金森氏症而顫抖不已。他將雙手高高舉向天際，比出了一個千古不變的手勢，那個手勢同時代表了讚美與投降。『但它依然歌唱。』他說著，放下了雙手。

『細拉。』卡拉漢低語，『您說得沒錯，我跟您說聲託福了。』

⑬舊約聖經中一個意義不明的希伯來語，一般認為是休止符之義。

『它的確是一朵花，』哈瑞根說，『因為我曾經進去看過。在大廳裡，哈雷路亞！就在大廳裡，在大門和上樓的電梯之間。在那些樓層裡，天曉得有多少人為了幾個臭銅板幹著蠢事。就在大廳裡，陽光透過落地窗照在一座小小的花園上，一座隔著絲絨繩索的花園，告示牌上寫著：共業有限公司捐贈，向光束家族致敬，並紀念基列地。』

『是嗎？』傑克說，他的臉色一亮，露出了欣喜的微笑，『是嗎，哈瑞根塞爺？』

『孩子，如果我騙你，那我就不得好死。上帝炸彈！在那叢花朵裡，長了一朵野玫瑰，那朵玫瑰美麗絕倫，讓我一看到它，就忍不住潸然淚下，就像那些在巴比倫河畔哭泣的人一樣。巴比倫河就是那條流經錫安的大河。在那裡往來的人群皮箱裡塞滿了撒旦的工作，但有許多人也哭了，可是哭完了以後，他們又繼續去做那些下三濫的工作，好像他們什麼也不知道。』

『他們知道，』傑克輕聲說，『哈瑞根先生，你知道我的想法是什麼嗎？我想那朵玫瑰是藏在他們心中的秘密，如果有人威脅到玫瑰，他們大部分的人都會起身保護它，也許是賠上性命都在所不惜。』他抬頭看看卡拉漢，『大叔，我們該走了。』

『沒錯。』

『這個想法不錯，』哈瑞根同意，『因為我看見班季克警官正朝咱們這兒走來，你們最好趁他抵達之前走人。我很高興你那位毛茸茸的朋友沒受傷，孩子。』

『謝謝你，哈瑞根先生。』

『讚美上帝，我想牠不只是隻狗，對吧？』

『沒錯，先生。』傑克說著，露出了大大的微笑。

『小心那個女人，兩位。她讓我想起了一件事，那件事叫做「巫術」，而且她是兩個女人。』

『沒錯。』卡拉漢說完，不由自主的在哈瑞根面前畫了個十字。

『謝謝你的祝福，不管你是不是異教徒。』哈瑞根說，顯然深深受到了感動。接著他轉向步步接近的紐約巡警，開心的喊道：『班季克警官！真開心見到你！你的領子上沾到了果醬呀，讚美上帝！』

趁著班季克警官低頭看制服領子上的果醬時，傑克和卡拉漢一溜煙的跑走了。

5

『呼，好險。』走向燈火通明的飯店入口雨篷時，傑克壓低了聲音說。許多穿著燕尾服的男人和穿著晚禮服的女人正笑著從一輛白色的長禮車中走下來，那輛長禮車比傑克看過的任何禮車都要足足大上一倍（傑克也算得上是見多識廣了，他的爸爸曾經帶他去參加艾美獎頒獎典禮）。車子裡的人下完一個又一個，川流不息。

『沒錯，』卡拉漢說，『好像搭雲霄飛車一樣，不是嗎？』

傑克說：『我們根本不該在這裡，這是羅蘭和艾迪的工作。我們應該去找卡文・塔才對。』

『顯然某個東西有別的想法。』

『哼，那它應該三思而後行，』傑克不高興的說，『一個小鬼跟一個牧師，而且兩人還共用一把槍？真是個笑話。要是狄西小豬裡有一大堆在度假的吸血鬼和下等人，那我們有多少勝算？』

卡拉漢沒有回答，不過想到要從狄西小豬救出蘇珊娜這個艱鉅任務，他也覺得十分害怕。『你剛才說的「甘恩」是什麼東西啊？』

傑克搖搖頭。『我不知道——我幾乎完全不記得我剛才說了什麼。我想那是我靠靈知之力得知的，大叔。你知道我覺得我是從哪裡得到那段訊息的嗎？』

『米亞？』

男孩點點頭。仔仔在他腳邊踩著小碎步，長長的口鼻還搆不到傑克的大腿。『而且我也有別的感應。我一直看到一個在坐牢的黑男人。廣播一直告訴他這些人全死了：甘迺迪兄弟、瑪莉蓮‧夢露、喬治‧哈里森[74]、彼得‧謝勒斯[75]、伊札克‧拉賓[76]，可是我不曉得那個男人是誰。我想那個地方可能是密西西比州牛津城的監獄，歐黛塔‧霍姆斯曾經在那兒蹲過苦窯。』

『你看到的是一個男人？不是蘇珊娜，而是一個男人？』

『對，還留著一撮小鬍子，戴著很好笑的金邊小眼鏡，就像童話故事裡的巫師一樣。』

他們在燈火通明的飯店門口停下腳步。一個穿著綠色燕尾服的門房用銀色小口哨吹出刺耳的哨音，招來了一輛計程車。

『你覺得是甘恩嗎？監獄裡那個黑男人叫做甘恩嗎？』

『我不知道。』傑克沮喪的搖搖頭，『那裡也有一點像道根，全都混在一起了。』

『你是靠靈知之力察覺到這個景象的？』

『沒錯，但不是來自米亞、蘇珊娜、你或是我。我想……』傑克的聲音一沉，『我想我們最好趕快找出那個黑男人是誰，找出他想告訴我們什麼事，因為我覺得我看到的景象來自黑塔。』他嚴肅的看著卡拉漢，『從某些方面來說，我們已經非常接近它了，所以共業夥伴像這樣分崩離析是非常危險的。

『從某些方面來說，我們幾乎已經抵達黑塔了。』

6

自從抱著仔仔踏進旋轉門，接著把仔仔放在大廳的瓷磚地面後，傑克就成了發號施令的人。卡拉漢覺得這個孩子並沒有意識到這一點。這或許算是一件好事，因為如果傑克發現自己成了發號施令的人，他的自信也許會崩潰。

仔仔小心的嗅著自己映在綠色玻璃牆壁的身影，然後跟著傑克往櫃台走去，爪子在黑白相間的大理石磚上發出輕微的聲響。卡拉漢跟在他身邊，知道自己正看見未來，努力不露出瞠目結舌的模樣。

『她來過這裡，』傑克說，『大叔，我幾乎可以看見她。兩個都來過，蘇珊娜和米亞。』

大叔還來不及回答，傑克就走到了櫃台前。『抱歉，女士，』他說，『我叫傑克·錢伯斯，有沒有人留言給我，或是留包裹之類的東西給我？可能是來自蘇珊娜·狄恩女士或是米亞小姐。』

女人狐疑的低頭看了仔仔一會兒。仔仔抬頭望著她，開心的咧嘴一笑，露出了一整排牙齒。也許那排牙齒讓櫃台小姐有點不安，因為她皺起了眉頭，轉頭去看電腦螢幕。

『姓錢伯斯？』她問。

⑭George Harrison（一九四三—二〇〇一），披頭四吉他手。
⑮Peter Sellers（一九二五—一九八〇），英國知名喜劇演員。
⑯Yitzhak Rabin（一九二二—一九九五），以色列前總理，一九九四年諾貝爾和平獎得主，一九九五年遇刺身亡。

『是的，女士。』傑克努力裝出大人最愛聽的乖乖牌語氣。他已經很久不需要裝出那種語氣了，但傑克發現自己寶刀未老。

『有人留了東西給你，但不是女人留的，是一個叫做史蒂芬・金的人留的。』她微微一笑，『我想應該不是那位大作家吧？你認識他嗎？』

『不認識，女士。』傑克說著，瞄了一眼卡拉漢。他們兩人到最近才聽說過史蒂芬・金這號人物，但傑克很清楚為什麼這個名字會讓他身邊的伴侶不寒而慄。現在卡拉漢看起來沒有特別冷，但他的嘴巴已經抿成了一條線。

『呃，』她說，『我想那個名字應該很常見吧？也許美國有很多正常的史蒂芬・金希望他可以……怎麼說呢……可以休息一下！』她緊張的笑了一下，卡拉漢納悶她為什麼會這麼緊張。是因為仔仔愈看愈不像狗嗎？也許吧，但是卡拉漢覺得更有可能是因為傑克身上有點不對勁，有種危險份子的感覺，甚至有種槍客的感覺。他身上一定有種和其他男孩不一樣的地方，而且是非常不一樣。卡拉漢想起他從碼頭工人的飛抓裡拿出魯格槍，抵著那個倒楣的計程車司機。告訴我什麼？告訴我你車開得太快，差點壓死我的朋友？他放聲尖叫，手指用力扣著扳機，扣得指節都發白了。告訴我你不想腦袋開花，死在大街上？

一個正常的十二歲小孩遇到九死一生的車禍時，會有這種反應嗎？卡拉漢不這麼認為。他覺得櫃台小姐是該緊張。至於他自己，卡拉漢覺得他們在狄西小豬的勝算似乎變大了。不是很多，但的確變大了。

7

傑克也許察覺到情況有點不對勁，於是對櫃台小姐露出最乖乖牌的笑容，但卡拉漢覺得那抹笑容跟仔仔的笑容有同樣的毛病：露出太多牙齒了。

『等一下。』她說著，把頭轉開。

傑克一臉疑惑的看著卡拉漢，好像在問：『她到底有什麼毛病？』卡拉漢聳聳肩，兩手一攤。

櫃台小姐走向身後的寄物箱，打開來，看看裡頭一個小盒子裡的東西，然後拿著一個印著廣場公園飯店的信封回到櫃台前。信封上用看似手寫、又像印刷的字跡寫著傑克的名字和一行字：

傑克・錢伯斯

這是真理

她把信封放在桌上，推向傑克，小心不碰到傑克的手指。

傑克接過信封，用手指摸了摸。信封裡有一張紙，還有別的東西，一個堅硬細長的東西。他打開信封，拿出那張紙，紙裡包著一枚長方型的白色塑膠飯店磁卡。留言的紙是一張常見的便條紙，紙頭印著：『呼叫吹牛大王』。紙上只寫了三行字：

噠噠嗆，噠噠嘰，鑰匙在手別擔心。

噠噠喳，噠噠切，傑克快快看仔細，鑰匙是紅不是綠！

傑克看著磁卡，看著磁卡在他眼前猛然染上了色彩，幾乎在一瞬間變成了血紅色。

得看完留言才會變成紅色。傑克心想，這個啞謎似的想法讓他啞然失笑。他抬頭看看櫃台小姐有沒有察覺到磁卡變了顏色，但她似乎在櫃台的另一端忙著其他事，而卡拉漢則盯著剛從大街上走進飯店的兩位女士猛瞧。傑克心想：大叔也許早就遁入空門，但那雙眼睛似乎依然沒有忘懷女色。

傑克回頭看著信紙，恰巧趕在最後一行字消失之前看見它最後一眼：

嗟嗟嗆，嗟嗟嘰，塑膠鑰匙交男孩。

幾年前的聖誕節，傑克的爸媽曾經送給他一組泰科牌化學原料。根據使用手冊，他調配出一桶隱形墨水，用這種墨水寫的字會很快消失，就像他眼前這行字一樣，可是如果看得夠仔細，還是能瞧見化學墨水留下的痕跡。但眼前這行字卻是徹徹底底的消失，而傑克知道為什麼。它的任務已經達成，再也不需要了。寫著鑰匙是紅色的那行字也一樣，眼看就要消失殆盡，只有第一行字還留著，好像在提醒他：

嗟嗟嗆，嗟嗟嘰，鑰匙在手別擔心。

留言的人是史蒂芬•金嗎？傑克很懷疑。比較合理的是這場遊戲裡其他的玩家（甚至可能是羅蘭或是艾迪）假冒他的名字，以引起他的注意。但話說回來，自從來到這裡以後，他遇到了兩件事，大大的激勵了他。第一件事是玫瑰的歌聲持續不斷。事實上，雖然空地上蓋了一棟擎天大樓，但歌聲卻比從前更強了。第二件事是在創造出傑克的旅行同伴之後二十四年，史蒂芬・金顯然還活得好好的，而且不再只是個沒沒無名的小作家，而是個名聞天下的大作家。

很好，現在一切雖然看來有些岌岌可危，但起碼還沒有偏離正確的道路。

傑克抓住卡拉漢神父的手臂，把他拉往禮品店跟叮叮作響的爵士鋼琴樂聲，仔仔跟在傑克的膝蓋旁。他們在牆上發現一排內線電話。『接線生接起來的時候，』傑克說，『告訴她你要跟你的朋友蘇珊娜・狄恩，或是她的朋友米亞說話。』

『她會問我哪間房。』卡拉漢說。

『告訴她你忘了，但是你知道是在十九樓。』

『你怎麼……』

『一定是十九樓，相信我。』

『我相信。』卡拉漢說。

電話響了兩聲，接線生接起電話，詢問他需要什麼服務，卡拉漢照傑克的說法告訴她。電話接通，在十九樓的某間房裡，電話響了起來。

傑克看見大叔先是打算開口說話，然後又閉上嘴，露出一抹茫然的淺淺微笑，仔細聆聽。過了一會兒，他掛上電話。『答錄機！』他說，『居然有種機器可以接電話，錄留言！真是個神奇的發明！』

『沒錯，』傑克說，『總之，我們確定她不在，也很確定她沒有叫人留下來看守她的古囊，但是為了謹慎起見……』他拍拍胸前的襯衫，裡頭藏了魯格槍。

他們穿過大廳，走向電梯間，卡拉漢說：『我們要在她的房間裡找什麼？』

『我不知道。』

卡拉漢碰碰他的肩膀。『我覺得你知道。』

中間的電梯門打開，傑克走進電梯，仔仔依然跟在腳邊。卡拉漢也走了進去，但傑克覺得他的腳步好像變得有些沉重。

『也許我知道，』電梯開始往上升的時候，傑克說，『也許你也知道。』

卡拉漢覺得整個肚子彷彿有千斤重，好像剛剛吃了一頓大餐，他猜想那增加的重量是恐懼。『我以為我已經擺脫它了，』他說，『羅蘭把它帶離教堂的時候，我真的以為我已經擺脫它了。』

『有些討厭的東西就是甩也甩不掉。』傑克說。

8

傑克原本打算在必要時拿著那支獨一無二的紅鑰匙一一試過十九樓的房間，但他大老遠就知道他們要找的房間是1919號房。卡拉漢也知道，他的額頭上冒出一抹閃亮的汗水。那抹汗水感覺起來空洞、炙熱，彷彿在瘋狂燃燒。

就連仔仔也知道，牠不安的低聲號叫。

『傑克，』卡拉漢說，『我們得三思而後行。那個東西很危險。不只危險，那東西根本就是邪惡無比。』

『所以我們一定要帶走它。』傑克耐著性子說。他站在1919號房前，用手指咚咚的敲著磁卡。從門後與底下的門縫傳來邪惡的嗡嗡聲，就像某個白痴的歌聲一樣。傑克知道那顆球能讓人跨界，在那片黑暗而且幾乎找不到門路的空間中，你很可能會永遠迷失了方向。就算你找到了通往另一個地球的路，那個地球也可能帶著一種詭異的黑暗，好像太陽永遠都在瀕臨全蝕的邊緣。

『你看過它嗎？』卡拉漢問。

傑克搖搖頭。

『我看過。』卡拉漢無精打采的說，用手臂拭去額頭的汗水，臉色鐵青，『它裡頭有一隻眼睛，我想那是血腥之王的眼睛。我想他有一部分被永遠困在裡面，瘋了。傑克，把那顆球帶到有吸血鬼和下等人的地方，交給那些血腥之王的僕役，就跟送希特勒核子彈當生日禮物沒兩樣啊！』

傑克很清楚黑十三確實具有很大（甚至是無窮）的殺傷力，但是他也知道另外一件事情。

『大叔，如果米亞把黑十三留在房間裡，空手赴宴，他們一定很快就會知道。他們一定會很快就坐著又大又俗氣的車子去找它。』

『我們不能把它留給羅蘭嗎？』卡拉漢可憐兮兮的問。

『可以，』傑克說，『那是個好主意，把它帶去狄西小豬則是個壞主意，但是我們不能把它留在這裡等羅蘭來拿。』接著，卡拉漢還來不及說話，傑克就把血紅色的磁卡插進門把上的插槽裡。一聲響亮的『喀嗒』聲傳來，門打開了。

『仔仔，待在這裡，待在門口。』

『ㄟ克！』牠坐了下來，尾巴就像漫畫裡潦草畫出的一條線，繞著牠的腳掌。牠用不安的眼神看著傑克。

在他們進門之前，傑克把一隻冰冷的手放在卡拉漢的手腕上，說了一句可怕的話。

『提高心防。』

米亞離開時沒關燈，但在她離開後，一道詭異的黑暗依然潛進了1919號房。傑克知道它是什麼：它是跨界的黑暗。痴呆的嗡嗡歌曲與模糊的嘈雜鐘聲從衣櫃裡傳出。

它醒了，傑克心想，愈來愈不安。它本來睡著了——至少是在打瞌睡——但舟車勞頓讓它醒了過來。我該怎麼辦？單憑盒子和保齡球袋就能讓它安全嗎？我有什麼東西能讓它更安全？任何符咒，任何圖徽？

傑克打開衣櫃時，卡拉漢發現自己必須發揮所有的意志力才能不開溜，而他還是個意志力堅強的人。衣櫃裡單調的嗡嗡聲和偶爾傳來的嘈雜鐘聲刺痛了他的耳朵、他的腦袋、他的心。他一直想起驛站，想起戴著連衣帽的人打開盒子時，他放聲尖叫的那一幕。那裡頭的東西可真是滑溜溜啊！它躺在紅色的天鵝絨布上……它轉動了。它看著他，而宇宙裡所有的邪惡瘋狂就聚集在那飄忽、睥睨的眼神中。

我不會逃，我不會。如果這個男孩可以留下來，我也可以。

啊，但這個男孩是個槍客，這就是不一樣的地方。他不只是業之子，更是基列地的羅蘭之子，他的養子。

你沒看到他的臉色有多蒼白嗎？看在上帝的分上，他和你一樣害怕！振作起來，老兄！

『繞呀繞著桑樹叢，』他低聲唱起了兒歌，『猴兒追著黃鼠狼……猴兒玩得正開心……』

傑克小心翼翼的打開衣櫃，裡頭有個保險箱。他按下『1919』，但保險箱的門文風不動。他停下來，讓保險箱自動歸零，用兩隻手擦擦額頭上的汗（他的雙手顫抖），再試一次。這次他按下『1999』，保險箱的門應聲而開。

黑十三的嗡嗡歌聲和刺耳鐘聲同時升高，就像冰冷的手指在他們的腦袋旁刺探。

而且它可以送你到別的地方去，卡拉漢心想。你只要放下心防一點點……打開袋子……打開盒子……然後……噢，你就會到別的地方去！黃鼠狼一溜煙跑掉囉！

雖然他曉得這樣做的後果，但他心裡卻有一部分很想打開盒子，甚至是渴望打開它。他並不是唯一這樣想的一個人。在他眼前，傑克雙膝點地，跪在保險箱前，就像祭壇前的膜拜者，卡拉漢不得不伸手想阻止他拿起袋子，但他的手卻重得不可思議。

不管你做不做都一樣，一個聲音在他的腦袋裡低語。那個聲音具有催眠的力量，而且具有驚人的說服力，但卡拉漢還是繼續伸出手，用幾乎已經失去所有感覺的手指抓住傑克的領子。

『不，』他說，『不行。』他的聲音聽起來緩慢、消沉、沮喪。他把傑克拉到一旁時，傑克的動作非常遲緩，好像慢動作或是在水底一樣。現在房間裡充滿了病態的黃光，大風暴來襲前，有時會出現這樣的黃光。卡拉漢自己也在打開的保險箱前跪下（在膝蓋碰地之前，他好像在空中墜落了至少一分鐘之久），他聽見了黑十三的聲音，那聲音比從前更清楚。它要他殺死那個男孩，要他割開男孩的喉嚨，讓那顆球能嚐嚐他提神醒腦的溫熱生命之血，然後它會恩准卡拉漢從窗戶一躍而下。

在你落到四十六街上之前，你會一路讚美我，黑十三用既瘋狂又清醒的聲音對他保證。

『做吧，』傑克嘆息，『噢，沒錯，做吧，管他的。』

『ㄟ克！』仔仔從門口吠道，『ㄟ克！』但兩人卻把牠當成耳邊風。

卡拉漢伸手拿起袋子，發現自己想起了和巴妻最後一次會面的情景。巴妻是吸血鬼之王，根據卡拉漢自己的說法，他是『第一類』吸血鬼，來到了名叫『撒冷鎮』的小城。卡拉漢發現自己想起他是如何在馬克・彼齊的房子裡與巴妻正面衝突，馬克的雙親毫無生氣的躺在吸血鬼腳邊的地板上，兩人的頭骨碎裂，那充滿理智的腦袋成了一團果凍。

黑十三竊竊私語：你落地的時候，我會讓你低語我君王的名字：血腥之王。

卡拉漢看著自己的雙手抓住袋子（不管袋子旁曾經印了什麼字，現在上頭印的都是『在中世界巷，球球是好球』），想起他的十字架曾經閃著某種超脫塵俗的光芒，逼得巴妻步步後退……然後又再次黯淡無光。

『打開它！』傑克熱切的說，『打開它，我想看看它！』

現在仔仔狂吠不止，走廊上有人大吼：『叫那隻狗閉嘴！』同樣被當成了耳邊風。

卡拉漢從袋子裡捧出鬼木盒，那只盒子曾經藏在他位於布來恩・史特吉斯卡拉的教堂裡，藏在佈道台底下，度過了一段平靜安詳的歲月。現在他要打開它，現在他要凝視黑十三令人作嘔的榮光。

然後死去，滿懷感激的死去。

10

看到一個人的信仰動搖，真令人傷心。巴妻說，然後從卡拉漢的手中一把扯去那個黯淡又無用的十字架。他為什麼可以那麼做？因為——看呀！那道似非而是的悖論；想吧！那道啞謎一般的難題——因為卡拉漢神父無法自己把十字架丟開。因為他無法接受十字架只是一個符號，象徵了一股更偉大的力量，那股力量就像一條河流似的在宇宙之下流動，也許是在一千個宇宙之下流動……

我不需要符號，卡拉漢心想，繼而又想：這就是為什麼上帝讓我苟活嗎？祂要再給我一個機會學會這個道理嗎？

很有可能，他一邊這麼想，一邊把雙手放在盒蓋上。再給別人一次機會是上帝的專長。

『兩位老兄，拜託你們叫你們的狗閉嘴。』一個旅館女傭扯開了破鑼嗓子大吼，但人還在很遠的地方，接著她又說：『我的老天爺呀！這裡怎麼這麼暗呀？那是什麼……那是什麼……聲……聲……聲……』

也許她想說的是『聲音』，只可惜她沒能把話說完。現在就連仔仔似乎也讓那顆低聲吟唱的球給收服了，不再汪汪亂吠（也離開了守門的崗位），跑進了房間。卡拉漢猜想這隻小動物想在末日來臨時陪在傑克身邊。

大叔奮力讓他那雙亟欲自殺的雙手平靜下來。盒子裡的東西提高了痴呆之歌的音量，他的指尖抽動回應，然後又再次平靜下來。起碼我贏了這回合，卡拉漢心想。

『沒關係，我來，』女傭說，她的聲音呆滯又充滿貪念，『我想看它，老天呀！我想拿著它！』

傑克的手臂似乎有一噸重，但他還是強迫那雙手伸出去抓住女傭。女傭是一名纖瘦的西班牙裔中年婦女，體重不到一百零五磅。

卡拉漢努力讓顫抖的手平靜下來之後，開始努力祈禱。

上帝啊，不是我的意志，而是祢的意志。不是陶工，而是陶工的泥土。如果我不能想出別的辦法，求祢幫助我帶著它跳出窗外，將這個上帝詛咒的東西永遠毀壞。但如果祢願意幫助我讓它平靜下來，讓它回到夢鄉，那麼請給我祢的力量，幫助我記得……

不管傑克是不是讓黑十三蠱惑了，他依然沒有失去靈知之力。現在他接起了大叔心裡的話，大聲的說了出來，只不過把卡拉漢口中的『符號』換成了羅蘭教他們說的『圖徽』。

『我不需要圖徽，』傑克說，『不是陶工，而是陶工的泥土，我不需要圖徽！』

『上帝啊！』卡拉漢說。這幾個字猶如巨石般沉重，但一說出口，剩下的話語便輕輕鬆鬆脫口而出：『上帝啊！如果祢還在，如果祢還願意傾聽我，卡拉漢在此。主啊！請讓這個東西平靜下來。請讓它回到夢鄉裡去，我以耶穌之名請求祢。』

『以白界之名請求祢。』傑克說。

『白！』仔仔吠道。

『阿門。』女傭用恍惚、困惑的聲音說。

有那麼一會兒，盒子裡嗡嗡作響的痴呆之歌又變大了一點，於是卡拉漢知道他是白費力氣了，就連全能的上帝也無法阻止黑十三。

然後它靜了下來。

『感謝上帝。』他低聲說道，發現自己全身汗水淋漓。

傑克哭了起來，抱起仔仔。女傭也哭了起來，但卻沒有人安慰她。在卡拉漢大叔將鬼木盒放回佈滿網眼（而且重得驚人）的保齡球袋時，傑克轉頭對女傭說：『妳得睡個午覺，塞爺。』

這是他唯一想到的話，而且還發揮了作用。女傭轉身，走向床鋪，爬上床，把裙子往下拉，蓋住膝蓋，然後似乎就睡得不省人事了。

『它不會醒來吧？』傑克低聲問卡拉漢，『因為……大叔……那東西實在靠我們太近了，讓我全身不舒服。』

也許吧，但是卡拉漢的腦袋似乎突然自由了——多年來第一次如此自由。又或者是他的心自由了。總而言之，在他把保齡球袋放在保險箱上那疊摺好的乾洗衣物袋上時，他的思路似乎變得非常清晰。

他想起了在『家』後方小巷的一次對話。他和法蘭基．切斯與馬格魯德在外頭放風抽煙，談到在紐約有什麼辦法可以保護自己值錢的東西，尤其是要出遠門的時候。馬格魯德說紐約最安全的地方……絕對最安全的儲藏室……

『傑克，保險箱裡還有一袋盤子。』

『歐莉莎？』

『沒錯，拿著它們。』傑克照辦，而卡拉漢則走向躺在床上的女傭，把手伸進她制服裙子左邊的口袋。他拿出幾張塑膠磁卡，幾付鑰匙，還有一包他沒聽過牌子的薄荷糖：Altoids。他替她翻身，就像在翻一具屍體一樣。

『你在幹嘛？』傑克輕聲說。他把仔仔放下，好把裝了盤子的蘆葦袋掛在肩上。袋子很重，但他卻覺得很心安。

『搶劫她啊，不然還像在幹嘛？』大叔生氣的回答，『聖羅馬天主教堂的卡拉漢神父在搶劫飯店女傭，只不過不曉得她有沒有錢讓人搶……有了！』

她的另一個口袋裡放著一小捲紙鈔，正如他的意。在仔仔狂吠讓她分心前，她正在做『夜床服務』[77]，包括沖馬桶、拉窗簾、掀床，留下女傭們所謂的『枕頭糖果』。有時候客人會留下小費。這位女傭身上帶著兩張十元鈔票、三張五元鈔票，還有四張一元鈔票。

『如果有緣再見，我會還妳的，』卡拉漢對著不省人事的女傭說，『不然妳就當作是捐

[77] turndown service，高級旅館在下午四點左右會派人來整理房間，以便客人晚上就寢，有時會留下薄荷糖或巧克力等甜點。

給了上帝吧！』

『白——』女傭含糊低語，就像在說夢話一樣。

卡拉漢和傑克交換了一個眼神。

11

在下樓的電梯裡，卡拉漢拿著裝了黑十三的袋子，而傑克則揹著裝了『歐莉莎』的袋子。他也拿著錢，現在他們身上總共有四十八塊錢。

『夠嗎？』知道大叔計畫要怎麼擺脫那顆球之後，這是他唯一的問題。為了完成那個計畫，他們必須到某個地方稍作停留。

『我不知道，也不在乎。』卡拉漢回答。雖然整座電梯裡只有他們兩個人，但他們的聲音還是壓得很低，好像在密謀什麼計畫一樣。『如果我能搶劫睡著的女傭，那麼坐霸王車應該也不是什麼難事才對。』

『最好是喔。』傑克說。他想著羅蘭在追尋黑塔的過程中，不只是搶了幾個無辜的人，而是殺了許許多多的人。『咱們快把正事辦好，去找狄西小豬吧！』

『你犯不著擔心那麼多，』卡拉漢說，『如果黑塔倒了，你一定會第一個知道。』

傑克盯著他瞧。盯了一會兒，卡拉漢突然露出了微笑，他實在忍不住想笑。

『一點都不好笑，塞爺。』傑克說完，兩人一起走入一九九九年初夏夜晚的黑暗之中。

12

八點四十五分，他們抵達兩個目的地之一時，哈德遜河上仍有一抹夕陽餘暉。計程車的車資表寫著九塊五毛，卡拉漢把一張女傭的十塊鈔票交給司機。

『先生，小心把自己給害死啦！』司機的牙買加口音很重，『我怕你哪天給人家射死了都不知道。』

『孩子，有錢拿就該偷笑了，』卡拉漢和氣的說，『我們的紐約觀光預算有限。』

『我老婆的預算也很有限。』司機說完，就把車開走了。

此時，傑克抬頭仰望眼前的建築物。『哇，』他輕聲說，『我想我都忘了這裡有多大了。』

卡拉漢順著他的視線往上看，說：『咱們快去辦事。』他們快步走進目的地時，卡拉漢又說：『蘇珊娜有任何消息嗎？有嗎？』

『拿著吉他的男人，』傑克說：『在唱歌……我不知道是什麼歌。我應該知道的。那是另一個不是巧合的巧合，就像書店的老闆剛好姓塔，巴拉札的酒館剛好叫斜塔。那首歌……我應該知道才對。』

『還有呢？』

傑克搖搖頭。『那是她傳來的最後一個消息，我是在旅館外搭上計程車時感應到的。我想她已經進了狄西小豬，所以我想我們的消息再怎麼「靈」，也沒辦法知道她在幹嘛了。』

他不自覺的說了個雙關語，忍不住微微一笑。

卡拉漢轉向大廳中間的樓層指示牌。『別讓仔仔離開你。』

『沒問題。』

沒多久，卡拉漢就找到了他要找的東西。

13

標示牌上寫著：

長期寄放

十到三十六個月

使用代幣

請拿鑰匙

物品遺失，管理人員概不負責！

標示牌底下是個方框，列出了使用規則，傑克和卡拉漢仔細的看過一遍。他們腳下傳來了隆隆的地下鐵列車聲，卡拉漢至少有二十年沒來過紐約，所以他完全不知道那是什麼列車、開往哪裡，或是在紐約市地底多深的地方。他們已經搭著電梯下了兩層樓，第一層是商店，第二層就是這裡，而地下鐵站還在更深的地方。

傑克把那袋歐莉莎換個肩膀揹，然後指向方框裡使用規則的最後一行。『如果我們是大樓住戶的話，還能有折扣耶！』他說。

『扣！』仔仔堅決的說。

『是呀，年輕人，』卡拉漢說，『少做夢了。我們不需要折扣。』

他們的確不需要。通過金屬探測器（歐莉莎能通過金屬探測），經過一個坐在凳子上打瞌睡的警衛後，傑克斷定最小的寄物櫃（在狹長房間的最左側）就能裝得下『中世界巷』袋和裡頭的盒子。租用最長的期限要二十七元，卡拉漢大叔小心翼翼把紙鈔塞進換代幣的機器裡，準備接受機器故障的事實：在他這段舊地重遊的短暫時光中，看到了許多驚奇的事情和可怕的事情（可怕的事情包括計程車的起步費居然要價兩元），但他最難以接受的卻是眼前這台機器。販賣機居然能接受紙鈔？這台機器上了一層無光澤的棕色漆，上頭的標誌命令顧客『人像朝上！』要做出這台機器，想必得靠很多複雜的技術。標誌旁的圖片顯示華盛頓的頭像朝上，位在左邊，但卡拉漢插進機器的鈔票不管人像位在哪邊，似乎都有用，只要人像朝上就行。機器的確出了一次毛病，拒絕接受一張又舊又縐的鈔票，但這反而讓卡拉漢幾乎有種如釋重負的感覺。至於其他比較新的五元鈔，機器則是一聲不吭的囫圇吞下，然後在底下的托盤上嘩啦啦落下一陣代幣小雨。卡拉漢撿起價值二十七元的代幣，走回傑克等待的地方，但卻突然起了好奇心，調轉回頭。他望向那台神奇（至少對他來說很神奇）的吃鈔票販賣機，看著它的邊緣。在接近底部的地方，在一連串小鋼板上，他找到了他想找的資訊。這台機器是Change-Mak-R 2000，在俄亥俄州克里夫蘭市製造，不過出力的公司還真不少：奇異電子、得偉電子（DeWalt Electronics）、秀利電機（Showrie Electric）、Panasonic，在最底下的地方則是一排最小但卻又惹人注意的字：北方中央正電子。

伊甸園裡的蛇，卡拉漢心想。把我想像出來的人可能是這個叫史蒂芬・金的傢伙，他或許只存在於一個世界裡，但為什麼每個世界都看得到北方中央正電子公司呢？當然，因為那是血腥之王的公司，就像頌伯拉企業也是他的公司一樣，他要的東西跟歷史上那些想權力想瘋了的暴君一樣：無所不在，擁有一切，基本上就是控制整個宇宙。

『或是把宇宙帶到黑暗之中。』他喃喃自語。

『大叔！』傑克不耐煩的喊，『大叔！』

『來了。』他說著，快步走向傑克，兩隻手盛滿了閃亮的金黃代幣。

14

傑克在八八三號寄物櫃裡投進九枚代幣後，鑰匙就彈了出來，但傑克還是繼續投幣，直到二十七元代幣全部進了代幣孔。此時，編號底下的玻璃小孔變成了紅色。

『投滿了。』傑克心滿意足的說。他們依然壓低了聲音交談，而這間狹長如洞穴的房間也的確非常安靜。傑克猜想，在上班日的早上八點和下午五點，這裡一定是鬧轟轟的，許多人從地下的地鐵站進進出出，其中有一些人把東西寄放在短期的投幣式寄物櫃裡。現在，四周只有從手扶梯飄來的模糊交談聲（來自商場裡還開著的少數商店），還有另一輛進站列車的隆隆聲。

卡拉漢把保齡球袋放進狹窄的開口中，推到底，傑克在一旁不安的看著。然後卡拉漢關上門，傑克轉動鑰匙。『賓果。』傑克說著，把鑰匙放進口袋，然後又擔心的說：『它不會醒來吧？』

『我想不會，』卡拉漢說，『我想它會像在我的教堂裡一樣沉睡。如果另一條光束斷了，它可能會醒來，又開始調皮搗蛋，但話說回來，要是另一條光束斷了……』

『如果另一條光束斷了，一點點調皮搗蛋也無傷大雅了。』傑克替他把話說完。

卡拉漢點點頭。『不過……呃，你知道我們要去哪裡，你也知道我們可能在那裡發現什麼。』

吸血鬼、下等人，或許還有其他血腥之王的手下。很可能是華特，那個戴著連衣帽的黑衣人（他有時會變換形體，自稱是蘭道爾・佛來格）。甚至可能是血腥之王本人。

是的，傑克知道。

『你有靈知之力，』卡拉漢繼續說，『所以我們必須假設他們之中也有人具有靈知之力。他們可能從我們的腦袋裡讀出這個地方，還有寄物櫃的號碼。我們要去那裡救她，但我們承認，這個行動的失敗率很高。我這輩子從來沒開槍過，而你也不算是……原諒我，傑克，但你也不算是身經百戰的老兵。』

『我上過一、兩次戰場。』傑克說。他想起了嘉修，當然也想起了狼群。

『這次不一樣，』卡拉漢說，『我的意思只是，要是我們被活捉了，恐怕下場不太好，你懂嗎？』

『別擔心，』傑克安慰卡拉漢，但語氣卻令人心寒，『別擔心，大叔，我們不會被活捉的。』

15

他們再次走出門外，尋找計程車。多虧了女傭的小費，傑克估計他們剩下的錢剛好夠他們到狄西小豬。他有個預感，一旦他們抵達狄西小豬，他們就再也用不著現金——也用不著其他的東西了。

『車來了。』卡拉漢說著，揮手招車，而傑克則回頭看著他們剛剛走出的大樓。

『你確定它在裡面會安全嗎？』他問卡拉漢。計程車迴轉，朝兩人開來，對著擋路的慢郎中猛按喇叭。

『根據我的老朋友馬格魯德塞爺所說，那裡是全曼哈頓最安全的寄物處。』卡拉漢說，『他說比賓州車站和中央車站的投幣式寄物櫃還安全五十倍……而且當然，這裡還提供長期寄物。紐約也許還有其他更安全的寄物處，但恐怕等不及它們開門，我們就得離開此地了，至於是用什麼方法離開，我就不曉得了。』

計程車靠邊停，卡拉漢替傑克打開車門，仔仔偷偷跟在他身後跳上車。在上車前，卡拉漢看了世貿中心的雙子星大樓最後一眼。

『在二○○二年六月前應該沒問題，除非有人闖進去把它偷走。』

『或是大樓倒下來壓住它。』傑克說。

雖然傑克聽起來不像在說笑，但卡拉漢還是笑了起來。『不可能。如果真的發生這種事……嗯，一顆玻璃球壓在一百一十層的鋼筋水泥底下？就算是一顆裝滿了高深魔法的玻璃球，恐怕也很難留個全屍吧！不過對於那噁心的玩意來說，也算是得其所終了。』

16

傑克要計程車在萊星頓大道和五十九街的交叉口讓他們下車，以策安全。他看看卡拉漢，徵得他的同意後，把最後的兩塊錢全交給了開車的塞爺。

在萊星頓大道和六十街的交叉口，傑克指著路邊的一堆煙屁股說：『他就在這裡，』他說：『彈吉他的男人就在這裡。』

他彎下腰，撿起一個煙屁股，在掌心裡握了一會兒，然後點點頭，陰鬱的笑了笑，重新調整了一下肩上的背帶。袋子裡的歐莉莎發出輕微的叮噹聲。在計程車後座時，傑克數過了袋子裡的歐莉莎，不出所料，裡頭恰好有十九個歐莉莎。

『怪不得她會停下來。』傑克說著，丟掉了煙屁股，在襯衫上擦擦手，然後突然間唱起歌來，唱得很小聲，但音調十分準確。『我是……永恆哀傷的男子……一生看遍……煩憂無數……我注定搭上……那條北方的鐵路……也許我會搭上……下一班火車。』

卡拉漢原本就十分興奮，這下更是情緒激昂了。他當然認得這首歌，只不過蘇珊娜在集會亭唱那首歌的時候（那天晚上羅蘭跳出了許多人眼中最激烈的卡瑪拉舞，贏得了卡拉人的心），把『男人』唱成了『少女』。

『她給他錢，』傑克像在做夢似的說，『然後說……』他低頭站著，咬著下唇，努力思考。仔仔全神貫注的看著他，卡拉漢也沒有出聲打擾。他已經有所覺悟：他和傑克將會死在狄西小豬。他們會奮力一搏，但最終他們會死在那裡。

他覺得死亡不是什麼壞事。失去這個男孩會讓羅蘭心碎……但他還是會繼續前進。只要黑塔還屹立不搖，羅蘭就會繼續前進。

傑克抬起頭。『她說：「記得那段奮鬥」。』

『是蘇珊娜說的。』

『是的，她走上前，接手了。米亞讓她接手。那首歌感動了米亞，她哭了。』

『是嗎？』

『是的。無父之女、一子之母米亞。在米亞分心的時候……在她的雙眼讓淚水蒙蔽的時候……』

傑克四下張望，仔仔也跟著他一起張望，很可能不是在找東西，只是在模仿牠心愛的『ㄟ克』而已。卡拉漢想起了在集會堂的那一晚，想起了那些燈火，想起了仔仔用後腳站立，對著卡拉人鞠躬。他想起了唱歌的蘇珊娜，想起了那些燈火，想起了那支舞。羅蘭在燈火之下跳舞，在有顏色的燈火下跳舞。羅蘭在白中跳舞。永遠都是羅蘭。到了最後，在其他人紛紛倒下，一一在這些血腥的動作中遭到謀殺後，羅蘭依然會屹立不搖。

卡拉漢心想：我能為其而生，也能為其而死。

『她留下了某個東西，但是不見了！』傑克沮喪的說，幾乎快哭出來了，『一定有人拿走了……也許是吉他手看到她掉了東西，撿走了……這個該死的城市！每個人都是小偷！啊，該死！』

『算了吧！』

傑克把他蒼白、疲憊、害怕的臉轉向卡拉漢。『她留了一個東西給我們，我們需要那個東西！你不知道我們的勝算有多麼小嗎？』

『我知道。如果你想退出，傑克，現在就是時候。』

男孩搖搖頭，沒有一丁點的懷疑或遲疑，卡拉漢覺得自己非常以他為榮。『我們走吧，大叔。』他說。

17

在萊星頓大道與六十一街的交叉口，他們再次停了下來。傑克指向馬路的對面，卡拉漢看見綠色的遮雨棚，點了點頭。雨棚上畫了一隻卡通小豬，小豬雖然被烤得油亮通紅，還冒著煙，但還是幸福的咧嘴笑了開懷。遮雨棚的垂布上印著『狄西小豬』，五台黑色的長禮車停在遮雨棚前，車頭燈在黑暗中照出了微微模糊的黃光。卡拉漢第一次發現，一陣霧氣已經悄悄溜進了萊星頓大道。

『拿著。』傑克說著，把魯格槍交給他，然後雙手在兩側的口袋裡摸出了兩把子彈。在彌漫四周的橘色街燈下，子彈閃著黯淡的光芒。『把這些全塞進你胸前的口袋裡，這樣比較方便拿，了解嗎？』

卡拉漢點點頭。

『你開過槍嗎？』

『沒有，』卡拉漢說，『你射過這些盤子嗎？』

傑克張開嘴，燦然一笑：『班尼・史萊特曼和我偷偷在河堤上練過幾次，有天晚上還比試了一下。他不太行，但是……』

『我猜猜，你很行對吧？』

傑克聳聳肩，然後點點頭。他不知道該怎麼形容他握著盤子時感覺有多麼舒暢，順手得不得了，但也許那是自然的。蘇珊娜學丟歐莉莎的時候也非常有天分，很快就上手，卡拉漢大叔自己也親眼看過。

『好吧，咱們的計畫是什麼？』卡拉漢問。既然決定蠻幹到底，他更是巴不得將指揮大權交給傑克，畢竟傑克可是個槍客。

傑克搖搖頭。『沒有計畫，』他說，『算不上是計畫。我先進去，你跟在我後面，一進門就兵分二路。我們盡量保持十呎的距離，懂嗎？這樣不管他們有多少人、靠我們多近，都不能同時抓住我們兩人。』

這是羅蘭教的，這一點卡拉漢曉得。他點點頭。

『等會兒我就能用靈知之力追蹤她，而仔仔則能靠嗅覺追蹤她。』傑克說，『我們一起行動。來一個殺一個，千萬不要遲疑，懂嗎？』

『懂。』

『如果你殺掉的人手上拿著有用的武器，搶下來就是，不過前提是不能耽誤行動。我們不能停下來，我們必須不停進攻，毫不留情。你會尖叫嗎？』

卡拉漢想了想，然後點點頭。

『對他們尖叫，』傑克說，『我也會尖叫，而且會不停移動，或許會用跑的，不過比較有可能是快步走路。希望我每次往右邊看的時候，都能看到你的側臉。』

『放心吧！』卡拉漢說，心想：至少在我丟掉小命之前，你都能看到我的側臉。『傑克，我們把她救出那個地方之後，我就能變成槍客嗎？』

傑克露出了豺狼般的笑容，忘卻了所有的懷疑與恐懼。『刻符，業，共業。』他說，『看，綠燈亮了，咱們過馬路吧！』

18

第一輛禮車的駕駛座是空的，第二輛禮車的駕駛座上則坐著一個戴帽穿制服的傢伙，但卡拉漢大叔覺得那位塞爺好像在睡覺。另一個戴帽穿制服的司機靠在第三輛禮車上，嘴角歪歪斜斜的叼了根煙。他瞥向兩人，但卻是一臉的興味索然。有什麼好看的？不過就是一個上了年紀的男人，一個快要進入青春期的男孩，還有一隻跑跑跳跳的狗，沒什麼了不起。

他們來到六十一街的對面時，卡拉漢看到餐廳前放了一張鍍鉻的告示牌：

私人聚會，今日不營業

今晚在狄西小豬的聚會要叫做什麼聚會呢？卡拉漢納悶。是慶祝小寶寶誕生？還是生日派對？

『仔仔怎麼辦？』他低聲問傑克。

『牠跟我在一起。』

只有短短一句話，但已經足以讓卡拉漢相信傑克知道自己在幹嘛：今晚他們將赴死。卡拉漢不知道他們能不能光榮就義，但他們三個人將並肩作戰。再轉一個彎，他們就能看到小徑盡頭的那片空地，他們將肩並著肩，一起進入那裡。雖然卡拉漢不想在肺部還沒出毛病、眼睛還能看見東西的時候就一命嗚呼，但他知道，事情可能比死更糟糕。他們已經把黑十三塞在另一個黑黝黝的地方，讓它安睡，如果等到混戰過去，羅蘭依然屹立不搖，那麼他會找到它，用他認為最適合的方法處置它，而現在……

『傑克，聽我說，這件事很重要。』

傑克點點頭，可是看起來很不耐煩。

『你知道你有死亡的危險，你請求上帝寬恕你的罪嗎？』

男孩知道卡拉漢在為他行臨終的聖禮，他回答：『是的。』

『你誠心為你的罪業感到難過嗎？』

『是的。』

『你懺悔嗎？』

『是的，大叔。』

卡拉漢在身前畫了個十字，用拉丁文唸道：『以聖父、聖子、聖靈之名……』

仔仔吠了起來，只吠了一聲，但卻是出於興奮，而且聲音還有點含糊，因為牠在水溝裡發現了一樣東西，正叼著它來到傑克面前。男孩彎下腰，把東西接了過來。

『什麼？』卡拉漢問，『是什麼東西？』

『是她留給我們的東西。』傑克說。他聽起來彷彿鬆了一大口氣，幾乎又重新燃起了希望，『她趁米亞分心，為那首歌落淚的時候，丟下了這個東西。噢，老天啊，我們或許還有機會，大叔。我們搞不好還是有機會。』

他把那個東西放在大叔的手裡。那東西很輕，令卡拉漢十分意外，而它的美也讓他驚訝得幾乎屏息。他也看見了那道希望的曙光。這種感覺或許很蠢，但卻是千真萬確。

他把手工雕成的烏龜放在眼前，用食指指腹輕撫龜背上那道問號似的裂縫，望進它充滿智慧又平和的雙眼。『真可愛，』他低聲說，『這是麻諸靈烏龜嗎？是吧？』

『我不知道，』傑克說，『也許是。她把它叫做「徽像」。它也許能助我們一臂之力，但卻沒辦法殺死在裡頭等待我們的響馬。』他朝狄西小豬點點頭，『我們必須靠自己，大叔，你願意嗎？』

『噢，當然。』卡拉漢平靜的說，他把那隻烏龜，那個『徽像』放進胸前的口袋裡。『我會不停開槍，直到子彈用完或是我一命歸西。如果在他們殺死我之前，我就用完了子彈，我會用槍柄敲他們。』

『很好，現在咱們去替他們行臨終的聖禮吧！』

他們走過寫著『今日不營業』的鍍鉻告示牌，仔仔在兩人之間小跑步，抬頭挺胸，露齒而笑。他們毫不遲疑的走上三個階梯，走進雙開門。在樓梯頂端，傑克把手伸進袋子，拿出兩個盤子，用手指敲了敲，聽見朦朧的響聲後，點點頭說：『咱們看看你的傢伙吧！』

卡拉漢舉起魯格槍，把槍托放在右頰邊，就像準備要決鬥一樣。接著他拍拍胸前的口袋，口袋鼓鼓的，因為裝滿了子彈而下垂。

傑克點點頭，十分滿意。『我們一進去就要並肩作戰，一定要並肩作戰，讓仔仔待在我們兩人中間。我數到三。我們一開火，就是至死方休。』

『至死方休。』

『沒錯。你準備好了嗎？』

『好了。願上帝愛你，孩子。』

『願上帝也愛你，大叔。一……二……三！』傑克打開門，兩人一起走進陰暗的燈光中，走進烤豬肉的撲鼻香味中。

詩節：卡瑪拉，莫傷悲，
生有時，死有時。
背靠最後一堵牆，
快讓子彈亂亂飛。

應答：卡瑪拉，莫傷悲，
快讓子彈亂亂飛！
在我一命歸西時，
諸位夥伴勿傷悲。

13st
STANZA

詩節十三

『萬福，米亞。萬福，母親。』

" Hile, Mia, Hile, Mother"

1

也許是『業』讓那輛市中心巴士停在那個地方，逼得米亞的計程車不得不停下來，又或許一切只是巧合。當然，不論是最低下的街頭牧師，（能喊一聲哈雷路亞嗎？）或是最偉大的宗教哲學家，（能喊一聲蘇格拉底的阿門嗎？）都能對這個問題提出一番精闢的見解。有些人會覺得這個問題無關緊要，但這個問題背後潛藏的偉大爭論，卻是至關重要的。

一輛半空的市中心巴士。

但要是它沒有停在萊星頓大道和六十一街的交叉口，米亞也許永遠也不會注意到那個彈吉他的男人。要是她沒有駐足聆聽男人彈吉他，誰曉得接下來的一切會有多大的改變呢？

2

『哎唷喂呀，老天啊，妳瞧瞧妳瞧瞧！』計程車司機喊著，憤怒的舉起一隻手指向擋風玻璃。一輛巴士停在萊星頓大道和六十一街的交叉口，柴油引擎隆隆作響，尾燈一閃一滅，米亞覺得應該是某種緊急信號。巴士司機站在後輪旁，看著柴油黑煙從巴士的排氣管冒出。

『小姐，』計程車司機說，『在第六十街下車可以嗎？好不好？』

可以嗎？米亞問。我該說什麼？

說好，蘇珊娜心不在焉的回答。就在六十街下車。

米亞的問題讓她從她的道根回到現實。她在道根裡努力聯絡艾迪，但卻徒勞無功，反而讓道根的狀況嚇了一大跳。現在，地板上的裂縫變得很深，一片天花板掉了下來，上頭的日光燈以及幾條彎彎曲曲的電線也跟著一塊兒掉了下來。一些儀表板變暗了，一些儀表板則冒著幾縷輕煙。蘇珊娜—米歐的指針衝到了紅色區域。在她的腳下，地板在震動，機器在尖叫。如果說這一切都不是真的，一切只是她的想像，似乎是在自欺欺人，不是嗎？她關掉了一個非常重要的過程，而她的身體正在付出代價。『道根之聲』曾經警告她這麼做是非常危險的，告訴她愚弄大自然是不好的（說話的語氣就像電視廣告）。蘇珊娜不知道承受最大壓力的是身體裡的哪個器官，但她知道是她的器官，不是米亞的。是該停止這一切瘋狂的時候了，否則就要到無法收拾的地步了。

不過她做的第一件事是努力聯絡艾迪，不停對印著『北方中央正電子』的麥克風大吼。毫無回音。呼喊羅蘭的名字也一樣沒用。如果他們都死了，她一定會知道，但是完全無法聯絡上他們兩人……這又代表了什麼意思？

代表妳又他媽的自以為是啦，蜜糖辣椒，黛塔告訴她，咯咯笑了起來。跟白鬼混在一起的下場就是這樣囉！

我能在這裡下車？米亞問，就像第一次參加舞會的女孩一樣害羞。真的嗎？

蘇珊娜真想拍拍自己的額頭。天啊，除了跟寶寶有關的事情以外，這個賤女人還真是膽小啊！

是的，下車吧！只差一條街，在大道上，兩條街之間的距離是很短的。

司機……我該給司機多少錢？

給他十元鈔票，叫他不用找錢。來，把錢拿給我看看……

蘇珊娜察覺到米亞有些不情願，不禁感到一股疲憊的怒火，但又覺得有些好笑。

聽我說，甜心，我不管妳了，好嗎？妳愛給他多少就給他多少。

不，不，不行。米亞的聲音變得十分謙卑，十分害怕。我相信妳，蘇珊娜。她舉起從小馬那裡拿到的鈔票，在眼前攤開成扇形，就像攤開一手撲克牌一樣。

蘇珊娜很想拒絕，但拒絕又有什麼用？她走上前，接過拿著錢的那雙棕手，選了一張十元鈔票，交給司機。『不用找了。』她說。

『謝謝妳，女士！』

蘇珊娜打開靠人行道的車門，一個機器人聲開始說話，把她嚇了一跳——把『她們』嚇了一跳。說話的人是個叫琥碧・戈珀的女人，提醒她別忘了隨身行李。蘇珊娜—米亞根本忘了她的古囊。現在她們關心的包袱只有一個，而那個包袱很快就會離開米亞。

她聽見了吉他的樂聲，同時也感覺自己愈來愈不能控制那隻把錢塞回口袋的手，還有那隻踏出計程車的腳。既然蘇珊娜又解決了一次紐約的小難題，米亞就準備接手了。蘇珊娜開始奮力抵抗這種侵佔……

（身體是我的，他媽的，我的！至少從腰部以上是我的，而腰部以上包括我的頭跟裡頭的腦袋！）

……但又停了下來。有什麼用呢？米亞的力量比較大，蘇珊娜不知道原因何在，但她就是知道米亞的力量比較大。

此時，蘇珊娜感到一種詭異的武士道精神。汽車駕駛在車子滑向高架橋的邊緣時，飛機機長在引擎故障、即將墜機時……還有槍客在面臨懸崖絕壁，或是最後一場槍戰時，都會有這種冷靜的感覺。之後她也許會戰鬥，但前提是戰鬥是有價值的或是光榮的。她會為了自救或是救寶寶而戰，但不是為了救米亞而戰——這是她的決定。在蘇珊娜眼中，就算米亞曾經值得拯救，她也已經自行放棄了獲救的機會。

現在沒有事情好做，或許只能把『分娩力』調回十。她想她或許還有這種控制力。

但在此之前……那陣音樂。吉他。那是一首她知道的歌曲，而且非常熟悉。在抵達布來恩・史特吉斯卡拉的那天晚上，她曾經對卡拉人唱過那首歌的另一個版本。

自從遇見羅蘭後，她歷經了千辛萬苦，此時，在紐約的街角聽見〈永恆哀傷的男子〉這首歌，她一點也不覺得是巧合。而且，那是一首很棒的歌，不是嗎？她年輕的時候，愛過許多民謠，那首歌或許是其中最棒的一首。那些民謠一步步引誘她，讓她成了行動主義者，最後也領著她進入了密西西比州的牛津市。那些日子已經過去了——她覺得自己老了好多——但這首悲傷又簡單的歌曲卻仍然感動了她。這裡離狄西小豬不到一個街區，一旦米亞帶著她們進門，她就會進入血腥之王的地盤。對於這一點，她毫不懷疑，也沒有任何妄想。她並不期望回來，也不期望能再次看見她的朋友或是愛人，甚至覺得自己可能死在米亞渴望同伴、但卻以受欺告終的呼號之下。但這一切都無損此時此刻那首歌帶給她的喜樂。那首歌是她的輓歌嗎？若真是如此，就隨它去吧！

丹之女蘇珊娜覺得，或許這樣的結局已經值得慶幸。

3

街頭藝人在一間叫做『赤糖糊』的餐廳前擺起了攤子，他的吉他盒打開，放在身前，紫色的天鵝絨內襯（顏色和金塞爺的橋屯鎮臥室地毯一模一樣，阿門！）上撒了零錢與鈔票，好讓哪位特別蠢的路人經過時知道該做什麼事。他坐在一個結實的木箱上，那個木箱看起來和哈瑞根神父站在上頭講道的木箱一模一樣。

從種種跡象看來，他已經打算下班回家了。他穿上了夾克，袖子上有一枚畫著紐約洋基隊圖案的補釘；他也戴起了帽子，帽簷上寫著『約翰・藍儂不死』。他的身前原本立著一個招牌，但現在已經放回樂器盒裡，有字的一面朝下。米亞不會知道上頭寫了什麼字，絕對不會。

他看著她，微微一笑，停下彈吉他的手。她舉起一張剩下的鈔票說：『如果你再替我唱那首歌一次，我就把這個給你。這次請你把整首歌都唱完。』

年輕人看起來大概二十歲，雖然看起來並沒有特別英俊，但他蒼白的臉上有著斑點，一邊鼻孔上戴著金環，一邊的嘴角還叼著香煙，看起來帶有獨特的魅力。他看清楚她手上鈔票印的臉是誰之後，不禁睜大了雙眼：『小姐，五十塊夠我唱一遍所有我會唱的雷夫‧史丹利[78]，全部都唱給妳聽……而且我還會唱不少喔！』

『只要唱這首就好。』米亞說著，丟下了鈔票。鈔票飄進街頭藝人的吉他盒裡，他看著鈔票惡作劇似的緩緩飄落，一臉不可置信。『快點，』米亞說，蘇珊娜很安靜，但米亞知道她在聽，『我的時間不多，快彈吧！』

於是，坐在餐廳前的吉他手彈起了那首蘇珊娜在『飢餓的I』第一次聽見的歌曲，天曉得她在多少次的鄉村民謠合唱會上唱過那首歌。在密西西比州牛津市的一間汽車旅館裡，她也唱過那首歌，也就是他們全都鋃鐺入獄的前一天晚上。那時候，那三個為黑人爭取選舉權的年輕男孩到了黑暗的密西西比州費城近郊，失蹤了近一個月[79]。（最後是在隆岱爾鎮找到了他們，能跟我喊一聲哈雷路亞，能跟我喊一聲阿門嗎？）傳聞中的白人大錘又再次出擊，但他們依然歌唱。歐黛塔‧霍姆斯（那時候他們叫她『小黛』）先帶頭唱起了這首歌，剩下的人也跟著加入，男孩唱著〈永恆哀傷的男子〉，女孩則唱著〈永恆哀傷的少女〉。現在，蘇珊娜在已經成為囚籠的道根裡，再次出神的聆聽這個當時尚未出世的年輕人唱這首歌。她的回憶決堤，回憶的浪潮沖得米亞措手不及，將她高高捲起。

4

在回憶之境，時間永遠是現在。

在昔日之境，時鐘滴答作響……但指針卻從不移動。

有一扇未發現的門扉……

（噢，失落的）

……而回憶是開啟它的鑰匙。

5

三個失蹤的男孩是錢尼、古德曼和施威納。一九六四年六月十九日，他們在白人大鍾的重擊下倒地。

噢，混沌！

6

他們待在一個叫做『藍月汽車旅館』的地方，位在密西西比州牛津市黑人作主的那一邊。藍月的主人是萊斯特・邦伯里，他的哥哥約翰是『牛津市第一非裔美人衛理教堂』的牧師，喊一聲哈雷路亞，喊一聲阿門吧！

⑱Ralph Stanley（一九二七—），美國鄉村樂歌手。

⑲這是指一九六四年發生在密西西比州的三K黨殘殺青年民權運動者一案。

時間是一九六四年七月十九日，離錢尼、古德曼和施威納三人失蹤剛好一個月。他們在費城附近某處失蹤三天後，約翰‧邦伯里的教堂舉行了一個會議，當地的黑人行動份子告訴三十多個北方白佬，有鑒於現在發生的事情，他們可以自行決定返鄉。有些人的確返鄉了，讚美上帝，但歐黛塔‧霍姆斯和其他十八個人留了下來。是的，他們留在藍月汽車旅館裡。有時候，他們會在晚上出來，戴伯特‧安德森會帶來他的吉他，大夥兒一起唱歌。

他們高歌〈我將被釋放〉（I Shall Be Released）。

他們高歌〈約翰‧亨利〉（John Henry），唱著：我要當名鋼鑽工。（偉大的上帝！呼喊『上帝炸彈』吧！）

他們高歌〈飄在風中〉（Blowing in the Wind）。

蓋瑞‧戴維斯牧師⑳的〈遲疑藍調〉（Hesitation Blues），因為歌裡略為敗壞風俗的歌詞而笑了開懷：一塊是一塊，一角是一角，我有一整屋的大麻，但沒有一丁點是我的。

他們高歌〈我再也不行軍〉（I Ain't Marching Anymore），然後繼續高歌。

在回憶之境與昔日之國中，他們高歌。

在年少輕狂的熱血中，在強壯有力的軀體中，在信心滿盈的胸膛中，他們高歌。

去否認混沌。

去否認坎墮淫。

去承認造物者甘恩，去惡行善者甘恩。

他們不知道這些名字。

他們知道這些名字。

他們的心唱其所必唱。

他們的血知其所必知。

在光束之徑上，我們的心知道所有的秘密。

他們高歌。

高歌。

歐黛塔起頭，戴伯特伴奏。她高歌：

『我是永恆哀傷的少女……一生看遍煩憂無數……我向老肯塔基……道聲再會……』

7

於是米亞被推進了未發現的門扉，推進了回憶之境，進入了萊斯特・邦伯里的藍月汽車旅館後院，然後她聽見了……

（聽見了）

8

米亞聽見了將在未來成為蘇珊娜的女人唱歌。她聽見其他人加入她，一個接著一個，直到成了大合唱。密西西比的月光灑在他們的臉龐上（他們的臉龐有的黑，有的白），也灑在旅館後冰冷的火車鐵軌上，那條鐵軌從此處往南去，直通隆岱爾，到了一九六四年八月五日，將有人在那裡發現他們友人嚴重腐壞的屍首——詹姆士・錢尼，二十一歲；安德魯・古德曼，二十一歲；麥可・施威納，二十四歲。噢，混沌！給你，給贊同黑暗的你，給你照耀此處

[80] Rev. Gary Davis（一八九六—一九七二），非裔美籍藍調與福音歌手，也是知名的吉他手。

那隻血紅眼睛的榮光！

她聽見他們歌唱。

注定在世間漂泊無居……歷經狂風暴雨……我將搭上往北的鐵路……

沒有什麼比一首歌更能打開回憶之眼，他們齊聲合唱，歐黛塔的回憶高高舉起米亞，載著她前進。小黛和她的共業夥伴在銀色的月光下齊聲合唱。米亞看見他們手牽著手前進，唱著

（噢，在我心深處……我真的相信……）

另一首歌，那首他們覺得最能代表他們的歌。街道兩旁瞪視他們的臉孔充滿了仇恨，對他們揮舞的拳頭長滿了老繭。女人對著他們吐痰，痰液黏在他們臉上、弄髒他們的頭髮、污染他們的襯衫。那些女人噘起的雙唇沒有塗口紅，她們的腿上沒有穿絲襪，腳上穿著破破爛爛的鞋子。有穿著連身工作服的男人，（我的老天爺啊，快來人喊聲哈雷路亞吧！）還有穿著乾淨白毛衣、頂著平頭的青少年，其中一個青少年對歐黛塔大吼，還刻意一個字一個字唸得清清楚楚：我們會殺死！每一個！他媽的！敢踏入密西西比大學校園的黑鬼！

但恐懼並沒有扼殺他們的同志情誼，反而滋長了他們的同志情誼。他們覺得自己在做一件極為重要的事，一件流芳萬世的事。他們將改變美國，如果代價是鮮血，他們願意付出。此言不假，說聲哈雷路亞，讚美上帝，大聲的喊出阿門吧！

然後來了一個叫做戴洛爾的白人男孩，一開始他不行，他跛腳，他不行，但後來他行了，而歐黛塔秘密的另一半——那個尖叫、狂笑、醜陋的另一半——沒有接近。戴洛爾和小黛躺在一起，在密西西比的月光下共枕而眠，直到天明。他們聽著蟋蟀鳴叫，聽著貓頭鷹呼號，聽著地球發出平穩的隆隆聲，在地軸上轉動，轉啊轉啊轉，轉進了二十世紀。他們青春

正盛，他們熱血澎湃，從不懷疑自己有能力改變一切。

再會了，我的真愛……

這是她在藍月汽車旅館後院野草中的歌曲；這是她的月下之歌。

我再也不能與你見面……

這是歐黛塔・霍姆斯人生中最燦爛的一刻，米亞就在那裡！她看見它，感覺到它，迷失在它光輝奪目但又被某些人斥為愚蠢的希望中。（啊！但我說哈雷路亞，我們全都喊聲上帝炸彈！）她了解恐懼如何能讓友誼更珍貴，如何讓每一口食物變得更美味，如何讓時間延伸，直到每一天似乎都成了永恆，通往絲絨般的夜晚，然後他們知道詹姆士・錢尼死了

（正格的）

知道安德魯・古德曼死了

（說聲哈雷路亞）

知道麥可・施威納——年紀最大，但依然只是個二十四歲的孩子——死了。

（用最大的聲音喊出阿門吧！）

他們知道他們每一個人都可能死在隆岱爾或費城的泥沼之中，隨時都有可能。在今晚之後，他們大部分的人都會鋃鐺入獄，包括歐黛塔，而她的羞辱將從此開始。但今晚，她和她的朋友們在一起，和她的愛人在一起，他們同心協力，驅逐了混沌。今晚，他們手挽著手，搖晃著身體，唱著歌曲。

女孩唱〈永恆哀傷的少女〉，男孩唱〈永恆哀傷的男子〉。

他們對彼此的愛淹沒了米亞，她為他們信念的單純而欣喜萬分。

一開始，她太過震驚，笑不出來也哭不出來，只能靜靜聆聽，驚異不已。

9

街頭藝人開始唱第四段，蘇珊娜加入他，一開始有些猶豫，但看見他充滿鼓勵的微笑，她堅定了意志，與年輕人齊聲合唱：

早餐吃著牛頭犬熬成的肉汁，
晚餐吃著豆子與麵包，
礦工沒有晚餐，
床鋪不過是一席稻草……

10

街頭藝人唱完這一段便停了下來，又驚又喜的看著蘇珊娜—米亞。『我以為只有我會唱這一段，』他說，『這是自由鬥士81……』

『不，』蘇珊娜低聲說，『不是他們，是爭取黑人選舉權的人創作了這段歌詞。那些人在一九六四年的夏天來到牛津市，有三個男孩死了。』

『施威納還有古德曼，』他說，『我不記得第三個男孩的名字……』

『詹姆士•錢尼，』她低聲說，『他的頭髮真美。』

『聽妳說話，妳好像認識他，』他說，『但是妳的年紀應該只有……三十歲左右吧？』

蘇珊娜知道自己看起來比三十歲還老上許多，尤其是今晚，但當然，這個年輕人唱完一首歌，吉他盒裡就多了五十塊，或許他的視覺也因此受到了影響。

『我的母親在那兒度過一九六四年的夏天。』蘇珊娜說。她不自覺的說了『我的母親』這四個字，無意間對她的俘虜者造成了她想像不到的傷害。那四個字剝開了米亞的心。

『老媽真酷！』年輕人喊道，微微一笑。然後他的笑容淡去，他從吉他盒裡拿出五十元鈔票，還給她。『拿回去，跟妳一起唱歌已經讓我很開心了，女士。』

『這可不行。』蘇珊娜微笑著說，『記得那段奮鬥，這樣就夠了。記得詹姆士、安德魯和麥可，若你歡喜。我知道那讓我很歡喜。』

『拜託。』年輕人堅持。他再次微笑，但那抹微笑有些困惑。他可以是昔日之境的少年之一，在藍月旅館的陋室後院與冰冷的鐵軌月光之間，放聲高歌；他俊美絕倫，青春的花朵恣意盛放，他可以是任何一個少年，而在那一刻，米亞愛他。在那道光芒之下，就連她的小傢伙也似乎只是次要的。她知道從很多方面來說，那道光芒是假的，來自這個身體主人的回憶，但是她懷疑從其他的方面來說，它也許是真的。她可以確定一件事：只有像她這種甘願放棄永生的生物才能了解，需要多大的勇氣，才能起身對抗混沌之力，才能不惜失去那脆弱的美麗，為了信念而置個人生死於度外。

讓他開心，把錢收回來吧！她告訴蘇珊娜，但是她不願意自己接手，不再強迫蘇珊娜把錢收回來。讓她自己選擇這麼做吧！

蘇珊娜還來不及回答，道根裡的警鈴就響了起來，用噪音與紅光淹沒了她們共享的心靈。

蘇珊娜轉向警鈴，但還來不及往前跑去，米亞就伸出爪子般的手緊緊抓住她的肩膀。

⑧¹ Freedom Riders，指一九六一年在美國南方乘坐公車抗議種族隔離的示威遊行者。

怎麼了？怎麼回事？

放開我！

蘇珊娜掙脫她的手，米亞來不及再次抓住她，她就一溜煙的跑開了。

11

蘇珊娜的道根顫動，閃著紅色的警戒燈。頭上的高音警報器不停發出規律的聲響。全部的電視螢幕都短路了，只有兩面螢幕倖存，一面仍然顯示萊星頓大道和六十一街交叉口的街頭藝人，另一面則顯示沉睡的寶寶。裂開了的地板在蘇珊娜的腳下嗡嗡作響，吐出沙塵。一面控制面板暗了下來，另一面則已經起火燃燒。

情況看來很糟。

好像在確認她的判斷一樣，與伯廉如出一轍的道根之聲又開始說話。『警告！』它大吼，『系統過載！若不減少阿爾發區之電力，全系統將於四十秒內關閉！』

蘇珊娜不記得之前來道根時曾看到有什麼阿爾發區，但一點也不驚訝眼前立刻就出現一個寫著『阿爾發區』的標誌。它附近的一個面板突然冒出一陣橘紅色的火花，讓一張椅子的椅座起火。更多的天花板掉下來，連帶扯下許多歪七扭八的電線。

『若不減少阿爾發區之電力，全系統將於三十秒內關閉！』

試試情緒溫度的旋鈕如何？

『少來。』她喃喃自語。

好吧，那小傢伙呢？試試小傢伙的控制桿如何？

蘇珊娜想了一會兒，然後把控制桿從沉睡扳到清醒，那對令人不安的藍眼立刻睜開，用看似極度好奇的雙眼瞪著蘇珊娜。

羅蘭的孩子，蘇珊娜心想，感到一種混雜了不可思議與痛苦的情感。也是我的孩子。那麼米亞呢？姑娘，妳不過是個業味，我真為妳感到難過。

業味，是的。不只是個傻瓜，還是個業的傻瓜——一個命運的傻瓜。

『若不減少阿爾發區之電力，全系統將於二十五秒內關閉！』

看來喚醒寶寶沒什麼用，至少不能阻止系統全面崩潰。該實行B計畫了。

她伸手握住那個詭異的分娩力旋鈕，那個旋鈕看起來真像她母親烤箱上的旋鈕。把旋鈕轉回『二』非常困難，而且痛得要命，轉向反方向則比較簡單，而且一點也不痛。她覺得腦袋深處有種放鬆的感覺，好像緊繃了好幾個小時的肌肉終於喘了口氣，放鬆下來。

高音警報器規律的警報聲停止了。

蘇珊娜把分娩力的旋鈕轉到『八』，然後停了下來，聳聳肩。管他的，是一了百了的時候了。她把旋鈕一路轉到了『十』。旋鈕一轉到『十』，她立刻感到一陣劇痛襲過她的胃，撲向她的下腹部，緊緊揪住她的骨盆，她必須緊咬雙唇才不致於尖叫出聲。

『阿爾發區之電力已減少。』那個聲音說，然後它突然一沉，像約翰·韋恩似的拖長了尾音說話，這樣的語氣蘇珊娜再熟悉不過了：『謝謝妳，小女牛仔。』

她必須再次緊咬雙唇，以免尖叫出聲——這次不是因為疼痛，而是因為恐懼。她必須提醒自己單軌伯廉死了，這個聲音是來自她潛意識中那個愛惡作劇的討厭鬼，但她還是阻止不了恐懼。

『分娩……已開始。』擴音器裡的聲音說，不再模仿約翰·韋恩了，『分娩……已開始。』接著，一個可怕的（而且充滿鼻音）的巴布·狄倫聲音拖長了聲調，唱起了歌來，讓她牙根發麻：『祝你生日快樂……寶寶！……祝你生日……快樂！祝你生日快樂……親愛的莫德瑞……祝你生日快樂！』

蘇珊娜想像背後的牆上掛了一個滅火器，她一轉身，滅火器當然就出現在那兒了。（但是她並沒有想像那個寫著『只有你和頌伯拉能預防控制板大火』的小告示牌。除了小告示牌以外，滅火器上還有一隻戴著護林熊[82]帽子的殺敵克，這幅畫面簡直就像是個惡作劇。）她快步跑過滿是裂縫又高低不平的地板，去拿滅火器，還繞過了掉落的天花板。另一陣痛楚撕裂她的身體，她的腹部和大腿像著了火似的疼痛，讓她想要彎下腰，抱著子宮裡那塊無法無天的石頭。

用不著多久了，她用一部分是蘇珊娜、一部分是黛塔的聲音心想。用不著多久了，女士，小傢伙搭著特快車來囉！

但接著疼痛突然稍稍減輕了。她趁這個時候從牆上抓起滅火器，把細細的黑色喇叭頭對準燃燒的控制面板，按下把手上的開關。泡沫噴出，覆蓋住火焰。她聽見一陣哀傷的嘶嘶聲，聞到了頭髮燒焦的氣味。

『火焰已……熄滅，』道根之聲大喊，『火焰已……熄滅。』接著它倏然改變了腔調，成了英國貴族哈哈大笑似的開朗聲音：『我說呀，真是場精采的表演，蘇珊娜，精采無比呀！』

她再次蹣跚的走過道根中處處阻礙的地板，抓住麥克風，按下通話開關。在她頭上，在一面尚未故障的電視螢幕上，她看見米亞又開始行動，穿過了第六十街。

然後蘇珊娜看見畫著卡通小豬的綠色遮雨棚，她的心一沉。不是六十街，是六十一街。這個劫持別人身體的賤媽咪已經抵達目的地了。

『艾迪！』她對麥克風大吼，『艾迪還是羅蘭！』管他的，乾脆喊完所有的夥伴算了，

『傑克！卡拉漢大叔！我們已經抵達狄西小豬，就要生這個該死的寶寶了！如果可以，請來找我們，但是務必小心！』

她再次抬頭看看螢幕。米亞已經過了馬路，到了靠狄西小豬的那一邊，盯著綠色的遮雨棚，猶豫不決。她看得懂『狄西小豬』這幾個字嗎？也許看不懂，但她一定看得懂那幅卡通畫像，那隻冒著煙的微笑小豬。而且她不會猶豫太久，因為分娩已經開始了。

『艾迪，我必須走了。我愛你，蜜糖！不管發生什麼事，別忘了我愛你！我愛你！我是……』她的眼神落到麥克風後方面板上那個半圓形的讀表。指針已經離開了紅色區域，她想指針會在黃色區域停留，等到分娩結束後就會落到綠色區域。

除非事情出了岔子。

她發現自己依然抓著麥克風。

『我是蘇珊娜—米亞，廣播完畢。願上帝與你們同在，孩子們。上帝與業。』

她放下麥克風，閉上了眼睛。

12

蘇珊娜立刻感覺到米亞有了改變。雖然米亞已經抵達狄西小豬，而且分娩也如火如荼的展開了，但她的心卻一度遊蕩到了別的地方去。她的心轉向了歐黛塔‧霍姆斯，事實上，她的心轉向了麥可‧施威納所謂的『密西西比夏天計畫』。（牛津市的那群老頑固都叫他『猶太男孩』。）蘇珊娜回到兩人共用的身體裡時，她感到情緒沉重，猶如九月暴風雨來臨前的凝重

㉜Smokey the Bear，身穿美國護林警服裝的漫畫熊，阻止森林火災與環境保護的象徵，身上印有『只有你能預防森林大火』。

空氣。

蘇珊娜！蘇珊娜！丹之女！

我在，米亞。

我同意變成凡人。

妳是這麼說的。

當然，在斐迪克裡，米亞看起來就是一個凡人，而且是個懷孕的凡人。

但是我錯過了很多讓凡人短暫生命值得一活的東西，對不對？她聲音之中的哀傷令人難受，其中的驚訝更令人心碎。現在沒有時間聽妳告訴我錯過了什麼，沒有時間了。

到別的地方去，蘇珊娜說，但並不指望米亞聽話。叫輛計程車，到醫院去，我們一起生孩子，米亞。也許我們還可以一起把他養大……

如果我不在這兒生孩子，孩子就會死掉，我們也會一起死。她說得斬釘截鐵。而且我一定要生下他。我受盡欺騙，只剩下我的小傢伙了，我一定要生下他。但是……蘇珊娜……在我們進門之前……妳剛才提到妳的母親……

我是騙人的，在牛津市的人就是我。說謊比解釋時空旅行與平行的世界要容易多了。

讓我看看真相，讓我看看妳的母親。讓我看，我懇求妳！

沒有時間爭辯這個要求了，不是放手一搏，就是馬上拒絕。蘇珊娜決定放手一搏。

看吧！她說。

13

在回憶之境，時間永遠是現在。

有一扇未發現的門扉……

(噢，失落的)

蘇珊娜發現它、打開它之後，米亞看見了一個女人。女人的黑髮往後梳，有一雙驚人的灰眼，胸口別著一個貝殼胸針，坐在餐桌前，籠罩在一道永恆的陽光之中。在回憶之中，時間永遠是一九四六年十月下午兩點十分。大戰結束了，廣播裡播著艾琳・戴依[83]的歌曲，空氣中永遠飄著薑餅的香味。

『歐黛塔，來跟我坐在一塊兒。』桌子前的女人說，她就是母親，『來吃點甜點。妳看起來真好，女兒。』

然後她微微一笑。

噢，失落的、因風愁苦的幽靈，再度歸來吧！

14

你一定會覺得這是個再平凡不過的場景。一個小女孩放學回家，一手拿著書包，一手拿著運動包，身穿白襯衫搭百褶格紋裙，腳上的半統襪旁還附著蝴蝶結(半統襪是橘黑相間，學校規定的顏色)。她的母親坐在餐桌前，抬起頭，把一塊剛出爐的薑餅遞給女兒。這只是百萬個平常時刻中的一個，猶如滄海之一粟，但它卻讓米亞屏息……

(妳看起來真好，女兒)

……也用最明白的方式，讓米亞終於了解母性有多麼豐富……當然，前提是這份母性不

[83] Irene Daye(一九一八—一九七一)，美國四、五〇年代紅極一時的女歌手。

會受到干擾，而能自然而然的發展下去。

至於回報呢？

無以估量。

最後，妳可以成為坐在那道陽光之下的女人，妳可以看著孩子勇敢的划出童年的港灣，妳可以是那陣讓孩子揚帆啟航的風。

妳。

歐黛塔，來跟我坐在一塊兒。

米亞的心陡然一跳。

妳看起來真好，女兒。

有時間總比沒時間好。就算只有五年，甚至只有三年，也比一點時間也沒有來得好。她不識字，沒去過摩爾浩斯，沒去過什麼沙隆巴斯，但這點算數還難不倒她：三比〇好，就連一也比〇好。

噢……

噢，但是……

米亞想像一個藍眼男孩走出一扇門，一扇已發現而不是失落的門。她想要對他說：你看起來真好，兒子！

她哭了起來。

『我做了什麼好事』是一個很可怕的問題，但『我還做了什麼好事』卻是一個更可怕的問題。

噢，混沌！

15

現在是蘇珊娜行動的時機：趁米亞站在那座通往命運的階梯前發呆時，蘇珊娜把手伸進牛仔褲的口袋裡，摸向那隻烏龜，那個『徽像』。她棕色的手指緊緊握住它，和米亞白色的腿只隔著一層薄薄的布料。

她拿出那隻烏龜，往後一丟，丟進了排水溝裡，從她的手中丟進了業的膝上。

然後她不由自主的踏上三個階梯，進入了狄西小豬的雙開門中。

16

門裡非常陰暗，一開始米亞什麼也看不見，只能看見朦朧的橘紅色燈光，就像混沌之堡中某些房間還點著的電子燭台一樣，但是她的嗅覺卻不需要調整。雖然又有一陣分娩的疼痛緊緊揪住她，但她的胃仍然回應了烤豬肉的香味，呼喊著要進食。她的小傢伙呼喊著要進食。

那不是豬肉，米亞。蘇珊娜說，但米亞聽而不聞。

門在她身後關上後──兩扇門之後各站了一個人（或者該說是很像人的怪物）──她的視線就變得比較清楚了。她站在一個狹長的餐廳之前，白色的亞麻桌巾閃耀。每張桌子上都有一根插在橘色燭台上的蠟燭，像狐眼似的閃閃發光。門廳的地板是黑色大理石，但在領班台之後則鋪著地毯，地毯是最深的血紅色。

領班台旁站著一個年約六十的塞爺，白髮梳往後腦，面孔削瘦而且相當兇殘。那張臉看似一個有才智的男人，但他的衣服──刺眼的黃色運動外套、紅色的襯衫、黑色的領帶──卻像是二手車銷售員，或是專騙小鎮鄉巴佬的賭徒。他的額頭中央有一個直徑約一吋的血洞，好像他剛剛才遭到近距離射擊。血洞裡鮮血充盈，但並沒有漫到他蒼白的皮膚上。

餐廳的桌子前大約站了五十個男人，另外還有約二十五個女人，大部分的人都穿著和白髮紳士一樣招搖的衣服，甚至更招搖。肥胖的手指上閃著大大的戒指，鑽石耳環反射出電子燭台的橘色燈光。

有些人的穿著則比較樸素，牛仔褲與素面白襯衫似乎是這群少數份子的選擇。這些人臉色蒼白，表情警醒，眼珠子裡似乎只有瞳孔，沒有眼白的部分。在他們四周飄著極淡的藍色光環，忽隱忽現。對米亞來說，這些蒼白又讓光環包圍的怪物，似乎比男女下等人還要像人。他們是吸血鬼——不必看見他們微笑底下的尖牙，米亞就知道他們的身分——但他們看起來還是比塞爾的同類更像人，也許因為他們曾經是人。但是那些下等人……

他們的臉只是面具，她猛然驚覺，愈想愈驚慌。狼群的面具底下是機器人，那這些下等人呢？

餐廳裡靜得令人窒息，但是從附近的某個地方不斷傳來對話的聲音，笑聲、杯觥交錯的聲音、餐具與陶器的撞擊聲。一陣液體啪嗒啪嗒傾倒的聲音傳來，她猜想可能是酒或是水，接著是一陣更大的笑聲。

一個男下等人和女下等人（男的穿著燕尾服搭格子翻領與紅色絲絨領結，女的則穿著無肩帶的銀色晚禮服，兩人都痴肥得嚇人）轉頭朝這些聲音的來向看去（顯然十分不高興）。聲音似乎來自一幅搖搖晃晃的掛氈後，掛氈上畫著騎士與夫人共進晚餐。這對肥胖的男女轉頭時，米亞看見他們臉頰上冒出了皺紋，就像貼身的衣服一樣。在匆匆一瞥之間，在他們圓潤的下巴角下方，她看見某個深紅色而且長著毛髮的東西。

蘇珊娜，那是皮膚嗎？米亞問。老天啊，那是他們的皮膚嗎？

蘇珊娜沒有回答，就連『我早就跟妳說過了』或是『我不是警告過妳嗎？』也沒說。現在說這些話已經沒有意義。激怒對方（或者引起任何情緒）於事無補，而且蘇珊娜是真心為這個帶她來此地的女人感到難過。是的，米亞說了謊，背叛了她；是的，她曾經想置艾迪與羅蘭於死地，但是她又有什麼選擇呢？蘇珊娜覺得，現在她可以替『業昧』下一個最完美的定義（她愈想愈覺得心寒）：一個有希望但卻沒有選擇的人。

就像給盲人摩托車一樣，她心想。

理查．塞爾開始鼓掌，他是個身材削瘦的中年男子，雙唇豐潤，額頭飽滿，算得上是英俊。他手指上的戒指閃閃發亮，鮮黃色的運動上衣在暗淡的燈光下顯得十分刺眼。『萬福，米亞！』他大喊。

『萬福，米亞！』其他人附和。

『萬福，母親！』

『萬福，母親！』眾吸血鬼與男女下等人跟著大喊，同時也開始鼓掌。掌聲當然十分熱情，但是房間的音效卻減低了它的效果，讓它成了蝙蝠拍翅般的聲響，一種飢渴的聲響，讓蘇珊娜覺得噁心欲嘔。就在這個時候，陣痛又攫住了她，讓她的雙腿一軟，往前倒去，但她幾乎是欣然接受這陣痛楚，因為疼痛讓她的不安減輕了許多。塞爾往前一步，抓住她的上臂，在她跌倒之前穩住了她。她以為他的手會很冷冰，但沒想到他的指頭卻像得了霍亂的病人一樣炙熱。

再往房間的深處看去，米亞看見一個高瘦的身影走出陰影，既不是下等人，也不是吸血鬼。它穿著牛仔褲與素面的白襯衫，但探出襯衫領口的卻是一顆鳥頭。鳥頭上佈滿了油亮的深黃色羽毛，眼睛是黑色的。它禮貌的拍手鼓掌，但她卻驚慌的發現那雙手長的不是手指，而是爪子。

六隻甲蟲從一張桌子底下跑了出來，用長在觸角上的眼睛看著她，六雙聰明得嚇人的眼睛。牠們的上顎喀嗒作響，聽起來就像笑聲。

萬福，米亞！她在腦袋裡聽見了這句話，是昆蟲的嗡嗡聲。萬福，米亞！然後蟲子們不見了，回到陰影底下去了。

米亞轉向門口，看見擋住門口的那對下等人。是的，那的確是面具；現在米亞靠門口守衛非常近，不可能看不見他們油亮的黑髮是漆上去的。米亞回頭，面對塞爾，心情愈來愈沉重。

現在已經太遲了。

現在做什麼都太遲了，只能逆來順受。

17

米亞轉身時，塞爾的手一時滑了開來，但現在他重新抓住她的左手，同時也有人抓住了她的右手。她轉向右手邊，看見那個穿著銀色禮服的胖女人。她巨大的上半身溢出了禮服的上半部，那件禮服彷彿使出了渾身解數，才能把肥肉勉強包起來。她上臂的鬆垮肥肉顫抖著，發出令人窒息的爽身粉香味。她的額頭有一個紅色的傷口，傷口裡有鮮血游動，但卻從來沒有滿出來。

那是他們呼吸的方式，米亞心想。那是他們呼吸的方式，因為他們穿著……

她愈來愈驚慌，幾乎忘記了蘇珊娜・狄恩，甚至完全忘記了黛塔。所以在黛塔・渥克接手的時候，米亞根本無法阻止她。她看著自己的手臂不由自主的伸了出去，看見自己的手指陷進穿著銀色禮服的女人的肥胖臉頰裡。女人驚聲尖叫，但奇怪的是，其他人卻是哄堂大笑，塞爾也不例外，好像這是他們這輩子看過最好笑的事情。

人臉面具從女下等人驚恐的眼睛上扯了下來。蘇珊娜想起了她在城堡誘惑之地最後的幾分鐘，那時一切似乎都凍結住了，天空像一張紙似的裂了開來。

黛塔幾乎把整張面具都扯掉了，乳膠似的碎片黏在她的指尖。面具底下是一隻巨大的紅鼠。原來是一個變種怪。老鼠的黃牙凸出臉頰，鼻子上還掛著白色的蠕蟲。

『頑皮的女孩。』老鼠說著，對蘇珊娜—米歐伸出一隻淘氣的手指，左右搖晃著，另一隻手仍然抓著她的手。這個怪物的伴侶——穿著刺眼燕尾服的男下等人——笑彎了腰。在他彎下腰的時候，米亞看見有個東西從他的褲襠後頭凸了出來。那個東西硬邦邦的，就像骨頭似的，不可能是尾巴，但她猜想那的確是尾巴。

『來吧，米亞。』塞爾一邊說，一邊拉著她往前走。接著他低下頭，認真的凝視她的雙眼，就像凝視著愛人一樣。『還是妳，歐黛塔？是妳，對吧？就是妳，妳這個陰魂不散、過度教育又麻煩透頂的女黑鬼。』

『錯啦，是我，你這個操他媽長了張鼠臉的白鬼！』黛塔啞著嗓子大吼，然後對塞爾的臉吐了口口水。

塞爾驚訝的張大了嘴，然後又啪的一聲闔上嘴，沉下了臉，整個房間又再次安靜下來。他擦掉臉上的口水——應該說他擦掉『面具』上的口水——然後不可置信的看著它。

『米亞？』他問，『米亞，妳居然讓她這麼對我？我可是妳寶寶的乾爹啊！』

『你啥麼也不是！』黛塔大吼，『你他媽的只會一邊吸老大的老二，一邊把手指插進他的屁屁，你就只有這麼一丁點能耐！你……』

『把她攆走！』塞爾咆哮。

在狄西小豬的前廳，在眾多吸血鬼與下等人的面前，米亞遵照指示，攆走了黛塔。眼前出現了令人驚訝的一幕。黛塔的臉漸漸變小，好像有人把她架出了餐廳（某個保鏢拎著她的領子）。她不再說話，只是用沙啞的聲音大笑，不過笑聲很快的也不見了。

塞爾雙手在身前交握，嚴肅的看著米亞。其他人也瞪著米亞。在那幅畫著騎士與女士共享大餐的掛氈後，另一群人的低沉笑聲與交談聲持續不斷。

『她走了，』米亞終於開口，『那個壞女人走了。』即使房間裡一片寂靜，她的聲音也很難聽清楚，因為她的聲音實在太小。她怯懦的低垂著眼睛，面如死灰。『拜託，塞爾先生……塞爾塞爺……我已經照你的吩咐辦事了，所以拜託你告訴我，你說的是實話，我可以養育我的小傢伙。求求你！如果你告訴我你說的是實話，你就再也不會聽到另一個女人說話了，我以我父親的面子和我母親的名字發誓，我發誓！』

『妳無父無母。』塞爾說。他的語氣裡隱約帶著輕蔑，眼中看不到一絲她所懇求的同情與憐憫。在那雙眼睛之上，他額頭中央的紅洞鮮血充盈，但卻從來沒有溢出來。

另一陣疼痛狠狠啃噬她，是目前為止最難受的疼痛。米亞的腳步踉蹌，但這次塞爾懶得扶她了。她在他的面前倒下，雙手抓著他粗糙又光亮的鴕鳥皮靴，抬頭看著他蒼白的臉，那張臉從黃得刺眼的運動襯衫上低頭看她。

『拜託，』她說，『拜託，我求求你，求你說話算話。』

『我也許會說話算話，』他說，『也許不會。妳知道嗎？從來沒有人舔過我的靴子。妳能想像嗎？我活了這麼久，居然還沒有人替我舔過靴子。』

某個地方，有個女人吃吃笑了起來。

米亞低下頭。

不，米亞，絕對不可以。蘇珊娜呻吟，但米亞沒有回答，她要害深處那令人癱瘓的痛楚也阻止不了她。她伸出舌頭，開始舔塞爾靴子的粗糙表面。在遠處，蘇珊娜可以嚐到靴子的味道。那是一種粗糙、滿佈塵埃的味道，充滿了懊悔與恥辱的味道。

塞爾讓她舔了一會兒，然後說：『停，夠了。』

他粗魯的拉她起身，毫無微笑的臉離她的臉不到三吋。既然已經看過他們的真面目，現在當然不可能看不見他臉上戴的面具。那緊繃的臉頰幾乎是透明的，隱約可以瞧見底下一圈圈暗紅色的頭髮。

或者該叫做『毛髮』，因為它不只長在頭上，而是長滿了整張臉。

『妳的苦苦哀求沒有用，』他說，『不過我得承認這種感覺的確很不錯。』

『你答應的！』她大喊，努力從他的手中抽身，但又一陣陣痛襲來，她彎下腰，忍住尖叫。等到陣痛稍稍減緩，她又繼續說：『你說五年……又或者是七年……對，是七年……你說要給我的小傢伙最好的東西，你說……』

『是啊，』塞爾說，『我好像有點印象，米亞。』他皺起了眉頭，好像碰上了什麼特別討厭的麻煩事，接著又燦然一笑。他微笑時，一邊嘴角的面具皺了起來，露出一截黃牙。他放開一隻手，比出了像在教學生般的手勢說：『最好的東西，沒錯。問題是，妳夠格嗎？』這段妙語引來了一陣讚賞的低喃笑聲。米亞想起他們曾經稱她為『母親』，歡呼著『萬福』迎接她，但現在看來，那似乎是很久以前的事了，就像一段毫無意義的夢境。

妳當然夠格養他，不是嗎？黛塔從深處的某個地方問——事實上，是從禁閉室裡發問。是呀！妳夠格養他，還用說嘛！

『我夠格養他，不是嗎？』米亞差點要對他吐口水，『我讓另一個人到沼澤裡吃青蛙，讓她以為她吃的是魚子醬……難道這樣還不夠好嗎？』

塞爾眨眨眼，顯然讓米亞這段伶牙俐齒的回答嚇到了。米亞的態度又和緩了下來：『塞爺，想想我放棄了多少東西！』

『呸，妳本來就一無所有！』塞爾回答，『妳不過是個毫無意義的遊魂，只會跟路過的流浪漢幹炮。風裡的淫婦，羅蘭不是曾經這麼稱呼妳們這種東西嗎？』

『那你想想另外一個女人吧！』米亞說，『那個自稱是蘇珊娜的女人。我偷走了她的人生，阻止她達成目標，全是為了我的小傢伙，而且也是聽你的命令行事啊！』

塞爾做了個不屑的手勢。『妳的嘴巴幫不了妳，米亞，所以閉嘴吧！』

他對左邊點點頭，一個下等人走上前來，牠有一張牛頭犬似的臉孔，一頭茂密的灰色鬈髮。奇怪的是，牠額頭上的血洞看起來像隻鳳眼。走在牠身後的是另一個鳥頭人，一顆兇惡的深棕色鷹頭凸出牠的圓領T恤，T恤上還印著『杜克大學藍魔鬼籃球隊』。這群怪物抓住了她，鳥頭人的掌心令人作嘔，上頭佈滿了鱗片，有種異常的感覺。

『妳是個很好的監護人，』塞爾說，『我們當然同意這一點，但是別忘了，真正生小孩的是基列地羅蘭的小情婦，不是嗎？』

『你說謊！』她尖叫，『噢，你這個下流的……大騙子！』

他自顧自的往下說，把她的話當耳邊風。『不同的工作需要不同的技能。俗話說得好：術業有專攻嘛！』

『求求你！』米亞尖叫。

鷹頭人用長了爪子的雙手摀住頭部的兩側，左右搖晃，好像米亞的尖叫要把牠給震聾了一樣。這段搞笑的默劇引來了一陣笑聲，甚至還有幾聲歡呼。

蘇珊娜隱約感到一股溫暖的水流從她的兩腿（米亞的兩腿）之間流下，低頭一瞧，發現鼠蹊部和大腿的牛仔褲濕了一片。她的羊水終於破了。

『咱們走吧！生孩子去囉！』塞爾像遊戲節目主持人似的，歡天喜地的喊著，只不過他的微笑露出了太多的牙齒，上面一排，下面一排。『之後的事咱們再從長計議，我保證妳的要求將會被納入考量。現在呢……萬福，米亞！萬福，母親！』

『萬福，米亞！萬福，母親！』眾人附和，米亞突然發現自己讓眾人簇擁著，走向房間的深處，牛頭犬臉男抓著她的左手，鷹頭男抓著她的右手。鷹頭男每次呼吸時，喉嚨附近都會發出微弱又令人討厭的嗡嗡聲。在眾人的簇擁下，她幾乎是懸空走向長著黃色羽毛的鳥頭人，她在心裡暗暗把他稱為『金絲雀男』。

塞爾手一揮，眾人停下腳步。接著塞爾轉頭對金絲雀男說話，一邊說，一邊指著狄西小豬正對馬路的大門。米亞聽見了羅蘭的名字，也聽見了傑克的名字。金絲雀男點點頭，塞爾又再次用力指指大門，然後搖搖頭，好像在說：沒有人進得來，絕對沒有人！

金絲雀男又點點頭，然後用嘁嘁喳喳的鳥語說了一串話，那聲音刺得米亞差點放聲尖叫。她轉過頭，眼光恰巧落在那幅畫著許多騎士與夫人的掛氈上。米亞認得畫中人面前的餐桌——那張餐桌就是混沌之堡宴會廳裡的餐桌。艾爾德王頭戴王冠，端坐在座位上，王后坐在他的右手邊，他的雙眼是她夢中見過的藍。

也許『業』挑了這個特別的時刻，派了一陣風吹過狄西小豬的餐廳，掀起了掛氈。雖然只是驚鴻一瞥，但也夠米亞看清楚掛氈後有另一個餐廳，一個私人的餐廳。

大約有十幾個男人和女人坐在一張木板長桌前，頭上是一盞耀眼的水晶燈。在歲月與邪惡的摧殘下，他們人偶似的臉扭曲、皺縮，嘴唇萎縮退後，露出了一顆顆驚人的巨齒，對這些怪物來說，能把嘴巴閉上的日子已經離他們很久了。他們的眼睛是黑色的，眼角還滲出某種瀝青似的東西，臭氣薰人。他們的皮膚是黃色的，長滿了鋸齒狀的鱗片，還佈滿了一塊塊病態的毛皮。

他們是什麼怪物？米亞尖叫。老天啊，他們到底是什麼怪物？

變種怪，蘇珊娜說。或者該說是『混種怪』。名稱不重要，米亞，妳看到了最重要的東西，不是嗎？

她看到了，而蘇珊娜也知道她看到了。雖然絨布掛毯只掀開了一下子，但她們兩人都看到了桌子正中央的烤肉器，也看到了烤肉器上頭的無頭屍首，那具屍首的皮膚焦黑，佈滿了皺摺，還冒出香噴噴的肉汁，嘶嘶作響。不，那股香味不是豬肉。那個東西在烤架上轉動著，看起來像隻烤乳鴿，但事實上卻是個人類的嬰兒。圍坐四周的怪物用精緻的瓷杯盛裝滴落的肉汁，對彼此敬酒……然後一飲而盡。

風停了，掛氈蓋了回去。眾人簇擁著痛苦的米亞，將她推離廚房，深入這棟橫跨許多世界的建築物，但在此之前，她看見了那幅畫的可笑之處。乍看之下，亞瑟‧艾爾德拿到嘴邊的是一隻雞腿，但實際上卻是一隻嬰兒的腿。皇后羅韋娜拿來敬酒的杯子裡裝的不是酒，而是鮮血。

『萬福，米亞！』塞爾再次呼喊。噢，傳信鴿已回籠，他的心情真是好得不得了。

萬福，米亞！其他人跟著呼喊，聽來就像足球場上瘋狂的歡呼聲。掛氈之後的怪物也加入，只不過他們的聲音已經退化，幾乎成了狼嗥。當然，他們的嘴巴裡也塞滿了食物。

『萬福，米亞！』這次塞爾配合著諷刺的敬意，對她行了一個諷刺的禮。

萬福，米亞！吸血鬼與下等人附和。她乘著諷刺的掌聲波浪，先是進入了餐廳，再來是食品儲藏室，接著下了樓梯。

當然，最後是一扇門。

18

蘇珊娜聞到令人厭惡的烹調氣味，知道她來到了狄西小豬的廚房。那股氣味不是豬肉，而是十八世紀海盜稱為『長豬肉』的東西，也就是人肉。

這個前哨基地已經為紐約的吸血鬼和下等人服務了多久？從卡拉漢的時代，也就是七、八〇年代開始？還是從她的時代，也就是六〇年代開始？蘇珊娜猜想，自從荷蘭人用一袋袋珠子向印第安人買來土地，插下宣誓主權的旗幟，再深深種下殺人無數的基督教信仰開始，這裡就有一個類似狄西小豬的地方。荷蘭人是個實際的民族，喜歡吃豬肋排，不能容忍魔術，不管是好魔術還是壞魔術。

靠著她有限的視線，她認出這個地方和混沌之堡裡的那間廚房一模一樣。米亞曾在那間廚房殺了一隻老鼠，因為那隻老鼠想把那裡僅剩的食物據為己有，也就是烤箱裡的一隻烤豬。

只不過這裡沒有烤箱，也沒有烤豬。她心想。去他的，那裡才不是廚房。穀倉後頭死了一隻小豬，是嘉佛德家的小豬。小豬是我殺的，不是她。那時候她幾乎完全控制了我，只不過我還不知道罷了。我懷疑那時候艾迪是不是……

米亞最後一次將蘇珊娜帶走，奪走她的自由意志，將她推落黑暗。就在此時，她發現那個飢渴、可怕的賤女人幾乎完全控制了她的生活，也總算知道米亞為什麼有這個能耐：因為為母則強。現在唯一的問題是，為什麼她，蘇珊娜・狄恩，居然會讓這種事情發生？因為她曾經被附身過？還是因為她上了身體裡那個陌生人的癮，就像艾迪上了海洛因的癮？

她害怕這就是真正的答案。

黑暗令她暈眩。她再次睜開眼睛時，眼前是掛在混沌之堡上空的野蠻月亮，還有一道紅色的光芒

（君王的鐵工廠）

在地平線上時漲時縮。

『這裡！』一個女人的聲音喊道，『這裡，在風吹不到的地方！』

蘇珊娜低頭，發現自己的腿不見了，還坐在急就章做成的狗拉小車上頭，就像之前造訪誘惑之地的時候一樣。在召喚她的是同一個女人，那個女人高瘦美麗，一頭黑髮在空中飄揚。當然，那是米亞，而這一切絕對不是真的，就像蘇珊娜對宴會廳那場夢隱約殘留的記憶一樣。

她心想：不過斐迪克倒是真的。現在米亞的身體和我的身體都在斐迪克裡，被推進狄西小豬後頭的廚房裡。那間廚房專門用來烹調不可言傳的料理，讓非人類的顧客大快朵頤。城堡的誘惑之地是米亞的夢境，她的避風港，她的道根。

『看著我，中世界的蘇珊娜，別看紅王的光！快來城牆這兒避風！』

蘇珊娜搖搖頭。『隨便妳怎麼說，米亞，我們一定得生孩子了——沒錯，無論如何，我們就是得生孩子了——孩子一旦出世，我們就兩不相欠了。妳毒害了我的人生，沒錯，妳毒害了我的人生。』

米亞絕望專注的看著她，她的肚皮在披風下隆起，狂風吹得她的長髮往後飛揚。『是妳自己服下毒藥的，蘇珊娜！是妳吞下了毒藥！是的，在孩子還是妳腹中一顆未萌芽的種子時，妳就服下了毒藥！』

是嗎？如果真是如此，又是誰引狼入室？是蘇珊娜，還是黛塔？

蘇珊娜覺得兩者皆非。

她覺得應該是歐黛塔。歐黛塔絕對不會打破討厭老太婆藍女士的特製盤子。歐黛塔愛她的洋娃娃，儘管大部分的娃娃都和她的素面棉質內褲一樣白。

『無父之女米亞，妳到底要我怎麼做？有什麼要求就快說！』

『我們很快就會在一起了——沒錯，很快的，我們就會躺在同一張分娩床上。我的要求只有一個，就是如果有機會能讓我帶著小傢伙逃走，妳要幫我。』

蘇珊娜想了想。在岩石與洞穴遍地的荒地中，土狼咯咯發笑。狂風吹得人皮膚發麻，但腹部突如其來的絞痛卻更教人難受。她看見米亞的臉上也露出了同樣的痛楚，不禁再次覺得她的人生似乎成了一片充滿鏡子的荒地。總而言之，這樣的承諾又有何妨？也許根本不會有逃命的機會，就算有，她會眼睜睜讓米亞想取名為『莫德瑞』的東西落入君王爪牙的手中嗎？

『好，』她說，『好吧！如果我能幫妳逃出他的魔爪，我會幫妳一把。』

『逃到哪裡都好！』米亞嘶啞的低吼，『就算是……』她停了下來，吞了口口水，強迫自己說下去：『就算是進入跨界的黑暗，我也無所謂！因為只要我的兒子在我身邊，就算是永遠的流浪，我也甘之如飴。』

這裡大概只有妳一個人這麼想，姐妹。蘇珊娜心想，但沒有說出來。事實上，她已經受夠了米亞的自憐了。

『如果我們無法逃命，』米亞說，『那就殺了我們。』

雖然這裡只有風聲與土狼的笑聲，但蘇珊娜還是可以感覺到有人正將她的身體搬下樓梯，彷彿真實的世界與她僅僅隔著一層極薄的薄膜。米亞竟然能在陣痛時將她帶到這個世界，可見她的力量一定很大，只可惜她無法善用那股力量。

米亞顯然以為蘇珊娜沉默不語是因為她不願答應。她突然踩著結實的涼鞋，衝向蘇珊娜，然後抓住蘇珊娜的肩膀，用力搖晃。

『是呀！』她的語氣激烈，『殺了我們！我們寧可一起死也不要……』她停了下來，然後用陰沉怨恨的語氣說：『我上當了，對不對？』

米亞總算醒悟了，但是蘇珊娜卻不覺得有一吐怨氣的感覺，也不覺得同情或是悲哀，只是輕輕點頭。

『他們打算把他吃掉嗎？用他的屍體餵那些可怕的老東西？』

『我想應該不是。』蘇珊娜說，但是她知道吃人這齣戲碼，總有一天會上演；她心知肚明。

『他們一點也不在乎我，』米亞說，『妳不是說，我只是個保姆嗎？他們甚至連保姆也不讓我當，是不是？』

『沒錯，』蘇珊娜說，『妳也許可以撫養孩子六個月，但就算只有六個月……』她搖了搖頭。一陣陣痛襲來，讓她腹部和大腿上的肌肉成了一碰就碎的玻璃，她忍不住咬住嘴唇。等陣痛稍稍減輕，她接著說：『我也覺得他們不會答應。』

『如果真是那樣，就殺了我們。答應我，蘇珊娜，答應我，我懇求妳！』

『如果我答應妳，米亞，妳又能替我做什麼？假如我能相信妳那張謊話連篇的嘴？』

『有機會的話，我會釋放妳。』

蘇珊娜想了想，覺得雖然這筆交易不太令人滿意，但是聊勝於無。她伸出手，握住那兩隻抓住她肩膀的手，說：『好吧，我答應。』

接著，就像她們上一次在這裡促膝長談時一樣，天空裂了開來，她們身後的城牆與兩人之間的空氣也跟著裂了開來。透過裂縫，蘇珊娜看見一條正在移動的走廊。影像十分模糊。她知道她正透過自己的眼睛往外看，儘管那雙眼睛應該是閉著的。牛頭犬男和鷹頭男仍然抓著她，帶著她走向長廊盡頭的那扇門——自從羅蘭進入她的生命後，她總是不停的碰到門——她猜想他們一定覺得她昏倒了，也覺得從某方面來說，她的確是昏倒了。

然後她回到那具有著白色雙腿的混血身體裡……只是誰曉得她那副棕色的身體已經有多少部分變白了？不過她覺得至少這種從黑變白的過程就快要結束了，她十分開心。雖然那雙白色的腿十分強壯，但是她寧可放棄那雙腿，只求一點心裡的平靜。

只求一點腦袋裡的平靜。

19

『她要醒了。』某個人低吼。蘇珊娜猜想是牛頭犬男，但這並不重要，在那層皮底下，他們每個人看起來都像瘦骨嶙峋、長滿毛皮的人形老鼠。

『很好。』是走在最後面的塞爾。她環顧四周，看見她的隨行人員總共有六個下等人、鷹頭男，還有三個吸血鬼。下等人在碼頭工人的飛抓裡放了手槍……只不過她猜想，在這個世界裡，『碼頭工人的飛抓』應該叫做『肩背式槍套』，入境隨俗嘛！兩個吸血鬼帶著弩，也就是卡拉人用的弓形武器。第三個吸血鬼則帶著嗡嗡作響的電子劍，和狼群用的劍一模一樣。

九死一生的機會，蘇珊娜冷靜的想著。不太妙……但還不是最糟的情形。

妳能不能……米亞的聲音從腦袋裡的某個地方傳來。

閉嘴，蘇珊娜告訴她，說話的時間已經過了。

在前方的門上，她看到了一個標誌：

北方中央正電子有限公司

紐約／斐迪克

最高戒護

需要語音密碼

這個標誌很眼熟，蘇珊娜馬上就知道為什麼。在她到斐迪克短暫一遊時，曾經看過類似的標誌，而真正的米亞（她接受了史上最糟糕的交易，成了一個凡人）就被禁錮在那裡。

他們抵達門前時，塞爾推開人群，從鷹頭男身邊走到她前方。他傾身靠近門，用濃重的喉音說了一些話，聽來像是陌生的語言。蘇珊娜絕對學不會這種語言。沒關係，米亞低聲說。我會說，而且如果有必要，我可以教妳另一種妳學得會的說法。但是現在……蘇珊娜，我對一切都感到很抱歉。永別了。

通往斐迪克弧十六實驗站的門打開了。蘇珊娜聽見了刺耳的嗡嗡聲，聞到了新鮮的空氣。這道隔開兩個世界的門並不是用魔法啟動，而是舊民的傑作，並且即將故障。製造它的人失去了對魔法的信心，放棄了對黑塔的信念。在這片魔法之地中，這個愚蠢的凡人之物嗡嗡作響，行將死亡。在它之後，她看見了一間房，房裡放滿了數百張床。

他們就在這裡對小孩動手術，取出光束破壞者需要的東西。

現在只有一張床有人，床尾站著一個鼠頭女，也許是護士。她的身邊有個男人。蘇珊娜覺得他不是吸血鬼，但是房間裡的景象搖曳，就像透過焚化爐上方的熱空氣看東西一樣，她實在看不清楚。男人抬起頭，看見他們。

『快點！』他大吼，『動作快！我們得連接她們，把事情搞定，否則她就死定了！她們兩個都會死！』看來這個男人是位醫生，因為只有醫生才膽敢在塞爾面前擺出這麼不可一世的姿態。『把她帶進來！你們遲到了，該死的東西！』

塞爾粗魯的把她推進門。她聽見腦袋深處傳來一陣輕吟，還有一段短短的跨界鐘聲。她低下頭，但已經太遲了，米亞的腿消失了，鷹頭男和牛頭犬男來不及從後頭趕上來抓住她，害她跌了個狗吃屎。

她用手肘撐起身體，抬起頭。她突然發現，在經過不知道多漫長的歲月後（或許從她在石圈裡被強暴之後開始），這是她的身體第一次只屬於她自己。米亞不見了。

接著，好像要反駁她的想法，米亞突然放聲尖叫，蘇珊娜也跟著尖叫了起來，因為她實在是太痛了。有那麼一會兒，她們齊聲尖叫，昭告著孩子即將臨盆。

『老天呀！』蘇珊娜的一位保鑣說，她不知道是吸血鬼還是下等人，『我的耳朵是不是流血啦！我覺得我的耳朵一定在流血……』

『把她扶起來，哈博！』塞爾咆哮，『傑！抓好她！看在你老爸的分上，把她給我扶起來!』

牛頭犬和鷹頭男(如果你喜歡,也可以把他們叫做『哈博』和『傑』)抓住她的手臂,架著她走過病房的走廊,經過一排排空病床,朝女人躺著的病床走去。

米亞轉身面對蘇珊娜,露出虛弱疲憊的微笑。她的臉滿是汗水,頭髮黏在她潮紅的臉頰上。

『我們的相遇是幸運……也是不幸。』她艱難的吐出這句話。

『把旁邊的床推來!』醫生大吼,『快點,該死的東西!你們怎麼他媽的這麼慢呀!』

兩個從狄西小豬一路護送蘇珊娜到此地的下等人彎下腰,把最靠近的空床推到米亞的病床旁,而哈博和傑則繼續架著蘇珊娜。床上有個東西,看起來有點像吹風機和太空帽的綜合體。蘇珊娜不太喜歡那個東西,因為它看起來好像會吸人的腦漿。

此時,鼠頭護士彎下腰,從米亞撩起來的病袍底下窺探她張開的雙腳之間。她用豐滿的手拍拍米亞的右膝,嘴裡還發出喵喵聲。她這麼做肯定是要安撫米亞,不過卻讓蘇珊娜不寒而慄。

『別站在那裡看好戲,你們這群白痴!』醫生大吼。他是個身材圓胖的男人,有雙棕色的眼睛、紅潤的雙頰,一頭梳得光亮的黑髮,每一道梳子梳過的痕跡都像排水溝一樣寬。他穿著花呢西裝,外面罩著白色尼龍醫師袍。他的領帶上有個眼睛的圖案。蘇珊娜看到這個圖案時,一點也不驚訝。

『我們在等您指示。』鷹頭男傑說。他用一種詭異、不像人類的平板語氣說話,聽起來就像鼠頭護士的貓叫一樣討厭,但還是聽得懂。

『你們根本不用等我指示!』醫生發飆大吼。他雙手一拍,一副受不了的模樣。『你們老媽的孩子是全死光了嗎？』

『我……』哈博開口，但是醫生逕自走過他身邊，發飆發得正興起。

『我們已經等了多久，你說？我們已經排練過幾次了？為什麼你一定要這麼他媽的愚蠢，這麼該死的遲鈍？把她搬到床……』

塞爾出招了，他的速度飛快，蘇珊娜覺得，就算是羅蘭或許也沒有這種能耐。前一刻他還站在牛頭犬下等人哈博的身邊，下一刻他就狠狠揍了醫生一頓，將他的手臂高高反轉在背後，把下巴抵在他的肩膀上。

醫生的怒火瞬間熄滅，開始用破碎的童音尖叫。口水從他的下唇流下，他還尿了褲子，毛呢褲的胯下濕了一大片。

『住手！』他哀嚎，『如果你折斷我的手，我就沒辦法替你做事了！快住手，好痛啊！——』

『史高瑟，如果我真的折斷了你的手臂，只要從街上隨便抓個賣藥的過來幫忙，完事後殺他滅口就行。有什麼不行？只是替女人接生，又不是動腦部手術，看在甘恩的分上！』不過他還是把手勁放鬆了一點。史高瑟嚶嚶啜泣、左右扭動、哀哀呻吟，就像在大熱天做愛一樣。

『等到大功告成，你失去利用價值後，』塞爾繼續說，『我就會把你拿去餵他們！』他用下巴指了指。

蘇珊娜朝他指示的方向望去，發現從門口到米亞病床的走廊上，佈滿了她在狄西小豬看到的甲蟲。牠們若有所知的貪婪眼睛直盯著肥胖的醫生，上顎喀嗒作響。

『我該……塞爺，我該怎麼辦？』

『求我原諒。』

『求……求您原諒！』

『也求其他人原諒，因為你也侮辱了他們！』

『各位先生，我……我求……』

『醫生！』鼠頭護士插嘴，她的口齒不清，但還是聽得懂。她仍然彎腰看著米亞的兩腿之間。『寶寶的頭要出來了！』

塞爾放開史高瑟的手臂。『去吧，史高瑟醫生。做好你的工作，把孩子接生出來。』塞爾彎下腰，摸摸米亞的臉頰，態度格外親切，『開心點，別灰心，塞爺女士，』他說，『也許妳的某些夢想還有可能成真。』

她看著他，既疲憊又感激，讓蘇珊娜心疼不已。別相信他，他有說不完的謊。她努力把訊息傳給她，但她們的聯絡暫時中斷了。

她像一袋穀物似的任人拋上了米亞旁邊的床。有人替她戴上了那頂既像吹風機又像太空帽的帽子，她無力抵抗。一陣陣痛襲來，兩個女人再次同聲尖叫。

蘇珊娜可以聽到塞爾和其他人在低聲交談。在他們的腳下與身後，她也可以聽見甲蟲令人不快的腳步聲。在頭盔裡，圓形的金屬突起物重重壓著她的太陽穴，幾乎壓痛了她。

突然間，一個愉快的女聲響起：『歡迎來到北方中央正電子的世界，頌伯拉集團的子公司！「頌伯拉，永不停止進步！」請準備上鏈。』

一陣嗡嗡巨響冒了出來，一開始只在蘇珊娜的耳朵裡，接著她覺得它從兩隻耳朵鑽進她的腦袋裡，好像一對發亮的子彈朝彼此衝去。

她聽見了米亞的尖叫聲，聲音十分模糊，好像來自房間的另一邊，而不是隔壁床。

『噢，不要，好痛！』

左邊的嗡嗡聲和右邊的嗡嗡聲在蘇珊娜的腦袋中央合而為一，製造出一種心電感應的穿腦魔音，如果持續太久，可能會讓她的思考能力毀於一旦。她十分痛苦，但是她緊抿雙唇，絕不尖叫。讓他們看見眼淚從她緊閉的眼瞼裡流出吧！但她是個槍客，他們絕對不能逼她尖叫。

經過了一段漫長如永恆的時間後，嗡嗡聲停止了。

蘇珊娜的耳根子清靜了一會兒，但分娩的陣痛隨即爆發，疼痛的感覺來自下腹部，帶著颶風似的力道。這次她允許自己尖叫，因為這不一樣；為了孩子的誕生而尖叫是一種榮耀。她轉頭，看見米亞汗濕的黑髮上也戴了一個類似的鋼帽。兩頂鋼帽上突出的管子在中間相連。這些裝備曾經用在那些失竊的孩子身上，但現在卻另有用途。是什麼用途？

塞爾彎腰靠近她，近到她能聞到他身上的古龍水味。蘇珊娜覺得那是English Leather牌的古龍水。

『為了完成最後的分娩過程，讓孩子順利誕生，我們需要把妳們的身體連在一起。』他說，『把妳帶來斐迪克是非常重要的。』他拍拍她的肩膀，『祝妳好運，時候不多了。』他對她露出動人的笑容，臉上的面具往上一皺，略略露出了底下那紅色的恐怖真面目。『然後我們就會殺了妳。』

笑容更大了。

『當然，我們也會吃了妳。狄西小豬絕不會暴殄天物，就連妳這麼自大的賤人，我們也絕對不會浪費。』

蘇珊娜還來不及回答，她腦袋裡的女聲又說：『請說出您的名字。請放慢速度，咬字務必清晰。』

『操你的！』蘇珊娜狂吼。

『「操你的」，』悅耳的女聲說，『我們察覺到敵意，在此先為接下來的程序向您道歉。』

一開始，什麼也沒發生，但蘇珊娜馬上就感到一陣雷擊似的痛楚。她從來沒想過自己竟會承受這樣的痛楚，甚至覺得這世上根本不可能有這種痛楚存在，但她還是緊閉雙唇。她想起了那首歌，儘管疼痛難當，她還是清清楚楚的聽到了那首歌：我是……永恆哀傷的少女……一生看過了煩憂無數……

疼痛終於停止了。

『請說出您的名字。請放慢速度，咬字務必清晰。』她腦袋裡的悅耳女聲說，『否則此程序將每次增強十分之一。』

不必了，蘇珊娜在腦袋裡對女聲說，我懂了。

『蘇——珊——娜，』她說，『蘇——珊——娜……』

眾人站著，俯視著她，只有鼠頭小姐例外，因為她正萬分欣喜的盯著小寶寶長滿絨毛的腦袋瓜兒再次從米亞張開的陰唇裡冒出來。

『米——亞……』

『蘇——珊……』

『米……』

『珊——娜……』

在下次的陣痛來臨時，史高瑟醫生拿起了一把產鉗。兩個女人的聲音合而為一，同聲唸著一個名字，不是蘇珊娜，也不是米亞，而是兩個名字的綜合體。

『連線，』悅耳的女聲說，『已建立。』一陣輕輕的喀嗒聲。『重複，連線已建立。謝謝您的合作。』

『來了，各位。』史高瑟說，顯然把痛苦與害怕都忘得一乾二淨，聽起來非常興奮。他轉向護士說：『寶寶也許會哭，愛莉亞。如果他哭了，就任他哭，看在妳父親的分上！如果他沒哭，就馬上用棉棒挖他的嘴巴！』

『是的，醫生。』鼠頭女的雙唇顫抖，往後拉扯，露出了兩排利齒。她是在做鬼臉，還是在微笑？

史高瑟環視眾人，臉上又出現了先前的傲慢。『你們全留在原地，直到我叫你們行動為止。』他說，『我們都不知道生出來的寶寶是什麼模樣，只知道這個孩子屬於血腥之王……』

聽到這句話，米亞尖叫了起來，是因為痛苦，也是因為不滿。

『噢，你這個笨蛋。』塞爾說。他伸出手，甩了史高瑟一個巴掌，讓他的頭髮亂飛，在白色的牆上濺出斑斑鮮血。

『不！』米亞大吼。她努力用手肘撐起身體，但手一軟，又倒了回去，『不，你說我可以養他的！噢，求求你……只要一下下就好，我求……』

接著最大的陣痛席捲了蘇珊娜，也席捲了米亞，埋葬了她們兩人。她們齊聲尖叫。史高瑟命令她：用力，用力，快用力！但是她不必聽史高瑟的命令，也知道該怎麼做。

『孩子要出世了，醫生！』護士緊張又興奮的喊著。

蘇珊娜閉上眼睛，努力忍耐。她感覺到疼痛流出她的身體，就像水打著漩渦，流進了漆黑的排水管；同時她也感覺到此生最深沉的哀傷，因為寶寶流進了米亞的身體。蘇珊娜的身體就像一台傳真機，現在傳真只剩下最後幾行了。就快要結束了，不管接下來會發生什麼事，現在這個部分都快要結束了，蘇珊娜・狄恩發出一聲呼喊，那聲呼喊混合了輕鬆與懊悔，那聲呼喊就像一首歌。

乘著那首歌的翅膀，莫德瑞・德斯欽，羅蘭之子（也是另外一人之子，噢，喊聲混沌吧！）來到了這個世界。

詩節：卡瑪拉，好故事，
　孩子終於到人世！
　高聲唱，齊歡唱，
　孩子終於到人世！

應答：卡瑪拉，好故事，
　否極是否終泰來？
　黑塔搖搖將欲墜，
　孩子終於到人世。

CODA

終曲

一位作家的日記

Pages from a Writer's Journal

一九七七年七月十二日

天啊，回到橋屯鎮真是太棒了。我們回了老家一趟，喬還把那裡叫做『奶奶鎮』。在那裡，大家都對我們很好，但是歐文一直吵個不停。我們回家以後，他安分了許多。回家的路上，我們只在沃特維爾市稍做停留，在『沉默的女人』餐廳買了點東西吃（我得說，那不是我們在那裡吃過最好的一餐）。

總之，我說話算話，一回家就去把《黑塔》的稿子挖出來。我找了好久，本來打算放棄，最後總算在車庫最深處的角落找到了，壓在塔比莎的一盒舊目錄底下。那裡很潮濕，那些藍色的稿紙有股很重的霉味，但字跡還很清楚。我看完了稿子，然後坐下來，在『驛站』那節（也就是槍客遇到男孩傑克的那一段）裡加了一小段東西。我覺得在裡頭加上一個自動幫浦應該很有趣，所以我立刻動筆寫了進去。通常，重寫舊故事就跟吃發霉麵包做成的三明治一樣，教人食不下嚥，但這次我卻覺得非常自然……就像穿舊鞋一樣。

這個故事到底在說什麼呢？

我不記得了，只知道我是在很久很久以前想到它的。開車從北方回來的路上，全家人都在打瞌睡，但我卻一直想起大衛和我從依絲琳阿姨家離家出走的那段時光。我想那時我們是打算回康乃狄克州。當然，『老大們』（也就是『大人們』）抓到了我們，罰我們在穀倉裡工作，鋸木頭。歐倫姨丈說那叫做『勞動服務』。我好像在那裡碰到一件很可怕的事，但我怎麼樣也想不起來是怎麼回事，只記得它是紅色的。我幻想出一個英雄，一個神奇的槍客，他拯救了我。我還記得那件事跟磁力有關，或是『力量的光束』。我很確定那就是這個故事的起源，但奇怪的是，我的記憶非常模糊。呃，好吧，誰會記得小時候那些狗屁倒灶的小事？又有誰會想要記得？

除此之外，沒有什麼值得記錄的大事。喬和娜歐米弄了個遊樂場，塔比莎的英國旅行計畫也差不多完成了。天啊，槍客的故事就是死纏著我不放！

我知道羅蘭那傢伙需要什麼了：他需要一些朋友！

一九七七年七月十九日

今天晚上我騎機車去看『星際大戰』，我想在天氣變涼之前，那是我最後一次騎車。我吃下了一大堆蟲子，不缺蛋白質囉！

騎車的時候，我一直想到羅蘭，羅伯．布朗寧那首詩裡的槍客（當然也得感謝薩吉歐．李昂尼）。不用說，我的手稿算得上是一本小說，但我總覺得裡頭的章節卻又是各自獨立的，或者該說『幾乎』是各自獨立的。或許我可以把它賣給奇幻文學雜誌？也許可以賣給《奇幻與科幻小說雜誌》，那本雜誌真是奇幻與科幻小說界的聖杯。

搞不好是個笨主意。

除了電影以外，今天我只看了明星賽（國家聯盟七分，美國聯盟五分）。比賽還沒播完，我就喝得爛醉如泥了。塔比莎很不高興……

一九七八年八月九日

柯比．麥高利把我的老故事《黑塔》第一章賣給《奇幻與科幻小說雜誌》！天啊，我真不敢相信！這實在是太酷了！柯比說他覺得艾德．佛曼（雜誌主編）也許會登出我所有《黑塔》的故事。他要把第一個部分（『黑衣人橫越荒漠而逃，槍客緊追在後』……等等等等）

叫做〈槍客〉，這樣的命名很合理。

我把這個故事忘在車庫的潮濕角落，讓它在那兒發霉了一整年，對這樣的老故事來說，這個結果還算不錯。佛曼告訴柯比，羅蘭『有種真實的感覺』，而很多奇幻小說都少了這種感覺，他想知道有沒有更多相關的故事。我很確定我的確有很多相關的故事，（可能過去曾經有，也可能將來會有——對還沒有寫出來的故事而言，用哪個說法比較好？）但是我不知道故事的內容是什麼。我只知道傑克・錢伯斯一定會回來。

我在湖邊度過了陰雨、悶熱的一天。孩子們沒在遊樂場玩。今天晚上我們請安迪・費契照顧老大和老二，塔比莎和我則帶著歐文去橋屯鎮的戶外電影院。塔比莎覺得那部電影（『午夜情挑』〔The Other Side of Midnight〕……事實上是去年的舊片）實在很爛，但我也沒聽她吵著要回家。至於我，我發現我的心又飛到該死的羅蘭那兒去了。這次我想起了他失去的愛人：『蘇珊，窗邊的可愛女孩。』

她到底是誰呢？

一九七八年九月九日

拿到第一本登了〈槍客〉的十月份雜誌。天啊，看起來真不賴。

今天博特・哈特蘭打電話來。他說我也許可以去緬因大學當一年的駐校作家。只有像博特這麼厚臉皮的人，才會覺得我這種靠爬格子賺錢的傢伙能擔此大任。不過這個主意倒還滿有趣的。

一九七九年十月二十九日

靠，他媽的，又喝醉了。我幾乎看不見該死的日記紙，但我想我最好在滾上床前寫點東西。今天《奇科文雜》的艾德・佛曼寫信來，他要把《黑塔》的第二部分（羅蘭遇到那個小鬼的部分）取名叫〈驛站〉。看來他是真的想把整個故事登完，我再同意不過了，只希望我有更多的故事讓他登。我手上還有《末日逼近》得好好想想……當然，還有《神鬼禁區》（The Dead Zone）。

可是現在這些事似乎對我都沒有太大的意義。我討厭待在歐靈頓，討厭待在這麼繁忙的馬路上。今天歐文差點讓一輛卡車撞死，把我嚇得半死。不過我也有了一個故事的靈感，跟房子後頭那座寵物墳場有關係。上頭的招牌寫著『寵物墳場』（PET SEMATARY），拼法有點不太對，你說奇不奇怪？很好笑，但是也很可怕，簡直跟《恐怖地下室》（Vault of Horror）那部恐怖漫畫有得拚。

一九八〇年六月十九日

剛和柯比・麥高利通完電話。唐納・格蘭特打電話給他，格蘭特的出版社出版了很多奇幻小說（柯比喜歡開玩笑說唐納・格蘭特就是『讓羅伯・霍華[84]臭名遠播的人』）。總之，老唐想出版我的槍客故事，而且是用本來的名稱《黑塔》（副標《最後的槍客》），不賴吧？我也有我自己的『限量版本』！他會印一萬本書，再加上五百本有編號的簽名書。我告訴柯比可以答應他。

[84] Robert E. Howard（一九〇六—一九三六），知名的奇幻／科幻小說作家，可說是奇幻文學受西方重視的功臣之一。曾創作經典漫畫《蠻人寇南》（Canon the Barbarian，阿諾・史瓦辛格主演的『王者之劍』原著）。Donald Grant後來曾重印出版許多他的作品。

總之，看來我的教書生涯已經結束了，我真等不及要好好慶祝一番了。我拿出《寵物墳場》的手稿，重讀了一次。老天啊，還真恐怖！我想，要是我出版這本書，讀者一定會想殺掉我。這本書永遠也見不得天日……

一九八三年七月二十七日

《出版家週刊》（Publisher's Weekly）（我兒子歐文把它叫做《「粗版家」的弱點》〔Pudlisher's Weakness〕，我覺得還滿正確的）發表了理查・巴克曼最新作品的書評……寶貝，我又被痛批了一頓。他們暗示那本書很無聊，可是我的朋友，那本書可是一點也不無聊啊！噢，一想到這件事，我就覺得去超市買兩桶派對上要喝的啤酒是個輕鬆愉快的任務。我在打折區買的。此外，我又開始抽煙了，怎樣，告我啊！我決定四十歲的時候戒煙，我說到做到。

噢，《寵物墳場》將在兩個月後出版，到時候我的事業就真的玩完了（開玩笑的啦……至少我希望是開玩笑的）。我考慮了一下之後，決定在書封的作者介紹上面加上《黑塔》。有什麼不可以？沒錯，我知道它已經賣完了——只印了一萬本，我的老天啊——但它真的是一本書，而且我以它為榮。我覺得我不會再回去寫羅蘭和那群拿著槍的騎士，但沒錯，我以那本書為榮。

幸好我記得去買啤酒。

一九八四年二月二十一日

天啊，今天早上我接到雙日公司的山姆・韋漢打電話來發飆。我接到幾封信，知道有些書迷因為一直買不到《黑塔》所以很火大，但是山姆說他們接到了超過三千封信！！你問我為什麼？因為我居然蠢到在《寵物墳場》的作者介紹上面加上《黑塔》。我覺得山姆有點氣我，我想他是該生氣。他說列出一本書迷想買但又買不到的書，就像在餓狗面前拿著一塊肉，一邊逗牠一邊說：『不行，不行，不給你吃，哈哈！』但是從另一方面來說，上帝耶穌呀，這些人還真是他媽的被寵壞了！他們以為如果世界上有本書他們想要，那他們就有十足的權利得到那本書。這對中古時代的人來說，想必是一則大新聞，因為中古時代很多人老是聽說一些書的大名，但卻從來沒有真的拿在手上讀過；當時的紙非常珍貴（或許我可以把這一點寫進下一本『槍客／黑塔』的故事裡，如果我還會繼續寫的話），而書則是值得用生命保護的寶物。我喜歡靠寫故事維生，但要是有人說寫作沒有黑暗的一面，那可真是胡說八道。有一天我一定要寫一本有關神經病珍本書商的小說！（開玩笑的啦！）

順便一提，今天是歐文的生日。他七歲了！理智的年齡！我真不敢相信我最小的兒子已經七歲，而我的女兒已經十三歲，是一個亭亭玉立的小女人了。

一九八四年八月十四日（紐約城）

剛剛和NAL[85]的伊蓮．寇斯特還有我的經紀人兼老朋友柯比見面，他們兩個人一直要我出平裝版的《最後的槍客》，但是我不同意。也許改天我會出，但我不願意讓太多人讀到這麼不完整的故事，除非我哪天從頭修改過整個故事。

但我想我也許永遠也不會有這個機會。現在我有一個新的故事靈感，這個故事是講一個

[85] 企鵝出版社旗下的一間出版社。

小丑，事實上，這個小丑是全世界最可怕的怪物。這個主意不賴，小丑都很可怕。至少對我來說很可怕。（小丑和雞是我最怕的東西，至於理由何在，就請各位慢慢去想吧！）

一九八四年十一月十八日

昨天晚上我做了一個夢，突然讓我茅塞頓開，知道《牠》該怎麼寫了。假如有一種光束支撐著地球（或者是好幾個地球）呢？假如這種光束的發射器是放在烏龜的背上呢？我可以把它當作故事的高潮。我知道這個想法聽起來很瘋狂，但是我記得我曾經看過一篇印度神話，它說有一隻烏龜把整個世界扛在背上，這隻烏龜替始道之力『甘恩』服務。此外，我也記得一個故事：一位女士對一位有名的科學家說：『進化論這種說法真是荒謬，每個人都知道宇宙是揹在烏龜背上的。』科學家（真希望我能記起他的名字，可惜我怎麼想都想不起來）回答：『也許您說得對，女士，但又是什麼東西揹著那隻烏龜呢？』女士不屑的笑了起來，說：『噢，我才沒那麼容易上當！烏龜的底下就是一連串的烏龜！』

哈！接招吧，你們這群理智的科學之士！

總之，我的床邊總放著一本空白的書，我會在上面寫下很多我做的夢或是夢裡的元素，有時候甚至還沒完全清醒就開始振筆疾書。今天早上我寫下：記得烏龜！然後又寫下：巨無霸，大烏龜！圓圓的地球殼上背。慢吞吞的腦袋，沒脾氣；沒有一個人他不惦記。不是什麼偉大的詩，但對於一個睡昏頭的人來說，已經算是件了不起的事了！

塔比莎又開始唸我喝太多酒了。我想她說得沒錯，但是……

一九八六年六月十日（洛威爾／龜背巷）

天啊，我真高興我們買下了這棟房子！一開始我覺得價格實在貴得嚇人，但自從搬來這裡之後，我的靈感泉湧。而且——說起來很可怕，但卻是千真萬確——我覺得我想回頭去寫《黑塔》的故事。在我心裡，我一直覺得我永遠不會回頭去寫，但昨天晚上我要去『中央雜貨店』買啤酒的時候，我幾乎可以聽到羅蘭在說：『世界與故事太多，但時間太少。』最後我調頭回家。我不記得上次我整晚清醒是什麼時候了，但今晚確實是難得的清醒之夜。沒喝得爛醉，感覺實在很爛。我想這真的滿悲哀的。

一九八六年六月十三日

半夜醒來，宿醉未消，得去小解。我站在馬桶前的時候，覺得好像我可以看見基列地的羅蘭。他告訴我要從龍蝦怪開始寫起。我會的。我知道牠們是什麼東西。

一九八六年六月十五日

今天開始寫新書。真不敢相信我又開始寫那個又瘦又高的醜八怪，但從第一頁開始，我就覺得文思泉湧。去他的，根本是從第一個字開始，我就覺得文思泉湧。我決定它的結構要很像傳統的仙境故事（fairy-tale）：羅蘭沿著西海的海岸前進，病得愈來愈重，那裡還有好幾扇門可以通往我們的世界。他會從每一扇門之後拉出一個新的角色。第一個角色會是個叫做艾迪·狄恩的毒蟲……

一九八六年七月十六日

我真不敢相信。我是說，我的手稿就擺在我面前的書桌上，所以我非得相信不可，但是我還是不能相信。我上個月居然寫了！！三百頁！！而且我的手稿幾乎連改都沒改，乾淨得不得了。我從來不覺得自己是自己作品的最大功臣，也不會自稱書裡所有的情節和故事都是自己一手創造出來的，但我也從來沒有寫過一本這麼自然而然就從我身體裡跑出來的書。自從第一天開始，我幾乎無時無刻不在寫這本書。你知道嗎？我覺得我先前寫的作品（尤其是《牠》）好像都是這個故事的練習版而已。當然，我從來沒有隔了十五年後又回頭重寫一個故事！我是說，沒錯，艾德・佛曼要在《奇科文雜》刊登那些故事時，我做了一些小小的修正；唐納・格蘭特要出版《最後的槍客》的時候，我又做了一點修正，但那和我現在做的這件事是完全不一樣的。我甚至還夢見過這個故事。有時候我很希望自己能戒酒，但我告訴你一件事：我很怕戒酒。我知道靈感不會從酒瓶裡流出來，但就是有個東西……

我很怕，行了吧？我覺得有個東西——有個東西——不希望我完成這本書，甚至一開始就不希望我動筆。我知道這個念頭很瘋狂，（『就像史蒂芬・金會寫的東西』，哈哈！）但卻又非常真實。也許最好不要讓別人看到這本日記，否則很可能沒人要理我了。誰會想看神經病寫的東西啊？

我想，我要把這本書叫做《三張預言牌》。

一九八六年九月十九日

寫完了，《三張預言牌》寫完了。我大醉一場，慶祝完工，還嗑了藥。接下來呢？再過一個月左右，《牠》就要出版了，再過兩天，我就要過三十九歲生日了。天啊，我真不敢相信。好像一個禮拜前，我們還住在橋屯鎮，孩子們都還是小寶寶。

啊，該死，該停筆了。作家多愁善感的毛病又犯了。

一九八七年六月十九日

今天收到唐納•格蘭特寄來的《三張預言牌》樣書。包裝真漂亮。我也決定要讓NAL出版《最後的槍客》和《三張預言牌》的平裝版——讀者要什麼就給他們什麼，有什麼不好？當然，我又大醉一場以表慶祝……只不過這年頭誰還需要理由？

它是本好書，但是從很多方面來看，這本書又好像不是我寫的，而是自然而然從我的腦袋裡流出來，就像臍帶從寶寶的肚臍裡跑出來一樣。我要說的是，風吹搖籃晃，有時候我覺得這些東西好像完全不是我的，我只是基列地的羅蘭的他媽的秘書。我知道這聽起來很蠢，但我的心裡真的有點這麼相信。只不過羅蘭頭上也有一位老闆，可能是業吧？

在回顧我的人生時，我的確有點沮喪：酒、毒品、香煙。好像我想殺死自己，或者是有別的東西想殺死我……

一九八七年十月十九日

今天晚上我在洛威爾，在龜背巷的房子裡。我來這裡思考我的生活方式。我得做點改變，天啊，因為如果我不做點改變，我可能就會小命不保，橫死街頭。

我得做點改變才行。

作家的日記本中貼了以下這篇北康威（N. H.）《山耳報》（Mountain Ear）的剪報，日期為一九八八年四月十二日：

地方社會學家斥『自來人』傳聞為無稽之談

至少十年以來，在懷特山脈裡，『自來人』的傳聞就甚囂塵上。所謂的『自來人』，可能是外星人、時空旅行者，甚至也有可能是『來自另一個維度的生物』。昨天晚上，在北康威公共圖書館中，地方社會學家亨利．K．佛頓發表了一篇生動的演說，舉『自來人』現象為例，說明神話是如何創造出來，又是如何發展。他表示，『自來人』可能是緬因州和新罕布夏州邊界的青少年所創。他也猜測，可能是有人目擊非法移民從加拿大穿越美國北方邊境，進入新英格蘭區各州，才造成了這個傳言，而現在，這個傳言已經傳遍了大街小巷。

佛頓教授表示：『我想我們都知道，世界上沒有聖誕老人、沒有牙仙子，也沒有所謂的「自來人」。但這些故事……（續第八頁）』

報導接下來的部分付之闕如，金先生也沒有解釋為什麼要把這篇剪報貼在日記本中。

一九八九年六月十九日

剛剛去參加了匿名戒酒協會的週年慶。一整年沒碰毒跟酒！我真不敢相信。我不後悔，毫無疑問的，戒酒救了我的人生（或許也救了我的婚姻），但我希望之後我不會陷入寫作的困境。戒酒計畫裡的人說不要強求，自然而然就會有靈感，但另一個聲音（我認為它是『烏龜之聲』）卻一直要我動作快，時間苦短，我得加快我的腳步。為什麼？還用說，當然是為了《黑塔》，而且不只是因為有很多人在看了《三張預言牌》以後，寫信給我，想知道接下來發生什麼事，而是因為我的心裡一直有個東西要我回去寫那個故事。但要是我知道該怎麼回頭寫那個故事，我就是龜兒子！

一九八九年七月十九日

洛威爾這裡的書櫃上有不少驚人的寶貝。你知道我今天早上在找書看的時候，找到了什麼嗎？理查・亞當斯的《殺敵克》。不是講兔子的故事⑯，而是一隻神話裡的巨熊。我想我會再把它重讀一次。

還是提不勁來寫作……

一九八九年九月二十一日

好吧，這算是一件很詭異的事，所以準備好洗耳恭聽吧！

早上十點左右，我正在寫作（盯著文字處理機，夢想著來一杯冰涼的百威啤酒會有多棒），門鈴突然響了。是班哥花店的人，他手上拿著一打玫瑰，不是給塔比莎的，而是給我的。上頭的卡片寫著：來自曼斯菲爾德的生日祝福——大衛、珊蒂與梅根賀。

我幾乎忘了今天是我的四十二歲生日。總之，我拿起了一朵玫瑰，覺得神魂顛倒。我知道這聽起來很奇怪，相信我，但是我真的有這種感覺。我好像聽見一種甜美的輕吟聲，於是我順著彎彎曲曲的玫瑰花瓣往下看，往下看，好像劈哩啪啦的踩過了大如池塘的露珠。輕吟聲愈來愈大，愈來愈甜美，而玫瑰則變得……呃，愈來愈玫瑰了。我發現我自己想起了《黑

⑯理查・亞當斯的著名作品《瓦特希普高原》（Watership Down），主角是一群兔子。

塔》第一集裡的傑克，還有艾迪‧狄恩，還有一間書店。我甚至記得它的名字：曼哈頓心靈餐廳。

然後，轟！我覺得有人拍拍我的肩膀，我轉過頭，是塔比莎。她想知道是誰送我玫瑰，也想知道我是不是睡著了。我說我沒有睡著，但我的確是睡著了，就在廚房裡睡著。

你知道這種感覺像什麼嗎？就像在《最後的槍客》的〈驛站〉一節裡，羅蘭用子彈催眠傑克一樣。我本人是對催眠免疫的。小時候有個人在托普珊市集上想催眠我，但是沒成功。我記得我哥大衛很失望。他希望我像雞一樣咯咯叫。

總之，我覺得我想回去寫《黑塔》。我不知道我是不是準備好寫這麼複雜的東西（過去幾年的失敗，讓我覺得有點懷疑），但我還是想試試看。我聽到那些虛構的人物在呼喚我。誰知道呢？也許裡頭真的會有一隻大熊，就像理查‧亞當斯的小說一樣！

一九八九年十月七日

今天我開始寫《黑塔》的下一集，就像《三張預言牌》一樣，我寫完第一部分的時候，覺得我到底為什麼要等這麼久。和羅蘭、艾迪跟蘇珊娜在一起就像喝著消暑的冰水，或是遇見很久不見的老朋友。而且我又再次覺得說故事的人不是我，我只是一個媒介而已。你知道嗎？我覺得沒有關係。今天早上我坐在文字處理機前四個小時，一口酒都不想喝，一顆藥也不想嗑。我想我要把這一集叫做《荒原的試煉》（Wastelands）。

一九八九年十月九日

不——拆成兩個字好了，就叫《Waste Lands》，和艾略特那首詩一樣（不過我想他那首詩應該叫做〈The Waste Land〉）。

一九九〇年一月十九日

今天晚上我寫完了《荒原的試煉》，像跑馬拉松一樣狂寫了五個小時。大家一定很討厭它的結局，因為它沒有說出謎語比賽的結果，而且我覺得故事應該要更長一點，但我實在無能為力。我聽見有個聲音（一如以往，那個聲音聽起來很像羅蘭）在我腦袋裡清清楚楚的說：『你已經寫完了——闔上你的書，墨客。』

除了吊人胃口的結局以外，我覺得這個故事很不錯，但一如往常，這個故事很不像我平常寫的東西。手稿跟磚頭一樣厚，長達八百頁，而我只花了三個多月的時間就創造出這塊大磚頭。

他媽的真沒有真實感。

跟上次一樣，我的手稿幾乎沒有修改的痕跡。可能有點前後不一致的小問題，但考慮到這本書的長度，我幾乎不敢相信問題居然這麼少。我也不敢相信，每次在我需要靈感的時候，就會有一本書落到我的手裡。就像查爾斯・帕里瑟[87]寫的《梅花點》（The Quincunx），那本書裡充滿了很棒很炫的十七世紀俚語：『正格的！』『說得好！』還有『我的朋友』。那些俚語實在是和嘉修太相配了（至少我覺得很配），而且讓傑克用那種方法回到故事裡也實在是太酷了！

我唯一擔心的一點就是蘇珊娜・狄恩（本來是黛塔／歐黛塔）會發生什麼事。她懷孕

[87] Charles Palliser（一九四七—），美國出生，在英國寫作的作家。

了，我很擔心誰（或是什麼東西）是孩子的爹。會是某個魔鬼嗎？我不這麼認為。也許我可以過幾集再回來處理這個問題。總而言之，從我的經驗來說，在一本很長的書裡面，如果有個女人懷孕，又沒人知道孩子的爹是誰，那麼那個故事就會開始走下坡了。我不知道為什麼，但如果想讓情節更複雜，讓角色懷孕真是個很爛的方法！

噯，也許那並不重要。現在我有點寫膩了羅蘭和他的共業夥伴。我想我要再過一陣子才會回去找他們，不過書迷一定會為了沒有結尾的盧德城火車之謎而破口大罵，相信我。

不過我很高興我寫完了它，而且我覺得它的結尾很好。在很多方面來說，《荒原的試煉》就像我這段『虛構人生』的最高潮。

或許甚至比《末日逼近》還好。

一九九一年十一月二十七日

記得我說過一定有人會為了《荒原的試煉》的結局把我罵得狗血淋頭嗎？看看這個！

來自堪薩斯州勞倫斯市約翰・T・史派爾先生的一封信：

一九九一年十一月十六日

親愛的金先生：

或者我該開門見山的叫你一聲『親愛的混蛋先生』？

我真不敢相信我花了那麼多錢買唐納・格蘭特版的《槍客》續集《荒原的試煉》，結果居然落得這個下場。書名倒是取得好，因為那真的是個廢物（waste）！

別誤會我，我覺得故事很好，事實上是很棒，但你怎麼可以搞出那樣的結局啊？那根本不是結局，你只是寫累了，然後就說：『好吧，管他的，我不想花腦筋想結局，反正那些買書的笨蛋會照單全收。』

我本來想把書退回去，但還是決定把它留下，因為我喜歡裡面的插圖（尤其是仔仔），但故事本身真是個大騙局。

你知道『騙局』兩個字怎麼寫嗎，金先生？仔仔都比你知道。

你最誠摯的批評者，約翰・T・史派爾敬上

堪薩斯州勞倫斯市

一九九二年三月二十三日

從某方面來說，下面這封信讓我覺得更糟。

來自佛蒙特州史多市寇瑞塔・維莉太太的一封信：

一九九二年三月六日

親愛的史蒂芬・金：

我不知道你會不會收到這封信，但是人總能懷抱希望。你大部分的書我都看過，而且我全部都很喜歡。我是個七十六歲的老奶奶，來自你的『姐妹州』佛蒙特州，而且我特別喜歡你的《黑塔》系列。呃，言歸正傳。上個月我去麻省綜合醫院看腫瘤科，他們告訴我，我的腦瘤看起來好像是惡性的。（一開始他們還說：『別擔心，寇瑞塔，它是良性的。』）金先生，我知道你有你該做的事，也得『跟隨你的繆思女神』，但是他們說我能活到今年的七月四日都算幸運了。我想我已經看完這輩子最後一本《黑塔》系列了，所以我想說的是，你能不能告訴我故事的結局是什麼？起碼告訴我羅蘭和他的『共業夥伴』是不是抵達了黑塔？如果他們抵達了黑塔，他們在那裡找到了什麼？我保證不會告訴別人，而且你會讓一個垂死的女人非常開心。

祝一切順利

佛蒙特州，寇瑞塔・維莉敬上

一想起我在寫《荒原的試煉》的結局時有多麼漫不經心，我就慚愧得無地自容。我想要回覆寇瑞塔・維莉的信，但卻不知從何寫起。我能讓她相信我也和她一樣，不知道羅蘭的故事會如何結束嗎？我很懷疑，但『那就是真相』，就像傑克在他的期末報告裡寫的一樣。我不知道那座該死的塔裡有什麼東西，就像……噯，就像仔仔一樣！一直到它從我的指尖打出來，出現在我新的麥金塔電腦上之前，我甚至不知道它是在一片玫瑰田之中！寇瑞塔會相信嗎？如果我告訴她：『寇瑞塔，聽著：風吹來，故事就來了。然後風停了，而我只能枯等，就像妳一樣。』她會怎麼說呢？

他們以為我能作主，從最聰明的書評家到腦袋最有毛病的讀者都這麼認為，但那可真是個大笑話。因為我根本不能作主。

一九九二年九月二十二日

格蘭特版的《荒原的試煉》賣完了，平裝版的銷量也很不錯。我應該要開心才對，我想我也真的很開心，但我還是接到一大堆抱怨結尾吊人胃口的信。來信的人可分為三種：火大的人，想知道下一集什麼時候出版的人，還有火大又想知道下一集什麼時候出版的人。

但是我卡住了。那陣風就是不吹了，起碼現在不吹了。

現在我有一個小說的靈感，我打算寫一個女士去當舖買了一幅畫，然後掉進了畫中。嘿，也許她會掉進中世界，遇見羅蘭呢！

一九九四年七月九日

自從我戒酒後，塔比莎和我就不太吵架了，但是天啊，今天早上我們大吵了一架。當然，我們在洛威爾的房子裡，我正打算出門去做我的晨間散步，但是她突然拿出一份路易斯頓《太陽報》。好像有個叫做查爾斯．麥高斯藍（小名『奇普』）的史東罕人走在七號公路上的時候，被一輛車子撞死了，駕駛還肇車逃逸。七號公路就是我平常散步時走的路。塔比莎想要說服我待在龜背巷就好，但我反過來想說服她，我跟其他人一樣有權利走七號公路（而且上帝明鑑，我只在七號公路上走半哩而已），結果兩人就開始吵了起來。最後她要我至少不要再去石板市山丘（Slab City Hill）散步，那裡的能見度太差，如果有車子撞進路肩，根本沒有地方跑。我告訴她我會考慮一下（如果我們繼續講下去，我可能要到中午才能出門），但事實上，我才不想成天那樣擔心害怕。此外，我覺得這個傢伙撞了人，已經把我出車禍的機率降到了百萬分之一。我把這件事跟塔比莎說，結果她說：『你不是說過，你成為大作家的機率比你出車禍的機率還低嗎？』

恐怕我是啞口無言了。

一九九五年六月十九日（班哥市）

塔比莎和我剛從班哥市禮堂回來，我們最小的兒子（和大約四百名同學）終於拿到學位了。現在他是個正式的高中畢業生，離開了班哥高中和班哥公羊隊。他將在秋天進大學，然後塔比莎和我將會開始面對永遠流行的『空巢症候群』。每個人都說那一眨眼就過去了，你不以為意……然後它就真的一眨眼就過去了。

他媽的，我真傷心。

我覺得很失落。到底是怎麼回事？（到底是怎麼回事，阿飛[88]？）只是從娘胎到墳墓的一場混戰？『小徑盡頭的空地』？天啊，真是太可怕了。

今天下午我們要去洛威爾市龜背巷的房子——歐文說，他再過一、兩天就會過來。塔比莎知道我想在湖邊寫作，天啊，她的直覺真敏銳，把我嚇了一跳。我們從畢業典禮回來時，她問我風是不是又在吹了。

事實上，風真的在吹了，而且還是一陣狂風。我等不及要開始寫《黑塔》的下一本了。該揭開謎語比賽的結果了（幾個月前我就有一個靈感：艾迪用『蠢問題』——也就是謎語〔腦筋急轉彎？〕——搞壞了伯廉的機器心智），但我覺得這次我要寫的主題不是謎語比賽。我想要寫蘇珊，羅蘭的初戀情人，我想要把他們的『牛仔戀情』設定在一個虛構的中世界之地，叫做『梅吉斯』（Mejis）（也就是『墨西哥』〔Mexico〕）。

該整裝待發，再次跟那群狂野的牛仔俠客上路了。

其他的孩子都過得很好，不過娜歐米有點過敏，或許是貝類……

一九九五年七月十九日（洛威爾／龜背巷）

和之前的中世界遠征一樣，我覺得好像坐著一個月的噴射火箭雪橇。就算我幻想自己吸了笑氣，我還是覺得這本書會比較難開頭，而且是難很多，但事實上，我的感覺就像穿上一雙舒服的舊鞋，或是三、四年前我在紐約Bally鞋店買的西部短靴，那雙短靴真是太好穿了，我怎樣都捨不得丟。

我已經寫了超過兩百頁，很高興的發現羅蘭和他的朋友在調查超級流感的餘骸，看見蘭道爾・佛來格和愛碧嘉的證據。

我覺得佛來格的真面目也許就是華特，羅蘭的舊仇。他的真名是華特・歐汀，他一開始只是個鄉下男孩。從某方面來說，這很合理。我可以看得出來，我所寫的每個故事都或多或少和這個故事有關。你知道，我對這一點完全沒有問題。寫這個故事總是讓我覺得像回家一樣。

為什麼它也總讓我覺得很危險呢？為什麼我這麼確定，如果有人發現我趴在書桌上，死於心臟病（或是騎哈雷機車時一命嗚呼，很可能就在七號公路上），很可能就是我在寫這些古怪西部牛仔的時候？我猜想那是因為我知道有這麼多人希望我完成這個故事，而且我也想完成它！天啊，沒錯！如果可以的話，我不希望我會寫出另一個《坎特伯里故事》或是《艾德溫・杜魯德之謎》，多謝各位。但是我總覺得，有種『反創造』的力量在找我，而且我在寫

⑧老歌〈阿飛〉（Alfie）的歌詞。

這些故事的時候，那種力量好像比較容易找到我。

噯，廢話說夠了，我要去散步了。

一九九五年九月二日

我預計再五個禮拜就能把書寫完。這本書比較困難，但我還是很容易就想出了故事豐富的細節。我昨晚看了黑澤明的『七武士』，我想對第六集來說，那或許會是一個很好的發展方向。我打算把第六集叫做《末世界之狼》（之類的）。也許我應該看看路邊的錄影帶出租店有沒有『豪勇七蛟龍』，那部片簡直就是美國版的『七武士』。

說到路邊，今天下午我走到七號公路的最後一段，正打算轉進比較安全的龜背巷時，我為了躲一台廂型車（那傢伙左彎右拐的，顯然是喝醉了），差點摔進水溝裡。我想我還是別跟塔比莎提這件事的好，她一定會抓狂。總之，我已經嘗到了『路邊驚魂記』，我很高興沒發生在石板市山丘附近……

一九九五年十月十九日

花了比我想像中還長的時間，但我今天晚上寫完了《巫師與水晶球》……

一九九七年八月十九日

塔比莎與我剛剛才跟喬和他的好老婆道別，他們要回紐約去了。我很高興我能送他們一本《巫師與水晶球》。第一批印好的書今天送來了。有什麼東西比一本新書看起來更美、聞起來更香，尤其封面還印著你的大名？我的工作是全世界最棒的工作，有真的人會付我真的錢讓我胡思亂想。在我胡思亂想的世界裡，只有羅蘭和他的共業夥伴對我來說是真實的。

我想我的忠實讀者一定會喜歡這本書，而且不只是因為它寫完了單軌伯廉的故事。我想知道得了腦瘤的佛蒙特州奶奶還活著嗎？我想她應該已經不在人世了，但如果她還活著，我很樂意送她一本……

一九九八年七月六日

塔比莎、歐文、喬還有我今晚去牛津鎮看了電影『世界末日』（Armageddon）。我比我想像中還喜歡它，有一部分是因為我的家人在我身邊。這部電影是講世界末日的科幻片，一直讓我想到黑塔和血腥之王。或許也沒什麼好意外的吧！

今天早上我寫了一會兒我的越南故事，我不再寫在稿紙上，而是直接用我的PowerBook電腦寫作，所以我想我應該是認真的。我喜歡薩利再次出場的方法。問題：羅蘭・德斯欽和他的朋友會不會遇見巴比的朋友，泰德呢？追著泰德的下等人又是誰呢？好像有愈來愈多我的作品都成了一個傾斜的水槽，最後一切都會流進中世界和末世界。

毫無疑問，《黑塔》是我的傳世大作。等我寫完，我打算休息一陣。也許乾脆退休吧！

一九九八年八月七日

今天下午照常去散步。今天晚上我帶佛瑞德・豪瑟一起去佛萊伯格的戒酒協會聚會。回家的路上，他要我贊助他，我答應了；我想他是真心想戒酒。這對他很好。不知道為什麼，他開始談起所謂的『自來人』。他說最近緬因七城附近出現了比從前還多的自來人，大家都議論紛紛。

『我怎麼從來沒聽過？』我問他。他沒有回答，只做了一個非常好笑的表情。我繼續追問，他終於招了。

『大家不喜歡在你身邊談這件事，史蒂芬，因為據報導，過去八個月來，龜背巷就出現了二十四起自來人事件，可是你卻說你一個也沒看到。』

對我來說，這個說法真是沒有邏輯，所以我沒有答話。一直到聚會後，我讓那個傻瓜下車後，我才想到他話裡真正的意思：大家不喜歡在我身邊談『自來人』，是因為從某個瘋狂的角度來看，我必須要負起責任。我想我已經習慣被當成『美國的壞巫師』，但這也未免太過分了……

一九九九年一月二日（波士頓）

今天晚上歐文和我住在『港邊凱悅』（Hyatt Harborside）飯店，明天就要前往佛羅里達了。（塔比莎和我在討論買房子的事，但還沒告訴孩子們。我的意思是，三個孩子還年輕，一個二十七，一個二十五，一個二十一，也許等他們長大了就會懂這種事情，哈哈！）之前我們遇到了喬，看了一部叫做『浮世男女』（Hurlyburly）的片子，改編自大衛・瑞伯（David Rabe）的舞台劇。非常奇怪。說到奇怪，在離開緬因州之前，我在元旦的晚上做了一個惡夢。不記得夢的內容，但今天早上醒來時，我的『夢境筆記本』裡寫了兩個東西，第一個是『莫德瑞寶寶，就像查爾斯・亞當斯的卡通一樣。』這個我倒還懂，它一定是指《黑塔》系列裡蘇珊娜的寶寶。讓我百思不得其解的是第二個東西，我寫的是『6／19／99，噢，混沌』。

『混沌』聽起來也像《黑塔》故事裡會出現的東西，但卻不是我發明的。至於『6／19／99』，應該是個日期，對吧？是什麼意思？大概是今年的六月十九吧！到時候塔比莎和我應該已經回到龜背巷了，但就我的記憶所及，那天應該沒有人生日。

也許那會是我遇到第二個自來人的日子！

一九九九年六月十二日

能回到湖邊真好！

我決定休假十天，然後再回去寫那本談寫作的書。我對《勿忘我》的反應很好奇。會有人想知道，在《黑塔》這部史詩裡，巴比的朋友泰德有沒有出場嗎？事實是，我自己也不知道答案。總而言之，最近《黑塔》的讀者變少了很多，跟我其他的書相比（不包括《玫瑰瘋狂者》〔Rose Madder〕，那真是筆爛帳，至少就銷量來說是筆爛帳），銷售量真的很令人失望。但沒有關係，至少我不在意，而且故事寫完以後，銷售量自然就會提高。

塔比莎和我又針對散步的事情吵了一架。她又再一次叫我不要在大馬路上散步，還問我：『風是不是又在吹了？』也就是在問我是不是在構思下一本《黑塔》了？我說不是。卡瑪拉，來來來，故事還沒跑出來。但是它會跑出來的，而且裡頭還會有支叫做『卡瑪拉』的舞。那是我清楚看到的一件事：羅蘭在跳舞。至於他為什麼跳，又是為誰而跳，我就不知道了。

總之，我問塔比莎她為什麼想知道關於《黑塔》的事，她說：『你跟槍客們在一起的時候比較安全。』

我想她是在開玩笑，但對塔比莎來說，真是個奇怪的玩笑。不太像她的風格。

一九九九年六月十七日

今天晚上跟藍德・荷斯頓還有馬克・卡萊納談了一下。他們聽起來很高興我們將結束《世紀邪風暴》（Storm of the Century），開始進行《紅色玫瑰》（Rose Red）或是《史蒂芬金之醫院風雲》（Kingdom Hospital），但我不會再讓影集工作填滿我的工作時間了。

我夢到了我昨天晚上在散步的情形，哭著醒來。黑塔將傾倒，我心想。噢，混沌，世界變黑暗了。

？？？？

一九九九年六月十八日波特蘭《先鋒報》頭條：

西緬因州『自來人』現象依然是無解之謎

一九九九年六月十九日

這種感覺就像天有異象，所有的行星都聚成了一條線，只不過聚在一起的是我的家人，他們全都聚在龜背巷這兒。喬一家人在中午時到達，他們的小兒子真可愛！此言不假。有時候我會看著鏡子，自言自語說：『你當爺爺了！』鏡子裡的史蒂芬只能啞然失笑，因為這個想法真是太不可思議了。鏡子裡的史蒂芬知道我還是個大二的學生，白天去上學，抗議越戰，晚上跟富利普・湯普森還有喬治・麥克理在派德披薩店喝啤酒。至於我的孫子，美麗的伊森？他只會抓著綁在他腳趾上的氣球，傻呵呵的笑。

女兒娜歐米和兒子歐文昨晚很晚抵達。我們吃了豐盛的父親節大餐，大家都對我說些好聽的話，我還以為我已經不在人世了呢！天啊，我真幸運有家人，真幸運有更多的故事可以說，真幸運還活著。我希望這個禮拜最糟的事情，就是我兒子和媳婦把我老婆的床給壓壞了——那兩個白痴居然在上頭玩摔角！

你知道嗎？我在考慮回去寫羅蘭的故事。只要我一寫完那本談寫作的書（《談寫作》似乎是個不錯的書名——簡單扼要），但現在陽光閃耀，天色正美，我打算去散個步。

也許晚點再去吧！

一九九九年六月二十日波特蘭週日《電報》：

史蒂芬・金於洛威爾住家附近身亡

緬因州暢銷作家於午後散步時車禍身亡

知情人士表示，廂型車駕駛於七號公路接近金氏時『沒在看路』

記者雷・露西爾報導

緬因州洛威爾市訊（獨家報導）：昨日下午，緬因州最受歡迎的作家於其避暑寓所附近散步時，遭一輛廂型車撞擊身亡。廂型車駕駛為佛萊伯格市的布萊恩・史密斯。根據熟悉案情的人士指出，史密斯承認，事發當時，他的羅威那犬從廂型車的後車廂跑出來，想用鼻子鑽進駕駛座後面的冷氣機，所以他『沒在看路』。

『我根本沒看見他。』據稱史密斯在車禍發生後不久，曾經如此表示。車禍發生地點為當地人所稱的『石板市山丘』。

金氏著有多本暢銷小說，如《牠》、《撒冷鎮》、《鬼店》與《末日逼近》。車禍發生後，他立刻被送往橋屯鎮的北康布蘭德紀念醫院，並於星期六晚間六點零二分宣告不治，享年五十二歲。

醫院消息來源表示，金氏死因為頭部多處重傷。其家人因慶祝父親節而齊聚一堂，今晚則為金氏守夜……

卡瑪拉，來來來，
戰鬥終於要展開！
人與玫瑰眾仇敵，
齊與落日起而戰！

墨客後記

我要再一次感謝羅蘋・佛斯的無價貢獻，她以無比的細心與同情，讀了這本小說的手稿——以及手稿之前的草稿。如果這個愈來愈複雜的故事能夠保持首尾一致，居功厥偉者應屬羅蘋。如果你們不相信，只要看看她寫的《黑塔索引》就知道了，那本書本身就是一本非常迷人的書籍。

我也要感謝查克・維瑞爾，他編輯了《黑塔》的最後五本。我也要感謝三家出版社（兩家大，一家小），由於他們的通力合作，這個龐大的出版計畫才能成真：羅勃，韋納（唐納・M・格蘭特出版社），蘇珊・彼得森・甘迺迪和潘蜜拉・朵曼（維京出版社），蘇珊・墨爾道和南・葛拉罕（Scribner出版社）。特別要感謝經紀人墨爾道，她的挖苦和勇氣讓我免於許多無聊的日子。此外我還有很多很多人要感謝，但我不想拿一長串的感謝名單來煩你，畢竟，這又不是什麼他媽的奧斯卡頒獎典禮，是吧？

這本書和《黑塔》的最後一集中有很多地名是虛構的。書中也有許多真實的人物，但相關情節皆屬虛構。此外，就我所知，世貿中心從來沒有投幣式寄物櫃。

至於你，忠實的讀者……

再轉一個彎，我們就將抵達那片空地。

跟我一起來，好嗎？

史蒂芬・金

二〇〇三年五月二十八日

（跟上帝說聲託福了）

黑塔

VII 業之門

The Dark Tower

先 讀 為 快

黑塔之旅終於即將完成！
共業夥伴到底能不能阻止黑塔傾倒？
業之門大開，
到底有什麼秘密隱藏其中？
大限之日是否已來臨？
我們只能說聲託福了……

第一章　卡拉漢與吸血鬼

卡拉漢叔曾是撒冷鎮的神父，小鎮早已從地圖上消失，他也不怎麼放在心上。許許多多的概念，諸如現實等等，對他已無關緊要。

這位一度服侍上帝之人如今手中卻握著一項異教徒的物品，一個象牙雕的烏龜，龜喙上有裂痕，龜背上有個像是問號的刮痕，除了這兩處瑕疵之外，雕像可說是盡善盡美。

而且還有無窮的神力。他能感覺到手上有如電流穿過。

『真可愛啊，』他對站在身旁的男孩低聲說，『這不是龜神麻諸靈嗎？就是它，對不對？』

男孩叫傑克．錢伯斯，他繞了一大圈卻又回到了原點曼哈頓。『不知道，』他說，『那個女人把這叫做「徽像」，或許幫得上我們的忙，卻殺不死等著我們的惡徒。』他朝狄西小豬點個頭，自己也不明白『那個女人』指的究竟是蘇珊娜還是米亞。換作從前，他會說誰都無所謂，因為這兩名女性緊緊相連，但是如今卻大有差別。

『你會嗎？』傑克問卡拉漢叔，意思是你會挺住嗎？你會戰鬥嗎？你會殺人嗎？

『喔，當然。』卡拉漢平靜地說道。他把有著睿智的雙眼和刮痕的象牙烏龜放入了前襟口袋，和額外的子彈同在一處，又拍了拍他佩戴的那把槍，確定裝備齊全。『我會射到子彈耗盡為止，要是我在他們殺了我之前就用光了彈藥，我會……我會用槍托狠狠的揍他們。』

他話中的停頓十分短暫，傑克壓根就沒聽出來，但在那短短的停頓中，白界對卡拉漢大叔開口了。這是他十分熟悉的力量，打從小時候開始就知道的力量，儘管一路走來有幾年信心動搖，有幾年他對這個基礎能量的瞭解先是變得晦澀，後來逐漸完全喪失，但那段徬徨的歲月已不再，白界又是他的了，而且他衷心感激上帝。

傑克在點頭，說著什麼卡拉漢沒聽見的話。傑克說了什麼並不重要，另一個聲音——某種太偉大，不該稱作是上帝的聲音

（甘恩）

才重要。

這孩子必須前進，那聲音說道，無論此地發生了何事，無論此地如何陷落，他都必須前進。你在這故事中的戲份已將近尾聲，他卻沒有。

他們走過了一根鉻合金柱，上頭貼著一張『私人聚會，今日不營業』的傳單。傑克的小朋友仔仔走在兩人之間，高抬著頭，鼻子不停蠕動，露出牙齒。到了階梯頂端，傑克伸手到蘇珊娜─米亞從布來恩．史特吉斯卡拉那裡拿來的編織背包，抓出兩只盤子——歐莉莎。他將兩只盤子互相敲擊，對著單調的叮叮聲點頭，說：『看你的了。』

卡拉漢舉起傑克從紐約帶出來如今又回到紐約來的魯格槍；人生好比一只輪子，人人都說託福。大叔把魯格舉在右頰邊，像個決鬥者。接著他摸了摸前襟口袋，口袋因為子彈和烏龜徽像而鼓起。

傑克點頭。『我們進去之後，絕不能分散了，一定要靠在一起，仔仔夾在我們中間。三個一起行動。一日開始了，就不能停。』

『不能停。』

『對。你好了嗎？』

『好了。上帝之愛與你同在，孩子。』

『也與你同在，大叔。一……二……三，』傑克打開了門，三人一同走入昏暗的燈光及濃甜的烤肉香中。

2

傑克步入自認絕無生還之望的所在，心中只記得羅蘭·德斯欽，他真正的父親，說過的兩句話：一是五分鐘之戰會繁衍出傳誦千年的傳奇，二是大限之日來臨時，未必得含笑而終，卻必須死而無憾，因為你的人生過得有始有終，而且總是為業盡力而為。

傑克·錢伯斯帶著滿意的笑睥睨狄西小豬。

3

神志如同冰雪般清澈，他的感官更加敏銳，非但嗅出了烤肉味，更嗅出了醃肉的迷迭香；非但聽見了自己規律的呼吸，更聽見了自己的血液沿著一邊的頸子流向腦子，又沿著另一邊流下心臟。

他也記得羅蘭說過，即便是最短促的槍彈，對置身其中之人來說，從第一槍到最後屍體倒地，都是漫長無止期的。時間有了彈性，不斷延伸，延伸到幾近消失的那一點。傑克當時曾點頭，似乎有所領悟，其實並不真懂。

但此刻他懂了。

——【待續·摘自皇冠文化集團新書《黑塔Ⅶ業之門》】

國家圖書館出版品預行編目資料

黑塔VI蘇珊娜之歌/ 史蒂芬・金 著；
馮瓊儀 譯.
-- 初版. -- 臺北市：皇冠, 2007[民96]
面；公分. -- (皇冠叢書；第3721種)
(史蒂芬金選；7)
ISBN 978-957-33-2406-5(平裝)

874.57　　97004924

皇冠叢書第3721種
史蒂芬金選 7

黑塔 VI
蘇珊娜之歌
SONG OF SUSANNAH

作　　者—史蒂芬・金
譯　　者—馮瓊儀
發 行 人—平雲
出版發行—皇冠文化出版有限公司
台北市敦化北路120巷50號
電話◎02-27168888
郵撥帳號◎15261516號
皇冠出版社(香港)有限公司
香港灣仔駱克道93-107號利臨大廈1樓
電話◎2529-1778　傳真◎2527-0904
出版統籌—盧春旭
編務統籌—金文蕙
版權負責—莊靜君
外文編輯—馮瓊儀
美術設計—王瓊瑤
行銷企劃—何曉真
印　　務—林莉莉
校　　對—鮑秀珍・余素維・金文蕙
著作完成日期—2004年
初版一刷日期—2008年4月

法律顧問—王惠光律師

讀者服務傳真專線◎02-27150507
電腦編號◎508007
ISBN◎978-957-33-2406-5
Printed in Taiwan
本書定價◎新台幣380元/港幣127元